KB163615

이름 없는 주드 2

Jude the Obscure

세계문학전집 146

이름 없는 주드 2

Jude the Obscure

토머스 하디

정종화 옮김

민음사

차례

4부
섀스턴에서

인간의 선함과 자선의 긴박함보다
결혼이나 그 밖의 다른 의식을 더 좋아하는 사람은
자신이 구교도나 신교도임을 밝혀도 바리세인보다 못한 자니라.
— 존 밀턴

1

샤스턴. 고대 브리튼의 팔라도어.

도시의 처음 설립과 함께 다음과 같은 이상한 소문이 생겨
났다.

(라고 드레이턴이 노래하고 있듯이) 샤스턴은 꿈의 도시였으며,
지금도 그 자체가 꿈의 도시다. 도시를 둘러싼 성곽과 화폐 주
조소 세 개와 남부 웨섹스에서 가장 눈부신 건축물로 꼽히는,
끝머리에 눈부신 반원형 아치가 있는 대수도원과 교회 열두
개와 수많은 성묘(聖廟)와 예배를 드릴 수 있는 부속 교회와
병원들과 박공이 달린, 석회암으로 지은 저택들을 (이 모두가
지금은 무자비하게 쓸려 가고 없지만) 막연히나마 상상해도 방

문객은 자신도 모르게 슬픈 우수에 잠기며, 방문객의 주변을 둘러싼 기분 좋은 공기와 끝 간 데를 모르는 자연 풍경도 그 우수를 떨쳐 버리지는 못한다. 도시는 왕과 왕비, 대수도원 원장과 여자 수도원의 여자 원장, 성인과 주교, 기사와 대지주들의 매장지였다. 순교자 에드워드왕[1]의 유골이 조심스레 이곳으로 옮겨져 성역에 안치된 다음, 도시는 유명해져 유럽 전역에서 순례자들이 찾아들었으며, 그 명성은 영국의 해안선을 넘어 먼 곳까지 알려지게 되었다. 위대한 중세의 아름다운 창조에 대하여 헨리 8세의 영국 내 가톨릭 성당과 재산 몰수는 역사가들이 지적하듯이 죽음의 징후였다. 거대한 수도원의 파괴는 그 수도원의 총체적 파멸과 폐허를 의미했다. 순교된 왕의 유골은 그것을 보관하던 성단의 운명과 같이하여 지금은 그 유골이 어디에 있는지를 알려 주는 돌 하나도 남아 있지 않다.

도시의 아름다움과 특성은 지금도 그대로 남아 있다. 이상한 일이지만, 도시의 경치가 별로 높은 점수를 받지 못하던 옛날에도 많은 작가들이 이 도시의 아름다움에 특별히 주목했으나, 아직도 사람들은 이 아름다움을 그냥 지나치고 만다. 그래서 도시는 오늘도 여전히 영국에서 가장 이상하고 괴상한 곳으로 남아 사실상 찾아오는 사람이 없다.

블랙무어 계곡의 깊숙한 충적층에서 도시의 북쪽과 남쪽

---

1) 975~978년에 왕으로 재임했으나 웨섹스 남부에 있는 코프 성에서 암살당했다.

과 서쪽으로 솟아오르는, 가파르고 위압하는 듯한 비탈의 정상은 아주 특별한 곳이다. 성곽 중앙부에서 내다보이는 세 개의 주(州)(남부 웨섹스, 중부 웨섹스, 하부 웨섹스)에 뻗힌 녹색 초원지의 풍경은 허파에 닿는 보약 같은 공기처럼 전혀 기대하지 않았던 놀라움으로 여행자의 눈에 충격을 안겨 준다. 철길을 만들기가 불가능한 위치여서 사람들은 걷거나 아니면 차선책으로 가벼운 수레를 이용할 수밖에 없다. 이곳으로 들어가려면 북동쪽으로 난 높은 백악층 고원 지대와 연결되는, 같은 쪽의 협곡을 통과하는 수밖에 없다.

바로 이곳이 지금은 세상이 잊고 있는 섀스턴이며 팔라도어다. 위치 때문에 도시에서 가장 부족한 것은 식수다. 사람들의 기억 속에는 언제나 말과 당나귀와 일꾼들이 산 아래 우물에서 길어 올린 물을 항아리와 물통에 잔뜩 담아 꼬불거리는 언덕길을 돌아 꼭대기로 비실거리며 올라가는 광경이 남아 있다. 물장수들은 양동이 한 통에 반 페니의 값을 받고 물을 팔았다.

물 공급의 어려움은 다른 두 가지 이상한 사실과 함께 다른 어느 곳에서도 찾을 수 없는 세 가지 위안을 남자들에게 주어서 특별한 도시로 소문이 났다. 섀스턴에서 이상한 사실 중 하나는 도시에서 제일 큰 묘지가 교회 뒤의 지붕처럼 가파르게 뻗어 올라 있다는 점이고, 또 하나는 도시가 수도원 내부와 일반인의 생활 모두에서 이상하게도 부패의 시기를 겪었다는 점이다. 즉 이것은 도시에서는 교회 마당이 교회 첨탑보다 더 천국에 가까이 위치하고, 그곳에는 맥주가 음료수보다 더 풍부하며, 또 정직한 주부와 처녀보다 부정한 여자가 더 많다는 것을 의미했다. 도시에 대한 또 다른 소문은 중세 이후 주민들은 성직자들에게 세금을 낼 수가 없을 만큼 가난해서 교회를 부숴 버릴 수밖에 없었으며, 드러내놓고 신을 섬기는 일을 피하지 않을 수가 없었다는 것이다. 그럴 수밖에 없었던 그들의 신세를 일요일 오후 술집의 장의자에 앉아 술을 한 잔씩 시켜 놓고는 한탄을 한 모양이기도 하다. 그 무렵 새스턴 사람들은 유머 감각으로 차 있었음이 분명하다.

또 하나 도시에서 특별한 점은 (이것은 현대적인 것인데) 도시의 위치 때문에 생긴 것이다. 도시는 순회 짐마차와 순회 극단과 순회 사격장 그리고 주로 놀이터나 시장과 관계있는 사업 때문에 이동해 다니는 업체의 주인들이 쉬는 곳이며, 그들의 본부이기도 했다. 다음번의 긴 비상을 생각하며, 아니면 거기까지 날아온 길을 다시 되돌아가기 위해서 이상한 야생 조류들이 높은 지점에 모여 있는 것과 같이, 바로 이 벼랑의 도시에 분명히 그 지방의 이름이 아닌 회사명을 써넣은 황색과 초록색의 카라반들이 할 말을 잃고 바보가 된 것처럼 멈춰 서 있는 것이었다. 마치 너무나 갑작스러운 지세의 변화가 그들의 진로를 막고 있기 때문에 놀라 그 이상의 이동을 포기한 것처럼, 그들은 여기서 한겨울을 쉬었다가 다음 봄이 오면 전날의 진로를 다시 찾아 길을 떠났다.

주드는 어느 날 오후 4시 난생처음으로 이 도시와 가장 가까운 역에 내려 이 바람 부는 괴상한 고장에 발길을 디뎠다. 힘들게 언덕의 정점으로 올라와 높이 솟은 도시의 첫 번째 가옥들을 지났다. 그리고 학교 사택으로 걸어갔다. 시간이 너무 일렀다. 학생들이 모기떼처럼 낮은 소리로 웅얼거리며 학교 안에 몰려 있었다. 그는 몇 걸음 수도원 길을 따라가서는, 운명이 세상에서 가장 사랑하는 사람의 집으로 정해 준 곳을 바라보았다. 넓은 석조 건물로 세워진 학교 정면 쪽에는 커다란 백양나무 두 그루가 서 있었다. 오직 백악질의 고원 지대에서만 자라는 백양나무에는 표피가 부드러운 둥지가 뻗어 있었으며 색깔은 생쥐 같은 회색이었다. 멀리온과 트랜섬이 달린 창 안에는 학생들의 검은, 갈색의, 그리고 담황색의 머리꼭시가 문지방 위로 보였다. 그는 시간을 보내기 위해 한때는 넓은 대지를 갖고 있던 수도원 정원과 나란한 테라스까지 걸어갔다. 그는 자신도 모르게 가슴이 두근거리는 것을 어쩔 수가 없었다.

아이들이 학교를 파할 때까지 안으로 들어가는 것을 피하기로 하고 그는 테라스 근처에서 기다리기로 했다. 어린아이들의 목소리가 밖에서 들리고, 붉고 푸른 프록코트 위로 앞치마를 입은 여학생들이, 삼 세기 전에는 대수도원 원장, 소수도원 원장, 소수도원 부원장, 그리고 오십 명의 수녀들이 엄숙하게 산책을 했던 길 위를 껑충거리며 뛰어가는 모습이 보일 때까지 기다리기로 한 것이었다. 얼마 뒤에 그는 온 길을 되돌아갔다. 그러나 그는 너무 오래 기다렸음을 알게 되었다. 마지막 학생의 수업이 끝나자 수가 손님을 만나러 시내로 나간 것이었다. 필롯슨은 쇼츠퍼드에서 열리고 있는 교사들의 모임에 참석하기 위하여 오후 내내 출타 중이었다.

주드는 빈 교실로 가서 의자에 앉았다. 마루를 쓸던 여자 아이가 필롯슨 부인은 곧 돌아올 것이라고 알려 주었다. 피아노가 한 대 가까이 놓여 있었다. 실제 그 피아노는 메리그린에 살 때부터 갖고 있던 것이었다. 어두운 오후의 일광 때문에 악보를 읽기 어려웠으나 주드는 겸허한 태도로 건반을 두들기기 시작했다. 그는 지난주에 그의 가슴을 그렇게 사로잡았던 그 노래의 곡조를 흥얼거리지 않을 수 없었다.

한 사람이 주드의 등 뒤에서 걸어왔다. 주드는 빗자루를 든 여자 아이이리라고 생각하면서 머리를 들지 않았다. 가까이 오던 사람은 베이스를 치는 주드의 손 위에 자신의 손가락을 가볍게 얹었다. 그 작은 손의 임자를 주드는 알 것 같았다. 그는 몸을 돌렸다.

"멈추지 마세요." 수가 말했다. "난 그 성가가 좋아요. 멜체스터를 떠나기 전에 배웠던 노래예요. 교육 대학에서 자주 연주를 했어요."

"수 앞에서는 감히 그 성가를 치지 못하겠네. 대신 수가 연주해 봐."

"글쎄, 그렇다면 한번 해 보죠."

수가 피아노 앞에 앉았다. 그녀의 연주 솜씨가 특출한 것은 아니지만 자신의 연주에 비해 천상의 음악처럼 들렸다. 그녀도 주드처럼 추억의 선율에 감동한 것이 분명했으며, 그러한 사실 때문에 그녀 자신도 놀란 것 같았다. 그녀가 피아노 치기를 끝내자 그는 손을 그녀의 손이 있는 곳으로 가져갔다. 그러나 그의 손이 그녀의 손에 닿기 전에 그녀의 손이 그의 손으로 다가와 두 손은 중간 지점에서 서로 닿았다. 주드는 그녀가 결혼하기 전에 했던 것처럼 그녀의 손을 꼭 잡아 주었다.

"참 이상하네요." 그녀가 말했다. 목소리가 변해 있었다. "내가 그런 곡조를 좋아하는 것이 말이에요. 왜냐하면……."

"왜냐하면 뭔데?"

"난 그런 부류의 사람이 아니거든요. 정말로요."

"그런 곡조에 감동할 사람이 아니란 말이지?"

"꼭 그런 뜻은 아니고요."

"아, 수는 그런 부류의 사람이지. 왜냐하면 마음속으로는 수도 나와 같은 부류니까."

"마음은 몰라도 머리는 아니죠."

그녀가 연주를 계속했다. 그러다 그녀는 갑자기 몸을 돌렸다. 두 사람은 아무 생각 없이 서로 손을 다시 꼭 잡았다.

그녀는 그의 손을 얼른 빼내면서 짧게 억지웃음을 지었다. "정말 이상하네요!" 그녀가 말했다. "우리 두 사람 왜 이러죠?"

"왜냐하면 조금 전에도 말했지만 우리 둘은 같은 부류기 때문이지."

"생각하는 점에서는 아니에요. 글쎄, 느낌이 조금 같을 지 모르지만."

"느낌이 생각을 지배하는 거야……. 저 성가의 작곡가는 내가 만난 사람 중에서 가장 속된 인간이라는 사실만으로도 하느님을 욕되게 하는 게 아닐까?"

"뭐요? 그 사람 아세요?"

"찾아갔었지."

"오빠 멍청해. 나도 그랬겠지만! 왜 찾아갔지요?"

"우린 같은 부류가 아니니까." 그가 감정이 빠진 목소리로 말했다.

"이제 차나 좀 마셔요." 수가 말했다. "집 안으로 들어가 마시는 것보다는 여기서 마실까요? 주전자와 찻잔을 이리로 내오는 것은 어렵지 않아요. 우린 학교 건물 안에 사는 것이 아니라, 저 길을 지나서 '올드 그로브 플레이스²'라고 이름 붙은 저기 저 서식지 안에 살아요. 너무 오래되고 황량해서 날 무섭도록 우울하게 해요. 저런 집은 방문하기에는 좋지만 살기엔 좋은 곳이 못 돼요. 저기 전에 살았던 그 많은 귀신들이 날 땅속으로 밀어 넣는 기분이에요. 이런 학교처럼 새로 세운 학교에서는 우리 식구가 먹는 것만 신경 쓰면 그다음에는 별로 할 일이 없어요. 앉으세요. 에이다에게 차를 준비해 오라고 할게요."

주드는 스토브 불빛 아래서 차를 기다렸다. 수는 방을 나가면서 문을 열어 두었다. 그녀는 일하는 아이가 차를 날라 오자 그 뒤를 따라 들어왔다. 둘은 스토브 불빛 아래 앉았다. 스탠드 위의 놋쇠 주전자 아래에서는 알코올램프가 파란 불길을 뿜어내었다.

"이건 오빠가 결혼 선물로 준 거예요." 그녀가 주전자를 가리키며 말했다.

"그래." 주드가 대꾸했다.

---

2) 고대의 숲이 있는 곳이라는 뜻.

16

주전자에서 물이 끓는 소리가 났을 때 주드의 귀에는 그 소리 속에 풍자가 섞여 있는 것 같았다. 화제를 바꾸기 위해 주드가 이렇게 물었다. "혹시 신약 성서의 경외서 중에서 추천할 만한 책이 있나? 학교에서 가르치지는 않겠지?"

"아, 아니요. 그랬다가는 온 동네가 놀라 자빠질 거예요……. 그래, 한 권 있어요. 지금은 별로 낯익은 책이 아니지만, 옛날 친구가 살아 있을 때에는 관심을 품었던 책이에요. 쿠퍼의 『경외 복음서』예요."

"바로 내가 구하던 책 같구나." 그러나 그의 생각은 가슴속에서 통증이 일어나는 것을 느끼며 그 '옛날 친구'로 돌아갔다. 그녀가 말한 그 옛날 친구는 옛날에 알던 대학생을 뜻한다는 사실을 그는 알고 있었다. 필롯슨에게도 그 친구 이야기를 했는지 궁금했다.

"니코데무스 복음서도 대단히 좋아요." 그가 질투심에 빠지지 않게 그녀가 계속 지껄였다. 언제나 그랬듯이 그녀는 주드가 질투를 느끼는 경우 금세 알아차렸다. 사실 지금처럼 두 사람의 생활과 직접 관계가 없는 대화를 나누는 경우에도 그들의 마음속에서는 밖으로는 표현되지 않은 제2의 대화가 진행되었다. 두 사람 사이의 상호 교감이 그만큼 완전했기 때문이었다. "그건 진짜 복음서 같아요. 성서처럼 책 전체가 세세하게 절로 나뉘어 있어요. 그건 꿈속에서 복음서 하나를 읽는 것 같아요. 모든 것이 진짜 복음서와 같으면서 또 달라요. 주드 오빠, 아직도 이런 문제에 관심을 품고 있는 거예요? '호교학'을 공부하고 있나요?"

"그래. 어느 때보다 더 열심히 신학 공부를 하지."

그녀가 이상하다는 듯이 그를 쳐다보았다.

"왜 그런 눈으로 날 바라보니?" 주드가 물었다.

"아, 왜 알고 싶어요?"

"그 문제에 관해서는 내가 모르는 것이 있으면 말해 줄 수 있다고 믿어. 수는 고인이 된 그 소중한 친구에게서 모르는 것 없이 많이 배웠을 텐데!"

"이제 그 문제는 이야기하지 마세요." 그녀가 달래듯이 말했다. "다음 주에도 그 아름다운 송가를 배운 교회에서 조각을 할 거예요?"

"그러겠지."

"그거 좋겠네요. 오빠 보러 가도 돼요? 이쪽 방향에 있으니까 기차로 삼십 분이면 오후에는 갈 수 있어요."

"아니, 오지 마!"

"뭐예요? 전과 같은 친구가 아니란 말이에요?"

"아니야."

"몰랐네요. 난 오빠가 항상 나한테 친절할 줄 알았는데!"

"아니야. 그렇지 않아."

"내가 뭘 어쨌다는 거죠? 내 생각에 우리 둘은……." 그녀 목소리에 떨리는 기색이 떠오르자 그녀는 말을 잇지 못했다.

"수, 어떤 때 보면 네게는 남자를 데리고 노는 바람기가 있어." 그가 갑작스레 말했다.

잠시 침묵이 흘렀다. 갑자기 그녀가 자리에서 일어났다. 주전자에 물을 끓이는 불빛에 비친 그녀의 상기된 얼굴을 보고 그가 흠칫 놀랐다.

"주드 오빠, 더 이상 대화가 불가능하네요!" 그녀의 목소리에 여성 최저음의 비극적 콘트랄토 음조가 옛날처럼 깔렸다. "하지 말았어야 된다고 느끼게 만드는 그 병적인 성금요일 곡조를 연주한 다음이라, 이렇게 함께 있기에는 방이 너무 어두워지네요……. 이런 식으로 앉아서 이야기하는 건 그만둬요. 그래요, 이젠 가 보세요. 오빤 날 지금 오해하고 있어요! 난 오빠가 그렇게 잔인하게 말하는 그런 사람과는 정반대예요. 아, 주드 오빠, 그런 소리를 하다니요! 너무 잔인해요! 그러나 이 시점에서 오빠에게 사실을 말할 수는 없네요. 내가 내 마음속의 충동에 얼마나 끌려 다니는지를 오빠에게 말하면 오빠는 충격을 받을 거예요. 쓸 수도 없는 매력을 타고나지 말았어야 한다고 느끼는 내 마음을 오빠가 안다면 놀랄 거라고요. 다른 사람에게서 사랑을 받고 싶은 여인의 마음은 때로는 채울 수가 없어요. 또 때로는 다른 사람을 사랑하고 싶은 마음도 끝이 없어요. 특히 후자의 경우 그런 사랑을 받을 수 있다고 주교님이 특권을 부여한 법적 남편에게도 계속해서 사랑을 준다는 것은 불가능하고요. 그러나 오빠는 너무 직선적이어서 날 이해 못 해요! 이제 가 보세요. 남편이 집에 없어 너무 유감이네요."

"정말 유감일까?"

"그 말은 단순한 인습의 테두리 속에서 한 것 같네요! 솔직히 말해서 남편이 집에 없어 유감은 아니죠. 슬프게도 어느 쪽이든 상관없어요!"

조금 전까지 두 사람이 서로 손을 오랫동안 잡고 있었던 때 문인지 수는 밖으로 나가는 주드의 손가락을 가볍게 만졌다. 그러나 주드가 문밖으로 채 나가기도 전에 그녀는 불만스러운 눈으로 벤치 위에 뛰어 올라가 발치에 있는 여닫이 쇠 창문을 열었다. 주드는 창 바깥쪽에 난 길을 건너가고 있었다. "오빠, 몇 시 기차를 타러 갈 거예요?"

　주드가 약간 놀란 표정으로 그녀를 쳐다보았다. "그 기차 시간에 맞출 마차가 여기를 45분쯤 떠나는데."

　"그럼 그때까지 뭘 할 거예요?"

　"글쎄, 여기저기 산보나 하지 뭐. 옛 교회에 들어가 앉아 있을까도 싶고."

　"그렇게 쫓아내고 나니 내가 아주 무정한 인간이 되네요. 이미 어두운데 또 교회에 들어가지 않아도 교회 생각은 충분히 했을 테고. 거기 기다려요."

　"어디?"

　"지금 서 있는 데요. 오빠하고 집 안에 있을 때보다 그렇게 있으니까 이야기하기가 편하네요……. 날 보러 오느라 반나절치 임금도 포기한 오빠, 너무 친절하고 착해요! …… 오빠는 꿈을 꾸는 요셉[3]이고 비극의 주인공 돈키호테예요. 사람들이 돌팔매질을 하는데 천국이 열리는 모습을 보는 성 스테파노이기도 하고요. 아, 가엾은 내 친구이며 동지! 아직 고통은 더 남아 있어요!"

---

3) 「창세기」 37장 5~10절 참조.

두 사람 사이에 높은 창틀이 있어 그가 그녀에게 다가갈 수 없자 그녀는 가까이에서는 할 수 없던 말을 솔직하게 쏟아붓는 데 주저함이 없었다. "생각을 많이 해 봤는데요," 아직도 감정이 넘쳐흐르는 목소리로 말을 계속했다. "문명이 우리를 던져 넣는 사회적 틀은 우리의 실제 형태와는 아무 관계가 없는 것 같아요. 별들에 대해 우리가 일반적으로 생각하는 통념적 형태가 실제 별의 모습과는 무관한 것만큼요. 난 지금 리처드 필롯슨 부인으로 불리고, 그 이름을 가진 사람과 조용한 결혼 생활을 하고 있어요. 그러나 사실은 난 필롯슨 부인이 아니고, 돌연변이의 열정과 말할 수 없는 반감을 가슴에 품고 혼자서 이리저리 밀려다니는 가엾은 여자예요. 이제 더 이상 거기에 그냥 서 있다가는 마차를 놓치겠어요. 다시 오세요. 그때는 내가 실제 사는 집으로요."

"그래!" 주드가 대꾸했다. "그게 언제쯤이 될까?"

"다음 주 오늘요. 안녕, 안녕!" 그녀가 손을 뻗쳐 그의 이마를 가볍다는 듯이 꼭 한 번 어루만져 주었다. 주드가 작별을 고하고 어둠 속으로 걸어갔다.

빔포트가(街)를 지나다가 그는 떠나는 역마차의 바퀴 소리를 들었다고 생각했다. 생각대로 장이 열리는 광장에 위치한 듀크스 암스 퍼브에 도착했을 때 벌써 역마차는 떠나고 없었다. 그가 생각했던 기차를 타기 위해서는 기차역까지 걸어가 시간을 맞춘다는 것이 불가능했다. 그는 부득이 그날 밤 멜체스터로 가는 마지막 차인 다음 기차를 타지 않을 수 없었다.

그는 근처를 잠시 배회하면서 먹을 것을 찾았다. 그래도 삼십 분이 남아 있었다. 그의 발걸음이 자신도 모르게, 라임나무들이 길게 뻗어 길을 만드는, 트리니티 교회의 유서 깊은 묘지를 지나 학교 방향으로 향했다. 학교 건물은 완전히 어둠 속에 싸였다. 수는 길 건너 올드 그로브 플레이스에 산다고 말했다. 그는 집이 고색창연하다고 한 그녀의 말을 토대로 금세 찾아냈다.

집 앞쪽 창문에서 희미한 촛불 빛이 새어 나왔다. 창문의 셔터가 아직 닫히지 않은 채 올려져 있었다. 그는 방의 내면을 자세히 볼 수 있었다. 방 안의 마루가 창밖의 길보다 두어 발짝 땅속으로 내려앉아 있었다. 집을 건축한 이후 여러 세기를 지나면서 길의 표면이 높여졌기 때문이었다. 막 방으로 들어온 것이 분명해 보이는 수는 모자를 쓴 채 집 앞쪽에 있는 응접실에 서 있었다. 방의 벽은 오크 목재로 마루에서 천장까지 징두리널을 깔았으며, 천장은 그녀의 머리가 닿는 윗부분까지 큼직한, 틀에 넣은 대들보들이 옆으로 가로질렀다. 벽난로의 앞부분도 암갈색 기둥과 소용돌이무늬로 요란하게 장식되었다. 지나간 세기(世紀)가 그 방에서 시간을 보내는 젊은 아내의 머리 위에 무겁게 걸려 있었다.

그녀가 자단(紫檀)으로 만든 바느질 상자를 열어서 그 안에 있는 사진을 한 장 들여다보았다. 그녀는 그 사진을 잠시 들여다보더니 그것을 가슴에 대었다가 다시 제자리에 놓았다.

그러다가 그녀는 창문을 닫지 않았다는 사실을 깨닫고는 손에 촛불을 든 채 창가 쪽으로 나왔다. 그녀가 밖에 있는 주드를 알아보기에는 밤이 너무 어두웠다. 그러나 주드는 그녀의 얼굴을 똑똑히 볼 수 있었다. 그녀의 검고 긴 속눈썹에는 의심의 여지가 없는 눈물 자국이 어려 있었다.

그녀가 창문을 닫았다. 주드는 몸을 돌려 하숙집으로 돌아가는 외로운 길을 걷기 시작했다. "그녀가 보고 있던 사진은 누구의 것이었을까?" 그가 중얼거렸다. 언젠가 그녀에게 자신의 사진을 준 일이 있기는 했다. 그러나 그녀가 다른 사람의 사진도 갖고 있다는 사실을 그는 알고 있었다. 하지만 그 사진은 자신임에 틀림없겠지?

그녀가 초청한 대로 다시 그녀를 찾아가야 한다는 것을 그는 알고 있었다. 그가 읽은 근엄한 선인(先人)들, 수가 다소 불경스러운 마음으로 주드의 반신(半神)이라고 부르는 성자들이 자신들의 힘을 의심했다면 이러한 만남을 피했으리라. 그러나 주드 자신에게는 그 만남을 말릴 힘이 없었다. 그는 만남과 만남 사이의 시간에 단식을 하고 기도를 했겠지만, 그의 내면에는 인간적인 면이 신성(神性)보다 훨씬 강렬했다.

2

신이 처치하지 않으면 여자가 처치했다. 다음 날 아침 수에게서 이런 편지가 왔다.

다음 주에 오지 마세요. 오빠를 위해서 오지 말아야 해요. 우리는 그 병적인 성가와 석양의 영향 때문에 너무 자유롭게 행동했어요. 할 수 있는 한 생각하지 마세요.

수잔나 플로렌스 메리

실망이 몹시 심했다. 그녀가 자신의 이름을 이런 식으로 길게 쓴 기분과 얼굴 표정을 이해는 했다. 그녀의 기분이 어떤 것이든 그녀의 생각이 틀렸다고는 말할 수 없었다.

동감이야. 수의 말이 옳아. 이런 시기에 내가 배워야 하는 것은 체념의 교훈이겠지.

주드

그는 편지를 부활절 전야에 띄웠다. 두 사람이 내린 결론은 그것으로 최종적인 듯했다. 그러나 세상에는 그들의 결정 외에 또 다른 힘과 법칙이 작용했다. 부활절 월요일에 주드는 에들린 과수댁으로부터 메시지를 받았다. 사태가 심각해지면 전보를 치라고 지시를 해 두었었다.

할머니의 병세가 악화되고 있음. 즉시 집으로 올 것.

그는 전보를 받자마자 공구를 내던지고 고향으로 달려갔다. 세 시간 반 뒤에 그는 메리그린의 구릉지대를 건너지르고 있었다. 금세 그는 분지로 된 들판으로 들어갔다. 그 들판을 지나면 마을로 들어가는 지름길이 나 있었다. 들판 끝 자락 언덕을 오르는데 마을의 일꾼 한 사람이 길 건너 대문 쪽에서 그가 오는 것을 지켜보다가 불안한 걸음걸이로 그에게 접근하며 말을 걸려 했다. "저 사람 얼굴에서 할머니가 돌아가신 사실을 읽을 수가 있어." 주드가 중얼거렸다. "가엾은 드루실라 할머니!"

주드가 생각한 대로였다. 에들린 부인이 할머니 소식을 주드에게 알려 주라고 그 남자를 밖에서 기다리게 했던 것이다.

"자네를 알아보지도 못했을 거야. 유리 눈을 단 인형처럼 누워 있었지. 자네가 여기 있지 않아도 다를 게 아무것도 없었다니까." 그 사나이가 말했다.

주드는 그 소식을 들은 다음 집으로 들어갔다. 오후에 모든 절차가 끝나고 염장이들마저 맥주를 한 잔씩 한 다음 집으로 들 돌아가자 주드는 조용한 집에 혼자 남았다. 비록 이삼 일 전에 두 사람은 완전히 관계를 절연하는 것이 좋겠다는 사실에 합의를 한 바 있지만, 이런 상황에서는 수에게 연락을 해야 하는 것이 절대적으로 필요했다. 그는 가장 간단한 내용으로 그녀에게 글을 썼다.

드루실라 할머니가 갑작스레 돌아가셨단다. 장례는 금요일 오후.

주드는 장례까지의 기간 동안 메리그린에 남아 있었다. 금요일 아침에 그는 묘지 공사가 끝났는지를 알아보기 위해 집을 나갔다가 혹시 수가 오나 하고 생각해 보았다. 그녀에게서는 아무 회신도 없었다. 그것은 그녀가 오지 않을 것이라는 전망보다는 올 것이라는 쪽을 의미하는 듯했다. 그는 그녀가 올 수 있는 기차 시간을 계산해 보고는 정오쯤 집 문을 걸어 잠그고, 텅 빈 들판을 지나 고원 지대와 마주 붙은 '갈색집' 곁으로 갔다. 거기서 그는 우뚝 걸음을 멈추고 북쪽으로 난 넓은 풍경을 바라보았다. 알프레드스턴이 위치한, 가까운 곳의 경치도 바라보았다. 그 뒤로 3킬로미터쯤 떨어진 곳에서 하얀 증기가 솟아올랐다가 왼쪽에서 오른쪽으로 움직이기 시작했다.

그녀가 왔는지를 확인하기까지는 그 시점에서도 긴 시간을 기다려야 했다. 그러나 그는 기다렸고, 한참 만에 언덕 아래쪽에 작은 전세 마차가 하나 멈춰 서더니 한 사람이 거기서 내렸다. 마차는 다시 온 길을 돌아갔으며, 마차에서 내린 손님은 언덕을 오르기 시작했다. 그는 그녀를 알아보았다. 오늘따라 그녀는 유달리 연약하게 보여서 강하고 열정적인 포옹 속에서는 부서질 것 같아 보였다. 그러나 그는 그녀에게 그런 포옹을 할 수가 없었다. 3분의 2쯤 길을 걸어오다가는 갑자기 그녀의 얼굴이 생각에 잠긴 듯한 표정을 지었다. 그는 그녀가 그 순간 자신을 알아보았다는 사실을 깨달았다. 그녀의 얼굴에 우수 어린 미소가 떠올랐다. 길을 조금 내려와 그가 그녀를 마중하는 순간까지 그녀는 그 미소를 얼굴에 띠고 있었다.

"난 생각했어요." 그녀가 신경질적인 빠른 음성으로 말했다. "오빠 혼자 장례식을 다 맡아 하도록 내버려 두기에는 너무 슬펐어요! 그래서 마지막 순간에 이렇게 달려왔어요."

"사랑하는 충실한 수!" 주드가 혼자 중얼거렸다.

아직 장례식까지는 시간이 더 남았지만 그녀의 이상하리만큼 모호한 양면적 성격은 수로 하여금 그 이상의 인사말을 나누기 위해 그냥 그 자리에 서 있게 두지는 않았다. 이러한 순간에 따르는 이상하리만큼 복합적인 비애의 정은 장차 다가올 몇 해 동안에는 결코 다시 반복될 성질이 아니었다. 그런 기회가 반복된다면 주드는 걸음을 멈추고 생각에 잠겨 보고 또 대화도 해 보고 싶은 마음이었다. 그러나 수는 그런 면을 보지 못했거나, 아니면 주드보다 더 확실히 보면서도 자신이 그것을 느끼지 않도록 하는 듯했다.

슬프고 간단한 장례식은 서둘러 끝났다. 교회까지의 거리는 거의 한 발짝이면 충분한 데다, 바쁜 장의사가 한 시간 뒤에는 5킬로미터나 떨어진 곳에서 좀 더 중요한 장례식을 치러야 했기 때문이다. 드루실라 할머니는 그녀의 선조들이 묻힌 자리에서 꽤 떨어진 새 묘지터에 묻혔다. 수와 주드는 나란히 서서 묘지까지 갔다. 둘은 이제 낯익은 집으로 돌아와 차를 마시기 위해 자리에 앉았다. 죽은 사람에 대한 이 마지막 예의가 두 사람의 생활을 하나로 묶어 놓은 것이다.

"할머니는 처음부터 마지막까지 결혼이라는 것을 반대했다고 했어요?" 수가 중얼거리듯 말했다.

"그래. 특히 우리 가족들의 결혼을 반대했지."

그녀의 시선이 그의 눈과 마주쳤다. 그의 눈에 그녀의 시선이 한참 동안 머물렀다.

"우리는 슬픈 가족이죠, 그렇게 생각하지 않아요?"

"할머니 말은 우린 좋은 남편과 아내가 아니라는 거야. 분명히 불행한 남편이 되고 불행한 아내가 된다는 거였어. 어쨌든 내가 그 꼴이지!"

수는 아무 대꾸도 하지 않다가 입을 열었다. "오빠," 그녀의 목소리에 조심스러운 진동이 서려 있었다. "남편이나 아내가 제삼자에게 자신의 결혼이 불행하다고 말하면, 그게 나쁜 것인가요? 결혼식이 종교적인 거라고 생각한다면 나쁜 일일 거예요. 그러나 결혼이, 집안일, 지방세 내는 일, 국세를 납부하는 일, 그리고 아이들이 땅과 돈을 상속받는 물질적 편의에 근거한 지저분한 계약이라면, 그래서 아버지가 반드시 외부로 알려져야 한다면 (지금 그런 관행이지만) 그런 경우에는 결혼이 남편을 또는 아내를 고통스럽고 슬프게 한다고 말할 수 있겠지요. 아니, 지붕 꼭대기에 올라가 그렇다고 소리칠 수가 있겠지요?"

"내가 그렇게 말하지 않았어?"

수가 금세 말을 이었다. "오빠 생각에는 결혼한 사람들 중에 확실한 잘못이 없는데도 상대방을 싫어하는 경우가 있어요?"

"그럼, 그럴 거야. 만약 예컨대 다른 사람을 좋아한다면 그럴 수 있겠지."

"그런 경우가 아닐 때는요? 만약 아내가 남편과 함께 살기를 싫어한다면, 그 여자는 대단히 나쁜 여자겠지요? 단지……." 그녀의 목소리가 흔들리기 시작했다. 그는 상황을 짐작할 수 있었다. "남편을 존경하고 또 그에게 감사하는 마음을 가졌으면서도, 단지 아내가 남편을 인간적으로 싫어하는 느낌 때문에 (육체적으로 싫어하거나, 까다롭기 때문에, 아니면 그걸 뭐라고 부르든 상관없이) 그런다면 말이에요. 난 지금 하나의 경우를 예시할 뿐이에요. 그렇다면 아내는 그녀의 얌전한 척하는 위선적 태도를 극복해야 하나요?"

주드는 걱정스러운 눈길을 그녀에게 보냈다. 그는 시선을 다른 쪽으로 돌리면서 말했다. "그건 내 개인적 경험이 내 독단과 반대로 가는 경우의 하나이겠지. 질서를 사랑하는 사람의 입장에서 말한다면 (난 질서를 사랑하는 사람이기를 희망하면서도, 사실은 그 질서를 사랑하는 사람이 아니지만) 그렇다고 할 수 있지. 그러나 경험과 편견 없는 천성에 의거하여 말한다면 내 대답은 부정적이야. 수, 수는 행복하지 않은 것 같아!"

"물론 행복해요!" 그녀는 자신의 이야기를 뒤집는 대답을 했다. "자유롭게 선택한 남자와 결혼한 지 팔 주밖에 안 되는 여자가 어떻게 불행할 수 있어요?"

"자유롭게 선택을 했다!"

"왜 그 말을 반복해요? 난 6시 기차로 돌아가야 해요. 오빠는 여기 남아 있을 거죠?"

"할머니의 일을 치다꺼리하기 위해 며칠은 남아 있어야겠지. 이 집은 이제 팔렸어. 기차 정거장까지 함께 가 줄까?"

수가 가볍게 웃으면서 반대를 표시했다. "아니요. 대신 정거장까지 가는 길을 어느 부분까지는 함께 갈 수 있겠죠."

"잠깐, 오늘 밤에는 갈 수가 없어. 지금 있는 기차는 섀스턴까지 가는 게 아니거든. 여기서 묵고 내일 돌아가도록 해요. 여기 머물고 싶지 않으면 에들린 부인과 지내지그래. 거기는 방이 많으니까."

"좋아요." 그녀가 어정쩡하게 대꾸를 했다. "그 사람에게 내가 꼭 오늘 돌아간다고는 말하지 않았어요."

주드는 인접한 에들린 부인 집으로 가서 사정을 알렸다. 그는 몇 분 뒤에 돌아와 자리에 앉았다.

"수, 우리가 주변의 사정에 따라야 하는 것은 무서운 일이야. 정말 무서운 일이지!" 그는 눈으로 마루를 보면서 갑자기 말했다.

"아니에요! 왜요?"

"내가 지금 마음속에서 느끼는 나의 우울함을 다 말할 수는 없어. 수의 우울증은 그 사람과 결혼을 하지 말았어야 한다는 데서 연유하지. 수가 결혼하기 전에 나는 그걸 보았어. 그러나 나는 참견하지 말아야 한다고 생각했지. 그게 내 잘못이었어. 참견을 했어야 하는 건데!"

"어디다 근거를 두고 그런 상상을 하죠?"

"그건 수의 날개깃을 통해 수를 환히 다 들여다볼 수 있기 때문이지, 작은 새 아가씨!"

그녀의 손이 식탁 위에 놓여 있었다. 주드가 그의 손을 그 위에 얹었다. 수가 손을 빼냈다.

"이건 말이 안 돼, 수." 주드가 외쳤다. "그동안 우리가 나눈 이야기는 다 뭔데! 그런 문제를 두고 말하면, 난 수보다 훨씬 더 엄하고 격식을 따지는 사람이야. 이런 순수한 행위도 안 된다면 수는 웃길 정도로 모순투성이 여자야!"

"내가 너무 격식을 차리나 봐요." 그녀의 목소리에 후회의 빛이 서렸다. "난 그저 우리가 속임수를 쓴다고 생각했어요. 너무 자주 이런 짓을 한다고요. 자, 이제 마음대로 실컷 잡으세요. 이럼 난 좋은 여자인가요?"

"그래요, 아주 대단히."

"그러면 난 그 사람에게 말을 해야겠어요."

"누구?"

"리처드요."

"아, 물론 그래야지. 필요하다고 생각하면 그래야지. 하지만 알린다는 것이 아무 의미 없는 상황이니, 쓸데없이 그 사람을 괴롭힐 필요는 없겠지."

"그럼 오빠는 친척으로서만 이러는 것 확실해요?"

"절대로 확실하지. 나에겐 사랑의 감정이 남아 있지 않으니까."

"처음 듣는 소식이네요. 어쩌다 그렇게 되었죠?"

"아라벨라를 만났어."

그녀가 이 소식에 몸을 약간 움찔했다. 그녀는 이상하게 이렇게 물었다. "언제 만났어요?"

"크라이스트민스터에 갔을 때."

"그 여자가 돌아왔군요. 그런데도 나한테 말도 안 했어요! 이제 함께 살겠군요?"

"물론, 수가 남편하고 함께 살듯이."

돌보지 않아 시들어 버린 선인장과 제라늄이 담긴 창가의 화분을 그녀는 쳐다보았다. 그러고는 창밖 풍경을 바라보았다. 그녀의 눈시울이 젖기 시작했다. "왜 그래?" 주드가 부드러워진 목소리로 물었다.

"그녀에게로 가는 것이 뭐가 그렇게 좋아요? 만약 나에게 하던 이야기가 아직도 사실이라면 말이에요. 아니, 그 말이 그때에는 사실이었다면 말이에요! 물론 지금은 사실이 아니겠죠! 어떻게 오빠의 마음이 그토록 빨리 아라벨라에게로 돌아가나요?"

"신의 특별한 배려가 도운 거라고나 할까."

"아, 사실이 아니군요!" 그녀가 화를 약간 내면서 말했다.

"내가 행복하지 않기 때문에 날 골려 주기로 작정했군요."

"잘 모르겠어. 알고 싶지 않아."

"내가 불행하다면 그건 내 잘못이에요. 내 마음씨가 못되어서 그런 거죠. 내가 그를 싫어할 권리가 있어서 그런 건 아니에요! 그 사람은 나에게 모든 점에서 사려 깊게 굴어요. 그는 손에 잡히는 대로 무엇이든지 다 읽어서 전반적인 지식을 엄청나게 쌓은 사람이에요. 그래서 대단히 재미있어요……. 주드 오빠, 남자는 자기 또래의 여자와 결혼을 해야 한다고 생각해요? 아니면 자신보다 훨씬 젊은 여자와 해야 한다고 생각해요? 나처럼 열여덟 살이나 아래인 여자와 말이에요."

"서로를 어떻게 느끼느냐가 문제겠지."

그는 수가 스스로 만족할 기회를 주지 않았다. 그녀는 위로의 말을 듣지 못한 채 계속했다. 그녀는 눈물 어린 패자(敗者)의 목소리로 말했다.

"나도…… 나도 오빠가 그런 것처럼 솔직해야 되겠네요. 오빠는 이미 내가 하려는 말을 다 꿰뚫어 보았을지도 모르겠어요. 난 필롯슨 씨를 친구로서 좋아하기는 하지만…… 고문이에요…… 남편으로 그와 함께 사는 것이요! 이제 그만 입 밖에 쏟아 놓고 말았네요. 어쩔 수가 없었어요. 행복한 것처럼 꾸미고 살았지만. 이제 오빠는 영원한 경멸의 감정을 나한테 느끼겠지요!" 그녀가 몸을 구부려 식탁 위에 놓인 손에 얼굴을 묻었다. 가는 다리가 셋밖에 달리지 않은 식탁이 흔들릴 정도로 몸을 떨면서 소리 없이 흐느끼기 시작했다.

"난 겨우 결혼한 지 한 달, 아니 두 달 정도 되었어요!" 그녀가 여전히 식탁에 얼굴을 묻고 손으로 얼굴을 감싼 채 흐느끼면서 말을 이었다. "여자가 결혼 초기에 싫어하는 것은 오륙 년 지나면 무관심한 마음으로 편안하게 다 털어 버린다고 했어요. 그러나 그 말은 시간이 지나면 나무 다리나 팔에 불편 없이 익숙해지기 때문에 사지를 절단하는 게 아무 고통도 아니라고 말하는 것과 같아요."

주드는 뭐라고 말을 해야 할지 몰랐다. 그는 이렇게 얼버무렸다. "수, 무엇인가 잘못된 줄은 알았어! 아, 문제가 있는 줄은 알았지!"

"그러나 오빠가 생각하는 것과는 달라요. 아무것도 잘못된 게 없어요. 나의 못된 면을 빼면요. 오빠는 그걸 나의 혐오감이라고 부르겠지요. 왜 그런지는 말할 수 없어요. 그러나 일반적으로 세상은 그렇게 말하진 않겠지요……. 나를 모질게 괴롭히는 것은, 도덕적으로 훌륭하기는 하지만, 이 남자가 뭘 원할 때마다 거기에 반응해야 할 필요성이에요. 본질이 자발적인 문제에서 무서운 계약을 특별한 방식으로 느낀다는 거예요! ……그가 나를 때리거나 부정한 짓을 하거나, 아니면 내가 지금 느끼는 감정을 내 입으로 정당하다고 말할 수 있는 짓을 대놓고 했으면 좋겠어요. 그러나 그는 그런 짓을 하지 않아요. 내가 그에 대하여 어떻게 느끼고 있는지를 알게 된 다음부터 약간 냉정해진 것 외에는 아무것도 바뀐 게 없어요. 그가 장례식에 오지 않은 것도 그래서고요……. 아, 난 너무 비참해요. 뭘 어떻게 하면 좋을지 모르겠어요! ……나에게 가까이 오지 마세요, 오빠. 그래서는 안 되니까요. 하지 마세요,

하지 마세요!"

그러나 그는 벌떡 일어나 그녀에게 다가가 자신의 얼굴을 그녀의 얼굴에 대었다. 그러나 그녀의 얼굴이 가려져 있어서 그의 얼굴은 그녀의 귀와 맞닿은 정도였다.

"오빠, 그러지 말라고 했어요!"

"그래, 그러지 말라고 했지. 나는 다만 수를 위로해 주고 싶은 뜻이었어! 이 모든 게 우리가 만나기 전에 내가 결혼을 한 데서 연유하지. 안 그래? 그러지만 않았다면 수, 수는 내 아내가 되어 있겠지. 그렇지 않아?"

대답 대신 그녀가 잽싸게 자리에서 일어나, 바람을 쏘이기 위해 교회 마당에 있는 힐머니의 묘지까지 산보를 하겠다고 말했다. 그러고는 집 밖으로 나갔다. 주드는 그녀를 따라 나가지 않았다. 이십 분 뒤 그는 수가 에들린 부인의 집을 향해 마을 녹지대를 걸어가는 모습을 보았다. 곧 그녀가 어린 여자 아이를 보내 그녀의 가방을 가져오도록 했다. 그리고 그날 밤 그를 다시 만나기에는 몸이 너무 피곤하다고 전갈을 보내왔다.

주드는 할머니 집의 호젓한 방에 혼자 앉아 과수댁 에들린의 집이 밤의 그림자 뒤로 사라지는 것을 지켜보았다. 수가 그 집의 벽에 삥 둘러싸여 자신만큼 외롭고 실망한 채 앉아 있는 사실을 그는 잘 알았다. 그는 모든 것은 잘되리라는 종교적 표어가 옳은 것인지를 다시 생각해 보았다.

그는 일찍 자리에 들었다. 그러나 수가 그렇게 가까이 있다는 생각으로 잠이 깊이 들지 않았다. 새벽 2시쯤, 그가 막 깊이 잠들려는데 날카로운 비명 소리가 들려 졸음이 달아났다.

그가 메리그린에 살 때 익숙해진 소리였다. 그것은 덫에 걸린 토끼의 울부짖음이었다. 작은 동물의 습관대로 비명은 금세 그쳤다. 한 번이나 두 번쯤 더 소리를 지를 수도 있겠지만 대개의 경우 그냥 새벽까지 고통을 견디며 버틸 것이고, 아침에 덫을 놓은 사람이 와서 토끼의 머리를 내려치는 것이 정해진 순서였다.

어린 시절 지렁이를 구해 준 일이 있는 주드는 토끼가 다친 다리 때문에 받는 고통을 상상하기 시작했다. 만약 토끼의 뒷발이 덫에 걸리는 '어설픈 덫 씌우기'라면 그 토끼는 다음 여섯 시간 동안 덫에 달린 쇠 이빨에 물린 뒷발을 계속 끌어당겨 다리 뼈에서 살이 모조리 벗겨질 때까지 발버둥을 칠 것이며, 덫에 달린 스프링이 약해서 혹시 덫에서 빠져나간다 하더라도 사지에 괴저병이 생겨 결국 들판 어디에서 죽고 말 것이다. 만약 토끼의 앞다리가 물리는 '확실한 덫 씌우기'에 걸리는 경우라면, 뼈가 부러지고 사지는 결국 불가능한 탈출 시도에서 두 조각으로 찢어지게 마련이다.

거의 삼십 분쯤 지났는데도 토끼의 괴로운 신음 소리는 반복되었다. 주드는 토끼를 고통에서 해방시킬 때까지 잠을 잘 수가 없었다. 그는 급히 옷을 주워 입고 층계를 내려가 소리가 나는 방향을 향해 목초지를 건너갔다. 그는 과수댁 에들린의 정원과 경계를 이루는 울타리까지 갔다가 걸음을 멈추었다. 몸부림치는 토끼가 여기저기 끌고 다니는 쇠 덫의 삐걱거리는 희미한 소리가 주드에게 방향을 안내했다. 그는 현장에 닿자마자 토끼의 목 뒤를 손바닥 옆모서리로 내리쳤다. 토끼는 그 자리에서 죽어 몸을 뻗었다.

그가 몸을 돌려 돌아가려다가 옆집 아래층의 열린 창문을 통해 한 여인이 밖을 내다보고 있는 것을 보았다. "주드 오빠!" 목소리가 놀란듯이 그를 불렀다. "오빠죠, 맞죠?"

"그래, 수!"

"도무지 잠을 이룰 수가 없었어요. 그러다가 토끼 소리를 들었지요. 토끼가 얼마나 고통스러울지를 머리에서 지울 수가 없었어요. 내가 내려가 처치해야겠다고 생각하고 있었지요. 오빠가 먼저 와서 다행이에요. 이런 석 덫을 쓰지 못하도록 해야 돼요. 그렇죠!"

주드가 창가까지 갔다. 창은 매우 낮게 달려 그녀의 허리까지 보였다. 그녀는 여닫이창의 지주를 밀고 손을 내밀어 그의 손 위에 얹었다. 달빛에 비친 그녀의 얼굴이 그를 강렬하게 노려보았다.

"토끼 소리가 잠을 깨웠나?"

"아니요, 깨어 있었어요."

"왜?"

"아, 오빠도 알잖아요……. 거봐요! 오빠는 종교적 이론을 앞세워 결혼한 여자가 내가 겪은 것과 같은 종류의 고통에 빠지면, 내가 한 것처럼, 남자에게 자신의 고통을 다 이야기하는 것이 치명적인 죄악이라고 생각하고 있어요. 지금 생각으로는 그러지 말았어야 했어요!"

"수, 그렇게 생각하지 마. 그런 생각이 내 견해였을지 모르지만, 내 이론과 나 자신은 서로 헤어지기로 작정했어."

"그럴 줄 알았어요…… 그럴 줄 알았어요! 그래서 난 오빠의 신앙을 그냥 내버려 두기로 맹세했어요. 그러나…… 오빠를 보니 반가워요! 그리고 아, 난 오빠를 다시 만나지 않으려고 했어요. 이제 우리 둘 사이의 마지막 유대였던 드루실라 할머니가 돌아가셨어요!"

주드가 그녀의 손을 잡고 키스를 했다. "좀 더 강한 유대가 남아 있어!" 그가 말했다. "이제 난 내 이론이나 종교에 관심을 끄기로 했어! 둘 다 제 길을 가도록, 따로 가도록 내버려 두기로! 내가 수를 사랑하고, 수가 비록……."

"그런 말 하지 마세요……. 오빠 말의 뜻이 무엇인지 알아요. 그러나 난 그만큼 많은 것은 받아들일 수가 없어요. 거봐요! 오빠 자신이 뭘 좋아하는지 생각해 보세요. 그러나 오빠의 질문에 내가 뭐라고 답을 하리라고는 기대하지 마세요."

"내가 어쨌건 수가 행복했으면 좋겠어!"

"그럴 수는 없죠! 내 감정의 세계로 들어오는 사람은 거의 없으니까요……. 사람들은 이것이 모두 내 상상 속의 까다로움이나 그 비슷한 것 때문이라고 말하며 날 비난하겠지요……. 문명 생활 속에서 사랑의 일상적 비극은 사랑의 자연스러운 비극과는 아무 상관이 없어요. 자연스러운 상태에서 이별을 해방이라고 생각할 사람들을 위해 인위적으로 만들어 낸 비극일 뿐이죠. 내가 오빠에게 내 고통을 말한 것은 아마 잘못된 일이었을 거예요. 그러나 내게는 그런 고통을 고백할 사람이 아무도 없어요. 난 누군가에게 내 고통을 다 이야기해야 해요! 주드 오빠, 그 사람과 결혼하기 전에 난 결혼의 진정한 의미가 무엇이었는지를, 비록 알았더라도, 그것을 충분히 생각해 보지 않았어요. 나는 그런 점에서 바보였어요. 아무 변명의 여지가 없어요. 난 나이를 먹을 만큼 먹어서 매우 경험이 풍부하다고 생각했지요. 교육 대학에서의 사건에 휘말렸을 때 나는 나 같은 바보나 가질 수 있는 자신감에 차서 결혼을 서둘렀어요. 모르고 한 짓은 그것을 바로잡을 수 있는 길이 허락되었으면 좋겠어요! 그런 일은 많은 여자들에게 일어나는 일이라고 생각해요. 그런데 차이점은 그들이 항복하는 데 반해 난 발길질을 하는 거예요……. 후세 사람들이 우리가 불행을 안고 살아가는 시대의 야만스러운 관습과 미신을 바라본다면 뭐라고 하겠어요!"

"사랑하는 수, 자기는 너무나 혹독하게 비판적이야. 얼마나 내가 바라는지…… 바라는지."

"이제 들어가세요!"

한순간의 충동에 사로잡혀서 그녀는 창틀 위로 몸을 굽혀 눈물에 젖은 채 자기 얼굴을 그의 머리카락 위에 얹었다. 그러고는 거의 느낄 수 없는 가벼운 키스를 그의 머리 꼭대기에 살짝 남겼다. 그녀는 그가 팔을 자기 허리에 감을 수 없도록 재빨리 몸을 뺐다. 그러지 않았으면 그는 의심의 여지 없이 팔을 감았을 것이다. 그녀는 여닫이창을 닫았고, 그는 그의 할머니 집으로 돌아갔다.

3

  수의 고뇌에 찬 고백은 그날 밤 내내 주드의 마음속에 슬픔
으로 반복해서 떠오르고 또 떠올랐다.

  다음 날 아침 수가 떠나야 할 시간이 되었을 때 이웃 사람
들이 그녀와 그녀의 친구가 알프레드스턴으로 가는 한적한
길과 연결되는 언덕길을 걸어 내려가는 것을 보았다. 한 시간
이 지나서 그는 같은 길로 돌아왔다. 그의 얼굴에는 기쁨과
모험의 표정이 섞여 있었다. 심상찮은 일이 일어난 것이었다.

  그들은 작별을 하기 위해 조용한 도로에 서 있었다. 두 사
람의 강렬하고 열정적인 감정이 그들의 내밀한 관계를 어디까
지 허용할 수 있는지에 대한 당혹스러운 질의로 이어져 거의
언쟁 직전까지 발전했다. 그녀는 눈물 어린 목소리로 사제의
초보 단계를 밟는 사람이 작별의 인사로 키스를 하는 것은 온

당하지 않다고 했으며, 주드는 키스를 여전히 주장했다. 그러다가 그녀는 키스는 아무것도 아니며, 달라지는 것은 키스를 하는 정신이라고 한 발 물러섰다. 그녀는 친척과 친구의 정신으로 하는 키스라면 반대해야 할 이유가 없으나, 만약 연인의 정신으로 하는 것이라면 용납할 수 없다고 했다. "후자의 정신으로 하는 것이 아니라고 맹세할 수 있어요?" 하고 그녀가 물었다.

아니. 약속할 수 없어. 그러다 두 사람은 몸을 돌려 반대 방향으로 길을 걸어갔다. 각기 20~30미터쯤 걸어갔을 때 둘은 동시에 몸을 돌려 뒤를 돌아보았다. 뒤를 돌아본 눈길은 지금까지 지켜 오던 자제력에 치명적 일격을 가했다. 두 사람은 잽싸게 달려가서 전혀 예견치 않은 포옹을 했으며 밀착되고 긴긴 키스를 쏟아부었다. 두 사람이 떨어져 제 길을 다시 가기 시작했을 때, 그녀의 두 뺨에는 홍조가 떠올랐고, 주드는 가슴이 심하게 뛰는 것을 느꼈다.

그 키스는 주드의 일생에 전환기를 가져왔다. 집으로 돌아온 그는 깊은 생각에 잠겼다. 한 가지만은 분명했다. 정령 같은 그녀와의 키스가 결점투성이의 인생에서 가장 순수한 순간이기는 했지만, 그의 마음속에 법으로 허락되지 않은 애정이 서려 있는 한, 성적인 사랑이 잘해야 약점이며 최악의 경우에는 저주인 종교를 택하고, 그 종교를 섬기는 군인이며 하인이 된다는 생각의 추구는 현란스러운 모순에 불과했다. 수가 따뜻한 마음으로 지적한 것은 냉혹한 진리였다. 그녀를 향한 열정적인 관심을 저돌적으로 지키고, 있는 힘을 다하여 자신의 연정을 보호하는 것만이 그의 생각의 전부였지, 기존하는 도덕학파의 교수로서는 행위의 성질 그 자체에 의하여 구제 불능인 사람이 아닌가? 그는 분명히 천성적으로나 사회적인 위치로나 정통 교리를 제안하는 역할을 수행하기에는 적임자가 아니었다.

이상한 것은 그의 첫 번째 소원(학문적 숙달을 향한)이 한 여자에 의하여 제지되었는데, 그의 두 번째 염원(사도(使徒)가 되려는)도 또한 여자에 의하여 제지되었다는 사실이다. "이건," 그가 중얼거렸다. "여자의 잘못인가? 아니면 사물의 인위적인 체제 때문인가? 그래서 정상적인 성적 충동이 무서운 집안의 올가미로 변해서 발전을 원하는 사람들을 붙잡는 것인가?"

오랫동안 변함없이 그의 마음속에 자리 잡고 있는 희망은 개인적 이해관계를 떠나 고생하는 동료들에게 비록 보잘것없는 차원에서나마 선각자 노릇을 하는 것이었다. 그러나 아내는 다른 남편과 다른 곳에서 따로 살고, 자신은 잘못된 사랑에 빠졌으며, 사랑하는 사람은 그녀 자신이 처한 상황에 반항을 하는데 그것이 주드 자신 때문이며, 그래서 그는 법규적 입장에서 존경받을 수 없는 위치로 추락한 것이다.

그에게는 더 이상 생각을 할 수 있는 여지가 없었다. 분명한 것만 직시하면, 법을 지키는 종교적 교사로서 자신은 사기꾼으로 전락한 것이다.

그날 저녁 땅거미가 질 무렵 주드는 정원으로 나가 얕은 구덩이를 팠다. 그러고는 그가 가지고 있는 신학 서적과 윤리학책을 모조리 다 들고 나와 그 구덩이 속에 쌓아 올렸다. 참된

신자들만 사는 이 나라에서는 대부분의 책이 파지 가격 이상으로 값을 받을 수 없음을 그는 잘 알고 있었다. 그래서 그는 다소 돈을 손해 보더라도 그 책들을 자기가 직접 없앤다는 기분을 만족시키기 위해 그 자신의 방법으로 처분하기로 마음을 정했다. 먼저 책장이 느슨하게 떨어진 팸플릿에 불을 붙였다. 그는 책을 되도록이면 잘게 찢어서는 삼지창으로 그것들을 불꽃 위에서 흔들었다. 찢어진 책에 불꽃이 붙어서 거의 재로 사라질 때까지 집 뒤쪽과 돼지우리와 자신의 얼굴을 환히 비췄다.

이제 이 지역에서는 낯선 사람이 되었지만 지나가던 이웃 사람들이 정원 울타리 너머로 말을 건넸다.

"할머니의 쓰레기를 태우는 모양이지요? 한집에 팔십 년을 살고 보면 구석구석에 쓰레기가 수북이 쌓이게 마련이지요."

거의 새벽 1시가 되어서야 그는 제레미 테일러, 버틀러, 도드리지, 페일리, 퓨지, 뉴먼[4]의 저서 낱장과 표지와 그밖의 전부를 잿더미로 태워 버릴 수가 있었다. 밤은 무척이나 조용했다. 삼지창으로 책장을 돌리고 또 돌리는 동안, 이제 자신은 위선자가 아니라는 느낌이 그에게 안도감을 주었고, 그 안도감은 마음에 평정을 가져다주었다. 그는 여전히 전과 다름없이 자신의 신앙을 지킬지도 몰랐다. 그러나 그는 아무 의견도 표시하지 않았으며, 신앙을 주장하거나 과시하지도 않았다. 그 장치의 주인으로서 자연히 자신에게 그것을 먼저 적용해

---

4) 17~19세기에 이르는 신학자들.

볼 수도 있는 일이었지만 그러지 않은 것이다. 이제 그는 수에 대한 열정을 가슴에 안고도 회칠한 무덤의 위선자로서가 아니라 평범한 죄인으로 남을 수가 있었다.

한편 수는 그날 아침 일찍 주드와 헤어진 다음 기차역으로 갔다. 길에서 되돌아가 그가 자신에게 키스를 하게 내버려 둔 데 대하여 마음이 몹시 걸려 눈에는 눈물이 여전히 마르지 않았다. 주드는 자신이 연인이 아닌 것처럼 굴지 말았어야 하며, 그래서 그녀는 자신이 인습에서 벗어난 행동을 하는 충동에 (설사 그것이 나쁜 것이 아닐지라도) 말려들지 않도록 했어야 한다고 생각했다. 그러나 수는 그 키스를 나쁘다고 믿었다. 수의 논리는 비상하게 복잡해서, 어떤 일이 행해지기 전에는 옳을 수도 있으나 일단 일어나고 나면 나쁜 것이라고 믿는 경향이 있었다. 말을 바꾸면, 이론에서 옳은 것이 실천에서는 잘못이라는 것이었다.

"내가 너무 약하게 굴었나 봐!" 그녀가 걸음을 옮기다가 이따금씩 머리를 저어 흐르는 눈물을 떨치면서 갑자기 소리를 질렀다. "그건 애인의 키스처럼 뜨거웠어. 아, 그랬어! 내 처신을 그에게 알리기 위해서라도 앞으로는 편지를 쓰지 않을 거야! 적어도 오랫동안! 편지를 내일 아침, 그다음 날 아침, 또 그다음 날 아침에도 기다리는데, 그 기다리는 편지가 오지 않아 마음이 몹시 아팠으면 좋겠어. 기다림에서 고통을 받겠지……. 그렇지 않을까? 아, 고소해!" 그녀 때문에 앞으로 주드가 받을 고통에 대한 연민의 눈물이 자신을 향한 연민의 눈물과 섞여 솟아올랐다.

남편의 존재가 못마땅한, 가냘프고 체구가 작은 필롯슨의 아내는 요정 같고 신경이 섬세하며 민감한 여자였다. 필롯슨과의 결혼 관계의 조건을 완수하기에는 기질적으로나 본능적으로 맞지 않는, 그런 점에서는 어느 누구와도 잘 맞지 않을 그녀는 불안정한 걸음을 떼어 놓으며 숨을 헐떡거렸다. 무엇을 뚫어져라 응시하면서 절망적으로 걱정에 싸인 모습을 하고 있어 눈에는 피로한 기색이 가득했다.

　기차역의 도착 플랫폼에서 필롯슨은 아내를 만났다. 아내의 심기가 편하지 않은 것을 보고는 할머니의 숙음과 장례식이 그녀를 슬프게 했다고 생각했다. 필롯슨은 아내에게 그가 그날 한 일을 말해 주고, 여러 해 만나지 못했던 친구로 이웃학교의 교사인 길링엄이 찾아왔더라는 이야기도 했다. 시내로 가는 언덕을 오르던 승합 마차의 꼭대기 자리에서 그의 곁에 앉은 그녀가 하얀 길과 길 언저리의 개암나무 숲을 바라보다가 갑자기 자책하는 모습을 띠었다.

　"리처드, 폴리 씨가 내 손을 오랫동안 잡고 있도록 내버려 두었어요. 그걸 당신이 나쁘게 생각하는지 잘 모르겠어요."

　전혀 다른 유의 생각에 잠겼다가 정신을 차리면서 그가 막연한 투로 말했다. "아, 그랬소? 왜 그렇게 하도록 내버려 두었는데?"

　"잘 모르겠어요. 그가 손을 잡기를 원했고, 나는 그냥 그가 하는 대로 내버려 두었어요."

　"그래서 그 친구가 만족했기를 바라오. 그 정도는 특별히 새로운 게 아니니까."

두 사람은 침묵에 빠졌다. 이것이 전지전능한 판사가 다루는 재판장에서 일어난 일이라면, 판사는 수가 큰 잘못을 작은 잘못으로 대치해 키스에 관한 이야기는 한 마디도 하지 않았다는 이상한 사실을 기록해 두었을 것이다.

그날 저녁 식사가 끝나자 필롯슨은 학생 생활 기록부를 정리하기 시작했다. 수는 그녀답지 않게 조용하고 긴장하고 들뜬 상태에 있더니, 피곤하다는 말을 하고는 일찍 자리에 들었다. 필롯슨이 힘든 생활 기록부 일을 끝내고 2층으로 올라왔을 때는 자정이 되기 십오 분 전이었다. 내실로 들어오자 그는 창문으로 가서 자신의 얼굴을 유리창에 대었다. 그러고는 신비스러운 어둠이 멀리 뻗힌 풍경을 덮고 있는 모습을 숨 죽이며 뚫어지게 쳐다보았다. 낮에는 방에서 블랙무어 계곡과 외(外) 웨섹스 지방까지 걸치는 50~60킬로미터 정도의 거리를 볼 수 있었다. 그는 생각에 잠겼다. 그러다 머리를 돌리지 않고 이렇게 중얼거렸다. "위원회가 학교 비품 납품업자를 바꾸도록 해야겠어. 이번에는 습자 책이 모두 잘못 보내졌다니까."

그러나 아무 대꾸도 없었다. 수가 졸고 있다고 생각하면서 그는 하던 말을 계속했다.

"교실의 환풍기도 다시 달아야 할 것 같아. 내 머리 위로 바람이 사정없이 내려와 귀를 다 아프게 한다니까."

침묵이 보통 때보다 더 무거워 그는 몸을 돌려 방을 둘러보았다. 칙칙하고 어두운 오크 징두리가 2층 벽까지 붙어 있고 아래로는 허물어져 가는 올드 그로브 플레이스에도 붙어 있었다. 이 징두리가, 천장까지 닿은 굴뚝과 새로 들여놓은 반짝이는 구리 침대와 그가 그녀를 위해 사 준 새 자작나무 가구 한 질 사이에서 이상한 대조를 이루었다. 서로 대조적인 두 양식이 삐걱거리는 마루 위에서 삼 세기를 뛰어넘어 서로 인사를 하고 있는 것 같았다.

"수우!" 하고 그가 불렀다.(이것이 그가 그녀를 부르는 방식이었다.)

그녀는 침대에 없었다. 그녀 쪽 침대에 놓인 옷이 던져져 있는 것으로 보아 조금 전까지 침대에 있었던 것은 분명했다. 부엌일을 하다가 무엇을 잊었기 때문에 삼시 아래층으로 내려갔나 보다라고 생각하며 그는 옷을 벗고 몇 분 동안 조용히 한가로운 시간을 보냈다. 그러나 그녀가 돌아오지 않는 것을 보고 그는 촛불을 손에 들고 층계참 위로 갔다. 그리고 다시 "수우." 하고 불렀다.

"네." 그녀의 대답이 부엌 끝에서 들려왔다.

"자정인데 거기서 뭘 하는 거요? 별일도 아닌 걸 갖고 기운만 빼고 있소?"

"졸리지 않아요. 책을 읽고 있어요. 여기 있는 불이 더 밝아요."

그는 자리에 들었다. 그러다 한밤중에 깨었다. 그녀는 여전히 자리에 돌아오지 않았다. 촛불을 켜고는 급히 침대에서 나와 층계참으로 갔다. 그리고 다시 그녀의 이름을 불렀다.

그녀는 전과 같이 "네!" 하고 대답을 했다. 그러나 그녀의 목소리는 작게 들렸고 어디 간혀 있는 것 같았다. 그는 처음에는 그 목소리가 어디에서 오는지 알아차릴 수가 없었다. 층계 아래에 창문이 달리지 않은 커다란 옷걸이 벽장이 하나 있었다. 그녀의 목소리가 거기서 오는 것 같았다. 벽장의 문은 닫혀 있었으나 자물쇠나 달리 잠금 장치가 따로 없었다. 놀란 필롯슨이 혹시 그녀가 갑자기 정신 착란증에 걸렸나 하고 생각하며 벽장 쪽으로 갔다.

"그 속에서 뭘 하고 있소?" 그가 물었다.

"너무 시간이 늦고 해서 당신을 깨우지 않으려고요."

"그렇지만 거긴 침대가 없잖소. 환풍기도 없고! 밤새거기 있다가는 숨이 막혀 죽을 거요!"

"아, 안 그래요. 그러지 않을 거예요. 나 때문에 신경 쓰지 마세요."

"하지만……." 필롯슨이 벽장 손잡이를 움켜잡고 문을 당겼다. 그녀가 안쪽에서 끈으로 문을 단단히 묶어 두었으나 필롯슨이 당기자 끈이 뚝 끊어졌다. 벽장에는 침대가 없기 때문에 그녀는 담요를 깔아 벽장 안의 좁은 공간이 줄 수 있는 조그만한 잠자리를 만들어 두었다. 그러나 그 자리는 대단히 비좁았다.

필롯슨이 그녀가 누워 있는 곳을 들여다보자 그녀는 눈을 크게 뜨고 몸을 떨며 자리에서 확 일어났다.

"문을 그렇게 억지로 열지 말았어야 해요!" 그녀가 흥분된 소리로 외쳤다. "당신한테 어울리지 않는 짓이에요! 아, 돌아가세요. 제발 돌아가요!"

어두운 벽장의 나무 구멍 같은 좁은 공간을 뒤로 하얀 나이트 가운을 입은 그녀의 모습은 너무 초라하고 애걸하는 투여서 그는 걱정하는 마음이 크게 떠올랐다. 그녀는 계속 자신을 그냥 내버려 두라고 간청했다.

그가 말했다. "난 당신한테 친절하려 했고 자유롭게 내버려 두었소. 그런데도 당신이 나한테 이런 식으로 느끼다니, 이건 어처구니없는 짓이오!"

"그래요." 그녀가 울면서 말했다. "알고 있어요! 내가 나쁘고 심술궂었어요! 미안해요. 그러나 나 혼자만 비난받아야 할 것도 아니에요!"

"그럼 누구요? 나요?"

"아니요……. 잘 모르겠어요! 우주 전체겠지요……. 일반적으로 사물 전체요. 만사가 너무 잘못되고 잔인해요!"

"글쎄, 그런 식으로 말하는 건 소용없는 짓이오. 밤이 늦은 이런 시간에 사람의 집을 이런 흉한 꼴로 만들다니! 우리는 괜찮다 하더라도 일라이자가 듣겠소.(하녀를 두고 한 말이었다.) 이 도시의 신부님이 지금 이런 꼴을 본다고 생각해 보시오! 수, 난 괴벽한 짓은 딱 질색이오. 당신의 감정에는 질서나 규칙이 없소! ……그러나 더 이상 당신이 하는 짓에 참견하지 않겠소! 벽장 문이나 너무 꼭 닫지 마시오. 그러지 않으면 내일 아침 당신이 질식사한 꼴을 보게 생겼소."

다음 날 아침 필롯슨은 일어나자마자 즉시 벽장 속의 그녀를 찾았다. 그러나 수는 이미 아래층으로 내려가고 없었다. 그녀가 누웠던 자리의 흔적이 남아 있었으며, 그 위로는 거미줄이 늘어져 있었다. "거미에 대한 공포보다 남자에 대한 혐오증이 더 강하다니!" 그가 쓰라린 마음으로 이렇게 말했다.

그는 그녀가 아침 식탁에 앉아 있는 것을 보았다. 식사는 침묵 속에서 시작되었다. 사람들이 보도블록 위를 걸어 다니는 것이 보였다. 보도블록이 얼마 깔려 있지 않은 길이라, 땅 위를 걸어 다닌다고 말하는 편이 보다 정확할 것이다. 길은 거실보다 60~90센티미터 정도로 높게 나 있었다. 사람들은 길을 가다가 행복한 부부에게 아침 인사로 고개를 숙였다.

"리처드," 그녀가 갑자기 그를 불렀다. "내가 당신과 따로 있으면 어때요?"

"나와 따로? 아니, 내가 당신과 결혼을 했을 때 당신은 따로 살지 않았소? 도대체 그렇다면 결혼을 하는 의미가 무엇이오?"

"이런 말을 하는 나를 당신이 더 좋아할 리가 없겠죠."

"왜 그러는지 이유를 들어 봅시다."

"달리 할 수 있는 게 없어서 그래요. 오래전에 내가 약속한 것 기억하세요? 그러나 난 시간이 가면서 당신에게 한 약속을 후회하기 시작했어요. 그 약속을 명예롭게 깨려는 시도를 해 봤어요. 그러나 그럴 수 없다는 것을 깨달으면서 인습에 대하여 무모해지고 부주의해지기 시작했지요. 그러다가 스캔들이 퍼지고, 나는 당신이 시간과 노력을 아끼지 않고 준비하여 입학을 할 수 있도록 도와준 교육 대학에서 쫓겨났어요. 그 사건은 나를 두려움 속에 빠지게 했지요. 그때 떠오른 생각은 약혼을 살리는 것만이 내가 할 수 있는 일이라는 것이었어요. 물론 나는 다른 사람들이 뭐라고 하든 신경을 쓰지 말았어야 해요. 왜냐하면 그거야말로 내가 무시하는 거라고 생각했던 거니까요. 그러나 나는 겁쟁이였어요. 많은 여자들이 다 그 렇듯이 말이에요. 내 이론적 인습 초월이 무너지고 말았어요. 만약 그런 쪽으로 일이 발전되지 않았더라면, 당신과 결혼을 해서 내 여생 동안 당신의 감정을 아프게 하는 것보다는 차라 리 당신의 마음을 한 번만 마지막으로 아프게 하는 것이 나 을 뻔했어요. 그 소문을 믿지 않을 만큼 당신은 관대했어요.”

“정직하게 말해 나 나름대로 그 소문의 개연성을 따져 보고 당신의 사촌에 관해서도 알아보았소.”

“아!” 그녀가 고통스러운 놀리 옴 올 표시했다.

“당신을 의심하지는 않았소.”

“그러나 뒷조사는 했군요!”

“난 그 사람의 말을 믿었소.”

그녀의 눈에 눈물이 고였다. “그 사람은 뒷조사를 하지 않 았을 거예요!” 그녀가 말했다. “아직 당신은 내 물음에 대답을 하지 않았어요. 날 보내 줄래요? 이런 부탁을 하는 것이 얼마 나 규칙을 벗어나는지 잘 알고 있어요.”

“정말 그것은 규칙 위반이오.”

“그러나 그걸 나는 부탁하고 있어요! 각 가정의 법규는 기 질에 따라 달리 제정되어야 해요. 그리고 기질은 분류되어 야 하고요. 사람들이 성격적으로 특수하다면 다른 사람에 게 위안을 주는 바로 그 규칙 때문에 고통을 받아야만 해 요! …… 날 가도록 내버려 둘 수 있어요?”

“우린 결혼을 했는데…….”

“법과 규율이 무슨 문제예요?” 그녀가 크게 외쳤다. “아무

죄도 짓지 않는 줄을 아는데 사람들이 날 비참하게 만든다면 말이에요."

"그렇지만 당신은 날 좋아하지 않는 점에서 죄를 짓고 있소."

"난 당신을 좋아해요. 그러나 그것이 좋아하는 것보다 너무나 더 많은 걸 전제한다는 사실을 미리 생각하지 못했어요. 남자와 여자가 은밀한 관계 속에 살면서 나처럼 감정을 느낀다면 여건이 어떻건 상관없이 그것은 간통이에요. 그 삶이 얼마나 법적인가를 떠나서 말이에요. 자…… 난 마음속에 있는 말을 했어요! 리처드, 날 보내 줄래요?"

"수잔나, 당신은 그렇게 집요한 간청으로 날 슬프게 하는구려!"

"왜 우린 서로를 해방시키는 문제에 동의하지 못하죠? 우리는 계약을 체결했어요. 그걸 우린 취소할 수 있어요. 물론 법적으로는 안 되겠지요. 그러나 도덕적으로는 할 수 있어요. 특히 돌봐야 할 아이들 같은 새로운 관심거리가 제기되지 않았으니 말이에요. 그러면 우린 서로에게 고통을 주지 않는 친구로 만날 수가 있어요. 아, 리처드, 나의 친구가 되어 나에게 동정심을 펴세요. 몇 년 지나지 않아 우리 두 사람 다 죽어요. 그때는 당신이 나를 속박에서 잠시 풀어 주었다고 해서 누구에게 무슨 상관이 있겠어요? 당신은 나를 괴벽스럽고 너무 민감하고, 아니면 부조리한 무엇으로 생각하겠지요? 글쎄, 다른 사람에게 해를 주는 것이 아닌데 왜 내가 태어난 이유 때문에 고통을 받아야 하죠?"

"그러나 해를 주죠. 날 고통스럽게 하니까. 게다가 당신은 날 사랑하겠다고 맹세를 했어요."

"그래요, 바로 그거예요. 내가 잘못하는 거죠. 난 항상 잘못하고 있어요! 하나의 신조를 믿는 것처럼 항상 사랑에 자신을 매어 두는 것은 비난받을 만한 일이에요. 어떤 특정한 음식이나 음료수를 항상 좋아하겠다고 서약하는 것만큼 바보스러운 거예요!"

"날 떠나 산다는 것은 혼자 산다는 뜻이오?"

"글쎄요. 당신이 우기면 그래야겠지요. 그러나 내 뜻은 주드와 함께 사는 것이었어요."

"그의 아내로?"

"내가 원하는 대로요."

필롯슨은 몸을 한 번 움칠했다.

수가 계속했다. "여자나 남자나 '세상이, 자기 몫의 세상이, 자기를 위한 자신의 인생 계획을 선택하게 내버려 두는 사람은 원숭이 같은 모방 기능 이외에는 아무것도 필요로 하지 않는다.'[5] 이것은 J. S. 밀의 말이에요. 내가 마침 읽던 책의 한 구절이에요. 왜 당신은 그걸 실천하지 못하죠? 나는 그런 걸 항상 실천하고 싶은데."

"J. S. 밀에 대하여 내 알 바 아니오!" 그가 신음 소리를 내었다. "나는 조용한 삶을 살고 싶을 뿐이오. 결혼 전에는 한 번도 생각해 보지 못했던, 그러나 지금 막 깨달은 사실을 당신에

---

5) 철학자 존 스튜어트 밀(John Stuart Mill 1806~1873)의 『자유에 관하여』 제3장에서 인용.

게 한 마디 합시다. 당신은 주드 폴리를 사랑했고 지금도 사랑하고 있소!"

"일단 당신이 꺼낸 소리니까 내가 그렇다고 계속 상상을 하세요. 만약 그 사람을 사랑한다 해도 내가 그에게로 가서 함께 살 수 있도록 당신에게 부탁할 줄 아세요?"

학교 종이 울려서 필롯슨은 용기를 잃은 마지막 순간에 그녀가 짐짓 설득력 있는 권위 논증처럼 보이게 하려는 문제에 당장 대답해야 하는 상황을 피하게 되었다. 그녀는 너무 수수께끼처럼 이해하기 어려워지고 무어라고 꼬집어서 설명하기 힘들어지는 모습을 보이기 시작하여, 필롯슨은 그녀의 다른 작은 괴벽과 함께 아내가 주장할 수 있는 가장 극단적인 요구를 같은 것으로 보기로 했다.

두 사람은 그날 아침 늘 하는 대로 학교까지 함께 걸어갔다. 수는 그녀의 교실로 들어갔다. 그는 유리 칸막이를 통하여 눈을 그쪽으로 돌리기만 하면 그녀의 뒤통수를 볼 수 있었다. 그가 수업을 진행하는 동안 그의 이마와 눈썹에는 경련이 일어나곤 했다. 흥분해서 생각에 몰두한 결과였다. 마침내 그는 메모지 한 장을 찢어 이렇게 썼다.

당신의 요구가 내 일을 방해하고 있소. 난 지금 뭘 하는지를 모르겠소. 그 요구는 신중하게 생각한 다음에 한 거요?

그는 메모지를 매우 작게 접어서 꼬마 학생에게 주며 수에게 전하라고 일렀다. 아이가 교실에 종종걸음으로 들어갔다.

아내가 몸을 돌려 그 메모지를 받는 것을 보았다. 많은 어린 학생들의 눈이 자신을 쳐다보는 앞에서 적절치 못한 표현을 하는 것을 피하기 위하여 수는 입술을 약간 오므린 채 그 메모지를 읽었고, 그러는 동안 필롯슨은 그녀의 예쁜 머리의 굴곡부를 지켜보았다. 그녀의 손은 볼 수 없었다. 그러나 그녀는 몸의 위치를 바꾸었고 곧 아이가 돌아왔다. 그의 손에는 회신이 들려 있지 않았다. 몇 분 뒤에 수 반의 학생이 자신의 것과 비슷한 작은 메모지를 들고 필롯슨 앞에 나타났다. 메모는 연필로 쓰어 있었다.

그 요구가 신중하게 제의되었다는 말을 하게 되어 진심으로 미안해요.

필롯슨은 더 마음의 안정을 잃은 사람처럼 보였다. 눈썹과 눈썹이 마주치는 지점에서 다시 경련이 일어났다. 십 분 뒤 그는 수에게 심부름을 보냈던 아이를 다시 불러 편지 하나를 더 갖다주라고 시켰다.

어떤 합리적인 방법으로도 당신의 계획을 좌절시킬 뜻은 결코 없소. 내 생각은 온통 당신을 편안하고 행복하게 해 주는 것뿐이오. 그러나 당신의 애인과 함께 살겠다는 터무니없는 생각에는 동의할 수 없소. 당신은 모든 사람의 존경심과 호의를 잃을 것이오. 나도 그렇게 될 것이고요!

잠시 뒤에 교실에서는 비슷한 일이 일어나고 회답이 다시 왔다.

당신이 나의 안녕을 생각한다는 점 잘 알아요. 그러나 존경 받기를 원하는 것은 아니에요. '가장 풍부한 다양성 안에서 인간의 발전'을 도모하는 것이(당신이 좋아하는 훔볼트를 인용하여) 내 생각으로는 어떤 존경심보다 우위에 있어요. 당신 견해로는 내 취향이 저급이겠지요. 절망적으로 저급하겠지요! 만약 그에게 가는 것을 허락하지 않는다면, 당신 집에서 따로 살게 허락해 줄 수 있어요?

이 편지에 필롯슨은 대답을 하지 않았다.
그녀가 다시 편지를 보내왔다.

당신의 생각을 알아요. 그러나 동정을 할 수는 없나요? 부탁이에요. 자비롭기를 간청해요! 내가 견딜 수 없는 요인에 의하여 거의 강압되지 않는다면 이런 부탁을 하지 않을 거예요! 이브가 에덴에서 추방되지 않아 (원시 기독교인들이 믿었던 것처럼) 해 없는 식물이 낙원에서 번식할 수 있었기를 가엾은 나보다 더 열망하는 사람은 없을 거예요. 쓸데없는 소리는 그만 할게요! 나에게 친절하게 대해 주세요. 비록 당신에게 내가 친절하지는 못했지만요! 떠날게요, 외국이든 어디든 갈게요. 그래서 다시는 폐를 끼치지 않을게요.

거의 한 시간쯤 지나서 그가 회신을 보냈다.

　당신에게 고통을 주고 싶지 않소. 그렇지 않다는 것은 당신이 잘 알 거요! 시간을 좀 주시오. 당신의 마지막 요구에 동의할 준비가 되어 있소.

그녀가 짧은 글을 보냈다.

　리처드, 진심으로 고마워요. 당신의 친절을 받을 자격이 없군요.

하루 종일 필롯슨은 유리 칸막이를 통하여 멍한 눈으로 그녀를 지켜보았다. 그녀를 알기 이전만큼 외로운 마음이 엄습해 들었다.

그는 약속을 지켜 한집에서 서로 따로 사는 데 동의했다. 처음에는 식사 때에 서로 만나면 새로운 생활 양식에서 훨씬 더 안정된 듯했다. 그러나 그들의 거북한 위상이 그녀의 기질을 흔드는 것 같았다. 그녀 본질의 섬유질이 하프 줄처럼 팽팽해졌다. 그가 적절하게 이야기하는 것을 막기 위해 그녀의 이야기가 막연하고 무분별한 것으로 되었다.

4

필롯슨이 자주 습관에 따라 하는 것처럼 밤늦도록 자지 않고 로마의 유물을 정리하고 있었다. 그동안 그는 이 취미를 오랫동안 등한시했다. 그러나 이 일에 취미를 다시 붙이기 시작한 이후로 옛날의 관심이 되살아나는 것을 느꼈다. 그는 그날도 시간과 장소에 대한 감각을 잊고 일에 몰두했다가 정신을 차려 2층으로 올라왔을 때는 거의 2시가 되어 있었다.

너무 일에 빠졌던 나머지, 그는 지금은 학교 반대쪽에 있는 건물에서 기거를 하고 있었지만, 그만 깜빡하고는 거의 기계적으로 처음 올드 그로브 플레이스에 살았을 때 아내와 함께 쓰던 방으로 들어갔다. 그 방은 수와의 관계가 달라진 이후 전적으로 수가 혼자 쓰는 곳이 되었다. 그는 방 안으로 들어가 무의식적으로 옷을 벗기 시작했다.

침대에서 비명 소리가 나고 누군가가 몸을 재빨리 움직이기 시작했다. 교사가 미처 자신이 어디 있는지를 깨닫기 전에, 수가 반쯤 깨어서 눈을 크게 뜨고 그를 노려보더니 침대에서 그가 서 있는 반대쪽으로 튀어나가 마루 위에 우뚝 섰다. 그 지점은 창문에 가까운 곳이었다. 그곳은 침대 위에 달린 덮개에 의하여 가려져 있었다. 한순간에 그는 그녀가 창틀 위로 뛰어오르는 소리를 들었다. 그녀의 의도가 공기를 마시는 것 이상을 뜻한다는 사실을 미처 깨닫기도 전에 그녀는 이미 창턱 위에 올라갔다가 밖으로 뛰어내렸다. 그녀의 모습이 어둠 속으로 사라져 버렸다. 그는 그녀가 아래로 떨어지는 소리를 들었다.

공포에 질려 필롯슨이 아래층으로 달려갔다. 급한 나머지 그는 난간 지주에 몸을 날카롭게 부닥쳤다. 무거운 문을 열고는 계단을 두서너 개 더 올라가서 마당으로 나갔다. 그의 바로 앞 자갈 깔린 땅 위에 하얀 덩어리가 떨어져 있었다. 필롯슨은 그 덩어리를 그의 팔에 담았다. 그는 수를 홀로 데리고 와 의자에 앉혔다. 맨 아래 층계에 둔 촛불이 바람에 흩날렸다. 그는 깜박이는 불빛 아래서 수를 쳐다보았다.

수가 목을 다치지 않은 것은 분명했다. 상대방을 알아보지 못하는 듯한 눈으로 수가 그를 쳐다보았다. 눈이 특별히 큰 것은 아니었으나 그런 순간에는 아주 커 보였다. 마치 고통을 느끼는 듯 그녀는 옆구리를 누르고 팔을 주물렀다. 그러다 그의 눈길이 싫은 듯 얼굴을 돌리고는 벌떡 일어섰다.

"하느님 맙소사…… 당신 죽지 않았으니 다행이지! 시도는 안 한 것이 아닌데…… 많이 다치지는 않았소?"

그녀의 추락 사고가 실제 심각한 것은 아니었다. 옛날 방들이 낮게 만들어진 데다 바깥 땅이 높게 올라와 있기 때문이었다. 팔꿈치가 깨어지고 옆구리가 충격을 받은 이외에는 달리다친 곳이 없었다.

"자고 있었던 것 같아요." 그녀가 입을 열었다. 얼굴은 여전히 필롯슨의 반대쪽으로 돌리고 있었다. "무언가가 날 놀라게 했어요……. 무서운 꿈이었어요……. 꿈속에서 당신을 보았던 것 같아요." 꿈속의 실제 상황이 떠오르는 듯했다. 그러나 그녀는 그에 대하여는 입을 닫고 아무 말도 하지 않았다.

그녀의 외투가 문 뒤에 걸려 있었다. 참담한 기분으로 필롯슨이 그 외투를 그녀에게 덮어 주었다. "2층으로 가겠소?" 그가 씁쓸하게 물었다. 이 사건의 전부가 그 자신과 모든 것을 역겹게 했다.

"리처드, 괜찮아요. 별로 다친 데가 없어요. 나 혼자서 걸을 수도 있어요."

"문을 잠그시오." 학교에서 수업을 하는 투로 그가 기계적으로 말했다. "그러면 아무도 그 방으로 못 들어갈 것 아니오. 우연이라도."

"잠그는 것도 해 봤지요. 잠기지 않아요. 문 전체가 고장이에요."

그녀의 그런 대답이 상황을 개선하지 못했다. 그녀는 천천히 층계를 걸어 올라갔다. 깜박거리는 촛불이 그녀의 얼굴을 비췄다. 필롯슨은 그녀에게 가까이 가려고 하지 않았다. 그녀가 자기 방으로 들어갈 때까지 층계를 오르려고 하지 않았다. 그는 앞문을 닫아걸고 다시 돌아와 계단 지주를 손으로 잡으면서 얼굴을 계단 반대쪽으로 숙였다. 그리고 층계 아래쪽에 앉았다. 그런 자세로 오랫동안 앉아 있었다. 그를 평소 아는 사람의 눈에는 가엾은 존재로 보일 정도의 모습이었다. 그는 한참 만에 얼굴을 들어 한숨을 쉬었다. 그에게 아내가 있건 없건 인생은 계속되어야 한다는 표정이었다. 그는 촛불을 들고 2층으로 올라가 층계참 반대쪽으로 난 그의 외로운 방으로 들어갔다.

누 사람 사이에는 다음 날 저녁까지 아무 일도 일어나지 않았다. 필롯슨은 다음 날 학교가 끝나자마지 저녁 식사를 하지 않을 것이라고 말하고는 섀스턴을 빠져나갔다. 수에게는 어디로 간다는 말을 하지 않았다. 도시의 북서쪽으로 난 가파른 길을 내려가 하얗게 메마른 토양이 거친 갈색 점토로 바뀌는 지점까지 계속 내려갔다. 그는 저지대의 충적토 지반으로 내려와 있었다.

던클리프가 나그네의 표적이고
끈끈한 스타워 강이 검게 흘러가는 곳.

필롯슨은 여러 차례 짙어가는 저녁 어둠을 돌아보았다. 하늘과 맞닿은 곳에 섀스턴이 희미하게 보였다.

회색빛 꼭대기에서

팔라도어의 창백한 하루가
저물어 가네.[6)

　마치 그를 지켜보기라도 하는 듯 막 켜진 불빛이 집집마다
창문에서 꾸준히 비쳤다. 그 창문 중 하나가 자기 방의 창문
이었다. 그 창 위로 트리니티 교회의 첨탑이 보였다. 이곳 아래
쪽 바람은 끈적끈적한 점토질의 두텁고 눅눅한 토양에서 불
어와, 도시 상층부의 바람과는 달랐다. 바람은 부드럽고 누그
러져 있었다. 이로 인해 그가 2~3킬로미터쯤 걸어갔을 때에는
손수건으로 얼굴을 닦아야 했다.
　왼쪽 편에 있는 던클리프 산을 지나 그는 주저없는 걸음으
로 그늘진 곳을 뚫고 걸어갔다. 어렸을 때 밤낮으로 뛰어놀았
던 곳을 가듯 걸었다. 그는 7킬로미터쯤 걸어갔다.

스타워 강은 그 힘을 받는다
여섯 개의 맑은 샘에서.[7)

　그는 스타워 강의 지류를 건너 레덴턴(인구 삼사천 명의 작은
도시)에 도착하자 남자 학교로 들어가 학교 사택의 문을 두드
렸다.
　남자 교생이 문을 열었다. 길링엄 선생이 있느냐는 필롯슨

―――――――――
6) 하디의 친구이며 시인인 윌리엄 반스의 시 「섀프츠베리 장날」 중에서.
7) 드레이턴의 시.

의 질문에 그렇다고 대답을 하고는 필롯슨이 직접 길을 찾아 가도록 둔 채 그는 곧장 자기 교실로 가 버렸다. 필롯슨은 그의 친구가 저녁 수업을 하면서 사용한 책을 정리하는 것을 발견했다. 석유램프 불빛이 필롯슨의 얼굴에 비쳤다. 그의 얼굴은 친구의 얼굴이 냉정하고 실용적인 것과 대조를 이루어 창백하고 비참했다. 두 사람은 어렸을 때에도 같은 학교를 다녔지만 여러 해 전 윈턴체스터 교육 대학에서도 동창이었다.

"반갑네, 딕! 그런데 몸이 좋지 않은가? 별일이 있는 건 아니겠지?"

필롯슨이 앞으로 걸어왔다. 길링엄이 벽장문을 닫고 방문객 곁으로 의자를 끌어당겼다.

"여기 한참 오지 않았구먼⋯⋯. 보자, 언제였더라⋯⋯. 결혼한 이후에는 오지 않았구먼. 한 번 찾아갔지. 그런데 자네는 외출 중이었어. 어두워진 다음에 언덕을 올라가는 건 힘들었어. 날이 좀 길어지면 다시 한번 터덕거리고 올라가 볼 요량이었지. 자네가 기다리지 않아 반갑네."

두 사람 다 잘 훈련받은 유능한 교사였지만 사람이 곁에 없을 때에는 때때로 어린 시절의 사투리를 사용했다.

"조지, 찾아온 까닭은 내가 취하려는 조치에 대해 나 나름대로의 이유를 자네에게 설명하기 위해서네. 어디서 사람들이 내가 왜 그랬냐고 물을 때, 사람들은 분명히 물을 것이 확실하니까, 적어도 자네만은 그 이유를 이해해 주었으면 해서야. 어쨌든 무엇이든지 지금의 상황보다는 나을 거야. 자네는 나같은 일을 당하지 않기를 바라네!"

"앉게. 혹시 자네 말은, 자네와 부인 사이에 뭐가 잘못되었다는 것인가?"

"그런 뜻이지 ……. 지금의 비참한 상황은 내게 사랑하는 아내가 있는데 나를 사랑하지 않을 뿐만 아니라, 그뿐만 아니라…… 글쎄 그 이상은 말하지 않겠네. 난 그녀의 감정을 이해해! 그녀에게 미움을 받는 게 낫지!"

"쉬!"

"불행한 일은 이 문제에 있어서 그녀는 나만큼 잘못이 없다는 거네. 그녀는 자네가 알다시피 내 밑에서 교생을 했지. 난 그녀의 무경험을 이용했어. 산책을 하도록 꼬셔서, 그녀가 자신의 확실한 마음을 깨닫기 전에 약혼을 하도록 설득하는 데 성공했지. 그다음 그녀는 다른 사람을 만났어. 그러나 맹목적으로 약혼에 대한 약속은 지켰지."

"다른 사람을 사랑한다고?"

"그렇네. 겉으로 보기에는 이상하리만큼 다정한 열망을 품었어. 그 사람에 대한 그녀의 정확한 감정은 나에게는 수수께끼야. 그건 그 사람에게도 마찬가지라고 생각해. 아마 그녀 자신에게도 같을 거야. 그녀는 내가 만난 사람 중에서 가장 이해할 수 없는 사람이야. 나는 지금 두 가지 사실을 발견했어. 즉 두 사람 사이에 존재하는 이상한 동정심과 유사성이네. 그 사람은 그녀의 사촌이야. 이 사실이 아마 몇 가지 사실에 대한 해답이 될 거야. 그들은 한 사람이 둘로 쪼개진 것 같기도 하다네! 그녀는 남편으로서 날 죽도록 싫어하는데, 친구로서는 좋아하는 편이야. 난 이것을 참을 수가 없어. 그녀는 양심적으로 그러지 않으려고 애를 썼어. 그러나 어쩔 수 없나 봐. 어쨌든 난 그걸 참을 수가 없다네. 참을 수가 없어! 난 그녀의 논쟁에 대답을 할 수가 없어……. 나보다도 열 배나 책을 많이 읽어. 그녀의 지성은 다이아몬드만큼 반짝거려. 반면에 내 지성은 갈색 종이처럼 연기만 내지……. 나한테는 그녀가 너무 벅차다네!"

"그녀는 그걸 곧 극복할 것 같은데?"

"천만에! 그건…… 세부 사항은 말하지 않겠네. 그녀가 결코 극복하지 않을 거라는 섬에는 이유가 있네. 그녀는 드디어 나에게 조용하게, 그리고 결심에 차서 묻더군. 나를 두고 그에게 가도록 내버려 두겠냐고 말이지. 이 모든 사건의 클라이맥스는 어젯밤에 일어났네. 우연히 그녀의 방으로 내가 잘못 들어갔는데 그녀가 창밖으로 뛰어내린 거야. 나를 싫어하는 마음이 그만큼 강하다는 증거지! 그녀는 꿈 때문에 그랬다고 꾸며 대는데, 그건 날 위로하려는 소리고. 모가지가 부러질 걱정도 하지 않고 여자가 창밖으로 뛰어내릴 때에는 의심의 여지가 없지 않겠나? 상황이 이러니 난 결론을 내렸네. 같은 동료 인간을 그토록 고문한다는 것은 잘못이라고 말이네. 어떤 대가를 치르든 간에 난 그런 고문을 계속하는 비인간적인 비열한 인간은 되고 싶지 않아!"

"아니…… 자네 그녀를 보내 주겠다는 건가? 애인과 함께 가도록?"

"누구하고 가는지는 그녀 개인의 문제지. 난 그녀를 보내 주겠네. 논리적으로나 종교적으로는 그렇게 할 수 없다는 것도 알아. 그녀의 그런 희망에 양보를 하는 건 변명의 여지가 없지. 아니면 내가 자라온 배경의 이론과 조화되지 않음도 잘 아네. 다만 한 가지는 확실히 알아. 그녀의 부탁을 거절하는 것이 잘못을 저지르는 일이라고 내 안의 무엇이 나에게 속삭이는 거네. 남편이 아내로부터 이런 터무니없는 요구를 받았을 때 옳고 적합하고 명예스러운 것으로 받아들여질 한 가지 선택은, 다른 남자들이 다 그러는 것처럼 그 요구를 거절하고는 그녀를 사실상 가둬 버려야 하며 그녀의 정부를 죽여 버리는 것이라고 난 주장해야겠지. 그러나 그러는 것이 근본적으로 옳고 적합하고 명예스러운가, 아니면 경멸스럽고 이기적인가? 나는 이 점에 대하여 어느 쪽을 선택하겠다고 말할 수가 없네. 그래서 그냥 본능에 따라 행동하고, 원칙은 스스로 결정되도록 내버려 둘 수밖에 없어. 사람이 앞을 보지 못하고 수렁으로 걸어 들어왔다가 도움을 청하면, 나는 내 힘이 된다면 그에게 도움을 주겠네."

"그렇지만…… 자네도 알다시피 이웃과 사회가 있지 않은가……. 무슨 일이 일어날 거라고 생각하나. 만약 모든 사람들이……."

"난 더 이상 철학자이기를 거절하겠네! 나는 내 눈앞에 벌어지는 일만 보니까."

"딕, 난 자네 본능의 길에 동의할 수 없어!" 길링엄이 엄숙하게 말했다. "바로 말한다면 난 자네처럼 침착하고 끈기 있는 사람이 잠시나마 이런 미친 생각을 한다는 사실에 놀랐네. 그녀가 수수께끼 같고 이상하다고 내가 지난번 찾아갔을 때 말한 일이 있는데, 이제 보니 자네가 수수께끼 같고 이상한 사람이야!"

"본질적으로 착한 여자가 자유롭게 보내 달라고 간청을 하는 상황에 처해 본 적이 있나? 그 여자가 남자 앞에서 무릎을 꿇고 용서를 비는 입장에 서 본 적이 있나?"

"그런 일이 나에게 일어나지 않아 고맙게 생각하네."

"그럼 자네는 이런 상황에 대하여 뭐라고 말할 수 있는 입장이 아니네. 나는 그런 남자가 되어보았네. 만일 그 남자에게 남성나움과 기사도 정신이 있다면 차이가 커지겠지. 여자를 교회로 데리고 가서 손가락에 반지를 끼워 주는 것이 그녀와 내가 지금 겪고 있는 것처럼 매일 계속되는 비극으로 휘몰아 갈 가능성은 생각조차 하지 못했던 게 사실이야…… . 오랫동안 나처럼 여자와 관계없이 살아온 것 때문이겠지."

"글쎄, 그녀가 혼자 있는다는 조건으로 자네를 떠나도록 하는 이유를 조금은 이해할 수 있어. 그러나 호위병을 붙여 보낸다는 것은…… 그건 문제가 달라."

"조금도 그렇지 않아. 만약 그녀가 남자와 떨어져 살도록 약속을 하는 것보다는 함께 있어 지금의 비참한 처지를 더 잘 견디어 갈 수가 있다면 어쩌겠나? 이 모든 것은 그녀 자신만의 문제가 아닌가? 속임수를 쓰면서 남편과 함께 살고 남편에게 거짓말을 하는 것과는 다른 게 아닌가? 어쨌든 그녀가 그 남자와 함께 살겠다는 뜻을 분명히 밝히지는 않았어. 그러나 그녀는 그런 의도겠지…… . 그리고 내가 아는 한 두 사람 사이의 감정은 비천하고 단순히 동물적인 것은 아니야. 바로 이

점이 문제를 복잡하게 만들고 있어. 그것 때문에 두 사람의 애정은 오래갈 거라는 생각을 하게 되니까. 이런 것까지 다 털어놓을 생각은 아니었지만, 내 정신이 아닐 만큼 질투에 찼던 결혼 초기에, 두 사람이 함께 있던 어느 날 저녁 나는 학교 건물에 숨어 그들의 대화를 엿들은 일이 있네. 비록 남편으로 법적인 권리를 행사하고 있었지만 지금 생각하면 그런 짓을 한 게 창피하네. 엄청난 동질성과 동정이 둘 사이의 애정에 끼어 있다는 것을 그들의 태도에서 발견하고, 그래서 조잡한 것이 전혀 없다는 사실을 알게 되었지. 그들이 바라는 지상의 욕구는 함께 있는 것이네……. 서로의 감정과 상상과 꿈을 함께 나누는 거야."

"플라토닉하구먼!"

"그럴까? 아니야. 셸리적이라는 것이 더욱 가까울 거야. 두 사람은 나에게, 이름이 뭐더라, 라온과 시스나[8]를 연상시켜. 또 폴과 버지니아[9]도 좀 생각나게 하지. 그런데 생각할수록 내가 그들의 편이라는 게 이상해."

"사람들이 자네처럼 생각하면 전반적인 가정의 붕괴가 일어날 걸세. 가족이 사회적 단위가 아닐 거란 말일세."

"그래……. 내가 틀렸네." 필롯슨이 슬픈 목소리로 말했다. "난 한번도 명석한 이론가는 아니었지. 하지만 그녀와 아이들이 그 남자 없이 사회적 단위가 되지 말라는 법은 없지 않

---

8) 19세기 영국 시인 셸리의 정치 시 「이슬람의 반란」에 나오는 연인들.
9) 18세기 프랑스 소설가 베르나르댕 드 생 피에르의 소설 『폴과 비르지니』에 대한 언급.

은가?"

"이런! 모계 사회? 그녀가 이런 말을 다 하나?"

"아니. 이 문제에서는 내가 수의 생각을 다 짐작했다는 사실을 그녀는 모를 거야. 지난 열두 시간 사이에 모든 걸 생각했지!"

"이 근처의 기존 견해를 모조리 다 뒤엎겠어. 도대체 섀스턴 시민들이 뭐라고 하겠나!"

"뭐라고들 하겠지. 모르겠어……. 모르겠다니까! 내 말은, 난 이론가가 아니라고 느끼는 사람이야!"

"여보게," 길링엄이 말했다. "이 문제는 조용히 다루기로 하세. 그런 뜻에서 한 잔 드세." 그가 층계 아래로 가서 사과주를 꺼내 왔다. 둘은 커다란 잔에 술을 따라 마셨다. "자네, 내 생각에는, 마음이 많이 상했어. 평소 때 자네가 아니야." 그가 말을 계속했다. "집으로 돌아가게. 그리고 부인의 변덕을 그냥 받아들이도록 하게. 그러나 보내지는 말게. 사방에서 들리는 소리로는 부인이 젊고 매력적인 사람이라더군."

"아, 그래! 바로 그래서 마음이 아프다니까! 그럼 가겠네. 집까지는 먼 길을 가야 하니까."

길링엄이 친구를 1킬로미터 반쯤 배웅해 주었다. 헤어지면서 그는 이런 특수한 내용을 상의한 것이 옛 우정을 되살리기를 바란다는 희망을 말했다. "그녀를 꼭 잡아 두게!" 그는 필롯슨을 향해 어둠 속에서 외쳤다. 그의 친구가 대답했다. "그래, 그래!"

필롯슨은 구름 낀 밤하늘 아래 혼자 남자 이렇게 속삭였다. "친구 길링엄이여, 자네는 다른 사람보다 강한 반대는 하지 않았어!" 주변에서는 스타워강의 지류가 졸졸 흐르는 것 외에 다른 소리는 전혀 들리지 않았다.

길링엄은 혼자 길을 되돌아가면서 이렇게 중얼거렸다. "그 여자는 곤장을 맞아야 해. 그래서 제정신을 차리게. 그게 내 처방이야!"

다음 날 아침이 왔다. 아침 식사 때 필롯슨이 수에게 말했다.

"당신이 가도 좋아요. 당신이 원하는 사람하고 말이오. 절대적으로, 그리고 조건 없이 동의하오."

이런 결론을 내리자 필롯슨에게는 그 결론이 명백한 진리로 느껴졌다. 자신이 자비를 베풀어야 하는 여인을 위해 꼭 해야 하는 의무를 한다는 잔잔한 만족감이 그녀를 보내 주는 슬픔을 압도했다.

그동안 며칠이 지났다. 마지막 식사를 함께 하는 저녁이 왔다. 위치가 워낙 고지대여서 바람이 없는 날은 거의 없었지만 그날따라 바람이 불고 하늘에는 구름이 덮여 있었다. 그의 시야에 단단히 고착된 그녀의 모습들, 식사를 하기 위해 응접실로 미끄러지듯 들어오는 그녀의 모습, 가냘프고 유연성 있는 그녀의 모습, 둥근 모습에 긴장이 배어들고 그리고 밤낮으로 마음의 안식을 잃고 창백해져 쾌활하던 시절과 전혀 맞지 않는 비극적 가능성을 암시하는 얼굴, 식탁에서 이것저것 조금씩 먹어 보려고 하면서 실제 아무것도 먹지 못하는 모습. 자신이 선택하는 길 때문에 그가 혹시 다치지 않을까 하는 두려움에 눌려 불안해하는 태도는, 모르는 사람에게는 이제 얼마

남지 않은 짧은 몇 분을 필롯슨이 나타나 그녀에게 압박감을 준다고 해석될 수도 있었다.

"햄이나 달걀이나 다른 거라도 차와 함께 좀 들지 않겠소? 버터 바른 빵만 한 입 먹고 여행할 수는 없소."

그녀는 그가 건네준 햄 한 조각을 받았다. 이 벽장과 저 벽장의 열쇠를 어디에서 찾고, 어느 청구서의 돈이 지출되었으며, 그 밖의 자질구레한 집안 살림 문제를 이야기하며 그들은 앉아 있었다.

"수, 난 천성적으로 홀아비요." 그가 그녀의 마음을 편안하게 해 주기 위해 용감하게 말했다. "아내가 없다는 건 별로 싫은 일이 아니오. 얼마 전까지 아내가 있던 다른 사람들에게는 사정이 다를지 몰라요. 나에게는 '웨섹스의 로마 유물'이라는 책을 써야겠다는 거대한 계획이 머릿속에 있어요. 그 계획이 내 여분의 시간을 다 빼앗아 갈 거요."

"언제든지 베껴 써야 할 원고가 있으면 전에 했던 것처럼 나한테 보내세요. 즐거운 마음으로 일을 해서 보낼게요." 그녀가 순종적인 부드러운 태도로 말했다. "당신에게 도움이 되었으면 좋겠어요……. 친구로서요."

필롯슨이 생각에 잠겼다가 말을 했다. "아니오. 우리가 헤어지려면, 정말로 헤어져야 할 거요. 이런 이유 때문에 난 당신에게 아무런 질문을 하고 싶지 않소. 어디로 옮기는지, 주소가 어딘지를 나에게 알리지 않기를 특별히 당부하는 바요……. 자, 돈을 좀 줄까요? 돈은 좀 있어야 할 거요."

"아, 물론 돈은 있어요, 리처드. 당신을 떠나는 마당에 당신

돈을 받아서 떠날 수는 없어요! 실제로 난 돈이 필요하지 않아요. 한참 동안 견딜 정도의 돈은 있어요. 그리고 주드가 나에게…….”

“난 그 사람에 대해서는 듣고 싶지 않소. 당신은 절대적으로 자유요. 당신 갈 길은 당신이 정할 문제고.”

“좋아요. 난 내 개인 물건 중에서 옷 한두 벌과 그 밖의 한두 가지 작은 물건만 썼다는 걸 알려 주고 싶네요. 내 가방을 닫기 전에 한 번 들여다 보세요. 그것 말고 주드의 여행 가방에 넣을 작은 보자기가 하나 있어요.”

“물론 나는 당신 짐을 뒤지는 일은 하지 않을 거요! 집 안 가구 중 4분의 3은 당신이 가져갔으면 좋겠소. 나는 가구 같은 것에 신경을 쓰고 싶지 않소. 난 그냥 가엾은 내 아버지와 어머니의 소유물인 자질구레한 물건 몇 개에만 애착이 있을 뿐이오. 나머지는 언제든지 사람을 보내 가져가시오.”

“그런 짓은 절대로 하지 않아요.”

“6시 30분 기차를 탈 거죠? 지금 6시 십오 분 전이오.”

“당신…… 내가 가는 것에 대해 섭섭하지 않은 것 같네요, 리처드!”

“아, 아니오……. 아마 아닐 거요.”

“지금 당신의 태도에 감격했어요. 이상한 것은 당신을 남편으로 생각하지 않고 옛날의 선생님으로 대하자 당신이 좋아지네요. 당신을 사랑한다고 과장해서 말하지는 않겠어요. 당신도 알다시피 사랑하지 않으니까요. 그러나 친구로서는 달라요. 당신은 친구 같아요!”

수가 이런 이야기를 하는 동안 그녀의 얼굴에 눈물이 조금 흘렀다. 그러나 금세 그녀를 태우기 위해 역 승합 마차가 왔다. 필롯슨이 그녀의 짐을 마차 꼭대기에 실었다. 그녀를 마차 안으로 들어가게 도와주고, 작별 인사를 할 때에는 다른 사람들의 눈을 의식해서 키스까지 했다. 그녀도 이런 것을 이해하여 똑같이 그의 키스를 흉내 냈다. 두 사람이 즐겁게 작별하는 광경을 지켜본 마차꾼은 그녀가 잠시 어디 방문을 간다는 생각 이상은 하지 않았다.

필롯슨은 집으로 들어가 2층으로 올라갔다. 그리고 마차가 떠나가는 방향으로 창문을 열었다. 곧 마차 바퀴의 소음이 사라졌다. 그러자 그는 고통을 참기라도 하려는 듯 얼굴을 찡그린 채 아래층으로 내려왔다. 그는 모자를 쓰고 집 밖으로 나가 마차가 간 길을 그대로 따라갔다. 1킬로미터 반쯤 그 길을 걸었다. 그러다 갑자기 몸을 돌려 집으로 되돌아왔다.

그가 집으로 들어서는 순간 그의 친구 길링엄의 목소리가 정문 쪽에서 들렸다.

"아무도 대답이 없더군. 문이 열려 있어서 집 안으로 들어와 자리에 앉았네. 찾아오겠다고 말했던 것 기억나나?"

"길링엄, 고맙네. 특히 오늘 밤 같은 때."

"부인은 어떤가……."

"편안하네. 그녀는 갔어……. 지금 막 갔네. 저게 그녀의 찻잔이야. 한 시간 전에 마셨던 잔이지. 그리고 저건 그녀의 접시……." 필롯슨의 목이 메었다. 말을 계속할 수 없었다. 그는 몸을 돌려 식사 그릇을 옆으로 밀어 두었다.

"차 좀 마셨나?" 그는 금세 새로운 목소리로 물었다.

"아니…… 그래……. 그만두게." 길링엄이 어딘가에 정신이 팔린 채 말했다. "갔다고! 자네 그렇게 말했나?"

"그래……. 그녀를 위해 죽을 수도 있었어. 그러나 법이라는 이름으로 잔인할 수는 없었지. 그녀는, 내가 알기로는, 애인과 함께 있기 위해 떠났어. 둘이 뭘 할 건지는 모르겠네. 뭘 하던 간에 나는 전적으로 그녀가 하는 일에 동의를 했어."

필롯슨의 말에는 안정감이 깔려 친구가 뭐라고 더 계속할 수 없었다. "내가 갔으면 좋겠나?" 그가 이렇게 물었다.

"아니, 아니야. 자네가 찾아와 주어서 다행이야. 정리해서 버릴 물건이 몇 개 있는데 좀 도와주겠나?"

길링엄이 그러겠다고 했다. 교사가 2층에 있는 방으로 올라가 서랍을 열었다. 그러고는 수가 남긴 물건들을 꺼내 큰 상자에 넣기 시작했다. "그녀는 내가 말한 물건을 다 가져가지 않겠다는 거야." 그는 말을 계속했다. "그러나 그녀가 자기 식으로 살도록 내버려 두기로 내가 마음을 먹었을 때에는 나도 결심을 한 거지."

"헤어지기로 합의한 것을 사람들은 말렸을 거야."

"그런 것 다 생각해 봤지. 더 이상 그 문제를 따지고 싶지 않아. 결혼 문제에 관한 한 나는 세상에서 가장 구식 생각을 가진 사람이었고 또 현재도 그렇지. 사실 결혼의 가치관 문제에 대하여 한 번도 비판적으로 생각해 본 일이 없네. 그런데 몇 가지 사실이 날 똑바로 직시하여 그걸 반대할 수가 없었어."

그들은 말없이 짐 싸기를 계속했다. 짐 싸는 일이 다 끝나자 필롯슨이 상자를 덮고 열쇠로 잠갔다.

"자," 그가 말했다. "다른 사람의 눈에 그녀가 예쁘게 보이도록 해야지. 그러나 이제 내 눈에는 예쁠 필요가 없어."

5

이런 일이 있기 스물네 시간 전 수는 다음 서신을 주드에게 보냈다.

말했던 대로예요. 난 내일 저녁 여기를 떠나요. 리처드와 난 어두워진 다음에 떠나는 것이 이목을 덜 끌 거라고 생각했어요. 두려워요. 꼭 멜체스터 역 플랫폼에서 날 만나 줄 것을 부탁해요. 7시 조금 전에 도착할 거예요. 사랑하는 주드 오빠, 물론 마중 올 것 알고 있어요. 그러나 난 너무 소심해서 정시에 나와달라고 간청하지 않을 수 없네요. 이 일을 처리해 나가는 동안 그 사람은 진심으로 친절했어요!

그럼 만날 때까지!

S.

승합 마차가 산악 도시로부터 점점 아래로 길을 내려갔다. 그날 마차에 손님이라고는 그녀밖에 없었다. 그녀는 슬픈 얼굴로 멀어져 가는 길을 쳐다보았다. 그러나 그녀의 얼굴에는 주저의 빛을 찾아볼 수 없었다.

그녀가 탈 상행선 기차는 신호에 의해서만 섰다. 기차처럼 막강한 기구가 그녀(자신의 합법적인 집에서 떠나온 도피자)를 위해서 일부러 멈춘다는 것이 이상하게 느껴졌다.

이십 분 동안의 여행이 끝나고 있었다. 수는 내리기 위해 그녀의 물건들을 챙기기 시작했다. 기차가 멜체스터 역 플랫폼에 멈춰 섰을 때 문을 잡는 손이 있었다. 그녀가 주드를 알아보았다. 그는 재빠르게 기차간 안으로 들어왔다. 그는 손에 까만 가방을 하나 들고, 일요일과 일이 끝났을 때만 입는 까만 양복을 입고 있었다. 그는 대단히 잘생긴 청년으로 보였다. 그의 눈에는 그녀에 대한 애정이 이글이글 타올랐다.

"아, 오빠!" 그녀가 두 손으로 그의 손을 잡았다. 그녀의 긴장이 눈물 없는 흐느낌으로 이어지더니 곧 진정되었다. "정말 기뻐요! 여기에서 내려요?"

"아니. 내가 타는 거야, 사랑하는 수! 내가 짐을 쌌어. 이 가방 말고 이름표를 단 까만 상자를 하나 더 가져왔지."

"여기서 내리지 않아요? 여기서 머물 게 아니에요?"

"여긴 안 돼, 무슨 뜻인지 모르겠어? 여기 사람들은 우릴 알고 있어. 적어도 난 아주 많이 알려졌지. 올드브리컴행 표를 샀어. 이건 올드브리컴으로 가는 수의 표야. 수는 여기까지 오는 표만 샀으니까."

"우리 여기 있었으면 하는데." 그녀가 같은 말을 반복했다.

"절대 그럴 수가 없어."

"아! ……아마 아니겠지."

"정한 장소를 알릴 시간이 없었어. 올드브리컴이 훨씬 큰 도시지. 인구가 6만 내지 7만이 되니까. 거기로 가면 우리에 관해서 아는 사람이 없을 거야."

"여기 성당에서 하던 일을 그만두었어요?"

"그래. 갑작스러운 결정이었어, 수의 메시지가 뜻밖이어서. 엄밀히 말해서는 한 주일은 꼬박 채워야 했을 거지. 그러나 급하다고 사정을 해서 빠져나온 거야. 사랑하는 수의 말이라면 언제든지 직장을 차고 나왔을 거야. 수를 위해서라면 그보다 더한 것도 버린 일이 있어."

"오빠한테 많은 폐를 끼치는군요. 교회에서의 장래를 버리도록 만들고, 직장에서의 일을 망치고. 전부를 다 망치고 있어요. 전부를요!"

"교회는 이제 내게는 아무것도 아니야. 그냥 내버려 두자! 나는

> 줄줄이 서서 각자 행복하게
> 천국을 향해 불타는 군인 - 성자[10]

의 대열에 있는 사람이 아니니까. 그런 사람들이 있다면 말

---

10) 브라우닝의 시.

이지! 내 행복은 천국을 향한 것이 아니라 여기 지상을 향해 있어."

"아, 나는 너무 나쁜 여자예요……. 이렇게 남자의 길을 그르쳐 놓으니 말이에요." 그녀가 말했다. 주드의 목소리에 떠올랐던 똑같은 정감이 그녀의 목소리에 차올랐다. 그러나 그녀는 기차가 20킬로미터가량 움직여 나간 다음에는 마음의 평정을 찾았다.

"날 보내줄 만큼 그 사람은 나에게 잘해 주었어요." 그녀가 다시 말을 이었다. "여기 오빠에게 보내는 편지가 있어요. 내 화장대 위에 놓여 있었어요."

"그래. 그 사람 가치 없는 인간이 아니야." 편지를 쳐다보며 주드가 말했다. "수와 결혼했다는 이유 때문에 그 사람을 미워하는 건 부끄러운 일이겠지."

"여자의 변덕에 의하면, 그렇게 관대하고 예고 없이 날 가게 했다는 이유만으로도, 난 그 사람을 다시 갑자기 사랑해야 해요." 그녀가 웃으면서 그의 말을 받았다. "그런데 난 너무 냉정하고 감사할 줄을 몰라서, 아니면 그 비슷한 사람이 돼서, 그의 관대한 마음도 그를 사랑하거나 내 결정에 대해 후회를 하거나 아니면 그의 아내로서 그냥 남게 하지는 못했어요. 그러나 난 그의 넓은 마음에 호감을 갖고, 그래서 그를 어느 때보다 존경하는 마음에 젖어 있어요."

"그가 덜 친절했다든가 그의 뜻을 거슬러 집을 나온 것도 아닌데, 그런 마음이 우리에게 도움 될 건 없겠지."

"그 사람의 뜻을 어기고 집을 나오는 일은 결코 없었을 거예요."

주드가 생각에 잠긴 눈으로 그녀를 바라보았다. 그러다 갑자기 그녀에게 키스를 했다. 그가 한 번 더 키스를 하려 하자 그녀가 외쳤다. "안 돼요……. 지금은 꼭 한 번만이에요……. 오빠, 제발!"

"그건 잔인한데." 주드가 말했다. 그러나 그는 그녀의 뜻을 따랐다. "참 이상한 일이 일어났어." 잠시 뒤에 주드가 말을 계속했다. "아라벨라가 이혼을 하자는 편지를 보내왔거든. 그녀 말로는 자기에게 좋은 일 하는 셈 치고 해 달라는 거야. 사실상 이미 결혼을 한 그 남자와 정직하고 합법적으로 결혼을 하고 싶대. 그럴 수 있도록 해 달라고 간청을 하고 있어."

"어떻게 했어요?"

"그렇게 하라고 동의를 했어. 처음에는 그 두 번째 결혼으로 그녀에게 문제가 생기지 않게 하면서 이혼을 할 수 없을 거라고 생각했지. 그러나 그녀에게 피해가 가게 하고 싶지는 않았어. 결국 보면 나나 그녀나 나쁘기는 피장파장이 아닌가 싶어! 그 문제에 대해 여기서는 아는 사람이 없고. 내 생각으로는 그건 어려운 문제는 아닐 듯싶기도 해. 그녀가 새로 출발하고 싶으면 내 입장에서는 그걸 방해하지 말아야 할 이유가 너무나 분명한 것 같아."

"그러면 자유로운 몸이 되나요?"

"자유의 몸이 되겠지."

"우리 어디 가는 걸로 예약했어요?" 그녀가 이렇게 물었다. 전후 문맥이 끊어지는 것이 그날따라 수의 대화를 특징

지었다.

"이미 말한 대로, 올드브리컴이지."

"거기 도착하면 밤이 꽤 늦겠네요?"

"그래, 그 생각을 했지. 그래서 거기 템퍼런스 호텔[11]에 방 하나를 예약하는 전보를 쳐 두었어."

"하나요?"

"그래······. 하나."

그녀가 그를 쳐다보았다. "아, 주드!" 그녀가 이마를 기차간 구석에 묻었다. "그렇게 할지 모른다고 생각했어요. 내가 오빠를 속인다고도 생각할 거라고요. 그러나 그런 뜻은 아니에요!"

잠시 침묵이 흐르는 사이 주드의 눈은 멍청하게 맞은편 의자에 고정되었다. "글쎄!" 그가 말했다. "글쎄!"

그는 계속 침묵했다. 그가 불편해하는 것을 본 수가 자기 얼굴을 그의 뺨에 대고 이렇게 중얼거렸다. "오빠, 화내지 마세요!"

"아······ 해될 건 없어." 주드가 말했다. "그러나 그런 걸로 난 이해를 했지······. 갑자기 마음을 바꾼 거니?"

"오빠에겐 그런 질문을 할 권리가 없어요. 대답 안 할래요!" 그녀가 미소 지으며 말했다.

"사랑하는 수, 너의 행복은 나에게 무엇보다 더 중요해······. 너무 자주 상황이 싸움 직전까지 가곤 하지만! ······너의 뜻은 나에게 율법 그 자체란다. 난 단순한 이기적인 인간, 그 이

---

11) '템퍼런스'는 '금주'라는 뜻이며, 이런 호텔에서는 술을 팔지 않는다.

상이기를 바라. 네가 원하는 대로 해!" 생각에 젖은 그의 이마에 당혹스러운 표정이 어렸다. "아마 네가 날 사랑하지 않는 모양이야. 수가 인습적인 사람이 된 것은 아닐 테고! 난 수의 교화로 인습을 증오하게 되었지만, 그 무서운, 또 다른 쪽이 이유가 아니라 차라리 인습이 원인이길 바라."

분명히 솔직해야 할 순간에 그는 그 신비의 상태, 즉 그녀의 마음에 대하여 솔직할 수가 없었다. "내 수줍은 성격 때문이라고 생각하세요. 결정적 순간이 왔을 때 여자에게 일어나는 천성적 수줍음 탓으로 돌리세요. 이 순간부터 오빠가 생각하는 그런 관계로 오빠와 함께 살 완벽한 권리를 나도 가졌다고 오빠가 생각하는 만큼 느낄지도 몰라요. 올바른 상태의 사회에서는 한 여인이 아기의 아버지를 선택하는 일은 속옷 모양을 선택하는 일만큼이나 개인적인 문제라고 생각해요. 이 문제에 대해서는 누구도 뭐라고 물어볼 권리가 없는 것이고요. 그러나 부분적인 이유이긴 하지만 그 사람의 관대함 때문에 내가 지금 자유의 몸임을 생각해서 조금은 완고한 쪽에 설 수밖에 없어요. 만약 우리가 줄사다리 위에 있고 그가 권총을 쥐고 우리 뒤를 쫓아온다면 문제가 다를 거예요. 나는 다르게 행동했을 거예요. 오빠, 나에게 압력을 가하고 나를 비난하는 일은 하지 마세요! 난 나 자신의 의견을 가질 만큼 용기가 없다고 생각하세요. 난 불쌍하고 비참한 인간이에요. 내 천성은 오빠만큼 정열적이지 못해요!"

그는 그냥 이렇게 같은 말을 반복했다. "난 내가 자연스럽게 느끼는 것을 생각했을 뿐이야. 그러나 우리가 연인이 아니라면 우린 연인이 아니지. 필롯슨은 그렇게 생각했을 거라고 난 확신해. 여기 좀 봐. 그가 뭐라고 썼나." 그는 그녀가 가지고 온 편지를 열어서 읽었다.

"한 가지 조건만 부탁하네. 즉 그녀에게 부드럽고 친절해야 한다고. 난 자네가 그녀를 사랑한다는 사실을 알고 있네. 그러나 사랑도 때로는 잔인할 수 있지. 자네 두 사람은 서로를 위해 태어난 사람들이네. 그것은 편견을 벗어난 선배에게는 너무나 분명하고 명백한 사실이네. 자네는 내가 수와 함께 산 짧은 기간 동안에 '그림자 같은 제삼의 존재'였네. 다시 한번 말하지만 수를 잘 돌봐 주게."

"그 사람 좋은 사람이죠, 그렇죠!" 눈물을 글썽이면서 그녀가 말했다. 다시 말을 이었다. "날 보내는 데 아주 체념하고 있었어요……. 너무 체념하고 있었어요! 집을 떠나서 편안하도록 신경을 써서 주선을 하려 하고, 또 돈까지 주려 했을 때는 그 사람을 사랑하는 마음이 거의 솟아났어요. 그러나 실제로 사랑할 수는 없었어요. 만약 내가 아내로서 그를 조금이라도 사랑하면 지금이라도 그에게 다시 돌아가겠어요."

"사랑하지 않는 거지? 사랑하는 거니?"

"사실이에요……. 아, 무섭도록 사실이에요……. 사랑하지 않는다는 것은요."

"나를 사랑하지 않는다는 것도. 그 사실이 반쯤은 두렵단 다!" 그가 짜증 난 소리로 말했다. "넌 아마 아무도 사랑하지 않을걸! 수, 자기에게 역증이 났을 때 생각해 보면, 너는 참된 사랑이 불가능한 여자야."

"그런 말은 오빠가 좋은 사람도, 의리 있는 사람도 아님을 보여 주는 증거예요!" 그녀가 이렇게 말하고는 그로부터 가능한 한 멀리 떨어져 앉아 창밖의 어둠을 근엄한 얼굴로 내다보았다. 그녀는 얼굴을 돌리지 않은 채 마음 상한 목소리로 말했다. "내가 오빠를 좋아하는 것은 여자로서가 아니에요. 오빠와 함께 있는 것은 그 자체가 즐거운 일이에요. 대단히 미묘한 종류의 즐거움이에요. 난 그 즐거움을 더 끌고 나가 모험을 하고 싶지 않아요……. 그 즐거움을 강렬한 것으로 시도하는 것 말이에요! 남자를 대하는 여자의 입장에서 느끼는 바인데 그 시도에는 위험이 따르게 마련이에요. 나와 오빠의 관계에서는 오빠가 내 소원을 오빠 자신의 욕구 충족 위에 두어주기를 바란다고 결정했어요. 주드 오빠, 이 문제는 더 이상 이야기하지 마세요!"

"그 이야기가 수를 자책하게 만든다면, 물론이지……. 수, 날 매우 좋아하는 것은 사실이지? 그런다고 말해 줘! 내가 수를 좋아하는 정도의 4분의 1, 아니 10분의 1만이라도 좋아한다고 말해 줘. 그럼 난 만족할게!"

"오빠가 나에게 키스하도록 두지 않았어요? 그것으로 충분히 증명된 것 아닌가."

"딱 한 번 정도!"

"글쎄, 욕심쟁이 아이가 되지 마세요."

그는 몸을 뒤로 기대고 오랫동안 그녀를 쳐다보지 않았다. 그녀가 들려준 그녀 과거의 에피소드에서 그녀가 꼭 이런 식으로 다룬 크라이스트민스터의 대학생 이야기가 그의 머릿속에 떠올랐다. 그는 자신이 그런 고통을 운명으로 겪어야 하는 두 번째 남자임을 깨달았다.

"이건 이상한 도피 행각이야." 그가 중얼거렸다. "혹시 수는 날 필롯슨과의 관계에서 미끼로 쓰는 것이 아닐까? 그러고 보니 그런 것 같기도 하네……. 거기 그렇게 새침하게 앉아 있는 것이 더 그런 것 같군!"

"이제 화내면 안 돼요……. 그러지 못하게 할 거예요!" 그녀가 몸을 돌려 그에게 가까이 가며 달래듯이 말했다. "조금 전에 오빠는 나에게 키스했어요. 나도 싫지 않았어요, 인정할게요. 그러나 오빠가 또 하도록 내버려 두지는 않아요, 지금은요. 지금 우리가 처한 상황을 생각해서요, 이해 못 하겠어요?"

그녀가 애걸하는 목소리로 이야기할 때 그는 그녀에게 맞설 수가 없었다.(그녀도 이런 사실을 잘 알고 있었다.) 두 사람은 손을 잡은 채 나란히 앉았다. 그녀는 무슨 생각이 떠올랐는지 갑자기 외쳤다.

"템퍼런스 호텔로는 못 가겠어요. 그런 전문을 보냈으니 말이에요!"

"아니, 왜?"

"오빠도 무슨 뜻인지 잘 알아요!"

"좋아. 다른 호텔도 있겠지. 그 바보 같은 스캔들 때문에 필롯슨과 결혼한 이후 수가 독립적인 견해라는 이유로 내가 아는 다른 여자들만큼 사회적 법규의 노예가 된 것 같아."

"정신적으로는 아니에요. 그러나 이미 말한 대로 난 내 개인적 견해에 대한 용기가 없어요. 스캔들 때문에 결혼한 것만은 아니에요. 때때로 여자에게서는 사랑받고 싶은 욕구가 양식을 억누르게 돼요. 그래서 남자를 잔인하게 다룬다는 양심의 가책을 아프게 느끼면서도 자신이 사랑하지 않는 남자에게 계속 사랑을 충동질해요. 그러다가 그녀는 남자가 고통스러워하는 것을 보고 후회에 짓눌려, 결국에는 잘못된 것을 보상하는 노력을 하게 되죠."

"수는 잔인하게 그에게, 그 불쌍한 친구에게 불장난을 하다가 그런 일을 후회하고 보상을 하기 위해 그와 결혼을 했다는 건가? 그것이 자신에 대한 엄청난 고문인데도?"

"글쎄…… 잔인하게 표현한다면…… 그 비슷하게 말할 수도 있겠지요……. 그것하고 스캔들이 모두 그 속에 포함될 거예요. 벌써 나에게 말했어야 할 숨기는 것들도 여기 속하고요!"

그의 비판에 그녀가 마음이 상해 슬픈 얼굴로 울음을 터트릴 듯한 표정을 짓는 것을 보았다. 그는 그녀를 위로하는 말을 했다. "저런, 예쁜이, 내가 한 소리에 신경 쓰지 마. 원하면 나를 괴롭혀! 알다시피 수는 나에게 세상의 전부야, 네가 무슨 짓을 하든 상관없이!"

"내가 나빠요. 원칙도 없고……. 오빠가 날 그렇게 생각한다는 것도 알아요!" 그녀가 눈을 깜박거려 눈물을 감추려고 애를 쓰면서 말했다.

"내가 아는 것은, 그리고 내가 생각하는 것은, 네가 내 사랑하는 수라는 사실이란다. 수에게서 길이와 폭과, 현재와 미래를 분리시킬 수가 없어.[12]"

수는 여러 면에서 세련된 사람이지만 반면에 어린애 같은 품성도 지녀 주드의 말은 금세 그녀의 마음을 풀어 주었다. 두 사람은 기분 좋게 여행지의 종점까지 왔다. 북부 웨섹스의 주 소도인 올드브리컴에 도착했을 때 시각은 10시쯤 되어 있었다. 자신의 전보 때문에 수가 템퍼런스 호텔로 가지 않을 것을 감안하여 주드는 다른 호텔을 알아보았다. 호텔을 알아봐 주겠다고 나선 청년이 두 사람의 짐을 수레에 싣고 좀 더 먼 곳에 있는 조지 호텔로 갔다. 마침 그 호텔은 아라벨라와 오래 헤어졌다가 만났을 때 하루를 지낸 곳이었다.

그러나 다른 문을 통해서 호텔로 들어간 것과 다른 일에 정신이 팔린 탓으로 주드는 처음에 그 호텔을 알아보지 못했다. 그들은 각자 방을 잡고 늦은 저녁 식사를 하기 위하여 호텔의 아래층으로 내려갔다. 주드가 잠시 자리를 비운 사이 심부름하는 하녀가 수에게 말을 건넸다.

"부인, 친척 되시는 분, 아니 친구 분, 저분이 누구시든 간에 전에 한 번 여기 왔던 기억이 있어요. 오늘처럼 꽤 늦었는데 자기 부인하고 왔어요, 한 여자 분하고요. 절대 부인은 아니었어요. 부인이 지금 여기 있는 것만큼 확실해요."

"아, 그래요?" 수는 가슴이 철렁했다. "잘못 봤을 거예요! 그게 언제였죠?"

"한두 달 전이에요. 잘생겼어요. 몸이 풍만하고요. 두 사람

---

12) 「로마서」 8장 38~39절에서 인용.

이 방을 썼어요."

주드가 자리로 돌아와 저녁을 들기 위해 식탁에 앉았을 때 수가 속상하고 시무룩한 표정을 지었다. "오빠," 그날 밤 각자 의 방으로 가기 위해 층계참에서 수에게 저녁 작별을 하는 순 간 그녀가 슬픈 목소리로 말했다. "그전처럼 둘이 함께 있어 좋고 유쾌하던 것이 없어졌어요! 여기가 싫어요, 이 집에 못 있겠어요! 오빠도 그전만큼 마음에 들지 않아요!"

"왜 이리 불안해하지, 예쁜이! 왜 이렇게 마음이 바뀌나!"

"날 이 호텔로 데려온 것이 얼마나 잔인한 줄 모르나 봐!"

"왜?"

"오빠, 얼마 전에 아라벨라하고 여기 왔죠? 거봐요, 그렇죠!"

"이런, 아니……." 이렇게 외치면서 주드는 주변을 둘러 보 았다. "그렇구나……. 같은 집이야! 수, 정말 난 몰랐어. 그러 나…… 이건 잔인한 짓은 아니야. 우리가 지금 상황으로 여기 온 것은…… 두 친척으로 함께 머무르는 거니까."

"여기 왔던 게 얼마나 오래전이죠? 말해 봐요, 말해 봐요."

"크라이스트민스터에서 수를 만나 메리그린으로 돌아갔던 전날이야. 아라벨라를 만났었다고 이야기했지."

"만났다는 이야기를 하기는 했지만 그러나 이야기를 다 하 지는 않았어요. 오빠 이야기는 하느님 앞에서 남편과 아내가 아닌 남남으로 만났으며…… 그녀와 화해했단 말은 하지 않 았어요."

"우린 화해하지 않았어." 그가 슬픈 목소리로 말했다. "수, 이건 설명하기가 어려워."

"오빠 나에게 정직하지 않았어요. 나의 마지막 희망이었는데! 이 일은 결코 잊지 않을 거예요. 결코요!"

"그러나 사랑하는 수, 네 자신의 희망에 따라 우리는 친구일 뿐 연인은 아니야! 수의 말은 앞뒤가 맞지 않아."

"친구 사이에도 질투는 할 수 있어요!"

"나는 그게 이해가 안 돼. 수는 나한테 아무것도 양보하지 않고, 나는 모든 것을 양보해야 하는 상황이야. 따져 보면 수는 그 시간에 자기 남편하고 좋은 사이였잖아."

"아니에요. 주드 오빠, 나는 그런 사이가 아니었어요. 아, 어떻게 그런 생각을 할 수 있어요! 오빠는, 의도는 그렇지 않았겠지만 날 속였어요." 그녀가 너무 화가 나 있어 주드는 그녀를 억지로 그녀의 방에 데리고 들어가 뒤로 문을 닫아야 했다. 사람들이 그녀의 목소리를 듣지 못하게 하기 위해서였다. "이 방이었나요? 그래, 그렇군요……. 오빠 얼굴에 그렇다고 쓰여 있네요. 이 방에서 난 잘 수 없어요! 그녀와 다시 관계를 가졌다는 사실은 오빠를 믿을 수 없는 사람으로 만들어요. 난 창문으로 뛰어내린 적도 있어요!"

"수, 그렇지만 그녀는 나에게 법적으로 아내였어. 만약 실제로……."

수는 무릎까지 몸을 구부리고는 얼굴을 침대에 묻은 채 울었다.

"이런 부당한…… 이런 심술궂은 상황은 당한 적이 없어." 주드가 말했다. "수에게 접근도 못 하게 하고, 그렇다고 다른 사람도 가까이 하지 말라니!"

"내 기분을 왜 이해 못 해요! 왜 못 하냐고요! 왜 그렇게 둔해요! 난 창밖으로 뛰어내리기도 했어요!"

"창밖으로 뛰어내려?"

"설명은 못 해요!"

그가 그녀의 기분을 자세히 이해하지 못한 것은 사실이었다. 그러나 그녀의 마음을 조금은 알 수 있을 것 같았다. 여전히 그녀에 대한 그의 사랑은 변함이 없었다.

"난…… 오빠가 다른 사람은 사랑하지 않는다고 생각했어요. 그때나 지금이나 나는 오빠가 세상에서 다른 사람은 탐하지 않는다고 믿었어요!" 수가 계속했다.

"그건 사실이야. 나는 다른 사람을 원하지 않았고, 지금도 원하지 않아!" 주드가 수 못지않게 비탄에 젖어 말했다.

"그러나 아라벨라 생각을 많이 했나 보네요. 그런 게 아니라면……."

"아니야……. 나는 그럴 필요가 없었어. 나를 이해하지 못하고 있어……. 여자들은 이해를 못 한다니까! 왜 아무것도 아닌 일을 가지고 이렇게 화를 내나?"

이불에서 얼굴을 쳐들고 수가 토라진 목소리로 말했다. "이 문제만 아니었으면 오빠가 원하는 대로 템퍼런스 호텔로 갔을 거예요. 나는 오빠에게 속하는 사람이라고 생각하던 중이었으니까요!"

"아, 그건 중요한 문제가 아니야!" 주드가 쌀쌀한 목소리로 말했다.

"물론 나는 그녀가 진정으로 오빠의 아내가 아니라고 생각했어요. 제 발로 오래, 오래전에 오빠를 떠났으니까요. 내 생각에는 오빠가 그녀와 헤어진 거나 내가 그 사람을 떠난 것은 이미 결혼이 끝난 거예요."

"그녀에 대해서 더 이상 말하고 싶지 않아. 나쁜 말만 나올 테니까. 난 그걸 원하지 않아." 그가 말했다. "그러나 문제를 끝낼 수 있는 말을 하나 해야겠어. 그녀는 다른 사람과 결혼을 했어. 정식으로 결혼을 했어! 그 사실을 나는 이 집에 다녀갈 때까지 전혀 몰랐어."

"다른 사람과 결혼을 했다고요? ……그건 범죄예요, 세상의 눈에는요. 그런데 사람들은 그런 걸 믿지 않아요."

"거봐……. 이제 수의 모습으로 돌아왔네. 그래, 그건 범죄지……. 수가 그렇지 않다고 생각하면서 두렵지만 어쩔 수 없이 그렇게 인정해야 하는 범죄지. 난 그녀를 고발할 생각은 없어! 그녀가 나에게 이혼을 요구한 것은 분명히 양심의 가책에서 나온 짓이야. 이 남자와 결혼을 다시 할 수 있도록, 이번에는 법적으로 말이지. 내가 그 여자를 다시 보지 않을 거라는 점 이해할 수 있을 거야."

"그 여자를 만났을 때는 정말로 이런 걸 전혀 몰랐어요?" 수가 일어서면서 이번에는 좀 더 부드러운 목소리로 물었다.

"몰랐지. 이 모든 걸 생각하면 화를 낼 게 아무것도 없어."

"화나지 않았어요. 그러나 템퍼런스 호텔은 안 가요!"

그는 웃었다. "걱정 마! 네 곁에만 있으면 난 비교적 행복해. 함께 있다는 건 나라는 비참한 인간에게는 과분하지……. 정령이며 육체가 없는 존재, 나의 사랑스럽고 감미롭고 간장을 애태우는 유령, 거의 육체가 없는 사람. 내가 몸에 팔을 얹으면 그 팔이 공기를 뚫고 지나가듯 몸을 관통할 것 같은 사람! 너의 말대로 조잡한 언어를 사용하는 것을 용서하렴! 사실은 전혀 남남인데 사촌이라 부르는 것 자체가 운명의 올가미야. 우리 부모들의 적대적 감정이 보통 사람들이 새로 만나서 느끼는 신기함보다 훨씬 더 강렬한 자극제를 수에게 주었어."

"그럼 셸리의 「에피사이키디온」의 아름다운 구절을 그게 마치 나를 뜻하는 양 암송해 봐요!" 선 채로 그에게 몸을 가까이 기울이면서 그녀가 간청했다. "그 구절 몰라요?"

"난 시를 잘 몰라." 그가 슬픈듯이 말했다.

"몰라요? 이런 구절들이 있어요.

환상으로 창공을 높이 날면서
내 영혼이 자주 만난 존재가 있어요.

눈부신 여성의 형체 아래 가려진,
인간이기엔 너무나 유순한, 천상의 천사……

아, 너무 멋있는 과찬이어서 더 이상 계속할 수가 없어요! 그러나 그게 나라고 말해 보세요! 나라고 말하라니까요!"

"수, 그건 바로 수야. 꼭 너와 같아!"

"이제 오빠를 용서해요! 꼭 한 번만 키스를 하세요……. 너무 길게 하면 안 돼요." 그녀가 손가락 끝을 조심스럽게 그녀의 뺨에 얹었다. 그는 그녀가 시키는 대로 했다. "날 대단히 많이 사랑하죠, 그렇죠? 내가 아닌데도…… 알고 있잖아요?"

"그래, 예쁜이!" 그는 한숨을 쉬면서 말했다. 그리고 잘 자라는 인사를 했다.

6

　교사가 되어 고향 섀스턴으로 돌아오면서 필롯슨은 사람들의 관심을 불러일으키고 옛날의 기억도 되살아나게 했다. 다른 곳에서라면 칭찬을 많이 받았을, 그의 여러 가지 재능을 고향 사람들은 별로 대단하게 생각하지 않았으나, 그에 대해서 근엄한 존경심은 지니고 있었다. 그가 부임하고 얼마 되지 않아 예쁜 부인을 데리고 왔을 때 (그가 조심해서 돌보지 않으면, 그녀의 아름다움이 그에게 어울리지 않을 수도 있을 것이라고 사람들은 말했으나) 그녀가 그들 사이에서 잘 정착하자 모두들 좋아했다.

　그녀가 집을 나간 다음에도 한동안 그녀의 부재가 관심거리로 떠오르지 않았다. 학교에서 교생으로서 그녀의 자리는 그녀가 떠난 지 며칠 안 되어 다른 젊은 여자 선생에 의하여

대체되었다. 수의 자리가 임시직이었기 때문에 이 대체 사실
도 별다른 말 없이 지나갔다. 그러나 한 달이 지날 때쯤 필롯
슨이 아는 사람에게 자신의 부인이 어디 있는지 모른다고 별
뜻 없이 말한 게 사람들의 호기심을 자극하는 계기가 되었다.
사람들은 멋대로 결론을 내리고 수가 남편을 속여서 그로부
터 멀리 달아났다고 말하기 시작했다. 교사가 하는 일에 점점
무성의하고 무기력한 것이 그런 생각을 더욱 부추겼다.

친구 길링엄을 제외하고는 필롯슨은 자신의 사생활에 대해
입을 다물었지만, フ의 정직하고 직설적인 성격은 수의 品행
에 대한 소문이 와전되어 퍼지기 시작하자 더 이상 침묵할 수
없었다. 어느 월요일 아침 학교 이사회의 이사장이 학교로 왔
다가 업무를 끝낸 다음 아이들이 들을 수 없는 곳으로 필롯
슨을 데리고 가 물었다.

"필롯슨 선생, 사람들이 모두 이야기를 하고 있으니 양해를
구하고 묻겠는데, 집안일에 관한 소문이 …… 부인이 방문차
집을 나간 것이 아니라 애인과 몰래 도피 중이라는 것이 사실
입니까? 그렇다면 선생께 위로의 말씀을 드립니다."

"그럴 필요 없습니다." 필롯슨이 말했다. "그 문제에 대해서
는 감출 것이 없습니다."

"친구들을 방문 중인가요?"

"아니요."

"그럼 무슨 일이 있습니까?"

"집사람은 대개 남편에게 위안이 필요한 여건 아래서 집을
나갔습니다. 그러나 난 그 문제에 동의를 해 주었어요."

이사장이 그 말의 의미를 알아들을 수 없다는 표정을 지었다.

"내가 드린 말씀은 모두 사실입니다." 필롯슨이 증언하듯 말을 계속했다. "아내가 애인과 떠나겠다고 허락해 달라기에 그러라고 한 것입니다. 그렇게 하지 말아야 될 이유가 없지 않습니까? 성년의 나이를 지난 여자니까, 그녀 자신의 양심 문제이지 내 문제가 아니었습니다. 나는 아내를 감금해 지키는 간수가 아닙니다. 더 이상은 설명할 수가 없네요. 이 문제에 관해서는 어떤 질문도 받고 싶지 않습니다."

아이들은 두 사람의 얼굴에 아주 심각한 표정이 떠오른 것을 보았다. 아이들이 집으로 가서 필롯슨 선생 부인에게 심각한 문제가 새로 생긴 모양이라고 부모들에게 말했다. 그때 막 의무 교육 기간을 끝낸 필롯슨의 어린 하녀가, 필롯슨 선생은 부인이 짐 싸는 것을 도와주고, 부인에게 필요한 돈을 주겠다고 제안했으며, 부인의 젊은 애인에게 부인을 잘 돌보라고 편지를 썼다는 사실을 퍼트렸다. 이사회의 이사장이 문제는 끝났다고 결론을 내리고, 학교의 이사들을 소집하여 사태를 상의했다. 필롯슨에게 이사회에 조용히 참석하라는 요구서가 전달되었다. 회의가 길게 진행되었으며, 회의가 끝나고 교사는 보통 때처럼 창백하고 지쳐서 집으로 돌아왔다. 길링엄이 집에서 그를 기다리고 있었다.

"자네 말대로였어." 필롯슨이 의자에 지친 몸을 던지면서 말했다. "고통받는 아내에게 자유를 준 내 행동이 창피하다고 사표를 내라는 요구야. 그들 말로는 아내의 간통을 묵인해 준 이유 때문이래. 그러나 나는 사표를 내지 않아!"

"나 같으면 내겠어."

"나는 아니네. 이건 그 사람들이 참견할 일이 아니야. 그 문제는 내가 공적인 일을 수행하는 데 아무 영향을 주지 않아. 원하면 날 쫓아내라지."

"자네가 시끄럽게 굴면 이 문제가 신문에 나게 되네. 그러면 다른 학교에 임명되는 기회가 없어져. 알다시피 그들은 자네의 일거일동을 어린 청소년을 가르치는 선생으로 평가해야 돼. 그리고 그 결과가 이 도시의 도덕적인 면에 끼치는 영향을 생각해야 하는 거지. 평범한 사람들의 의견으로는 자네의 위치가 방위 불능이야. 이 점을 지적할 수밖에 없어."

그러나 필롯슨은 이 유용한 충고에 귀 기울이지 않았다.

"나는 신경을 쓰지 않겠네." 그가 말했다. "내가 강제로 쫓겨나지 않는 한 사퇴하지 않을 걸세. 이런 이유 때문에 사표를 내면 내가 그녀 편에서 잘못 행동했다는 것을 인정하는 거니까. 하느님 앞에서나, 모든 자연스럽고 정직한 사람들 앞에서나, 내가 행동한 것이 옳다는 사실을 매일 점점 더 확신하고 있어."

길링엄은 고집 센 친구가 지금의 직장을 지키지 못할 것을 알았다. 그러나 그는 그 문제에 대하여 입을 다물었다. 시간이 지나자 (사실은 십오 분쯤 뒤에) 정식 해고 통지서가 도착했다. 학교 이사들이 뒤에 남아 필롯슨이 집으로 가기를 기다렸다가 서류를 작성해 보낸 것이었다. 필롯슨은 파직에 불복하고 공청회를 소집하여 직접 그 모임에 참석했다. 그가 너무 기운이 없고 병자처럼 보여서, 그의 친구는 모임에 나가지 말고 집에 있으라고 만류했지만 소용없는 일이었다. 필롯슨이 자리에서 일어나 학교 이사들의 결정을 반박하는 이유를 제시했을 때, 자기 친구에게 말했을 때와 똑같이 그는 확고부동한 목소리로 자신의 입장을 밝혔다. 그는 여기서 핵심이 되는 쟁점은 개인의 집안일로서 이사회의 관심 대상이 아니라고 지적했다. 이사회는 그의 논지를 기각했다. 한 교사의 개인적 기벽은 이사회가 관장하는 영역 안에 있는 문제인데, 이유는 그 교사가 가르치는 학생들의 사기에 영향을 주기 때문이라고 말했다. 필롯슨은 그의 대답에서 자연스러운 자선 행위가 학생들의 사기를 저하시키는 이유를 이해할 수 없다고 지적했다.

도시의 점잖은 계층 전체와 부유한 주민들은 한 사람도 빠지지 않고 모두 필롯슨의 의견에 반대였다. 이에 반해 놀랍게도 십여 명의 사람들이 투사처럼 자리에서 일어나 필롯슨을 옹호했다.

새스턴은 여름과 가을 동안 웨섹스 지방 북부와 남부의 수없는 장날과 축제를 찾아다니는 이상하고 재미있는 행상인 그룹의 중심지라고 기술한 바 있다. 필롯슨은 이들 그룹의 인사들과 이야기를 나눈 일은 없지만, 이들이 지금 그를 옹호하는 외로운 희망을 앞서서 인도하기 시작한 것이다. 이 집단에는 염가 판매 상인 두 명, 사격장 주인 한 명, 사격장에서 총을 장전해 주는 여자들, 권투 선수 두 명, 증기 회전목마 주인 한 명, 자신들을 과부라고 부르는 빗자루 순회 판매업자 두 명, 생강 빵 가게 주인 한 명, 흔들 그네 주인 한 명, '힘 재기' 가게 주인 한 명 등이 포함되었다.

이들 마음씨 좋은 후원자 집단과, 가정 경험이 인생의 기복을 수반했던 결과로 독립적인 판단력을 쌓게 된 몇몇 사람들이 필롯슨을 찾아와 뜨거운 악수를 나누었다. 그들은 자신들의 생각을 이 모임에서 아주 강렬하게 표현해 결국 논쟁이 일어나고, 전체가 다 개입되는 싸움이 터졌다. 이 싸움에서 칠판이 하나 부서지고, 학교 유리창이 세 장이나 날아가고, 잉크 병이 시의원 셔츠 앞쪽에 쏟아지고, 또 교회의 교구 위원한 사람은 판레스타인 지도로 맞아 그의 머리가 사마리아를 뚫고 나갔다. 많은 사람들이 눈에 퍼렇게 멍이 들고 코에서 코피가 터졌다. 그중 한 사람은 놀랍게도 교구 신부였다. 과격파 굴뚝 청소부가 필롯슨 지지자들의 편을 들어 지나친 열성을 부리다 저지른 일이었다. 필롯슨이 신부의 얼굴에 피가 흐르는 것을 보고는 불행하고 창피스러운 상황에 거의 신음 소리를 내면서 개탄했다. 그는 사표를 내라는 요구에 응하지 않았던 것을 깊이 후회했다. 그는 너무 심하게 병이 나 다음 날 자리에서 일어날 수가 없었다.

다분히 희극적이면서도 우울한 이 사건은 필롯슨이 심한 병으로 몸져눕는 계기의 시작이 되었다. 그는 외로운 병상에 누워 중년 남자의 참담한 심정에 빠졌다. 지적으로나 가정적으로나 그의 인생이 마침내 실패와 암울함을 직면했음을 깨달았다. 저녁에 길링엄이 그를 찾아왔다. 그는 이 이야기 저 이야기를 하다가 수의 이름을 언급했다.

"그녀는 나한테 관심이 없는 사람이네!" 필롯슨이 말했다.

"관심이 있어야 할 이유가 없지 않나?"

"자네가 아픈 사실을 모르니 그렇지."

"모르는 것이 두 사람을 위해서 더 좋네."

"그녀의 애인과 그녀는 어디 살고 있나?"

"멜체스터겠지. 얼마 전까지 그 사람은 거기 있었어."

길링엄은 집에 돌아오자 의자에 앉아 잠시 생각에 잠겼다가 마침내 수에게 발신자 불명의 편지를 간단히 썼다. 편지는 주드의 멜체스터 주소가 적힌 봉투 안에 봉해지고, 수취인은 주드로 쓰였다. 그 편지는 먼저 멜체스터로 갔다가 북부 웨섹스의 메리그린으로 보내지고, 다시 거기서 주드의 현재 주소를 아는 유일한 지인(그의 할머니를 간호했던 과수댁)에 의하여 올드브리컴으로 재발송되었다.

사흘 뒤 저녁 무렵, 해가 블랙무어 계곡의 저지대 위에서 눈부시게 지고 있어 계곡의 주민들에게 섀스턴의 창문이 모두 불타는 것처럼 보이는 시간이었다. 환자는 집에 누가 왔다는 생각을 언뜻 했다. 몇 분 뒤 침실 문에서 노크 소리가 들렸다. 필롯슨은 대답을 하지 않았다. 그러자 문이 조심스레 열리고 수가 방으로 들어왔다.

그녀는 가벼운 봄 옷을 입고 있었다. 그녀의 방문은 유령의 출현 (나방이가 내려앉은 듯) 같았다. 그는 그녀 쪽으로 눈을 돌렸다가 얼굴을 붉혔다. 그는 말을 하고 싶은 충동을 억제하는 듯했다.

"난 여기 올 권리가 없는 사람이에요." 그녀가 놀란 얼굴을 숙이며 말했다. "아프다는 이야기를 들었어요. 아주 많이 아프다고요. 당신은 남자와 여자 사이에 육체적 사랑 외에 다른 감정이 존재함을 인정하는 사람이라는 사실을 알기에 이렇게 찾아온 거예요."

"대단히 아픈 것은 아니오, 친구여. 그냥 편하지 않을 뿐이오."

"그런 줄은 몰랐어요. 심하게 아플 때만 내 방문이 정당화될 수 있는데!"

"그래, 그래요. 오지 말았기를 바라는 마음이 지금 더 강하게 일어나네요! 날 찾아오기에는 시기적으로 좀 이르다는 것, 그게 내 뜻이오. 하여튼 왔으니 주어진 시간을 버리지 맙시다. 학교 소식은 못 들었겠구려."

"내가 여기서 다른 곳으로 간다는 것만요. 이사들과 내가 뜻이 맞지 않고, 우리가 헤어진다는 것, 그게 전부예요."

그녀를 가게 해 준 결과로 그에게 무슨 일이 일어났는지 수는 그때나 그 이후나 한 번도 생각해 본 적이 없었다. 무슨 일이 일어날 수 있다는 가능성이 그녀의 마음속에 떠오르지 않은 것이다. 거기다 그녀는 섀스턴에서 아무 소식도 듣지 못했다. 그들은 별로 중요하지 않은, 덧없는 이야기를 나누었다. 차 마실 시간이 되어 차가 왔을 때, 필롯슨은 놀란 꼬마 하녀에게 수를 위한 잔을 하나 더 가져오라고 명령했다. 어린 하녀는 두 사람이 생각한 것보다 그들의 사생활에 대하여 훨씬 더 많은 흥미를 느끼고 있었다. 그녀는 층계를 내려가면서 괴상스럽게 놀란 표정으로 눈과 손을 하늘로 쳐들었다. 차를 마시다가 수는 창으로 걸어가서 생각에 잠긴 목소리로 말했다. "리처드,

해 지는 광경이 너무 아름다워요.”

“일몰은 대개 여기서나 아름답소. 계곡에 피어오르는 안개를 광선이 지나가기 때문이오. 그러나 내가 누워 있는 이 어두운 구석에는 그 햇빛이 들어오지 않기에 아름다운 광경이 보이지 않소.”

“이 특별한 광경을 보고 싶지 않아요? 마치 천국이 열린 것 같아요.”

“아, 그렇겠지. 그러나 난 볼 수가 없어요.”

“도와줄게요.”

“아니오, 침대를 들 수가 없어요.”

“그러나 여기 보세요, 무슨 뜻인지.”

그녀가 회전 거울이 있는 곳으로 가서 그 거울을 창가로 들고 와 햇빛을 반사할 수 있는 지점에 놓았다. 그러고는 거울을 움직여 햇빛이 필롯슨의 얼굴에 비치도록 조정했다.

“여기요……. 이제 커다랗고 붉은 해를 볼 수 있어요!” 그녀가 말했다. “기분이 풀릴 거예요. 기분이 풀리길 바라요!” 그녀가 어린애 같은, 회한이 넘치는 친절한 마음으로 말했다. 그를 위해 뭘 좀 더 하고 싶은 마음이 가득 차 있는 듯했다.

필롯슨이 쓸쓸하게 웃었다. “당신은 이상한 사람이오!” 햇빛이 그의 얼굴 가득 쏟아지는 동안 그는 이렇게 중얼거렸다. “우리 사이에 그런 사건이 있고도 나를 찾아올 생각을 하다니!”

“그 문제로 돌아가지 마세요!” 그녀가 빠른 말씨로 그를 막았다. “난 기차에 연결되는 승합 마차를 타야 해요. 내가 여기

온 것을 주드는 몰라요. 내가 나올 때 그는 벌써 집을 나가고 없었어요. 그래서 난 금세 돌아가야 해요. 리처드, 당신의 병이 많이 나아져서 기뻐요. 날 미워하는 건 아니죠? 당신은 나에게 너무 친절한 친구였어요!"

"당신이 그렇게 생각하는 줄을 알고 나니 마음이 기쁘오." 필롯슨이 쉰 목소리로 말했다. "아니, 난 당신을 미워하지 않소!"

이야기를 하는 동안 어두운 방에 땅거미가 빠른 속도로 퍼졌다. 방에 촛불이 들어오고 띠닐 시간이 되자 그녀는 손을 그의 손에 얹었다. 정확히는 그녀의 손이 그의 손을 스쳐 가도록 잠시 내버려 두었다. 그녀는 누구와의 접촉에서 두드러지게 빠르고 가벼웠다. 그녀가 문을 가까스로 닫는데 그가 불렀다. "수!" 그에게서 몸을 돌리는 순간 그녀의 얼굴에 눈물이 묻어 있고 입술이 떨리는 것을 보았기 때문이다.

그녀를 불러서 다시 오게 한 것은 그의 실수였다. 그녀를 불렀을 때 그는 이미 그 사실을 깨달았다. 그러나 그는 다른 도리가 없었다. 그녀가 다시 방으로 들어왔다.

"수," 그가 중얼거리듯 말했다. "화해하고 여기 그냥 머물러 있을래요? 당신을 용서하고 모든 것을 그냥 받아들이겠소!"

"아, 그럴 수 없어요, 당신은 안 돼요!" 그녀가 급히 말했다. "이제 용서하고 모든 걸 받아들일 수는 없어요!"

"그 사람이 사실상 당신의 남편이라는 뜻이오?"

"그렇게 생각할 수 있겠죠. 그 사람은 자기 부인, 아라벨라와 이혼 수속을 진행 중이에요."

"그의 부인! 그에게 아내가 있다는 것은 처음 듣는 소식이오."

"잘못된 결혼이었어요."

"당신 결혼처럼?"

"내 결혼처럼요. 그 사람이 이혼 수속을 밟는 것은 자기 자신을 위해서기보다 그 여자를 위해서예요. 그 여자가 편지를 써서 이혼해 주는 것이 적선하는 거라고 말했어요. 결혼해서 버젓하게 살기 위해서요. 그래서 주드 오빠가 동의를 한 거예요."

"부인…… 그녀에게 적선. 아, 그래요. 그녀를 아주 놓아주는 것은 적선이겠군……. 그러나 난 그런 소리를 듣고 싶지 않소. 수, 나는 용서할 수 있소."

"아니에요, 안 돼요! 이제 난 너무 나쁜 사람이 되었는데 다시 올 수는 없어요……. 내가 한 짓을 생각해서라도!"

그가 친구에서 남편의 입장으로 태도가 바뀔 때마다 그녀의 얼굴에 공포감이 떠올랐다. 그에게서 솟아나는 결혼에 관한 감정에 대하여 그녀는 방어 자세를 취했다. "이제 가야 해요. 다시 올게요. 다시 와도 되죠?"

"지금도 가라고는 하지 않았소. 가지 말고 여기 있어 주오."

"고마워요, 리처드. 그러나 가야 해요. 내가 생각했던 것만큼 아프지 않으니, 난 머물 수가 없어요!"

"그녀는 그 사람의 여자야……. 입술에서 발끝까지!" 필롯슨이 중얼거렸다. 그러나 그의 소리가 너무 희미해서 그녀는 문을 닫으면서 그 소리를 듣지 못했다. 교사의 마음속에서 일어나고 있는 반동적 변화에 대한 두려움과, 남자 입장에서 철저함이 어설프게 결여된 상황 때문에 그녀가 자신의 입장을 바꾸게 되었음을 그에게까지 알리게 된 희미한 수치심과 뒤섞여, 그녀는 그 시점까지 주드와의 완수되지 못한 관계를 그에게 결국 알리지 못했다. 필롯슨은 예쁘게 옷을 차려입은, 그리고 자신의 이름을 달고 애인의 집으로 조급하게 돌아간, 동정과 혐오감의 불쾌한 혼합 덩어리 수를 생각하면서, 지옥에 떨어진 사람처럼 고통스러워했다.

길링엄은 필롯슨의 생활에 관심이 대단했으며 개인에 대한 걱정도 매우 심각했다. 그는 섀스턴의 가파른 언덕을 한 주일에 두세 번은 오르내렸다. 왕복 15킬로미터나 되는 거리여서 학교의 고된 일과가 끝난 다음 차 시간과 저녁 식사 시간을 이용해야 했다. 수가 다녀간 다음에 길링엄이 찾아왔을 때는 필롯슨이 아래층에 있었는데, 그의 불안한 기분이 훨씬 안정되고 침착한 상태였다.

"자네가 지난번에 다녀간 다음 그녀가 여기 왔었네."

"부인 말인가? 아니겠지?"

"맞아."

"아! 둘이 화해했나?"

"아니……. 그냥 와서 작고 흰 손으로 내 베개를 만져 주면서 삼십 분 동안 사려 깊은 간호사 노릇을 했지. 그리고 갔어."

"거참…… 오라질! 뻔뻔한 여자야!"

"뭐라고 그랬나?"

"아, 아무 말도 안 했어!"

"무슨 뜻이지?"

"내 말은 부인이 상대방 간장을 태우는 변덕쟁이라는 뜻이네! 자네 부인이 아니라면……."

"그렇지 않아. 그녀는 성(姓)과 법을 제외하고는 다른 사람의 여자네. 생각을 해 봤는데, 그녀와 대화를 하다가 떠오른 생각이야. 그녀와의 법적인 관계를 해소해 주어야 될 것 같아. 그게 그녀에게 잘해 주는 길이야. 이 법적인 해결은 나 혼자서 할 수 있을 것 같아. 그녀가 나에게 다녀갔고, 내가 용서한다면서 가지 말라고 했는데도 내 청을 거절했으니 말이야. 그 사실이, 그때는 몰랐지만, 그럴 수 있는 기회를 나에게 주었다고 믿어. 그녀가 나에게 속하지 않는다면 족쇄를 채워 두는 게 무슨 소용이 있나? 그녀는 내가 그런 조취를 취하는 것을 그녀에게 해 줄 수 있는 최대의 자선 행위로 환영할 거라는 사실을 난 알고 있네. 이 점에 대해 나는 절대적으로 확신해. 같은 인간으로 그녀가 나와 공감하고, 나를 불쌍히 여기고, 심지어는 날 위해 울기까지 하지만, 남편으로서는 날 참을 수 없어한다고……. 날 싫어하는 거지. 말을 돌릴 필요가 없어. 그녀는 날 싫어하니까. 나의 유일한 남자다운, 위엄 있는, 그리고 자비로운 길은 내가 시작한 것을 끝내 주는 거야……. 그리고 세속적인 이유로도 그녀가 독립하는 게 좋을 거야. 우리 둘을 위해 무엇이 제일 좋은지에 관한 내 결정 때문에 내 장래는 절망적으로 망가지고 말았어. 이 사실을 그녀는 모르지만, 내 앞날에는 내 발로 무덤으로 가는 날까지 비참한 가난이 기다리고 있어. 난 교사로서는 어디서도 받아 주지 않게 되었기 때문이지. 이제 내 직장은 날아갔어. 그러나 여생 동안 할 일은 넉넉히 있을 테니 겨우겨우 먹고는 살겠지. 이런 경우는 나 혼자 버티는 것이 나아. 그런데 자네에게 하나 알려 줄 사실이 있네. 내가 그녀를 가도록 내버려 둔 것은 그녀가 내가 알려 준 이야기에서 암시를 받았기 때문이야. 폴리도 같은 짓을 한다는 소식이었네."

"오, 그에게도 배우자가 있었나? 그 연인은 이상한 쌍이야!"

"글쎄. 이 문제에 관해서는 난 자네의 의견이 필요하지 않아. 내 말은 그녀를 해방시켜 주어도 그녀에게 해가 되지 않는다는 거네. 오히려 지금까지 그녀가 꿈도 꾸지 못했던 행복의 기회를 열어 줄 거야. 둘은 결혼을 할 수 있을 테니까. 사실은 처음부터 그랬어야지."

길링엄은 대답을 서두르지 않았다. "나는 자네가 말하는 동기에 찬성하지 않을 수도 있어." 그가 부드럽게 말했다. 그는 자신이 동의하지 않는 의견을 존중하는 사람이었다. "그러나 자네 결정은 옳다고 생각하네. 실천할 수만 있다면 말이지. 하지만 자네가 그것을 실행할 수 있을지는 의문이네."

5부
올드브리컴과 그 밖의 다른 곳에서

그대 안에 섞여 있는 요정 같은 부분과 불 같은 부분은 본질적으로 위로 향하는
경향이 있지만 우주의 법칙을 좇아 여기 육체라는 복합제에 압도된다.
— M. 안토니누스

1

길링엄의 의문이 어떻게 처리되었는지는 앞의 글에 나타난 사건을 뒤따라 일어난 일들과 음산한 몇 달을 지나 그다음 해 2월의 어느 일요일로 들어서면서 금세 분명하게 드러났다.

수와 주드는 올드브리컴에 살고 있었다. 그들은 수가 그 전 해 섀스턴을 떠나 주드와 합류했을 때 합의한 그 관계에 그냥 머물러 있었다. 법정에서의 재판이 그들에게 전해 왔으나 멀 리서 들리는 소리 같았다. 때때로 날아오는 통신은 거의 이해 할 수 없었다.

그들은 주드의 문패가 붙은 작은 집에 함께 살면서 아침 식 사 시간에 늘 만나는 것이 생활 습관으로 되었다. 주드는 그 집을 일 년에 15파운드의 세를 내면서 빌렸다. 국세와 지방세 로 3파운드 10실링을 더 내어야 했다. 가구는 할머니의 낡고 오래된 것들을 메리그린에서 가져왔는데 운송료가 가구값과 맞먹었다. 수가 집안일과 다른 모든 것을 처리했다.

주드가 그날 아침 방으로 들어서는데 수가 막 받은 편지 한 장을 내밀었다.

"무슨 편지야?" 그는 그녀에게 키스를 하고는 그렇게 물었다.

"필롯슨과 폴리의 이혼 문제로 필롯슨이 낸 소송에서 여섯 달 전에 잠정적 이혼 판결이 났다가 이번에 완전히 확정되었어요."

"아." 주드가 그렇게 말하고 자리에 앉았다.

아라벨라를 상대로 주드가 제기한 이혼 재판도 한두 달 전에 같은 결론을 내고 끝났다. 두 이혼 재판은 신문에 기삿거리로 나기에는 중요하지 않아, 변호인이 배당되지 않은 사건의 긴 명단에 끼어 있었다.

"자, 이제 어쨌든, 무엇이든지 하고 싶은 것을 할 수 있는 입장이 되었어." 주드가 그의 연인을 호기심에 찬 눈으로 바라보았다.

"우리는…… 오빠와 나는…… 결혼한 적이 없는 사람처럼 자유로워진 건가요?"

"그런 셈이지. 예외가 있다면 신부님이 개인적으로 수의 재혼에 반대해서 다른 사람에게 주례를 넘길 수 있다는 점이고."

"그렇지만 내가 궁금한 것은…… 정말로 우리에게 그렇게 할까요? 일반적으로 그렇다는 건 알지만. 내 자유는 거짓으로 얻어진 거라는 불편한 느낌을 지울 수 없어요!"

"어떻게?"

"우리에 관한 사실이 알려졌다면 판결은 공시되지 않았겠죠. 우리가 법적 대리인을 내세우지 않아 그들이 그릇된 추정을 하도록 인도한 거예요. 그렇지 않아요? 따라서 내 자유는 타당할지는 몰라도 법적으로는 하자가 있는 것 아니에요?"

"글쎄…… 왜 자유를 거짓으로 얻어지게 내버려 두었나? 이런 점에 대해 책임질 사람이 있다면 그건 수 자신일 뿐이지." 그가 장난기 섞인 소리로 말했다.

"오빠…… 그러지 마세요! 그 문제에 내해 아식도 신경을 쓰고 있으면 안 되죠. 날 그냥 있는 그대로 봐 주세요."

"좋아. 그렇게 할게. 수가 옳았던 것 같아. 수가 제기한 문제에 관해서는 우리가 나서서 증명할 필요는 없어. 그건 그들의 문제니까. 어쨌건 우리는 지금 함께 살고 있잖아."

"그래요. 그러나 그들이 의미하는 상황은 아니에요."

"한 가지만은 확실해. 이혼 판결이 어떤 식으로 이루어졌건, 결혼은 한 번 취소되면 해소된 거라는 사실 말이야. 우리처럼 가난하고 이름 없는 사람들은 이런 이점이 있어. 이런 일들은 우리를 위해 대충, 그러나 준비된 식으로 얻어지는 것이지. 나와 아라벨라의 문제에서도 같아. 난 그녀의 두 번째 결혼이 발각되어 벌을 받을까 무척 걱정스러웠어. 그러나 그녀의 문제에 관해서 아무도 관심이 없었지. 아무도 물어보지 않았고, 아무도 의심하지 않았어. 만약 우리가 특권을 부여받은 귀족이었다면 끝없는 시련이 따랐을 거야. 며칠이고 몇 달이고 뒤를 캐는 사람들 때문에 시달리는 시간을 보냈을 거야."

수는 자유롭다는 사실 자체로 조금씩 애인의 명랑한 면을 받아들였다. 그녀는 주드에게 들판으로 산보를 나가자고 했다. 외출을 했다가 늦게 돌아와 요리를 하지 않고 그냥 있는 음식을 차게 드는 한이 있어도 나가자고 했다. 주드는 그녀의 제안에 동의했다. 그녀는 자유의 몸이 된 것을 축하하기 위해 즐겁고 알록달록한 색깔의 가운을 입으면서 외출 준비를 했다. 그런 모습을 본 주드는 엷은 색 타이를 찾아 매었다.

"이제 우리도 팔짱을 끼고 나가요." 그가 말했다. "다른 약혼한 사람들이 하는 것처럼. 우리는 법적으로 그럴 권리를 갖게 되었으니까."

그들은 천천히 시내를 빠져나가 시내와 접경한 저지대 위로 난 길을 걸었다. 저지대에는 벌써 서리기가 있었다. 길게 뻗은 들판에는 아무 색깔도 없었고 자라는 곡물도 없었다. 그러나 두 사람은 자신들의 상황에 몰두하여 주변 풍경에는 전혀 신경을 쓰지 않았다.

"가장 소중한 수, 이 모든 절차의 결과는 얼마간 시간이 흐른 다음에 우리가 결혼할 수 있다는 거겠지."

"그래요. 우린 결혼할 수 있다고 생각해요." 수가 별로 성의 없는 목소리로 말했다.

"결혼하지 않을래?"

"사랑하는 오빠, 아니라고 말하고 싶지는 않아요. 그러나 그 결혼에 대해서는 지금이나 그전이나 달라진 것이 없다는 느낌이에요. 쇳덩어리 같은 계약이 나를 향한 오빠의 애정이나 오빠를 향한 내 애정을 소멸시킬까 봐 난 여전히 두려워요. 불행한 우리 부모들에게 그랬던 것처럼요."

"하지만 우린 어떻게 하지? 수, 잘 알겠지만, 사랑해."

"그 사실은 충분히 알아요. 하지만 난 지금 살고 있는 것처럼 낮에만 만나면서 연인으로 지냈으면 좋겠어요. 그러는 쪽이 훨씬 더 달콤해요, 적어도 여자에게는요. 그쪽이 남자에 대해 더 확실한 감정을 가질 수 있어요. 따라서 우린 지금처럼 남의 이목에 특별히 신경을 더 쓸 필요가 없다고 생각해요."

"다른 사람들의 결혼을 지켜보는 우리 경험이 결혼을 고무적으로 보게 하지 않는 점 인정해." 그가 우울한 목소리로 말했다. "그것은 만족을 모르는, 그리고 실용적이지 못한 우리의 성격 때문이거나, 아니면 우리가 겪은 불행 때문일 거야. 그러나 우리 두 사람은……."

"만족을 모르는 두 사람이 서로 얽혀 있기 때문이겠죠. 결과는 전보다 두 배로 나쁘게 보이겠지요……. 정부의 인가를 받아 오빠가 날 아껴 주도록 계약을 하고, 또 한집에서 내가 오빠의 사랑을 받는 허가가 주어지는 순간부터 난 오빠를 두려워하기 시작할 거예요……. 어허, 생각만 해도 무섭고 추해요! 오빠는 자유의 몸이지만 세상 누구보다 믿어요."

"아니야, 아니야……. 내가 바뀐다는 말 하지 마!" 그가 타이르는 듯한 목소리로 말했다. 그러나 그의 목소리에는 불안의 예감이 들어 있었다.

"우리 자신과 우리의 불행했던 특수성을 예외로 하면, 사람이 어떤 사람의 연인이 되어야 한다는 명령을 받은 시간부터 그 사람을 사랑해야 한다는 것은 본성에 낯선 일이에요.

사랑해서는 안 된다는 말을 들었을 때 사랑을 계속할 기회가 더 많은 것이 인간적인 일이에요. 결혼식이 상대방에 대한 개인적 소유를 허락하는 것임을 감안할 때, 결혼식이 끝난 날부터 두 사람은 사랑해서는 안 되며, 서로 만나는 것도 사람들 앞에서는 가급적 피해야 한다는 선서를 하고, 또 같은 내용을 계약서에 서명해야 한다면, 세상에는 지금보다 사랑하는 부부의 수가 훨씬 더 많을 거예요. 진실되지 못한 남편과 아내 사이의 비밀 만남, 서로 보았으면서도 그것을 부정하는 일, 침실 창문으로 기어오르고 벽장 속에 숨는 일을 상상해 보세요. 그런다면 그들 사이에 애정이 식는 일은 거의 없겠죠."

"그래. 그러나 이런 일이, 이와 비슷한 일이 사실이라고 인정하더라도, 그런 사건을 본 사람은, 사랑하는 수, 자기만이 아니야. 사람들은 계속해서 결혼을 하는데 그것은 본성의 힘을 거역하지 못하기 때문이야. 물론 많은 사람들은 한 달 동안의 쾌락을 일생 동안의 좌절을 대가로 산다는 사실을 잘 알아. 우리 아버지와 어머니, 그리고 수의 아버지와 어머니도 그런 사실을 잘 알고 있었을 거야. 그 양반들이 관찰하는 습성에서 우리를 닮았다면 말이지. 그러나 그들은 평범한 열정을 가졌기에 그런 사실에도 불구하고 결혼을 한 거야. 그러나 수, 자기는 환영 같은, 육체가 없는 존재야. 그래서 이런 말을 해도 괜찮다면, 자기에게는 동물적 정열이 없어. 문제가 생겼을 때 이성으로 행동할 수 있는 사람이지. 그런데 우리처럼 둔한 몸뚱이를 가진 가엾고 불행한 인간은 그런 일이 가능하지 않아."

"글쎄." 그녀가 한숨을 쉬었다. "그런 일은 우리 모두에게 불행으로 끝나기 쉽다는 점을 오빠는 인정했어요. 난 오빠가 생각하는 만큼 예외적인 여자는 아니에요. 결혼을 좋아하는 여자는 오빠가 생각하는 것보다는 훨씬 그 수가 적어요. 여자가 결혼을 하는 이유는 결혼이 주는 위엄 때문이고, 때때로 사회적 이점이 따르기 때문이죠. 난 위엄과 이점은 없어도 살아요."

주드는 늘 하는 불평을 다시 늘어놓았다. 즉 두 사람의 관계가 내밀하긴 했지만, 그녀의 입으로 그녀가 그를 사랑한다거나 사랑할 수 있다는 정직하고 솔직한 선언을 한 번도 들어 본 적이 없다고. "난 때때로 수가 그럴 수 없다는 것이 진정으로 두려워." 그는 모호한, 그러나 분노에 가까워지는 감정으로 말했다. "자기는 너무 과묵해. 여자들은 다른 여자들한테 배워서 남자들에게 전체 진실을 인정해서는 안 된다는 것을 나도 알아. 그러나 애정의 가장 높은 형태는 쌍방이 보여주는 총체적 성실성에 근거하고 있어. 남자들은 그가 부드러운 인간관계를 맺었던 여자들을 되돌아보았을 때 그녀의 행동이 진리의 영혼 자체였던 사람에게 가장 가까이 회기해 가는 사실을 여자들은 몰라. 남자가 아니기 때문이겠지. 남자들 중에서 보다 월등한 사람은 회피하고 얼버무리는 경박한 가식에 걸려들어도 거기에 그냥 눌러 있지 않아. 네메시스 여신은 미꾸라지 게임을 너무 자주 하는 여자를 지켜보지. 그녀를 추종하던 사람들은 시간이 지나면서 그녀에게 철저한 모멸감을 느끼게 되고, 종국에는 그녀가 묘지로 가는 길에도 누구 하나 애도하지 않아."

먼 곳을 바라보던 수가 미안한 표정을 지었다. 그녀가 갑자기 비극적인 어조로 말했다. "오빠, 오늘은 그전 만큼 오빠가 좋지 않아!"

"그래? 왜 그러지?"

"아, 글쎄…… 오빠 친절하지 않아요……. 너무 설교적이에요. 그러나 내가 너무 못되고 가치 없는 인간이라 혹독한 잔소리를 들어도 싸겠지요."

"아냐, 수는 나쁘지 않아. 자기는 소중한 사람이야. 그러나 자기한테서 사랑한다는 고백을 받으려고 하면 장어처럼 미끄럽게 빠져나가."

"아, 그래요, 난 나쁜 여자예요. 고집 세고, 그리고 그 밖의 전부예요! 오빠가 날 보고 아니라고 해 봐야 소용없어요. 착한 사람은 힐책을 원하지 않아요. 내가 잔소리를 원하는 것과 달라요……. 그러나 나에겐 이제 오빠밖에 없고 날 옹호해 줄 사람은 아무도 없어요. 내가 오빠와 어떻게 살고 내가 결혼을 할 건지 안 할 건지를 내 식으로 결정하지 말아야 하니 무척 힘드네요!"

"내 친구이자 연인인 수, 난 너에게 결혼을 하자든가 달리 하지 말자든가를 강요하지 않아. 물론 그렇지 않아! 그렇게 토라지는 건 심술궂은 거야! 이 문제에 대하여 더이상 이야기하지 말고, 그전과 똑같은 생활을 계속하자. 오늘 산보도 나머지 동안은 초원과 홍수와 신년 농부들의 생활 전망만 이야기해."

이날 이후 며칠 동안 그들은 결혼 문제를 꺼내지 않았다.

그러나 층계참 하나를 사이에 두고 사는 입장에서 그 문제는 그들의 마음속을 계속 맴돌았다. 수는 주드를 물질적으로 돕고 있었다. 그는 최근에 독립적으로 비석을 깎고 글자를 새기는 일을 시작했다. 그는 비석 돌을 그의 작은 집 뒷마당에 쌓아 두었다. 수는 집안일을 하는 틈틈이 주드를 위해 필요한 크기로 글자를 써 주고, 주드가 글자를 깎은 다음에는 검은 칠을 입혔다. 그러나 지금 하는 일은 성당의 석공으로서 전에 하던 일에 비해 수세공으로는 한 급 낮은 일에 불과했다. 손님들도 이웃에 사는 가난한 시민들이었으며, '묘비 제작공: 주드 폴리'(집 앞쪽에 그는 이렇게 간판을 달았다.)가 죽은 사람들을 위해 간단한 비를 세우는 일을 하는 데 얼마나 저렴한지를 아는 사람들이었다. 주드는 그전 어느 때보다 더 독립적이 되었으며, 수는 그에게 특별히 짐이 되고 싶지 않은 마음으로 그를 도울 수 있는 일을 찾게 된 것이기도 했다.

2

　그달의 마지막 날 저녁이었다. 주드는 집에서 멀지 않은 공회당에서 고대 역사에 관한 강의를 듣고 집으로 돌아왔다. 그가 외출한 사이 집 안에 머물러 있던 수는 저녁상을 차렸다. 늘 하는 습관과 달리 그녀는 아무 말도 하지 않았다. 그는 그림이 많은 신문을 집어 들고 기사를 읽기 시작했다. 그러다가 눈을 들어 수의 얼굴을 쳐다보았다. 얼굴이 근심에 차 있었다.

　"수, 울적한 일이 있니?" 그가 물었다.

　그녀가 잠시 대답을 하지 않고 있었다. "전해 줄 말이 있어요." 그녀가 말했다.

　"누가 찾아왔었어?"

　"네. 여자요." 말을 하는 그녀의 목소리가 떨렸다. 그러다가 저녁상 차리던 것을 멈추고 손을 무릎에 얹으며 자리에 풀썩

주저앉아 불 쪽으로 얼굴을 돌렸다. "내가 한 짓이 옳은지 그른지 모르겠어요!" 그녀가 말을 계속했다. "오빠가 집에 없다고 했어요. 그 여자가 기다리겠다고 해서 오빠는 만날 수 없을 거라고 했어요."

"왜 그런 말을 했어? 비석을 맞추려고 했을지도 모르는데. 상복을 입었니?"

"아뇨. 상복을 입지 않았어요. 비석을 맞추려는 사람이 아니었어요. 오빠는 그 여자를 만날 수 없다고 생각했어요." 수는 비난하는 듯이, 그러면서도 애걸하는 듯이 주□를 쳐다보았다.

"아니, 누군데? 누구라고 말을 했는데?"

"아니요. 이름을 대지 않았어요. 그러나 난 누군지 알았어요……. 누군지 안다고 생각해요. 그 여자, 아라벨라였어요!"

"하느님 맙소사! 아라벨라가 왜 와? 어떻게 그 여자를 아라벨라라고 생각했어?"

"말로는 설명을 못 하겠어요. 그러나 그 여자가 아라벨라라는 사실은 알 수 있어요! 아라벨라라는 건 절대로 확실하게 느껴요. 나를 쳐다보는 눈빛으로 알아봤어요. 육감적이고 조잡한 여자였어요."

"글쎄…… 난 아라벨라를 꼭 조잡하다고 하지는 않을게. 말버릇은 빼고. 퍼브에서 하는 일 때문에 지금쯤은 그렇게 되었을지도 모르지만. 내가 아라벨라를 알았을 때는 꽤 잘생긴 편이었는데."

"잘생겼다고! 그래요! ……그래, 잘생겼어요!"

"자기의 그 작은 입에서 떨리는 소리를 들은 것 같아. 그건 그렇고, 그 여자는 나에게 아무것도 아닌 데다 다른 남자와 고상하게 결혼까지 했는데 왜 우릴 괴롭히러 오겠니?"

"결혼한 것 확실해요? 결혼에 관해서 확실한 소식을 들었어요?"

"아니, 확실한 소식은 아니였어. 자기를 해방시켜 달라고 한 것이 그 이유 때문 아니겠니? 내가 알기로는 그녀나 그 남자나 모두 바른 인생을 살려고 하는 것 같았는데."

"아, 오빠…… 그건, 그건 아라벨라였어요." 수가 손으로 얼굴을 가리면서 외쳤다. "난 너무 비참해요! 왜 왔는지 모르지만 나쁜 징조예요. 오빠, 그 여자 만날 수 없어요. 만날 거예요?"

"만날 수 있을 거라고 생각하지 않아. 지금 와서 아라벨라를 만난다는 것은 대단히 고통스러울 뿐이지, 아라벨라를 위해서나 날 위해서. 어쨌든 갔으니 다행이야. 다시 온다고 했어?"

"아뇨. 그러나 여길 떠나기가 대단히 싫은 눈치였어요."

아주 하찮은 문제에도 역정이 난 수는 저녁 식사를 먹을 수가 없었다. 주드가 식사를 끝내고 잠자리에 들 준비를 했다. 그는 벽난로 불을 끄고 집 안의 문을 여기저기 잠갔다. 그가 막 층계 꼭대기까지 올라갔을 때 문에서 노크 소리가 들렸다. 수가 막 방으로 들어갔다가 노크 소리에 즉시 방에서 나왔다.

"그 여자가 저기 다시 왔어요!" 수가 질린 억양으로 속삭였다.

"어떻게 알아?"

"아까도 저렇게 문을 두드렸어요."

두 사람이 귀를 기울였다. 문 두드리는 소리가 다시 들렸다. 집에 하인이 없기 때문에 문 두드리는 소리에 누가 응대를 해야 한다면 둘 중 한 사람이 직접 나가보는 수밖에 없었다. "내가 창문을 열어 볼게." 주드가 말했다. "누가 찾아왔건 이 밤중에 집 안으로 들어오리라는 생각은 않겠지."

그가 자기 침실로 들어가 내리닫이 창의 창틀을 들어 올렸다. 일찍 취침하는 노동자들이 사는 거리는 끝에서 끝까지 텅 비어 있었다. 그 한적한 길에 한 사람의 모습이 보였다. 한 여자가 몇 미터 떨어진 가로등 근처에서 위아래로 걷고 있었다.

"누구세요?" 그가 물었다.

"폴리 씨예요?" 여자의 목소리가 들렸다. 아라벨라의 목소리임에 틀림없었다.

주드가 그렇다고 대답을 했다.

"그 여자예요?" 수가 입술을 벌린 채 문간에서 물었다.

"그래." 주드가 대답했다. "아라벨라, 용건이 뭐요?" 그가 물었다.

"주드, 이렇게 방해하는 것 용서하세요." 아라벨라가 황송하다는 듯이 말했다. "아까 찾아왔었는데…… 오늘 밤에 특별히 좀 만나고 싶었어요. 가능하면요. 문제가 생겨서요. 날 도와줄 사람이 아무도 없어요!"

"문제가? 그래요?"

"네."

침묵이 흘렀다. 그녀의 애걸하는 태도에 주드의 가슴속에는 부자유스러운 동정심이 솟아올랐다. "결혼하지 않았소?" 그가 물었다.

아라벨라가 머뭇거렸다. "아니요. 주드, 결혼하지 않았어요." 그녀가 대답했다. "종래에는 결혼을 않겠다는 거예요. 난 아주 어려운 고비에 빠졌어요. 퍼브의 종업원 자리를 곧 구하기를 기다리고 있어요. 그러나 그것도 시간이 걸리네요. 오스트레일리아에서 갑작스레 책임질 일이 날아왔기 때문에 아주 힘든 입장에 빠졌어요. 그런 일이 아니면 폐를 끼치지 않을 거예요. 정말 폐 끼치지 않아요. 그 문제에 대해서 이야기를 하려고요."

수는 고통스러운 긴장 속에서 계속 쳐다봤다. 그녀는 두 사람의 대화를 놓치지 않고 다 들었으나 말은 하지 않았다.

"아라벨라, 돈이 없는 거요?" 주드가 아주 부드러운 목소리로 물었다.

"저기 잡아 둔 숙소에 오늘 밤 묵을 돈은 있어요. 그러나 돌아갈 노자는 충분하지 않아요."

"어디 살고 있소?"

"아직 런던에 살아요." 그녀는 자신의 주소를 일러 줄까 하다가 이렇게 말했다. "누가 들을지 모르겠네요. 신상에 관한 세부 사항을 크게 외치고 싶지는 않아요. 잠깐 내려와서 오늘 저녁에 내가 자기로 한 프린스 여관까지 함께 조금 걸어가면 모두 설명할게요. 옛날을 생각해서라도 내려오세요!"

"가엾은 여자! 문제가 무엇인지 들어 주는 정도의 친절은 보여 줘야지." 주드가 당혹스러워하면서 말했다. "내일 돌아가는데 이야기를 들어준들 뭐 특별히 달라질 게 없겠지."

"내일 가서 만날 수 있잖아요, 오빠! 지금은 가지 마세요, 오빠!" 문간에서 애조 띤 목소리가 들렸다. "아, 저건 오빠를 옭아매자는 작전이에요. 내가 알아요. 전에도 그랬듯이요! 안 돼요, 오빠, 가지 마세요! 저 여자는 아주 저질적 욕정을 지녔어요. 겉모양새와 목소리에서 난 그것을 감 잡을 수가 있어요!"

"그러나 가 봐야 돼." 주드가 말했다. "날 잡아 두려고 하지 마, 수. 그 여자에 대한 사랑이 없는 것은 하느님이 알고 있으니까. 그러나 잔인하고 싶지는 않아." 그는 층계 쪽으로 몸을 돌렸다.

"그렇지만 저 여자는 오빠 부인이 아니에요." 그녀가 당혹스러운 목소리로 외쳤다. "내가……."

"자기도 아직은 아니지." 주드가 말을 받았다.

"오, 그 여자에게 갈 거예요? 가지 마세요! 집에 있어요! 제발, 제발 집에 있어 주세요, 오빠. 그 여자에게 가지 마세요. 이제 그 여자는 오빠의 부인이 아니에요! 내가 아니듯이요!"

"글쎄, 생각해 보면 자기보다는 더 내 아내에 가깝지." 그가 결심에 찬 듯이 모자를 집어 들면서 말했다. "난 네가 내 아내가 되어 주길 바랐어. 욥의 인내심을 가지고 기다렸지. 그런데 난 극기하면서 기다려 그 보상을 받은 게 아무것도 없어. 가서 무언가 좀 주고, 나한테 하겠다는 이야기가 무엇인지 들어 봐야겠어. 누구라도 그 정도는 해 줘야 할 거야!"

주드의 태도에 저지할 수 없는 무엇이 있음을 그녀는 느졌다. 그녀는 더 이상 아무 말도 하지 않았다. 그녀는 순교자처럼 힘없이 그녀의 방으로 들어갔다. 그리고 그가 아래층으로 내려가 잠긴 문을 열고는 뒤로 다시 문을 닫는 소리를 들었다. 주변에 아무도 없을 때는 여자가 자신의 체면을 생각하지 않듯이 그녀는 소리 내어 울면서 종종걸음으로 아래층으로 내려갔다. 그녀는 귀를 기울였다. 그녀는 아라벨라가 묵고 있다고 말한 여관까지 거리가 정확히 얼마인지를 알았다. 보통 걸음으로 간다면 칠 분이 걸리는 곳이었다. 다시 돌아오는 데 또 칠 분. 십사 분 안에 안 돌아오면 어디선가 머무르는 것을 뜻했다. 그녀는 시계를 쳐다보았다. 11시 이십오 분 전이었다. 그는 지금 아라벨라와 여관으로 들어가겠지. 퍼브가 문 닫기 전에. 그 여자는 함께 한잔하도록 주드를 유혹하겠지. 그다음에 무슨 재난이 따라올지는 아무도 모르는 일이었다.

조용한 긴장감 속에서 그녀는 주드를 기다렸다. 문이 다시 열리고 주드가 나타나기까지 예상한 시간 전부가 거의 다 지나간 것 같았다.

수가 희열에 찬 목소리로 외쳤다. "아, 오빠를 믿을 수 있을 줄 알았어요! …… 오빤 정말 좋은 사람이야!" 그녀가 말했다.

"길 어디에도 없어. 그런데 난 슬리퍼만 신고 나가서. 길을 계속 걸어간 모양이야. 모처럼의 부탁을 그렇게 싹 잘라 버리는 무정한 사람이라 생각했겠지. 불쌍한 여자. 장화를 신으러 왔어. 밖에는 비가 내리기 시작했거든."

"자기한테 잘해 준 것이 없는 여자를 위해 왜 그렇게 신경을 써요!" 수가 실망에 찬 질투심을 폭발했다.

"그러나 수, 상대방은 여자야. 한때는 좋아한 적도 있어. 이런 상황에서는 짐승처럼 굴 수가 없다고."

"이젠 자기 부인이 아니잖아요!" 수가 열이 올라 크게 외쳤다. "찾으러 나가서는 안 돼요! 잘하는 짓이 아니에요! 이제 남이 되었는데 그 여자를 만나면 안 돼요. 이런 사실을 어떻게 까맣게 잊을 수가 있어요, 내 사랑, 사랑하는 사람!"

"그녀는 그전하고 똑같은 것 같아. 실수하고 조심성 없고 생각 없는, 같은 동료 인간이야." 장화를 신으면서 그가 말했다. "런던에서 법조계 사람들이 장난치는 것이 나와 그녀의 실제 관계에서는 아무런 차이가 없어. 오스트레일리아에서 다른 남편하고 살면서도 내 아내였다면 지금도 그녀는 내 아내야."

"그러나 그때 그 여자는 자기 부인이 아니었어요! 바로 그게 내 생각이에요! 부조리가 바로 거기 있는 거죠! 몇 분만 있다가 금세 돌아올 거죠? 그렇죠, 오빠? 그 여자는 너무 저급해요. 길게 이야기를 하기에는 너무 천한 여자예요, 오빠. 그 여자는 전에도 천했어요."

"불행히 나도 천한 인간이겠지! 나에게도 모든 인간 약점의 씨는 다 들어 있어. 난 진심으로 그렇게 믿어. 날 장차 성직자로 생각한 것이 얼마나 가소로운지. 난 술 중독증은 치유했다고 생각해. 그러나 또 어떤 새로운 형태로 다른 약점이 터져 나올지 몰라! 수, 난 자기를 사랑해. 그러나 너에게 오랫동안 시중을 들었는데 보상은 너무 초라해! 나에게서 가장 훌륭하고 고상한 면은 당신을 사랑하고 있어. 당신의 조잡한 모든 것으로부터의 해방은 나를 고상한 사람으로 만들고, 한두 해 전에는 나나 어떤 다른 사람도 가능하리라고 꿈조차 꾸지 못한 일을 실제 있게 만들었어. 극기를 설교하고, 여자에게 강요하는 것이 나쁘다고 지적하는 것도 다 좋아. 그러나 과거의 나를 비판하고 아라벨라와 그 밖의 다른 것들을 저주한 덕망 높은 사람들이 지난 시간 동안에 당신과의 감질나는 내 입장에 서 봤으면 좋겠어! 우리 둘 사이에 누구 하나 끼어들 수 없는 상황에서 한집에 사는데, 당신의 희망에 항상 양보하는 힘든 절제를 행사했다고 그들은 말할 거야."

"그래요, 오빠는 나에게 잘해 주었어요. 잘해 준 줄 알아요. 오빠는 나의 친절한 보호자였어요."

"그런데…… 아라벨라가 도움을 호소해 왔어. 수, 나는 나가서 그녀에게 이야기를 해야겠어!"

"더 이상 할 말은 없어요! ……아, 꼭 그래야 한다면 그래야겠지요!" 가슴을 찢는 것 같은 흐느낌을 터트리면서 그녀가 말했다. "오빠, 내게는 오빠밖에 없어요. 그런데 오빠는 날 버리려 해요! 오빠가 이런 줄은 몰랐어요……. 견딜 수가 없어요. 견딜 수가 없다고요! 그 여자가 오빠 여자라면 문제는 다르겠지요!"

"혹은, 네가 내 여자라면."

"그럼 좋아요. 내가 그래야 한다면 그래야겠지요. 오빠가 그렇게 하겠다면 나도 동의해요! 오빠의 여자가 될게요. 그러나 나는 그러고 싶지 않았어요! 난 다시 결혼하고 싶지 않았어요……. 그러나 그래요, 동의해요! 오빠를 사랑해요. 이렇게 살면서 시간이 가면 오빠가 날 정복하리라는 것을 진작 알았어야 했어요!"

그녀가 방을 가로질러 뛰어와 팔을 그의 목에 감았다. "나는 오빠를 이렇게 먼 거리에 내버려 둔, 냉정하고 섹스에 무감각한 사람은 아니에요. 내가 그래요? 그렇게 생각하지 않죠! 두고 봐요! 난 오빠의 여자예요, 안 그래요? 내가 포기할게요!"

"우리 결혼은 내일이라도 알아보겠어. 아니, 네가 원하는 대로 빨리 알아볼게."

"주드, 그래요."

"그럼 그녀는 가게 내버려 두지." 수를 부드럽게 안으면서 말했다. "그녀를 만나는 건 자기에게 불공평한 짓인 것 같아. 그녀에게도 불공평하고. 그녀는 자기와 달라, 사랑하는 수. 자기하고 처음부터 같지 않았어. 그렇게 말해야 조금이라도 공평한 거지. 이제 울지 마. 그만, 그래 그만, 그래 그만!" 그는 그녀의 한쪽 뺨에 키스를 했다. 또 다른 쪽 뺨에 키스를 하고, 얼굴 가운데에도 키스를 했다. 그리고 현관 문을 잠갔다.

다음 날 아침에는 비가 내렸다.

"자기야." 주드가 아침 식사 때 마주 앉아 명랑하게 입을 열었다. "오늘이 토요일이니까 곧 가서 결혼 예고를 상의해야겠어. 그래서 내일 예고 공고가 나가게 말이지. 그러지 않음 한 주일을 놓치게 될 거야. 예고 공고로 되겠지? 그러면 1~2파운드는 아낄 수 있을 거야."

수가 멍한 태도로 결혼 예고에 동의를 했다. 그녀의 마음은 다른 문제에 열중해 있었다. 그녀의 얼굴에서 환한 빛이 사라지고 우울한 표정이 떠올랐다.

"지난밤에 내가 너무 못되게 이기적이었나 봐요!" 그녀가 중얼거렸다. "내가 지나치게 불친절했나 봐요. 아님 그보다 더 나빴나 봐요. 아라벨라를 그런 식으로 대접하다니. 아라벨라에게 문제가 생기고 자기에게 그것을 상의하겠다는 걸 난 불쾌하게 생각했어요! 정말로 꼭 상의해야 할 일이었는지도 모르잖아요? 내 못된 면이 더 그렇게 나타났어요. 사랑에는 연적이 나타나면 어두운 사악함이 발동해요. 혹시 다른 사람에게는 그런 면이 없을지 모르나 적어도 나의 사악함이 나타난 거예요……. 그 여자가 어떻게 됐는지 궁금하네요. 여관에는 잘 돌아갔기를 바라는데. 가엾은 여자."

"아, 그럼. 문제없었겠지." 주드가 침착하게 말했다.

"여관이 문을 닫아 못 들어가는 일은 없었겠죠. 그래서 비 오는데 거리를 헤매는 일은 없었을 거야. 내가 비옷을 입고 그녀가 잘 들어갔는지 알아보러 가도 괜찮을까? 아침 내내 그녀 생각만 하고 있네요."

"글쎄, 그럴 필요가 있을까? 아라벨라가 얼마나 자신에 잘 적응하는지를 수는 잘 모르겠지. 그러나 가서 알아보고 싶으면 그렇게 해."

수가 속죄의 기분에 젖었을 때 약하게나마 보여 주는 이상하고 불필요한 참회는 끝이 없었다. 다른 사람이면 만나기를 피하려고 할 별별 엉뚱한 사람들을 다 만나려는 생각은 수에게서는 본능적인 것이어서, 그녀의 요구는 놀라운 일이 아니었다.

"일 보고 돌아오면," 주드가 덧붙였다. "난 결혼 예고 때문에 외출할 거야. 함께 갈 거지?"

그녀가 동의했다. 그녀는 외투를 입고 우산을 썼다. 그리고 주드가 거침없이 키스를 하도록 내버려 두었을 뿐만 아니라 전에 한 번도 그런 일이 없는 식으로 주드의 키스에 답례를 했다. 시간은 결정적으로 변해 있었다. "작은 새가 드디어 잡혔네요!" 그녀가 말했다. 그녀의 미소에는 쓸쓸함이 배어 있었다.

"아니, 둥지에 앉았을 뿐이야." 그가 안심시켜 주었다.

수는 진흙길을 걸어서 아라벨라가 말한 여관 겸 주점으로 갔다. 여관은 그리 먼 곳에 있지 않았다. 아라벨라가 아직 여관을 나가지 않았다는 소식을 도착해서 들었다. 주드의 애정을 차지했던 전임자가 자신을 어떻게 알아볼 수 있을까를 배려해서, 스프링가(街)의 친구가 찾아왔다고 알려 주기를 주인에게 부탁했다. 스프링가는 주드의 집이 위치한 거리의 이름이었다. 2층으로 올라오라는 전갈이 왔다. 그녀가 안내된 곳은 아라벨라가 잔 침실이었으며 그녀는 아직 자리에서 일어나지 않은 채였다. 안짱다리로 걸음을 멈추자 아라벨라는 "들어오고 문을 닫아요."라고 침대에서 소리를 질렀다. 수는 시키는 대로 했다.

아라벨라는 누운 채 창을 보고 있었으며 머리를 금세 돌리지 않았다. 수는 참회의 마음에도 불구하고 주드가 거기 와서 아침 햇살이 가득 쏟아지는 순간에 자신의 전임자를 보았으

면 하는 심술궂은 마음이 한순간 일어나는 것을 느꼈다. 가로
등 아래서 그녀의 옆모습은 예쁘게 보일 수도 있었다. 그러나
아침에는 너저분한 모습이 분명하게 드러났다. 거울에 비친
수의 싱싱한 매력이 자신의 태도를 밝게 보이도록 했다. 그러
나 다음 순간 그녀는 자신의 행동이 야비한 성적 감정임을 깨
닫고 그러는 자신을 증오했다.

"어젯밤에 숙소로 편안히 돌아왔나 알아보기 위해 찾아왔
어요. 그게 이유예요." 수가 부드럽게 이야기를 했다. "혹시 잘
못된 일이라도 생기지 않았나 하는 노파심이 돌아간 다음에
일어나서요."

"오, 이건 너무 바보 같은 짓이야! 날 찾아온 사람이 댁의
친구, 댁의 남편인 줄 알았어요. 댁은 자신을 폴리 부인이라고
부르겠지요?" 실망한 동작으로 머리를 베개에 내던지며 아라
벨라가 말했다. 애써 만들어 계속 그대로 두려던 보조개가 사
라져버렸다.

"천만에, 아닌데요."

"오, 그가 정말 댁의 남자가 아니더라도 그렇게 부르리라고
생각했지요. 스물네 시간 중 언제나 체면은 체면이니까요."

"무슨 말인지 모르겠지만," 수가 딱딱하게 말을 받았다. "그
렇게 따지고 들면 그 사람은 내 남자예요!"

"어제는 아니던데."

수의 얼굴이 장밋빛이 되었다. "어떻게 알아요?" 그녀가 물
었다.

"문간에서 나한테 말을 했을 때 댁의 태도에서 알아봤어

요. 어쨌든 솜씨가 빨랐우, 부인. 어젯밤 내가 찾아갔던 것이 도움이 되었기를 바라우, 하하! 그 사람을 댁한테서 빼앗아 갈 생각은 없어요."

수는 비 오는 광경을 내다보았다. 그리고 더러운 화장대 덮개와, 주드와 함께 살 때 그랬던 것처럼 거울 앞에 늘어진 아라벨라의 머리채 가발 끝단을 쳐다보았다. 수는 찾아오지 말았어야 했다는 생각이 들었다. 그사이 문에서 노크 소리가 들리더니 하녀가 '카틀렛 부인' 앞으로 온 전보를 들고 들어왔다.

아라벨라는 누운 채 그 전보를 뜯어 보았다. 금세 그녀의 일그러진 표정이 사라졌다.

"나한테 관심 가져 줘서 고마워요." 하녀가 나가자 그녀가 부드럽게 말했다. "그럴 필요가 없어요. 우리 집 남자가 결국에는 나 없이 못 살겠다는군요. 그래서 오래전부터 여기서 결혼하겠다고 한 약속을 지키겠대요. 여기 보세요! 이게 내 전보에 대한 회신이에요." 그녀가 전보를 수에게 읽으라고 내밀었다. 그러나 수는 그것을 받아 들지 않았다. "그 사람이 나보고 돌아오래요. 램버스 지역에 있는 작은 모퉁이 퍼브는 나 없이는 망하겠다나요. 영국 법으로 결혼을 하고 나면 전처럼 한잔하고는 주먹질하는 일도 없다고 하네요! ⋯⋯ 댁의 문제도, 나 같으면 주드를 타일러서 곧바로 신부님한테로 데려가게 하겠어요. 댁의 입장에 선다면 빨리 식을 올리도록 하겠다고요. 부인께 친구로서 하는 말이라우."

"그 사람은 언제든지 준비가 되어 기다리고 있어요." 수가 쌀쌀한 자만심에 찬 목소리로 이렇게 대꾸했다.

"그럼 하느님을 걸고 그렇게 하세요. 결혼 후에 남자와의 생활은 훨씬 더 사무적이며, 돈 문제가 보다 중요해져요. 만약 언쟁이라도 해서 집 밖으로 쫓아내더라도 법의 보호를 받을 수 있고요. 그렇지 않으면 남자가 칼로 댁을 찌르고 부지깽이로 머리를 깨지 않는 한 법이 보호를 못 해요. 만약 남자가 여자에게서 뺑소니를 치면······. 이건 친구로서 하는 말이며, 여자 대 여자로 솔직히 털어놓는 거예요. 남자가 무슨 짓을 할지는 알 길이 없으니까요. 적어도 가구는 좀 남아 있을 것이고, 가구를 차지해도 도둑으로 보지는 않을 거예요. 나는 이 남자와 다시 결혼을 할 작정이에요. 지금 남자 쪽에서 그러자고 해요. 처음 한 결혼식에는 뭔가가 잘못된 게 있어요. 어젯밤에 보낸 전보에서는, 지금 내 손에 있는 이것이 그 전보에 대한 답이에요, 내가 주드와 거의 화해를 했다고 했어요. 그게 그 사람에게 겁을 준 것 같아요. 댁이 아니었으면 주드와 화해를 했을지도 모르지." 그녀는 웃었다. "그랬더라면 오늘부로 우리의 역사는 싹 달라졌겠죠! 여자가 고통스러워하면서 조금만 유혹을 하면 주드는 금세 마음 약한 바보가 되거든요! 그건 새나 다른 미물한테도 마찬가지였어. 어쨌든 내가 내 남자와 화해를 하고 댁을 용서하는 것도 다 잘된 일이고. 내 충고는 결혼 문제를 가능한 빨리 법적으로 끝내라는 거예요. 결혼을 안 하면 나중에 골칫덩어리가 생긴다는 것 잊지 마요."

"청혼을 했다고 말했잖아요. 우리의 자연스러운 결혼을 법적인 것으로 만들자고요." 수가 아까보다 더 위엄 있는 태도로

말했다. "결혼할 수 있는 입장에 섰을 때 결혼을 하지 않은 것
은 내가 원하지 않았기 때문이었어요."

"아, 그래요. 댁도 나 같은 독불장군이야." 아라벨라가 방문
객을 익살스러운 눈으로 바라보았다. "첫 번째로부터 줄행랑
을 쳤잖아요, 나처럼 말이죠."

"안녕히 계세요! 가 봐야 돼요." 수가 급한 투로 말했다.

"나도 이제 일어나 가야지!" 상대방이 침대에서 갑자기 벌
떡 뛰어 일어나는 바람에 그녀의 부드러운 유방이 흔들거렸
다. 수가 기겁을 해서 몸을 옆으로 돌렸다. "맙소사, 난 여자
일 뿐이에요. 육 척 키의 군인이 아니란 말이에요……. 잠깐
기다려요." 그녀가 자신의 손을 수의 팔에 얹으면서 말을 이
었다. "난 정말로 주드에게 말한 대로 그와 상의할 일이 있었
어요. 내가 찾아왔던 이유는 다른 일보다 그 문제 때문이었어
요. 돌아가야 하는데 정거장까지 주드가 와 줄 수 없을까? 안
된다고요? 그럼 그 문제에 관해서는 편지를 쓰지요. 편지로
그 내용은 안 쓰려고 했는데. 걱정 마시우, 편지로 쓰지요."

3

　수가 집으로 돌아왔을 때 주드는 그들의 결혼 문제에 관한
일차적 절차를 밟기 위해 문간에서 그녀를 기다리고 있었다.
그녀가 그의 팔을 잡았다. 둘은 참된 동료가 하듯이 말없이
함께 나갔다. 그녀가 무슨 생각에 젖어 있는 것을 보았으나 무
엇인지를 묻는 것은 억제했다.

　"아, 오빠, 그녀와 이야기를 많이 했어요." 그녀가 마침내 입
을 열었다. "이야기를 하지 않는 것이 나을 뻔했어요. 그러나
여러 가지를 알게 된 것은 잘된 일이에요."

　"친절했겠지?"

　"그래요. 난, 난 아라벨라가 마음에 들었어요, 조금은요. 마
음이 너그럽지 않은 사람은 아니었어요. 어려운 문제가 모두
갑자기 해결되어서 잘되었다고 생각해요." 수는 아라벨라가

런던으로 돌아오라는 전보를 받았으며 돌아가면 그녀의 위치를 되찾게 되었다고 설명해 주었다. "난 우리의 해묵은 숙제를 이야기했어요. 아라벨라가 나에게 한 이야기는 그전 어느 때보다 제도화된 법적 결혼이 얼마나 절망적으로 야비한 것인지를 느끼게 해 주었어요. 그런 결혼은 남자를 잡는 덫이었어요. 생각조차 하기 싫어요. 오늘 아침에 결혼 예고를 하자고 약속하지 않았더라면 싶네요."

"나한테는 신경 쓰지 마. 언제 해도 좋으니까. 지금 와서 빨리 치르고 넘어가기를 바랄 거라고 생각했어."

"그전보다 더 신경이 쓰이는 것은 없어요. 다른 남자 같으면 좀 신경을 쓰겠죠. 오빠와 우리 쪽 가족이 가진 얼마 안 되는 장점 중에서 난 확고부동함을 자랑으로 내어놓을 수 있어요. 난 오빠를 잃을 수도 있으리라는 문제는 조금도 두려워하지 않아요. 이제 난 진정으로 오빠 사람이고 오빠는 진정으로 내 사람이니까요. 사실은 전보다 마음이 편해졌어요. 리처드에 대한 내 양심도 깨끗해지고요. 그 사람도 이제 자유에 대한 권리를 찾았어요. 전에는 우리가 그를 속이고 있는 기분이었어요."

"수, 자기가 이럴 땐 어느 위대한 고대 문명 세계 속의 여성 같아. 단순한 기독교 국가의 시민이 아니라, 내가 지난날 시간을 낭비했던 고전 연구 시절에 책에서 읽었던 여성 같다니까. 그럴 때는 자기가 비아 사크라[13)]에서 만난 친구에게 옥타

---

13) 고대 로마 시내에 있던 거리의 하나.

비아[14]나 리비아[15]에 대해 이야기를 했노라고 말하기를 기대하게 될 지경이야. 아니면 아스파시아[16]의 달변을 듣고, 또는 프리네[17]가 포즈만을 취하기에 질렸다고 불평을 하는 동안 프락시텔레스[18]는 계속 그의 최신작 비너스를 끌로 파는 광경을 지켜봤다고 말하기를 기대하게 되지."

그들은 교구의 행정 담당자 집에 도착했다. 수가 뒤로 물러섰다. 그녀의 연인만 그 집의 문 앞으로 갔다. 주드가 손을 들어 문에 노크를 하려는 순간 수가 그를 불렀다. "주드 오빠!"

그가 몸을 돌렸다.

"잠깐만 기다려요."

그가 그녀에게로 다가왔다.

"조금만 생각을 해 봐요. 어느 날 밤 아주 무서운 꿈을 꿨어요! 아라벨라가……."

"아라벨라가 뭐라고 그랬어?" 그가 물었다.

"오, 아라벨라 말은 사람이 서로 묶여 있으면 남자가 여자를 때리거나 부부가 싸웠을 때 남자로부터 법의 보호를 더 잘 받을 수 있다고 했어요……. 주드, 오빠가 법에 의하여 나를 가져야 한다면 지금처럼 우리가 행복할 수 있을까요? 우리 집

---

14) 아우구스투스 황제의 누이이며 안토니우스 장군의 부인.
15) 아우구스투스 황제의 부인.
16) 정치가 페리클레스의 연인으로, 뛰어난 지성의 소유자.
17) 프락시텔레스의 유명한 모델.
18) 그리스의 이름난 조각가.

안의 남녀는 모든 것이 선의에 의존하게 되면 대단히 관대한데, 강요되면 항상 발길질을 했어요. 법적 의무감에서 무심히 솟아나는 마음의 자세를 오빠는 두려워하지 않아요? 그것은 본질이 대가를 요구하지 않는 열정에 파괴적인 요소가 되지 않을까요?"

"수, 온갖 불안한 예감이 솟아나 나까지 두렵게 만들기 시작하네! 그럼 돌아가서 다시 문제를 생각해 보자."

그녀의 얼굴이 밝아졌다. "그래요, 우리 그래요!" 그녀가 말했다. 두 사람은 그 집 문 앞에서 몸을 돌렸다. 수가 그의 팔을 잡고 집으로 돌아가는 길에 이렇게 웅얼거렸다.

벌이 윙윙 날아다니고
나무 비둘기 목의 색이 변하는 것, 막을 수 있나요?
아니죠! 속박된 사랑도 아니죠…….[19]

그들은 문제를 숙고했다. 오히려 숙고하는 것을 연기했다. 정확히는 행동을 연기한 것이었다. 그들은 꿈같은 파라다이스에 사는 것처럼 보였다. 이 주나 삼 주 뒤에 문제는 여전히 진전되지 않았으며, 올드브리컴 교구의 신도는 누구 하나도 결혼 예고 소식을 듣지 못했다.

그들이 결혼 예고를 연기하고 또 연기하는 사이 어느 날 아침 식사 전에 아라벨라로부터 편지 한 통과 신문 하나가 도착

---

19) 토머스 캠벨(1777~1844)의 시 「노래」의 한 구절.

했다. 필체를 알아본 주드가 수의 방으로 가서 우편물이 왔다고 알렸다. 수가 옷을 입고 급히 아래층으로 내려왔다. 수는 신문을 펴 들었고 주드는 편지를 뜯었다. 수가 신문을 훑어보다가 첫 장을 주드 앞으로 내밀면서 손가락으로 한 단락을 가리켰다. 그러나 그는 편지 읽는 데 너무 몰두하여 얼굴을 돌리지 않았다.

"여기 보세요!" 그녀가 말했다.

주드가 눈을 돌려 가리키는 부분을 읽었다. 신문은 런던 남부 지역에서만 읽히는 지방지였는데, 주의를 끄는 기사는 광고문으로, 워털루 가에 있는 세인트 존스 교회에서 있을 '카틀렛 – 던'의 결혼식 예고였다. 결혼식의 주인공은 아라벨라와 퍼브 주인이었다.

"글쎄, 잘되었네요." 수가 만족해하며 말했다. "이런 광고를 보고 나서 우리도 그들과 같은 짓을 한다는 건 품위없는 것 같아요. 그러나 잘되었어요. 어쨌든 어떤 의미에서 아라벨라는 보상을 받은 셈이에요. 그녀의 단점이 무엇이든 간에요. 가엾은 아라벨라. 그녀에 대해 걱정을 하는 것보다는 그렇게 생각할 수 있어 한결 잘되었어요. 리처드에게 편지를 써서 어떻게 지내고 있는지 안부나 물어볼까 봐요."

주드의 관심은 아직도 편지에 쏠려 있었다. 신문의 알림 칸을 건성으로 읽은 다음에도 그는 혼란스러운 목소리로 말했다. "이 편지에 뭐라고 적혔나 들어 봐요. 뭐라고 그랬으면 좋겠어? 아니, 어떻게 했으면 좋겠니?"

램버스 구, 스리 혼스 장(莊)에서

친애하는 주드(폴리 씨라고 거리를 두면서 부르고 싶지는 않아요.), 오늘 신문을 하나 보냅니다. 그것은 내가 지난 화요일 카틀렛과 다시 결혼을 했다는 유용한 소식을 알리는 서류예요. 문제가 하나 마침내는 바로, 단단히 있었어요. 그러나 오늘 특별히 내가 편지를 쓰는 이유는 지난번 올드브리컴에 갔을 때 당신에게 상의하려던 우리 둘만의 이야기 때문이에요. 이 문제는 당신의 여자 친구에게는 말할 수가 없었어요. 당신에게 직접 말로 전하는 것이 편지로 설명하는 것보다 훨씬 편했을 거예요. 사실은 주드, 그전에 알린 일이 없지만, 우리 결혼에서 사내아이가 하나 태어났어요. 당신을 떠난 지 여덟 달 뒤였는데, 시드니에서 아버지와 어머니와 함께 있을 때였어요. 이건 전부 쉽게 증명될 수 있어요. 이런 일이 일어나기 전에 내가 당신을 떠났고, 있는 곳도 먼 저쪽이었으며, 또 우리 싸움도 심했기 때문에, 아이의 탄생을 알리는 것이 적합하다고 생각하지 않았어요. 마침 그때 나는 좋은 취직 자리를 찾던 중이라 부모님이 아이를 맡았고, 그 이후 내내 아이는 부모님과 함께 있었어요. 크라이스트민스터에서 만났을 때나 법적 수속이 진행될 동안에 아이 이야기를 하지 않은 것도 아이가 부모님과 함께 있었기 때문이었어요. 이제 아이는 물론 철든 나이가 되었어요. 최근에 어머니 아버지가 편지를 보내왔는데, 그쪽 생활이 힘들어졌으며 내가 여기서 자리를 잡아 생활에 여유가 있으니, 양쪽 부모가 살아 있는 아이 때문에 자신들이 짐을 져야 할 이유를 모르겠다고 했어요. 난 언제든지 아이를 여기에 받아들일 준비가 되어 있지만, 술 심부름을 할 만큼 아이가 나이를 먹지 않았으며 앞으로도 여러 해를 그렇지 못할 터라 자연히 카틀렛이 그 아이를 거슬리는 존재로 볼 거예요. 그런데 부모님은 벌써 아이를 귀국하는 친구들 편에 끼어서 배를 태웠대요. 아이가 여기 도착하는 대로 그 아이를 맡아 주기를 부탁해요. 나는 그 아이를 어떻게 해야 할지를 모르겠어요. 그 아이는 법적으로 당신에게 속해요. 이것만은 엄숙하게 선서를 할 수 있어요. 누가 그 아이는 당신 아이가 아니라고 한다면 나를 봐서라도 그들을 악마 같은 거짓말쟁이라고 부르세요. 결혼 전에나 결혼 후에 내가 무엇을 했던 것과는 상관없이 결혼한 날부터 당신을 떠난 날까지는 당신에게 정직했어요. 안녕히 계세요.

아라벨라 카틀렛

수의 얼굴에는 황당스러운 표정이 떠올라 있었다. "자기, 어떻게 할래요?" 그녀가 힘없이 물었다.

주드는 대답하지 않았다. 수가 무겁게 숨을 쉬면서 근심에 찬 눈으로 그를 지켜보았다.

"한 대 심하게 맞은 것 같아!" 그가 낮은 목소리로 말했다. "사실일지도 몰라! 마음을 정할 수가 없어. 아이의 출생일이 아라벨라 말대로 맞다면 그 아이는 확실히 내 아이야. 크라이스트민스터에서 만났을 때나 내가 그녀와 같이 여기 왔던 날 저녁에 왜 이야기를 하지 않았던지는 이해할 수 없어! ……아, 지금 생각나는 게 있어. 우리가 함께 다시 산다면 나에게 알려 줄 것이 하나 있다고 말을 했어."

"불쌍한 아이를 아무도 원하지 않는 것 같네요!" 그녀가 말했다. 그녀의 눈에 눈물이 고였다.

주드가 드디어 제정신으로 돌아왔다. "내 아이든 아니든 상관없이, 그 아이가 세상을 바라보는 눈은 어떤 것일까!" 그가 말했다. "이 말은 해 두어야 할 것 같아. 내가 좀 잘 산다면 그 아이가 누구 아이인지를 잠시도 쉬지 않고 생각할 것 같다고. 내가 그 아이를 받아들이고 기를게. 부모가 누구인지를 따지는 것은 초라한 질문이야. 부모의 문제가 결국은 무엇이지? 실제 따져 보면 혈연에 의해서 누구의 자식인지 아닌지가 무슨 상관이야? 우리 시대의 모든 꼬마들은 집단적으로 우리 시대 어른들의 아이들이지. 그들은 우리 어른들의 전반적인 보호를 받을 권리가 있어. 자기 자식에 대한 부모의 과도한 관심과 다른 사람의 자식에 대한 기피증은 계급 의식이나, 애국심이나, 자신의 영혼만을 구하려는 개인주의나 그 밖의 다른 특성과 마찬가지로 그 바탕에는 야비한 배타주의가 깔려 있어."

수가 벌떡 일어나 헌신적 열정으로 주드에게 키스를 퍼부었다. "그래요, 됐어요, 사랑하는 오빠! 이 집으로 데려와요! 만약 그 아이가 오빠의 아이가 아니라면 나에게는 더 좋을 수 없고요. 그 아이가 오빠 아이가 아니길 바라는 마음이에요, 그렇게 생각해서는 안 되겠지만! 만약 오빠의 아이가 아니라면 걔를 양자로 받아들이고 싶어요!"

"자기에게 무엇이 가장 기분 좋은 것인지를 생각해 보고 그렇게 그 아이를 받아들이자. 내 알 수 없는 꼬마 동지!" 그가 말했다. "어쨌건 나도 그 불행한 작은 친구를 누구도 보호할 사람 없이 내버려 두고 싶지는 않아. 램버스의 술집에 있을 그 아이의 인생과 그 아이에게 미칠 나쁜 영향을 생각해 봐. 부모 중 하나는 아이를 원하지 않고 또 거의 본 적도 없으며, 계부는 그 아이를 알지도 못하는 신세지. '내가 태어난 날이 사라지게 하라. 이 말을 한 날 밤, 한 사내아이가 잉태했으니!'[20] 아마 내 아이이기 쉬운, 그 아이가 오래지 않아 중얼거릴 말일지도 모르지!"

"오, 아니에요!"

"내가 이혼 절차의 신청인이었으니 그 아이를 보호할 권리도 사실상 나에게 있는 것 같군."

"어쨌든 그 아이는 우리가 맡아야 해요. 그 점은 분명해요. 그 아이의 어머니 노릇을 하도록 최선을 다할게요. 우리는 어떻게든 그 아이 하나쯤은 먹이고 입힐 수가 있어요. 내가 일을 더 열심히 할게요. 언제 여기에 도착할 것 같아요?"

"몇 주 내로 올 거야."

"내 희망은…… 우리 언제 결혼할 용기를 내죠, 주드?"

"자기에게 용기만 생기면 난 언제든지 할게. 이 문제는 전적으로 자기에게 달렸어. 말만 하면 즉시 실천할 준비가 되어 있거든."

"아이가 도착하기 전에?"

"그럼."

"아이에게는 우리가 결혼을 하면 좀 더 자연스러운 가정을

---

20) 「욥기」 3장 3절.

만들어 줄 수 있을 거예요." 그녀가 중얼거렸다.

그길로 주드는 아주 공식적인 어투로 편지를 써서 아이가 도착하는 대로 자신에게 즉시 보내지기를 바란다는 요구를 했다. 아라벨라의 소식이 놀랍다는 말은 한마디도 하지 않았다. 아이의 부모에 관한 의견도 한마디 언급하지 않았고, 또 이 사실을 진작 알았더라면 그녀에 대한 태도가 전과 같았을지 어땠을지에 대한 말도 하지 않았다.

다음 날 저녁 10시쯤 올드브리컴 역에 도착 예정인 하행 열차 안에서는 어두운 삼등칸에 앉은 키가 작고 얼굴이 창백한 아이가 눈에 띄었다. 그의 커다란 눈은 놀란 빛을 띠었다. 목에는 흰빛의 털목도리를 둘렀으며, 그 위로 값싼 끈에 매단 열쇠가 하나 목에 걸려 있었다. 열쇠는 가로등의 빛을 이따금씩 반사하여 사람들의 눈을 끌었다. 그의 모자 띠에는 반액 기차표가 끼여 있었다. 그의 눈은 맞은편 의자의 뒤편에 거의 고착되어, 기차가 역에 도착하고 역 이름이 방송되어도 창 쪽으로 시선을 돌리는 일이 없었다. 다른 쪽 자리에는 승객 두세 명이 앉아 있었다. 그중 한 사람은 노동에 종사하는 여자로 무릎 위에 바구니 하나를 얹어 두었으며, 그 안에는 얼룩 고양이 한 마리가 들어 있었다. 여자는 이따금씩 바구니 뚜껑을 열었고 그러면 고양이가 머리를 내밀어 재롱을 떨었다. 그 광경을 보고 주변의 승객들이 웃음을 터트렸다. 그러나 목에 열쇠를 매달고 모자에 반액 표를 끼운 외톨이 아이는 휘둥그런 눈으로 고양이를 쳐다보고는 혼자 이렇게 중얼거리는 것 같았다. "모든 웃음은 오해에서 오는 거예요. 바로 보면 세상에 웃을 일은 하나도 없어요."

기차가 정거장에 서면 가끔 승무원이 그의 기차간을 들여다보고 아이에게 이렇게 말을 했다. "얘, 별일 없지. 너의 상자는 저쪽 짐칸에 안전하게 있단다." 그러면 아이는 생기 없이 미소를 지으려고 하다가는 미소가 떠오르지 않아 그만두는 것이었다.

아이는 소년으로 변장한 세월 그 자체였다. 그러나 그의 변장은 너무 서툴러 그의 실체가 갈라진 균열의 틈을 통하여 그대로 드러났다. 밤의 해묵은 세월에서 밀려온 큰 파도가 이따금씩 아이를 유년의 아침 인생으로부터 밀어 올리는 것 같았으나, 시간의 거대한 대양을 너머 뒤를 돌아보고는 있는 아이의 얼굴 표정은 본 것에는 별로 관심이 없는 듯했다.

다른 승객들은 한 사람씩 눈을 감기 시작했다. 고양이마저 단조로운 재롱에 지쳐 바구니 안에서 곱송거리고 누웠다. 그러나 소년만은 여전히 그대로 남아 있었다. 오히려 그는 아까보다 더 정신이 맑아진 듯했다. 유폐되고 왜소해진 신(神)처럼 피동적으로 앉아 주변의 동행들을, 그들 눈앞의 모습보다는 전체의 완성된 모습을 보듯 쳐다보았다.

바로 이 아이가 아라벨라의 아들이었다. 그녀 특유의 부주의한 점 때문에, 아이의 도착이 임박했음을 몇 주일째 알고 있었지만 그녀는 아이가 런던 항에 내리기 전날, 그 이상 절대로 연기할 수 없을 때까지 주드에게 편지 쓰기를 미루었다. 그녀가 올드브리컴으로 찾아간 주된 이유도, 그녀 입으로 말한 대로, 아이가 존재한다는 사실과 그가 찾아오고 있음을 주드에게 알리기 위해서였다. 아라벨라가 그녀의 전남편으로부터 오후 어느 시점에 회답을 받은 바로 그날, 아이는 런던 항에 도착했다. 그를 데리고 온 가족은 마차를 잡아 램버스의 어머니 주소로 가게끔 마차꾼에게 시키고 아이에게 작별을 한 다음 자신들의 행선지로 떠났다.

아이가 스리 혼스 장에 도착하자 아라벨라가 아이를 유심히 들여다보았다. 그녀의 표정은 "그래, 너는 내가 생각했던 너와 아주 닮았구나."라고 하는 것 같았다. 아이에게 식사를 한 상 잘 차려 먹이고 돈도 조금 집어 주었다. 밤이 늦어지고 있어 그녀는 금세 아이를 다음 기차로 주드에게 보냈다. 그녀는 마침 외출 중이던 남편 카틀렛이 보지 않도록 마음을 몹시 썼다.

기차가 올드브리컴에 도착하자 아이는 상자와 함께 인적이 없는 플랫폼에 내려졌다. 표 받는 역무원이 그의 기차표를 받았다. 역무원은 상황이 맞지 않는다는 생각이 들어, 이런 늦은 밤에 혼자서 어디로 가느냐고 아이에게 물었다.

"스프링가(街)에 가요." 아이는 무표정하게 대답했다.

"아니, 거긴 여기서 꽤 먼 곳인데. 거의 도시 밖에 있는 시골이야. 사람들은 지금쯤 다 잠자리에 들었을걸."

"난 거기 가야 돼요."

"상자가 있으니 마차 한 대를 불러야겠다."

"아니요. 난 걸어가야 해요."

"오, 그럼 좋아. 상자는 여기 맡겼다가 나중에 찾아가거라.

거기까지 반쯤은 버스가 간다. 나머지는 걸어야 할 테다."

"난 무서운 것이 없어요."

"왜 친구가 널 마중 나오지 않았니?"

"내가 오는 줄을 몰랐을 거예요."

"친구가 누구냐?"

"어머니가 말하지 말랬어요."

"그럼 내가 해 줄 수 있는 건 이 짐을 맡아 두는 것이구나.
이제 빨리 걸어가라."

아무 말을 하지 않은 채 소년은 거리로 나왔다. 자신을 따
라오거나 지켜보고 있는 사람이 없는지 확인하기 위해 주변
을 둘러보았다. 그는 얼마간 걸어가다가 그가 목표로하는 거
리의 방향을 물었다. 그는 도시의 외곽으로 한참 걸어가야 된
다는 소리를 들었다.

아이는 꾸준한 기계적인 느린 걸음걸이로 걸어갔다. 걸음
걸이는 감정이 빠진 보행으로, 물결이 움직이고 미풍이 불고
구름이 흘러가는 것과 같았다. 그는 길을 확인하기 위하여
곁으로 눈길을 주는 법이 없이 문자 그대로 길만 따라갔다.
그가 하는 태도는 그의 인생관이 그 지방 아이들의 인생관과
다른 것처럼 보였다. 아이들은 대개 세부 사항으로 시작하여
일반적인 것을 배우는 쪽으로 확대된다. 아이들은 인접한 것
으로 시작하여 서서히 보편적인 것을 이해하는 것이다. 그러
나 이 아이는 인생의 전반적인 원리에서 시작하는 것 같았으
며, 특수 사항에 대하여는 전혀 관심이 없는 듯했다. 그에게
집이나 버드나무나 그 너머에 있는 어두운 들판은 벽돌로 만

든 주택, 가지치기한 나무, 그리고 목장이 아니라, 추상적 의미에서 인간의 서식지이며 초목이며 넓고 어두운 세계로 보이는 것이었다.

그는 작은 골목길을 찾아들어 주드 집의 문을 두드렸다. 주드는 막 자리에 들었고 수는 그 옆에 있는 자신의 방으로 들려던 순간이었다. 수가 문 두드리는 소리를 듣고 아래층으로 내려왔다.

"여기가 아버지가 사는 집인가요?" 아이가 물었다.

"누구?"

"폴리 씨요, 그게 성일 거예요."

수가 주드의 방으로 뛰어 올라가 이야기를 해 주었다. 그가 서둘러 내려왔다. 그러나 수는 그가 무척 시간을 끌며 느리게 내려오는 것 같아 조바심이 났다.

"뭐라고요, 그 아이예요? …… 이렇게 빨리?" 주드가 내려오는데 그녀가 물었다.

수가 아이의 모습을 조심스레 들여다보았다. 그러다가 갑작스레 옆에 붙어 있는 작은 거실로 뛰어 들어갔다. 주드는 아이를 자신의 키 높이로 끌어올렸다. 그러고는 이렇게 빨리 오는 것을 알았더라면 역으로 마중을 갔을 거라는 말을 하면서 우울한 애정으로 아이를 뚫어지게 쳐다보았다. 그는 아이를 잠시 의자에 앉혀 놓고 수를 찾으러 갔다. 그는 수의 예민한 신경이 자극된 것을 알고 있었다. 그녀는 어두운 구석에서 안락의자에 몸을 구부린 채 앉아 있었다. 그는 팔로 그녀를 안고 얼굴을 그녀의 얼굴에 비비면서 속삭였다. "무슨 일이니?"

"아라벨라가 한 말이 맞았어요, 사실이에요! 저 아이에게서 당신을 보았어요!"

"내 일생에서 꼭 그렇게 되어야 할 일이 하여간 하나 생긴 거요."

"저 아이의 나머지 반은…… 그 여자예요! 그건 참기 어려워요! 그러나 나는 꼭…… 익숙해지도록 애써야겠죠. 그래요, 꼭요!"

"질투 많은 작은 수 아씨! 자기에게 성적 감각이 없다는 말은 전부 취소할게. 신경 쓰지 마! 시간이 가면 다 잘될 테니……. 사랑하는 수. 생각이 하나 떠올랐어. 대학을 전제로 저 아이를 교육시키고 훈련시키자. 내가 개인으로 이루지 못한 걸 저 아이를 통해 실천할 수 있지 않을까? 이제는 가난한 학생들을 위해 상황이 좀 쉬워지는 모양이니."

"아, 자기는 몽상가!" 그녀가 말했다. 그러고는 그의 손을 잡고 아이에게로 돌아왔다. 수가 아이를 쳐다보았듯이 아이가 이번에는 수를 쳐다보았다. "내 진짜 어머니가 아줌마예요?" 그가 물었다.

"왜? 내가 네 아빠의 부인으로 보이니?"

"글쎄, 그래요. 아버지가 아줌마를 몹시 좋아하고, 또 아줌마가 아버지를 몹시 좋아하는 것만 빼고요."

그러다가 아이의 얼굴에 무엇인가를 그리워하는 표정이 떠올랐다. 아이가 울기 시작했다. 수도 금세 아이와 같이 우는 것을 억제할 수 없었다. 다른 사람의 가슴에서 전해 오는 미세한 감정의 바람이 자신의 마음속에서 격동적인 감정의 물결을 쉽게 일으키는 하프처럼 그녀를 울린 것이다.

"가엾은 아이야, 네가 부르고 싶으면 날 어머니라고 부르렴!" 그녀가 눈물을 감추기 위해 얼굴을 숙여 뺨을 아이의 뺨에 대면서 말했다.

"너의 목에 감은 이건 뭐냐?" 주드가 애써 침착한척하면서 물었다.

"정거장에 두고 온 상자의 열쇠예요."

두 사람은 일부러 부산을 떨면서 아이에게 늦은 저녁 식사를 차려 주고 아이가 잘 침대도 임시로 만들어 주었다. 아이는 금세 잠에 빠졌다. 두 사람은 아이가 자는 모습을 가서 보았다.

"저 아이가 잠에 떨어지기 전에 자기를 두세 번씩 어머니라고 불렀어." 주드가 낮은 소리로 말했다. "마음속으로 그렇게 원했다는 것이 이상하지 않아!"

"그래요, 그건 의미가 깊어요." 수가 말했다. "하늘에 깔려 있는 모든 별들에서보다 한 작고 배고픈 가슴속에서 일어나는 일들에 관해서 생각해야 할 것이 더 많아요……. 자기야, 우리 이제 용기를 내어 식을 빨리 치르도록 해야 해요. 흘러가는 물에 역행하려는 짓은 무모해요. 난 나 자신의 본성과 뒤얽히는 것을 느껴요. 아, 오빠, 결혼 후에도 오빠는 날 따뜻하게 사랑할 거죠! 난 이 아이에게 정성을 쏟고 엄마 노릇을 하고 싶어요. 우리 결혼에 법적 형식을 갖추는 것이 내 마음을 좀 더 편하게 할 거예요."

4

결혼식에 대한 그다음 두 번째 시도는 좀 더 세심하게 이루어졌다. 그러나 시간상으로는 이 특이한 아이가 집에 도착한 다음 날 아침이었다.

주드와 수는 아이가 이상하고 무서운 얼굴 표정을 한 채 말 없이 앉아 있는 습관을 지닌 것을 발견했다. 그의 눈은 항상 실체의 세상에서 사람들이 보지 못하는 것들을 보고 있는 듯했다.

"그 아이는 멜포메네[21]의 얼굴을 하고 있어요."라고 수가 말했다. "아이야, 네 이름은 무엇이니? 우리한테 이름을 알려 주었나?"

---

21) 그리스 비극의 신.

"항상 꼬마 시간 아범이라고 불렀어요. 별명이에요. 내가 아주 늙어 보인다고 해서 그렇게 부른대요."

"너는 말도 그렇게 하는구나." 수가 부드럽게 말했다. "오빠, 참 이상한 것은 이 초자연적으로 늙은 아이들이 항상 새로운 나라에서 온다는 거예요. 세례명은 무엇이니?"

"세례를 받지 않았어요."

"왜 받지 않았니?"

"내가 만약 세례받지 않은 저주 상태에서 죽으면 기독교식 장례에 드는 비용을 절삼할 수 있기 때문이에요."

"오, 그럼 네 이름은 주드가 아니니?" 아이의 아버지가 다소 실망한 표정으로 물었다.

아이가 머리를 흔들었다. "그런 것 들은 일 없어요."

"물론 아니겠죠." 수가 재빨리 말을 받았다. "그 여자는 오빠를 항상 미워했으니까!"

"아이에게 세례를 해 줘야지." 주드가 말했다. 그러고는 수에게 조용히 말했다. "우리가 결혼하는 날 세례를 해요." 그러나 주드의 마음 한구석에서는 아이의 존재가 그의 신경을 날카롭게 했다.

그들이 처한 입장이 그들을 부끄럽게 만들었다. 감리 등록관의 사무실에서 올리는 결혼이 교회에서의 결혼식보다는 훨씬 비공개적이라는 생각을 한 두 사람은 이번만은 교회를 피하기로 했다. 수와 주드는 지방 등록소에 함께 가서 그들의 의도를 통고했다. 두 사람은 그동안 떼어 놓을 수 없는 짝꿍이 되어 언제나 한 사람이 없으면 중요한 일은 전혀 할 수 없는 상황이 되었다.

주드 폴리가 예고 통지서에 서명을 했다. 수는 그의 어깨
너머로 그의 손이 글자를 따라가는 것을 지켜보았다. 그녀는
전에 한 번도 본 적이 없는 근엄한 서류에 자기 자신과 주드
의 이름이 채워지는 것을 보았다. 서로에 대한 사랑인 가변적
본질이 영원한 것으로 짐짓 만들어지는 광경을 보면서 그녀
의 얼굴은 고통스럽게 두려운 표정을 지었다. '당사자의 이름
과 성'(그들이 사랑하는 사람들이 아니고 당사자가 되었다고 그녀
는 생각했다.), '신분'(무시무시한 항목이었다.), '직위 또는 직업',
'연령', '주거지', '거주 기간', '결혼식이 수행될 교회 또는 건물',
'당사자들이 각각 살고 있는 지역과 군(郡)'.

"기분을 망쳐 버리죠, 그렇죠!" 집으로 가면서 그녀가 말했
다. "교회의 사무실에서 계약서에 서명을 하는 것보다 더 흉한
용건으로 변해 버려요. 교회에서는 그래도 시(詩)가 조금 있어
요. 오빠, 이제 어서 빨리 해치워 버려야지요."

"그래요. '아내 될 여자와 약혼을 하고도 그녀를 취하지 못
한 사람이 있는가? 그를 집으로 돌아가게 하라. 전장에서 죽
어 다른 사람이 그녀를 취하지 못하도록.'[22] 이렇게 유대인 율
법자가 말했어."

"오빠, 자기는 성경에 정말 너무 정통해요! 정말 신부가 되
었어야 했어요. 나는 기껏 이단적 저자만 인용할 수 있는데!"

결혼 증서가 발부되기 전의 공백 기간 동안 수는 집안일 때

---

22) 「신명기」 20장 7절.

문에 때때로 등록소 앞을 지났다. 그녀는 슬그머니 눈길을 그 쪽으로 돌려 그들의 결혼 계획을 매듭짓는 공고가 벽에 붙어 있는 것을 보았다. 그녀는 그 공고를 보고 견딜 수가 없었다. 결혼에 대한 이전의 경험에 비추어 그녀가 경험하는 현재의 상황을 전과 같은 범주에 둠으로써 애정의 모든 낭만이 사라지는 것 같은 느낌을 받았다. 그녀는 대개 꼬마 시간 아범의 손을 잡고 다녔기 때문에 사람들이 그 아이를 자신의 아이로 여긴다고 생각했다. 그래서 그녀는 현재의 계획된 결혼식을 전날의 질못에 대한 보상이라고 생각했다.

주드는 메리그린에서의 어린 시절과 연관된 사람 중 유일하게 살아 있는 연고자인, 할머니의 친구이며 그 할머니의 마지막 투병 기간 동안 간병인으로 애쓴 연로한 과수댁 에들린 부인을 결혼식에 초청해, 다소 미약한 범위에서나마 그의 현재와 그의 과거를 연결해 보기로 결정했다. 그녀가 결혼식에 올 수 있으리라고는 거의 생각하지 않았다. 그러나 그녀는 사과, 잼, 놋쇠 촛불 심지 고르개, 옛날 백랍 접시, 침대 덥히는 팬, 침대용 커다란 거위 털 자루 등 특별한 선물까지 가지고 주드 집으로 왔다. 그녀는 여분의 방에서 자도록 마련되었다. 그녀는 일찌감치 방으로 들어가 예배 규정법에 따라 큰 소리로 주기도문을 정직하게 외었으며, 그녀의 예배 올리는 소리가 천장을 통하여 아래층으로 들렸다.

그러나 그녀는 잠이 오지 않았다. 수와 주드가 아직 자지 않는 것을 알고는 (사실 시간은 10시밖에 되지 않았다.) 다시 옷을 입고 아래층으로 내려왔다. 그들은 모두 늦은 시각까지 난

롯가에 앉아 있었다. 여기에는 시간 아범까지 끼어 있었다. 그러나 그는 말이 없었기 때문에 모두 그가 곁에 있다는 사실을 잊고 있었다.

"난 너의 할머니처럼 결혼에 반대하지는 않는다." 과수댁이 말했다. "이번에는 모든 점에서 즐거운 결혼식이 되기를 기원한다. 나만큼 결혼식이 훌륭한 것이기를 바라는 사람도 없을 거다. 너의 집안을 잘 알고 있으니 말이다. 지금 살아 있는 사람 누구도 나만큼 너의 집안 역사를 아는 사람은 없지. 너의 집안에는 불운이 따랐어. 왜 그런지는 나도 모르지만."

수가 불안하게 숨을 내쉬었다.

"사람들은 항상 마음씨가 착했지. 파리 한 마리도 죽이지 않는 사람들이란다." 결혼식 손님은 이렇게 이야기를 계속했다. "그러나 그들의 착한 점을 뒤집는 일이 생기곤 했지. 모든 일이 제대로 되지 않으면 그들은 화를 내었단다. 그래서 이야기대로라면 그 사람이 그런 짓을 한 거지. 그도 너의 집안사람이고."

"그게 뭔데요?" 주드가 물었다.

"글쎄, 그 이야기 말이다. 그 사람은 '갈색 집' 곁에 있는 언덕 마루에서 효수형을 당했는데, 메리그린과 알프레드스턴 사이에 있는 이정표에서 얼마 떨어지지 않은 곳이지. 길이 거기서 다른 쪽으로 갈라지는 곳 말이다. 그러나 맙소사, 그건 내 할아버지 때 이야기이고, 너의 집안사람이 아닐지 모르지."

"효수대가 어디 있었는지는 알아요, 잘 알지요." 주드가 중얼거렸다. "그런데 이 이야기는 전에 들어 본 적이 없어요. 이 사람이 뭘 했지요? 우리 선조이고 수의 선조되는 사람이요. 아내를 죽였나요?"

"꼭 그런 것도 아니란다. 여자가 아이를 데리고 친구가 있는 곳으로 도망을 쳤지. 거기서 아이가 죽었어. 남자가 아이의 시체를 달라고 했지. 가족들이 묻힌 곳에 묻어 주려고. 그러나 여자가 아이를 주지 않겠다고 뻗댔어. 남편이 밤에 마차를 가지고 가서 관을 싣고 가려고 집으로 밀고 들어갔다가 그 집 식구들한테 잡혔는데, 고집이 센 탓으로 왜 들어갔는지를 말하지 않았어. 그 사람은 강도죄로 몰려서 효수형을 받았지. 그래서 '갈색 집' 언덕에 있는 효수대에서 죽은 거란다. 남자가 죽은 뒤 아내는 정신병으로 죽었고. 그러나 그가 너의 집안사람인지는 확실치 않아. 우리 집안사람일지도 모르는 거나 마찬가지지."

난롯가의 그림자 진 곳에서 작고 느린 목소리가 마치 땅속에서 새어 나오듯 들려왔다. "어머니, 내가 어머니라면 아버지하고 결혼하지 않겠어요!" 목소리의 주인공은 꼬마 시간 아범이었다. 그들은 그가 그 자리에 있다는 사실을 잊고 있었기 때문에 모두 놀랐다.

"그건 옛날 이야기란다." 수가 명랑한 듯이 말했다.

결혼 전야에 과수댁이 들려준 흥미진진한 이야기를 들은 다음 모두가 자리에서 일어났다. 그리고 잘 자라는 인사를 하고 각각 잠자리로 들었다.

다음 날 아침 시간이 가면서 신경이 더욱 예민해진 수가 등록소로 떠나기 전에 주드를 조용히 거실로 데리고 들어갔다.

"오빠, 나에게 연인으로서 키스를 해 줘요. 영적인 키스를요."
그녀는 몸을 떨면서 주드에게 다가들었다. 속눈썹이 젖어 있었다. "다시는 이렇지 않겠죠, 그렇죠! 이런 일을 처음부터 벌이지 말았어야 했어요. 그러나 일을 벌였으니 계속 진행해야겠지요. 어젯밤 이야기는 너무 끔찍했어요! 오늘에 대한 나의 상상을 망쳐 놨어요. 그 이야기는 아트레우스[23] 집안에서처럼 우리 집안에도 비극적 운명이 덮어 씌어 있다고 느끼게 만들었어요."

"또는 여로보암[24]의 집안에서거나."라고 전날의 신학자가 말했다.

"그래요. 우리 둘이 결혼을 한다는 것은 무서운 만용 같아요! 난 내 다른 남편에게 서약했던 동일한 언어로 자기에게 서약을 하게 되고, 오빠는 또 오빠의 다른 아내에게 서약했던 똑같은 언어로 나에게 서약을 하게 돼요. 이미 겪은 경험에서 배운 부정적 교훈에도 불구하고요."

"자기가 불안하면 나도 마음이 편치 않아." 그가 말했다. "나는 자기가 아주 기뻐하기를 바랐어. 그러나 자기 마음이 즐겁지 않으면 내 마음이 편안하지 않은 것이지. 아닌데도 즐거운 척할 필요는 없어. 자기에게 우울한 일이면, 그건 나에게도 우울한 일이 되지!"

"요 전날 아침에도 불쾌하게 이랬어요, 그뿐이에요." 그녀가

---

23) 그리스 전설로 아트레우스 집안에는 저주가 붙어 많은 재난이 찾아오는 것으로 유명하다.
24) 「열왕기 상」 14장 10절 참조.

중얼거렸다. "이제 가요."

두 사람은 팔짱을 낀 채 앞에 언급한 등록소로 향해 갔다. 결혼 서약의 증인은 에들린 부인뿐이었다. 날씨는 쌀쌀하고 흐려져 있었다. 차고 습한 안개가 '왕궁의 탑들이 솟은 템스 강'[25]에서 불어왔다. 결혼 등록소의 입구 계단에는 사람들의 진흙 발자국이 나 있었으며 건물의 현관에는 비에 젖은 우산들이 널려 있었다. 등록소 안에는 사람들이 몰려 있었다. 주드와 수는 군인과 젊은 여자 사이에 결혼 절차가 진행되고 있다는 사실을 깨달았다. 두 사람과 에들린 부인은 이 전차가 진행되는 동안 뒤에 서 있었다. 수는 벽에 붙은 다른 사람들의 결혼 고지서를 읽었다. 실내는 두 사람의 기질에는 어울리지 않고 너무나 황량했다. 그러나 보통 사람들에게는 평범한 곳이었다. 송아지 가죽으로 제본된 법률 서적들이 곰팡이 냄새를 품기며 한쪽 벽을 덮고, 다른 쪽에는 우체국에서 발행한 전화번호부들과 그 밖의 참고 서적들이 진열되어 있었다. 서류 칸 속에는 빨간 테이프가 둘린 서류 묶음들이 놓여 있으며 한쪽 구석에는 작은 강철 금고 몇 개가 들어 있었다. 나무만 깐 마루도 입구 계단처럼 먼저 다녀간 사람들의 발자국으로 얼룩져 있었다.

군인은 시무룩하고 주저하는 표정이었으며, 신부는 슬픈 표정을 지은 채 수줍어하는 눈치였다. 그녀는 금세 어머니가 되는 것이 분명했다. 그녀의 한쪽 눈에는 멍이 들어 있었다. 그

---

25) 『실락원』의 저자 존 밀턴의 시에서 차용한 구절.

들의 작은 용무는 금세 끝났다. 두 사람과 친구들이 우르르 몰려 나갔다. 그들 일행 중 한 사람이 지나가면서 주드와 수에게 마치 전에 알던 사람처럼 말을 걸었다. "막 들어온 쌍을 봤죠? 하하! 저 남자는 오늘 아침에 감옥에서 막 나왔어요. 여자가 남자를 형무소 문 앞에서 기다렸다가 바로 여기로 데려왔죠. 여자가 비용을 다 대는 거라고요."

수가 고개를 돌려 머리를 빡빡 깎은 운 없는 사나이를 쳐다보았다. 그는 얼굴이 넓적하고 얽은 여자를 팔에 끼고 있었으며, 술기운으로 안색이 불그레했다. 그는 욕정을 충족시키기 직전의 만족감에 젖어 있었다. 그들은 등록 절차를 마치고 나가는 부부에게 익살스러운 인사를 건네고는 주드와 수 앞을 지나갔다. 수는 점점 의기소침해졌다. 그녀는 뒤로 물러서서, 울기 직전의 어린애처럼 입을 오므리며 연인 쪽으로 몸을 돌렸다.

"오빠…… 나 여기가 싫어졌어요! 이런 곳은 처음부터 오지 말았어야 하는데! 무서워요. 우리 사랑의 정점이기에는 너무 부자연스럽네요! 꼭 해야 한다면 교회에서였으면 좋겠어요. 교회에서는 의식이 천박하지는 않을 거예요!"

"귀여운 작은 아씨," 주드가 수를 불렀다. "너무 불안하고 창백해 보이네!"

"꼭 여기서 치러져야 하나요?"

"아니……. 아마 아니겠지."

주드가 담당 직원에게 가서 이야기를 하고는 돌아왔다. "아니래……. 우리가 원하지 않으면 여기서나 다른 곳 어디서나 결혼을 할 필요가 없대. 지금 할 필요도 없고.” 그가 말했다. “우린 교회에서 결혼을 할 수도 있대. 그가 주는 증서를 갖고 다른 사람과 결혼을 하지 않는다면. 어쨌든 우리 밖으로 나갑시다. 자기가 좀 진정이 되고, 나도 마음이 좀 침착해지기를 기다렸다가 이야기를 합시다.”

그들은 나쁜 짓을 한 사람처럼 소리 나지 않게 문을 닫으며 조용히 그리고 죄스러운 마음으로 밖으로 나갔다. 입구에 남아 있던 과수댁에게는 필요하면 지나가는 행인에게 증인이 되어 달라고 부탁할 수 있으니 집에 가서 기다려 달라고 일렀다. 거리로 나와서는 인적이 드문 옆길로 들어갔다. 거기서 두 사람은 오래전에 멜체스터의 시장에서 했던 것처럼 길 위와 아래를 오르내렸다.

“자기야, 이제 어떻게 할까? 우린 일을 망치고 있는 것 같아. 그러나 자기만 좋다면 뭐든지 나에게도 좋아.”

“그러나 오빠, 내가 오빠에게 걱정을 끼치고 있어요! 거기서 오빠 다 끝내고 싶었죠? 그렇죠?”

“글쎄, 바른대로 말을 한다면, 나는 등록소로 들어가자 마음이 식어 버렸어. 장소가 자기의 마음을 우울하게 만든 만큼 날 낙담시켰어. 그곳은 추악했어. 그래서 나는 오늘 아침에 우리가 꼭 해야 하는 거냐고 한 자기 말을 거기서 생각했지.”

그들은 멍하게 계속 걸었다. 그러다 그녀가 걸음을 멈추었다. 그녀의 작은 목소리가 들려왔다. “이렇게 망설이는 것은 마음이 약한 것으로 보여요! 그러나 두 번째도 무모하게 행동하는 것보다는 차라리 이러는 게 훨씬 나아요……. 아까 그 광경은 흉했어요. 죄수에게 자신을 바치는, 그 기운 빠진 여자의 얼굴에 나타난 그 표정. 자신의 뜻으로 몇 시간 동안 바치는 것이 아니고 일생을 바쳐야 하는 표정. 또 다른 한 사람……마음이 약해서, 명목상의 수치심을 피하기 위해 자신을 경멸하는 폭군의 노예가 되는 진짜 수치에 스스로를 퇴화시키는 여자……. 그 남자를 영원히 피하는 것만이 그 여자에게는 구원의 기회인데. 이게 우리 교구의 교회죠? 보통대로 했다면 여기서 했어야지요. 예배 같은 것이 진행 중인 듯하네요."

주드가 가서 문틈으로 들여다보았다. "아니……. 여기서도 결혼식이 진행되고 있소." 그가 말했다. "모두가 오늘은 우리처럼 하는 것 같네."

사순절이 끝나면 항상 결혼식이 밀리게 마련인데 그것 때문인 것 같다고 수가 말했다. "가서 들어봐요." 그녀가 말했다. "교회에서 식이 진행되면 어떤 느낌이 나는지 가 봐요."

그들은 교회 안으로 들어갔다. 그러고는 뒷자리에 앉아 제단에서 진행되는 결혼식을 지켜보았다. 결혼하는 당사자들은 잘사는 중산층에 속하는 듯했으며 결혼식은 평범한 대로 아름답고 흥미로웠다. 두 사람은 꽤 거리가 떨어져 있었지만 신부 손에 들린 꽃이 떨리는 것을 볼 수 있었다. 자의식에 눌려서 하는 말의 의미를 머리가 이해하지 못하는 소리를 신부가 기계적으로 중얼거리는 것도 들을 수 있었다. 수와 주드는 조용히 귀를 기울이면서 과거에 각자가 겪었던 경험을 생각했다.

"가엾은 여자, 내가 지금 알고 있는 지식으로 다시 치르려는 결혼식이 저 여자의 경우와는 같지 않아요." 수가 속삭였다. "저 사람들은 이 일에 경험이 없어요. 그래서 모든 절차를 당연한 것으로 받아들이고 있어요. 그러나 우리처럼, 아니면 적어도 저 일을 경험한 나처럼 혼사의 무서운 존엄성을 깨닫게 되면, 그리고 너무 까탈스러운 내 감정이 때때로 발로되면, 눈을 똑바로 뜬 채 같은 짓을 내 발로 걸어가 다시 한다는 것은 정말로 부도덕한 짓이에요. 여기 들어와서 이 광경을 보는 것은 결혼 등록소에서 다른 결혼식이 날 놀라게 하는 만큼이나 날 놀라게 해요……. 오빠, 우린 나약하고 겁 많은 쌍이에요. 다른 사람이 자신 있어 하는 곳에서 나는 의심부터 해요. 또 한 번 사업적 계약의 조잡한 조건에 내가 익숙하지 않은 것이지요!"

그들은 웃으려고 했다. 그리고 눈앞의 실물 교육 같은 상황에 대해 조용히 논평을 계속했다. 자신들은 너무 신경이 민감하고, 그래서 처음부터 세상에 태어나지 말았어야 하며, 두 사람이 함께 할 수 있는 공동 작업 중에서도 이렇게 너무나 터무니없는 짓(결혼)은 엄두도 내지 말았어야 한다고 주드가 말했다.

그의 연인이 몸을 떨었다. 그리고 주드에게 정말로 맑은 마음으로 가서 일생의 모험에 다시는 서명을 하지 말아야 한다고 생각하는지를 진심으로 물었다. "우리가 일생의 모험을 바로 직면할 만큼 강하지 못하다고 생각한다면 그것은 무서운 일이에요. 그리고 그런 것을 알면서 우리 스스로를 속이기를 계획하는 것도요." 그녀가 말했다.

"나도 그렇게 생각해, 물어보니 하는 소리지만." 주드가 말했다. "사랑하는 당신이 원한다면 나는 하겠어." 수가 머뭇거리는 사이, 주드는 두 사람이 할 수는 있겠지만 그녀처럼 자신이 하지 못하는 이유는, 그들 성격의 특수성에 기인하는 무능에 대한 두려움 때문이라고 고백했다. 아마도 자신들이 다른 사람과 같지 않기 때문이라고 주드가 설명했다. "우린 너무 성격이 민감한 거야. 수, 그게 우리에겐 문제야!"라고 주드가 잘라 말했다.

"우리와 비슷한 사람이 우리가 생각하는 것보다는 더 많이 있다고 생각해요."

"글쎄, 그건 잘 모르겠네. 계약 의도는 좋아. 그리고 많은 사람들에게 옳은 것임에 틀림없고. 그러나 우리 경우에는 계약이 그 목적에 위배돼. 왜냐하면 우리는 이상한 사람들이니까. 강요된 가정적 유대가 거짓 없는 마음과 스스로 우러나는 마음을 죽이는 부류가 바로 우리 같은 사람들이라고."

수는 다른 사람들이 다 그렇듯이, 자신들은 이상하거나 예외적인 사람들이 아니라고 주장했다. "모든 사람이 우리처럼 느껴요. 우린 단지 조금 앞서 갈 뿐이에요. 오십 년, 백 년 뒤에, 저기 두 사람의 후손은 우리가 하는 것보다 더 못하게 행동하고 느낄 거예요. 그들은 지금 우리가 하는 것보다 더 비실거리는 인간들을 분명히 볼 거예요. '우리 자신과 같은 모양의 사람들이 흉하게 늘어나니'[26] 자손을 다시 만들기가 두려울

---

26) 셸리의 시 「이슬람의 반란」 중에서.

거예요."

"무서운 시구네! ……물론 나도 암울한 순간에는 동료 인간들에게 그렇게 느낀 적이 없지 않지만."

두 사람은 이렇게 속삭였다. 그러다가 수가 좀 더 환한 기분으로 말했다.

"글쎄요……. 일반적인 질문은 우리의 용건이 아니에요. 우리가 그것 때문에 스스로를 괴롭힐 이유가 무엇이죠? 우리는 이유야 다르지만 같은 결론에 도달해요. 특별히 우리 두 사람에게는 돌이킬 수 없는 맹세란 위험한 거예요. 그러니 오빠, 우리의 꿈을 숙이지 말고 그냥 집으로 돌아가요. 그럴 거죠? 나의 친구, 자기는 너무 착해. 자기는 내 온갖 변덕에 다 양보를 하거든요!"

"그 변덕은 내 변덕과 일치하거든."

모든 사람의 정신이 제의실로 들어가는 결혼 행렬을 지켜보는 사이에 주드는 기둥 뒤에서 수에게 짧은 키스를 했다. 두 사람은 건물 밖으로 나왔다. 문가에서 두 사람은 두서너 대의 마차가 저쪽으로 갔다가 한참 만에 돌아오는 것을 기다렸다. 새로 맺어진 신랑과 신부가 밖으로 나왔다. 수가 한숨을 쉬었다.

"신부의 손에 들린 꽃이 슬프게도 옛날에 제물로 바쳐지는 어린 암소를 장식했던 화환 같아 보여요."

"수, 그러나 그게 남자에게보다 여자에게 더 나쁜 것은 아니야. 그런 것을 일부 여성들이 보지 못하는 거지. 그래서 그런 여자들은 조건에 대하여 항의하는 대신 남자에 대하여 항의를 해. 남자도 희생자인데 말이야. 그것은 군중 속의 여자가 자신과 부닥치는 남자를 비난하는 것과 같아. 실제 그 남자는 자신에게 닥친 시련의 절망적인 전달자에 불과한데 말이지."

"그래요, 어떤 여자들은 그래요. 공동의 적인 강압에 대항하여 남자와 공동으로 뭉치지 않고 말이에요." 신부와 신랑이 마차를 타고 떠났다. 두 사람도 나머지 구경꾼들과 함께 그곳을 떠났다. "아니에요, 우리 하지 마요." 그녀가 말을 계속했다. "적어도 지금은 하지 마요."

그들은 집으로 돌아왔다. 서로 팔짱을 낀 채 창가를 지나다가 에들린 부인이 내다보고 있는 것을 보았다. 그들이 집 안으로 들어오자 손님이 외쳤다. "그렇게 사이 좋게 문으로 오는 것을 보았을 때 '마침내 마음을 정했구나!'라고 나 혼자 외쳤지."

그들은 아직 결혼을 하지 않았다는 사실을 그녀에게 간단히 알려 주었다.

"뭐라고…… 아직 정말로 하지 않았다고? 원, 이런 일이 있나! '서둘러 결혼하고 천천히 후회하라.'라는 옛말이 너희 두 사람 때문에 망쳐지는 꼴을 보도록 살다니! 새로운 생각이 흘러가는 앞날이 이런 꼴이라면 메리그린으로 돌아가야지! 우리 시절에는 아무도 결혼을 무서워하지 않았어. 대포알이나 빈 찬장과 특별히 다를 것이 없었지! 나와 우리 집 양반이 결혼했을 때 우린 구슬 놀이 이상으로 생각하지 않았어!"

"아이가 돌아오면 말하지 마세요." 수가 불안한 목소리로 속삭였다. "걘 모든 게 다 잘되었다고 생각할 거예요. 아이가 놀라고 이상하게 생각하는 것보다는 그게 나을 거예요. 그냥 좀 다시 생각해 보려고 연기한 것뿐이에요. 우리처럼 행복하다면 무슨 상관이 있어요?"

5

감정과 행동을 기록하는 연대기 작가는 앞에 기술한 심각한 문제에 관하여 자신의 개인적 견해를 반드시 적어야 할 필요는 없다. 두 사람이 행복했다는 사실은 (슬픈 일이 생기는 기간 사이 사이로) 의심할 여지가 없었다. 집안에 기대하지 않았던 유령처럼 주드의 아이가 뜻밖에 나타났을 때도 예상했던 골칫거리 사건은 일어나지 않았다. 아이는 오히려 두 사람의 생활에 품위 있고 헌신적인 관심을 새롭고 부드럽게 가져와 행복을 깨기보다는 증가시키는 계기를 만들었다.

아이의 출현은 유쾌하고 조심스러운 사람들인 그들로 하여금 장래에 대한 생각을 많이 하게 했다. 특히 어린이에게서 보통 기대할 수 있는 여러 특징이 아이에게서는 유별나게 빠져 있는 사실을 감안해서 장래에 대한 관심은 더 컸다. 그러나 두 사람은 적어도 얼마 동안은 너무 진보적인 생각은 하지 않기로 했다.

상부 웨섹스에는 인구가 약 구천 내지 만 명쯤 되는 옛날 도시가 하나 있었다. 그 도시는 스톡 베어힐스라고 불렸다. 황량하고 볼품없는 옛날 교회가 하나 서 있고, 붉은 벽돌로 새로 지은 교회가 들어선 이 도시는 탁 트인 백악질 토양 위의 옥수수 들판 가운데 있었으며, 근처에는 보이지 않는 삼각 지대의 중심부가 있었다. 이 삼각 지대는 올드브리컴 시와 윈턴제스터 시와 양쪽으로 접경하며, 또 한쪽으로는 중요한 쿼터슷 병영과 접해 있었다. 런던에서 시작하는 넓은 서부 대로가 이곳을 지나다가 어느 한 지점에서 두 갈래로 갈라지는데, 서쪽으로 약 32킬로미터 떨어진 곳에서 다시 서로 합쳤다. 철로가 생기기 전, 바퀴 달린 교통수단으로 여행을 하던 사람들 사이에서는, 길이 갈라졌다가 만나는 것을 두고 어느 길로 여행을 계속할 것인가에 대한 선택의 문제에 관해서 끝없는 질문이 일어나곤 했다. 그러나 그 질문은 이제 조세와 과세 면제자, 도로 마차꾼, 우편 마차꾼이 없어진 것처럼 사라져버렸다. 스톡 베어힐스에 사는 시민은 누구 한 사람도 그 길이 시내에서 갈라졌다가 다시 합친다는 것을 모르고 있었다. 요즘은 넓은 서부 대로에서 마차를 매일 몰고 나갔다가 돌아오는 사람이 아무도 없기 때문이었다.

최근 스톡 베어힐스에서 가장 눈에 익숙한 목표물은 그림 같은 중세의 폐허 속에 있는 묘지다. 이 묘지는 철길을 끼고 있었는데, 현대식 교회와 현대식 묘와 어린 관목들이, 담쟁이

넝쿨이 덮인 채 허물어지고 있는 옛날 담에 삥 둘러 침입자 같은 인상을 주었다.

어느 해 (이 이야기에서 추적할 수 있는) 어느 날 (달은 6월 초였다.) 시내에는 특별히 관심을 끄는 특색이 따로 없는데도 많은 사람들이 기차로 와서 도시의 정거장에서 하차했다. 특히 런던에서 내려오는 기차의 손님들은 거의 다 이 도시에서 내렸다. 대 웨섹스 농업 박람회가 열리는 주간이기 때문이었다. 박람회의 광활한 캠프는 도시의 넓은 교외에 침공해 오는 군대의 천막처럼 규모가 광대했다. 큰 천막, 막사, 칸막이를 한 매점, 전시관, 상점가, 길게 뻗은 주랑들(영구적 구조물이 아닌 온갖 건물들)이 줄에 줄을 이루어 1제곱킬로미터의 넓이로 푸른 들판 위에 펼쳐졌다. 도시에 도착한 구경꾼 무리들은 떼를 지어 시내를 지나 박람회 장소로 직행했다. 박람회장으로 가는 길에는 구경거리와 가게가 즐비했다. 행상인들이 진짜 박람회장으로 이르는 길을 메워 장을 이루었으며, 이들은 구경꾼 중 낭비적인 사람들의 주머니를 털어 정작 그들이 특별히 보러 온 박람회장의 문으로 들어가기도 전에 빈털터리를 만들어 버렸다.

이날은 축제의 날이며, 실링의 날이었다. 급행 왕복 열차 중 서로 다른 방향에서 온 기차 두 개가 거의 같은 시각에 서로 인접한 정거장으로 들어섰다. 하나는 런던에서 온 것으로 먼저 들어온 여러 개의 런던 발 기차 중 맨 뒤에 들어온 열차였다. 다른 하나는 올드브리컴에서 온 교차선 열차였다. 런던 발 열차에서는 부부가 한 쌍 내렸다. 키가 작고 살찐 남자는 둥그런 배와 짧은 다리를 지녀 못 두 개에 붙은 팽이 같은 인상을 주었다. 동행하는 여자는 몸매가 아주 잘빠진 편이었으며 얼굴이 좀 불그스레했다. 그녀는 까만 천으로 만든 옷을 입고, 모자에서 스커트까지 내려오도록 목걸이를 걸고 있어, 사슬 갑옷을 입은 것처럼 온몸이 번쩍거렸다.

두 사람은 눈을 돌려 주변을 둘러보았다. 남자가 다른 유람객들이 하는 것처럼 마차를 잡으려 하자 여자가 말했다. "그렇게 급히 서둘지 마요, 카틀렛 씨. 구경 장소까지 그리 멀지 않아요. 거리를 걸어서 그 장소로 가요. 값싼 가구나 옛날 도자기라도 살 수 있을지 몰라요. 여기 왔던 것도 여러 해가 지났네. 처녀 시절 올드브리컴에 살았던 때 이후로는 처음이네. 그땐 젊은 남자하고 놀러 온 일이 종종 있었지."

"유람 열차로는 가구를 집까지 가져갈 수 없소." 굵은 목소리로 남편이 말했다. 그가 램버스 구 스리 혼스 장의 주인이었다. 그들은 '조건 양호, 인구 밀도 높음, 진을 마시는 이웃'의 술집에서 내려온 것이었다. 그들은 이 광고 문안에 이끌려 그곳에 정착한 이후 그대로 그 지역에 눌러앉은 상태였다. 스리 혼스 장 주인의 모습은 그의 손님들처럼 그가 파는 알코올의 영향을 받고 있음을 보여 주었다.

"사 가지고 갈 가치가 있으면 배달을 시킬게요." 그의 아내가 말했다.

그들은 한가롭게 걸어갔다. 그들이 시내로 들어가기 전이었다. 올드브리컴에서 온 기차가 증기를 뿜어내고 있는 제2 플랫폼에서 젊은 부부가 아이를 데리고 나오는 것을 아라벨라가 보았다. 부부와 아이는 술집 주인 앞에서 걸어가고 있었다.

"이런 일이 있나!" 아라벨라가 외쳤다.

"무슨 일인데?" 카틀렛이 물었다.

"저 부부가 누구 같아요? 남자가 누군지 못 알아보겠어요?"

"아니."

"내가 보여 준 사진에서요?"

"저 사람이 폴리요?"

"그래요…… 물론."

"오, 글쎄. 그 사람도 다른 사람들처럼 구경을 좀 하고싶은 모양이지." 주드에 대한 카틀렛의 관심은, 아라벨라를 처음 만났을 때와는 달리, 그녀의 매력과 색다른 성격, 여분으로 단 머리칼, 그리고 마음대로 만들고 없애는 보조개가 모두 김빠진 이야기로 된 이후 시들해진 것이 분명했다.

아라벨라는 세 사람의 뒤에서 걸어갈 수 있도록 자신과 남편의 발걸음을 조절했다. 사람들이 많아서 주의를 기울이지 않고도 쉽게 보폭을 맞출 수 있었다. 카틀렛의 말에 대한 그녀의 대꾸는 막연하고 건성이었다. 그녀에게는 앞에서 걸어가는 사람들의 이야기가 다른 구경거리보다 더 관심의 대상이었던 것이다.

"두 사람이 서로 매우 좋아하는 것 같구먼. 그들의 아이도 좋아하는 것 같고." 술집 주인이 말했다.

"그들의 아이! 그들의 아이가 아니지요." 이상하고 갑작스러운 소유욕에 사로잡혀 아라벨라가 말했다.

남편의 추측을 일축할 만큼 강한 모성애가 솟구쳤으나 필요 이상으로 솔직할 건 없다는 생각이 떠올라 아라벨라는 자신을 억제했다. 카틀렛 씨는 자기 아내가 첫 남편과의 사이에 낳은 아이가 지구 반대쪽에서 아이의 외할아버지 외할머니와 함께 있다는 생각 외에는 달리 모르고 있었다.

"오, 아니겠구먼. 저 여자는 아주 소녀 같아."

"둘은 연인일 뿐이야. 아니면 아주 최근에 결혼을 했거나. 아이를 그냥 맡고 있을 뿐이라는 건 누구나 짐작할 수 있어요."

사람들은 계속 앞으로 걸어갔다. 뒤에서 아라벨라와 그녀의 남편이 지켜본다는 사실을 까맣게 모르는 수와 주드는 자기들이 사는 도시에서 32킬로미터 떨어진 지점에서 개최되고 있는 이 농업 박람회를 약간의 비용만으로 운동과 여흥과 공부를 겸하는 하루의 소풍을 할 기회로 삼았다. 그들은 두 사람만을 생각하지 않고 꼬마 시간 아범을 함께 데려오기로 했는데, 그가 다른 아이들처럼 주변 일에 관심을 보이고 웃을 수 있도록 하기 위해서였다. 아이는 두 사람이 무척이나 즐기는 이날의 순례에서 거리낌 없이 즐거울 수 있는 움직임에 다소 방해가 되지 않은 것은 아니었다. 그러나 두 사람은 곧 아이를 수수방관하는 단순한 참관인으로 생각하지 않았다. 그들은 가장 부끄러움을 타는 사람마저도 감추지 못하는 서로에 대한 부드러운 애정을, 그리고 전부가 낯선 사람이라고 생각하는 군중 앞에서, 집에서 하는 것보다 훨씬 거리낌 없이 표현하는 데 주저하지 않았다. 새 여름옷을 입은 수의 몸은 새만큼이나 유연하고 가벼웠다. 그녀는 작은 엄지손가락으로 하얀 무명 양산의 대를 꼭 받쳐 잡은 채 땅에 발이 닿지 않는 것처럼 걸어갔다. 그러는 모습이 마치 알맞게 센 바람이 그녀를 울타리를 넘어서 다음 들판으로 날아가게 하는 것 같았다. 회색 축제 양복을 입은 주드는 그녀와 함께 있는 것이 정말로 자랑스러웠다. 그녀의 외모에서 풍기는 매력보다 그녀의 의기투합하는 말과 행동 때문이었다. 눈길 하나와 행동 하나하나가 모두 두 사람 사이의 의사를 전달하는 언어만큼 효율적인, 서로에 대한 완전한 이해는 두 사람을 거의 한 몸뚱이의 갈라진 두 부분처럼 만들었다.

아이와 부부가 회전문을 지나 들어갔다. 아라벨라와 남편은 그들과 멀리 떨어지지 않은 지점에 서 있었다. 울타리 안으로 들어서자 술집 주인의 아내는 그녀 앞에 선 두 사람이 애써 아이에게 손으로 여러 가지 흥미 있는 산 물체와 죽은 물체를 가리키며 열심히 설명하는 것을 볼 수 있었다. 그러다 아이의 무관심을 일깨워 주는 데 실패하면 슬픈 표정이 두 사람의 얼굴을 스치고 지나가는 것도 보았다.

"여자가 저렇게 남자에게 꼭 붙어 다니네!" 아라벨라가 한마디 했다. "오, 아니야, 내 생각에는 저들 둘이 결혼하지 않았어. 아니면 저렇게 가까울 수가 없어……. 내 생각이 틀림없어!"

"저 사람이 저 여자와 결혼했다고 당신이 말했던 걸로 기억하는데?"

"그럴 거라고 소문만 들었어요, 그게 다예요. 한두 번 결혼을 연기했다가 한 번 더 시도한다는 소리만 들었어요……. 저들은 마치 이 박람회에 두 사람만 있는 것처럼 굴어. 내가 저 남자라면 자신을 저렇게 바보로 만드는데 창피한 줄 알겠구먼!"

"두 사람 하는 행동이 특별히 유별난 것도 없는데 그러네. 당신이 말하지 않았으면 두 사람이 사랑하는 사이라는 것도 나는 모르고 지나칠 뻔했구먼."

"당신은 아무것도 제대로 못 보니까." 그녀가 대꾸했다. 그러나 카틀렛의 눈에는 연인의 (아니면 결혼한 부부의) 행동이 일반 군중의 행동과 다를 것이 없는 게 확실했다. 일반 군중의 관심은 아라벨라의 예민한 눈이 꿰뚫어 본 것 때문에 딜라지는 일이 없는 듯했다.

"그는 요정에게 홀린 것처럼 정신이 나갔어!" 아라벨라가 말을 계속했다. "저 봐요. 저 여자 언저리를 둘러보고는 눈길을 떼지 못한다니까. 저 여자는 남자가 자기를 좋아하는 만큼 그를 좋아하지 않는 것 같아요. 내 생각에 저 여자는 특별히 마음이 따뜻한 사람이 아니야. 여자도 남자를 좋아하기는 하는데 미지근한 정도야. 좋아하는 것도 제가 타고난 능력 안에서니까. 남자는 마음만 먹으면 여자의 마음을 약간 아프게 할 수 있을 것 같아. 그러나 남자가 그러기에는 너무 순박해. 저기 봐요. 이젠 짐마차 헛간으로 가고 있네. 어서 와요."

"난 짐마차 같은 건 보고 싶지 않소. 저 두 사람을 쫓아가는 것이 우리가 할 일도 아니고. 박람회를 보러 왔으면 우리 식으로 구경을 합시다. 저 사람들이 자기들 식으로 구경하는 것처럼 말이오."

"좋아요. 한 시간 뒤에 어디서 만나는 것이 어때요? 저기 음료수 파는 천막에서요. 그리고 그동안 따로 제각각 구경을 하고요. 그럼 당신은 당신이 보고 싶은 것을 보고, 나는 내가 보고 싶은 것을 볼 수 있어요."

카틀렛은 이 제안에 동의하는 것을 싫다고 하지 않았다. 그들은 거기서 헤어졌다. 그는 맥아(麥芽) 과정이 전시된 장소로 갔고, 아라벨라는 주드와 수가 간 방향으로 뒤따라갔다. 아라벨라가 두 사람의 뒤를 따라잡기 전에 웃는 얼굴을 한 사람이 그녀와 마주쳤다. 처녀 때 친구 애니였다.

두 사람이 우연히 만났다는 사실만으로도 애니는 반가운 웃음을 터트렸다. "나 아직 그쪽에 살고 있어." 흥분이 가라앉은 뒤에 그녀가 한 말이었다. "나 곧 결혼하게 돼. 그러나 오늘 약혼자는 여기 올 수 없었어. 여러 사람이 당일치 표를 사서 구경을 왔어. 지금은 잠시 그 사람들과 떨어졌지만."

"주드와 그의 젊은 여자, 아니면 부인, 아니면 누구든 간에, 만났니? 지금 막 난 그들을 봤어."

"아니. 여러 해 얼굴도 못 봤는데!"

"글쎄, 이 근처 어디에 있을 거야. 그래, 저기 있네, 저 회색 말 곁에!"

"오, 저 사람이 그의 젊은 여자…… 아내라고 말했니? 다시 결혼했니?"

"잘 모르겠어."

"여자 예쁘게 생겼는데, 그렇지!"

"그래, 불평할 정도는 아니야. 홀쩍 뗼 정도도 아니고. 의지할 만한 사람도 아니야. 저렇게 말라빠지고 조바심 많게 생긴 작은 여자는 말이야."

"남자도 잘생겼다, 애! 아라벨라, 저 남자 놓치지 말았어
야 돼."

"잘 모르겠네. 그랬어야 했겠지." 그녀가 중얼거렸다.

애니가 웃음을 터트렸다. "그게 너야, 아라벨라! 항상 제 남
자보다 다른 남자를 원하는 게."

"글쎄, 그렇지 않은 여자가 있으면 말해 봐. 같이 있는 인간
은, 그 여잔 사랑이 뭔지 몰라요. 적어도 내가 말하는 사랑은!
그 여자 얼굴에서 그걸 볼 수 있다니까."

"그럼, 애비, 너는 그 여자가 사랑이라 부르는 걸 모르겠지."

"분명히 알고 싶지도 않아! 아…… 저 친구들 미술부로 가
고 있네. 나도 그림을 좀 보고 싶어. 우리 저리로 가 볼까? 아
니 웨섹스 전체가 여기 다 모였다고 해도 믿겠다, 애! 빌버트
선생이 저기 있네. 저 사람 여러 해 보지 못했어. 예전에 알던
때보다 하루도 더 늙지 않았어. 의사 선생님, 안녕하세요? 처
녀 때 날 알던 시절에 비해 하루도 더 늙지 않았다고 막 말을
하던 참이었어요."

"부인, 내가 만든 약을 규칙적으로 먹은 덕분이지요. 한 상
자에 2실링 3펜스밖에 안 해요. 효험은 정부 인지(印紙)로 보
장된 거지요. 내 규범을 따라 세월의 피폐를 나처럼 피하는,
똑같은 약을 구입하도록 권해 드립니다. 2실링 3펜스만 받습
니다."

의사는 조끼 주머니에서 상자 하나를 꺼냈다. 아라벨라는
권유를 뿌리칠 수 없었다.

"그런데 말이죠," 약값이 치러지자 그가 말을 이었다. "부인은 날 아는 것 같은데……. 메리그린 부근의 폴리 부인이죠? 전에는 미스 던이었고."

"그래요. 지금은 카틀렛 부인이에요."

"아…… 그럼 그 사람과 사별했군요? 장래가 촉망되던 청년이었는데! 알겠지만 내 제자였지요. 난 그에게 고대 언어를 가르쳤거든요. 그 사람은 내가 아는 걸 금세 거의 다 알게 되더라고요."

"사별한 게 아니에요. 생각하는 것과는 달리요." 아라벨라가 무뚝뚝하게 말했다. "법률가들이 우리를 갈라 놓았어요. 아, 저기 있네요. 저기 보세요. 건강하게 살아 있어요. 저기 젊은 여자랑 미술 전시회에 들어가네요."

"아, 저런! 그 여자를 좋아하는 모양이네."

"사촌 사이라고 그래요."

"사촌 사이란 감정 교감이 아주 편리하죠."

"그래요. 그 여자의 남편이 이혼을 해 주었을 때 그렇게 생각했던 게 틀림없어요. 우리도 그림을 좀 볼까요?"

세 사람은 잔디밭을 지나 전시장 안으로 들어섰다. 주드와 수는 아이를 데리고 건물 끝에 있는 한 모형의 전시대 앞으로 갔다. 거기서 다른 전시품으로 옮겨 가기 전에 긴 시간 동안 전시된 모형을 열심히 쳐다보았다. 그들은 세 사람의 관심을 촉발하고 있다는 사실을 모르고 있었다. 아라벨라와 일행들도 잠시 뒤에 그 모형 앞에 와서 섰다. 모형에는 이런 설명이 붙어 있었다. '크라이스트민스터의 카디널 대학 모형. J. 폴

리와 S. F. M. 브라이드헤드 작.'

"자기들 작품을 감상하고 있었구먼." 아라벨라가 말했다. "주드다운 짓이지. 자기 볼일 대신에 항상 대학과 크라이스트 민스터만 생각한다니까!"

그들 세 사람은 건성으로 그림들을 둘러보았다. 그리고 밴드가 있는 곳으로 갔다. 그들이 군악대 음악에 귀를 기울이며 잠시 서 있는 사이에 주드와 수와 아이도 그쪽으로 와서 밴드의 다른 쪽에 섰다. 아라벨라는 그들이 자신을 알아볼지 모른다는 점에 신경을 쓰지 않았다. 그러니 주드와 수는 군악대 음악이 주는 감동으로 자신들의 생각에 빠져 있어 구슬 베일을 쓴 그녀를 알아보지 못했다. 그녀는 음악을 듣고 있는 사람들이 모여 선 뒷줄에서 위로 아래로 걸어 다니며 연인들의 뒤를 지나가기도 했다. 오늘따라 두 사람의 움직임이 뜻밖에도 그녀의 관심을 사로잡았다. 뒤쪽에서 그들을 가깝게 지켜보던 그녀는 주드가 서 있는 동안에 수의 손을 잡는 것을 보았다. 두 사람은 서로에의 교감의 말 없는 표현을 감추기 위해 몸을 바짝 밀착하여 서 있었다.

"어리석은 바보들, 어린애들처럼!" 아라벨라가 시무룩하게 혼자 중얼거렸다. 그리고 짐짓 침묵을 지키면서 일행에게로 갔다.

한편 애니는 아라벨라가 첫 남편에 대한 관심을 버리지 못한다고 빌버트에게 농담조로 말했다.

"저기요." 의사가 좀 거리를 둔 채 아라벨라에게 말했다. "카틀렛 부인, 이런 걸 한번 써 보는 게 어떨까요? 이 약은 내 정

규 약전(藥典)에서 조제한 것은 아니지만, 가끔 이런 약을 찾
는 사람이 있어요." 그는 맑은 물약이 들어 있는 작은 병을 하
나 꺼냈다. "고대 선인들이 써서 큰 효험을 얻은 사랑의 미약
(媚藥)이지요. 그들의 글을 읽다가 발견하게 된 건데, 한 번도
약발이 듣지 않은 적이 없어요."

"무엇으로 만든 건데요?" 아라벨라가 호기심에 차서 물었다.

"비둘기 심장 즙을 증류한 것이 성분 중 하나지요. 이 작은
병 하나를 채우려면 백 마리의 심장이 있어야 해요."

"그 많은 비둘기를 어디서 구해 오세요?"

"비밀을 말하면, 암염(岩鹽) 한 조각을 구하죠. 비둘기들이
이 암염을 무진장 좋아하거든요. 그러고는 그 암염을 우리 집
지붕 아래 있는 비둘기장에 놓아두죠. 그러면 동서남북, 지남
철 모든 방향에서 새들이 날아들어요. 그래서 나는 필요한 만
큼 많은 비둘기를 입수하게 되죠. 부인이 원하는 사람에게 그
약을 열 방울가량 술에 타서 마시게 하면 돼요. 그러나 내가
부인에게 이런 이야기를 다 해 주는 것은 부인의 질문에서 약
을 사겠다는 뜻을 읽었기 때문이라는 사실을 잊지 마세요. 신
의를 지켜 주겠죠?"

"좋아요, 한 병만 사죠. 친구나 다른 사람에게 주어서 젊은
애인에게 시험을 해 보게요." 그녀는 달라는 값으로 5실링을
꺼냈다. 그리고 유리병을 큼직한 가슴 안으로 떨어트렸다. 그
녀는 금세 남편과의 약속 장소로 가야 할 시간이라고 말하고
음료수를 파는 카운터 쪽으로 걸어갔다. 주드와 그의 동행자
와 아이는 원예 막사로 가고 없었다. 아라벨라는 그들이 활짝

핀 장미꽃 앞에 서 있는 것을 보았다.

　그녀는 몇 분 동안 그들을 쳐다보면서 발길을 멈추었다가 별로 신이 나지 않는 기분으로 남편을 만나러 갔다. 그녀는 남편이 음료수 카운터 가에 있는 걸상에 앉은 채, 옷을 화려하게 입고는 그에게 독한 술을 시중드는 여자들에게 이야기를 하는 것을 보았다.

　"이런 짓은 집에서도 충분히 했을 텐데!" 아라벨라가 침울하게 말했다. "그래, 집에 있는 내 술장을 두고 80킬로미터나 떨어진 곳으로 와서 또 술판을 벌이자는 거요? 자, 일어나서 박람회나 안내해요, 다른 남자들이 자기 아내에게 하듯이 말이에요! 제길, 다들 당신을 당신 자신 외에는 돌볼 사람이 없는 젊은 총각이라고 생각하겠우!"

　"그러나 우린 여기서 만나기로 했는데, 기다리는 것 말고 내가 뭘 한단 말이오?"

　"그래, 이제 우리 만났어요. 자, 따라와요." 그녀는 해가 자신의 얼굴에 비친다는 구실로 싸울 준비가 된 사람같이 대꾸를 했다. 올챙이 배의 남자와 붉은 혈색의 여자는 기독교 나라의 어느 남편이나 아내와 다를 것 없이 티격태격하면서 그 천막을 떠났다.

　한편 좀 더 예외적인 부부와 아이는 아직도 꽃 전시장 천막(꽃을 좋아하는 그들에게는 마술의 궁전과도 같은 곳)에서 머뭇거렸다. 늘 창백한 수의 뺨은 그녀가 들여다보고 있는 엷은 장미꽃의 핑크 색을 띠었다. 즐거운 풍경, 공기, 음악, 주드와 함께하는 하루의 외출에서 얻는 흥분, 이 모두가 그녀의 맥박을

빨리 뛰게 하고 눈을 활기로 반짝이게 했다. 수는 장미를 너무 좋아했다. 아라벨라가 본 장면은 수가 장미의 종류 이름 이것저것을 물어보고 또 향기를 맡아 보기 위해 얼굴을 꽃 가까이에 바짝 대기도 하는 동안 주드를 억지로 그곳에 있도록 하는 광경이었다.

"내 얼굴을 아주 꽃에 묻었으면 좋겠어요. 꽃이 너무 예뻐요!" 그녀가 말했다. "꽃을 만지는 것은 규칙 위반이겠지요, 오빠, 그렇죠?"

"그래요, 자기야." 그가 대답했다. 그러고는 그녀를 장난기 섞인 몸짓으로 조금 밀어 그녀의 코가 꽃잎 사이에 닿게 했다.

"경찰한테 혼날 거예요. 남편이 잘못해서 그랬다고 말할게요!"

그러고는 그녀가 얼굴을 들어 주드를 쳐다보고는, 아라벨라 눈에는 너무나 많은 것을 의미하는 미소를 띠었다.

"행복하니?" 그가 속삭였다.

그녀가 고개를 끄덕거렸다.

"왜? 자기가 대 웨섹스 농업 박람회에 왔기 때문에, 아니면 우리가 왔기 때문에?"

"오빠는 날 항상 바보 같은 소리를 하도록 만들어요. 왜냐하면 이런 증기 경작기, 탈곡기, 작두, 암소, 돼지, 양을 보고, 물론 내 마음을 향상시키기 때문이에요."

주드는 그의 늘 알 수 없는 동반자의 황당스러운, 대답 아닌 대답에 아주 만족했다. 그러나 그가 그녀에게 질문을 던졌다는 사실을 잊고 있었을 때, 그래서 그녀의 대답이 필요하지 않았을 때, 그녀는 이렇게 말했다. "그리스식 기쁨에 돌아와 고통과 슬픔에 눈을 감고, 크라이스트민스터의 한 선각자[27]가 말한 것처럼, 인류 역사 이래 이십오 세기의 시간이 인류에게 가르친 것을 모두 다 잊어버린 것 같아요……. 그러나 어두운 그림자 하나가 눈앞에 있어요, 꼭 하나가요." 그녀는 어른 아이를 쳐다보았다. 아이의 지적 흥미를 일깨워 줄 수 있는 곳을 다 데리고 다녔으나 그들은 그의 관심을 유발하는 데 실패하고 말았니.

아이는 어른들이 무슨 말을 하는지, 무슨 생각을 하는지 다 알고 있었다. "아버지, 어머니, 대단히, 대단히 죄송해요." 그가 입을 열었다. "그러나 제발 저에게 신경 쓰지 마세요! 저는 어쩔 수가 없어요. 만약 꽃이 며칠 사이에 모두 시들어 버릴 거라는 생각을 잊을 수만 있다면, 저는 꽃을 매우, 매우 좋아할 수 있을 거예요."

27) 19세기 영국의 비평가 매슈 아널드.

6

두 사람이 살아간 주목받지 않은 삶은 결혼 등록을 중단한 날부터 아라벨라가 아닌 다른 사람들에 의하여 관찰되고 논의되기 시작했다. 스프링가와 그 인근에 사는 사람들은 수와 주드의 마음과 정감과 입장과 두려움을 대체로 이해하지 못했으며, 이해할 수도 없었다. 아이가 느닷없이 나타난 이상한 사실과 그 아이가 주드를 아버지라고 부르고 수를 어머니라고 부른 사실과 결혼 등록소에서 조용히 치르려던 결혼식이 연기된 것과 법원에서 당사자들이 나타나지 않은 이혼 재판에 대한 이상한 소문들이 모두 어울려 평범한 사람들의 마음에는 오직 하나의 해석만을 열어 주었다.

꼬마 시간 아범(아이는 공식적으로 '주드'라는 이름을 받았으나 그에게는 더 적절한 별명이 그냥 붙어 다녔다.)이 저녁에 학교에서 집으로 돌아와서는 다른 아이들이 낮에 물어본 질문과 질의를 반복했다. 그것을 듣는 수와 주드에게는 큰 고통과 슬픔을 안겨주었다.

그 결과로 등록소에서의 시도 직후 두 사람은 며칠 동안 아이를 돌봐줄 사람을 찾아 맡기고 어디론가로(런던이라고들 믿었지만)갔다. 다시 집으로 돌아왔을 때에는 그들이 마침내 법률적으로 결혼을 했음을 간접적으로 알렸다. 그러는 그들의 태도는 완전한 무관심과 피로에 빠져 있었다. 전에 브라이드헤드 부인이라고 불리던 수는 이제 폴리 부인이라는 칭호를 공개적으로 사용했다. 며칠씩 그녀의 활기 없고 겁먹고 맥 빠진 태도가 이 모든 것을 입증하는 듯했다.

결혼식 일을 마무리 짓기 위하여 비밀리에 다른 곳으로 간 실수(사람들은 그렇게 불렀다.)는 그들의 생활을 신비한 것으로 만들었다. 그들은 희망했던 만큼 이웃 사람들과의 관계를 개선한 것도 아니었다. 살아 있는 신비는 죽은 스캔들보다 덜 흥미로운 것은 아니었다.

빵집 아이와 식료품 가게의 점원이 처음 한동안은 가게 심부름을 왔을 때에 정중하게 수 앞에서 모자를 벗었으나 최근에는 그런 인사를 하는 예의를 갖추지 않았다. 이웃 동네 직공의 아낙네들도 길에서 그녀와 마주치면 똑바로 보도블록만 쳐다보고 지나갔다.

그렇다고 누가 그들의 생활에 참견을 하는 것도 아니었다. 그러나 억압적인 분위기가 그들의 가슴을 에워싸기 시작했다. 그것은 특히 농업 박람회에 다녀온 다음부터 그러했다. 마치 그곳을 찾은 것이 악귀라도 불러들인 것 같았다. 그들의 기질은 바로 이런 분위기에서 고통 받는 유형이며, 활발하고 솔직하게 기분을 가볍게 전환시킬 타입도 아니었다. 상황을 개선해 보려는 분명한 시도는 효과를 거두기에는 너무 늦었다.

묘석과 비문에 대한 주문의 양이 줄었다. 두서너 달 뒤, 가을이 왔을 때에는 막일이라도 해야 하는 상황에 빠져 있는 사실을 주드는 깨달았다. 그것은 그 시점에서는 불행한 일이었다. 그는 아직 한 해 전에 있었던 법률 소송에 소요된 비용을 치르기 위해 불가피하게 진 빚을 다 갚지 못했기 때문이다.

어느 날 저녁 평소대로 수와 아이와 함께 식사를 하기 위하여 주드가 자리에 앉았다. "생각 중인데," 그가 수에게 말했다. "이곳에 머물러 있지 않겠어. 여기서 생활은 확실히 편안해. 그러나 우리의 얼굴이 알려지지 않은 곳으로 옮겨 갈 수가 있다면 마음이 훨씬 가벼워지리라 믿어. 그리고 기회도 더 많을 것 같고. 가엾은 당신에게 옮기는 일이 좀 거북하더라도 여기서는 짐을 싸야 할 것 같아!"

자신이 동정의 대상이 되는 상황에 수는 항상 민감하게 반응했다. 수의 얼굴이 슬픈 빛을 띠었다.

"그래요, 난 떠나도 슬프지 않아요." 그녀가 즉시 대답했다. "여기 사람들이 날 쳐다보는 식이 몹시 기분 상해요. 오빠는 이 집과 가구를 지킨 이유가 전적으로 나와 아이 때문이었어요! 오빠 자신을 위해서는 집과 가구가 필요 없어요. 거기 드는 비용은 불필요한 거지요. 그러나 우리가 뭘 하고 어디를 가건, 아이를 나에게서 떼어 가지는 않을 거죠, 오빠? 이제 아이를 내 손 밖으로는 못 보내겠어요! 그의 어린 마음에 떠 있는 구름이 날 너무 비참하게 만들어요. 언젠가는 그 구름을 걷어 줄 수 있기를 바라요! 아이도 날 사랑해요. 아이를 나에게서 떼어 가지 않을 거죠?"

"분명히 그러지 않을 거야, 사랑스러운 작은 아씨! 어디로 가건 깨끗한 하숙집을 구하겠어. 난 여기저기 이동을 하고 다닐 거야. 여기서 직장을 얻었다가 또 저기서 직장을 얻고 다니겠지."

"물론 나노 뭐가를 할게요. 글쎄, 그런데 이젠 글자를 새기는 데는 도움이 안 돼. 다른 일에 손을 대 봐야겠네요."

"일자리 찾는 것 서둘지 마요." 그가 유감스럽다는 투로 말했다. "그러지 말았으면 좋겠어. 수, 그런 일 하지 않았으면 해. 아이와 자기 자신만으로도 돌볼 일이 충분해."

문에서 노크 소리가 났다. 주드가 나가서 문을 열었다. 수는 주드와 방문객의 대화를 들을 수 있었다.

"폴리 씨 집에 있나요? 바일스와 윌리스 건축 청부 회사에서 보내서 왔는데요, 여기서 가까운 시골에 있는 작은 교회를 최근 보수 중인데 혹시 그 교회의 십계명을 다시 새겨 줄 수 있나 알아보러 왔어요."

주드가 잠시 생각을 해본 다음 일을 맡을 수 있다고 말했다.

"별로 예술적인 일은 아니에요." 심부름 온 사람이 말했다. "신부님이 대단히 구태의연한 사람이라 교회를 청소하고 보수하는 일 외에는 어떤 일도 못 하게 해요."

"훌륭한 노인이구나!" 수가 혼자 중얼거렸다. 그녀는 마음속으로 지나친 보수 공사에 대한 공포증을 갖고 있었다.

"십계명은 동쪽 끝에 부착되어 있어요." 심부름 온 사람이 설명했다. "그런데 보수는 그쪽 벽 나머지 부분까지 다 해 달래요. 보수업자들이 통상적으로 하는 것처럼 낡은 재료가 건축 청부업자 몫이라고 다 마차에 싣고 가는 것은 안 된다고 그래요."

공사 조건에 대한 거래가 이루어지고 주드가 집 안으로 다시 돌아왔다. "거봐." 그가 유쾌하게 말했다. "어쨌든 일감이 하나 더 생겼어. 자기가 도와줄 수 있는 일도 있을 거야. 적어도 도울 수 있나 시도는 해 볼 수 있는 일이 있을 테지. 다른 일은 다 끝났다니까, 교회 전체를 우리가 맡는 거야."

다음 날 주드가 3킬로미터가량 떨어진 교회로 갔다. 그는 청부업자의 서기가 해주고 간 말이 사실임을 확인했다. 지난 세기의 섬세하고 건조한 필체로 쓰인 유대인 법률의 목판은 근엄하게 기독교적 은혜의 용구 위에 솟아 성단소의 주된 장식을 이루었다. 목판의 골격은 장식용 석고로 만들어져 보수를 위해 떼어 낼 수가 없었다. 습기 때문에 허물어지고 있는 한 부분은 새로 만들어야 할 상황이었다. 이 부분의 보수 작업이 끝나고 전체를 깨끗하게 씻어 낸 다음에 그는 글자를 다시 쓰기 시작했다. 둘째 날 아침에는 수가 교회로 왔다. 그녀가 도울 수 있는 일이 무엇인지를 알아보기 위해서였지만 두 사람이 함께 있는 것이 좋았기 때문이기도 했다.

건물 안의 고요와 비어 있는 느낌은 그녀에게 자신감을 주었다. 수는 주드가 만들어 준 안전하고 낮은 발판 위에 겁에 질린 동작으로 올라가서는 십계명 첫 번째 목판의 글자에 칠을 시작했다. 주드는 두 번째 목판의 한 부분을 수선하기 시작했다. 수는 자신의 능력에 매우 만족했다. 그녀는 그 기술을 크라이스트민스터의 교회 용구 가게에서 서적의 삽화를 그리던 시절에 습득한 것이었다. 아무도 두 사람을 방해할 것 같지는 않았다. 새들의 지저귐과 10월의 나무 잎새들이 살랑거리는 소리가 열린 창문을 통해 들어오면서 그들의 이야기 소리와 섞였다.

그러나 두 사람은 아늑하고 평화로운 상태에 오래 남아 있지 못했다. 12시 반쯤 되었을 때 교회 바깥쪽 자갈길에서 사람들의 발소리가 들려왔다. 연로한 신부와 교구 위원이 교회 안으로 들어왔다. 그들은 작업이 진행되는 상황을 보러 왔다가 젊은 여성이 일을 돕고 있는 것에 놀랐다. 그들은 측면 복도로 걸어갔다. 그러는 사이 교회의 문이 다시 열리고 이번에는 다른 사람의 모습이 나타났다. 그것은 꼬마 시간 아범이었다. 그는 울고 있었다. 수가 아이에게 학교에서 일이 생기면 어디서 자신을 찾을 수 있는지 일러 준 바 있었다. 수가 발판에서 내려와 말했다. "얘야, 무슨 일이니?"

"학교에서 점심을 먹을 수가 없었어요. 애들이요……." 일부 아이들이 그에게 엄마가 이름만 엄마지 진짜가 아니라고 골려 주었다고 말했다. 마음이 상한 수가 위에서 일을 하고 있는 주드에게 화를 냈다. 아이가 교회 마당으로 나가고 수가 다시 하던 일로 돌아왔다. 다시 교회의 문이 열리고, 하얀 앞치마를 두른 교회 청소부 여자가 일이 있어 들어오는 것처럼 느린 걸음으로 들어왔다. 수는 그녀가 스프링가에 친구들이 있고 그들을 찾아오는 것을 본 적이 있었다. 청소부 여자는 입을 벌린 채 수를 쳐다보았다. 그러고는 손을 들어 올렸다. 수가 그녀를 알아본 것처럼, 그녀가 수를 알아본 것이 분명했다. 다음에는 여자 둘이 나타났다. 그들은 청소부 여자와 이야기를 하더니 앞 쪽으로 걸어왔다. 수가 위쪽으로 손을 뻗어 있는 사이 두 여자는 수의 손이 글자를 만지는 것을 바라보았다. 그들은 흰 벽을 뒤로 하여 서 있는 수의 모습을 뚫어지게 쳐다보았다. 수는 그러는 그들의 시선이 너무 신경 쓰여 온몸을 떨었다.

그들은 다른 사람들이 낮은 소리로 이야기를 하면서 서 있는 곳으로 돌아갔다. 그중 한 사람이 (수는 그 사람이 누구인지는 알아볼 수 없었다.) "저 사람 부인이겠지요?" 하고 말했다.

"어떤 사람은 그렇다고 하고 어떤 사람은 아니라고 그래요." 청소부의 대답이었다.

"아니라고요? 그렇다면 분명히, 아니면 다른 사람의 ……. 그건 아주 분명하겠구먼!"

"결혼한 지 몇 주밖에 안 되었어요, 어느 쪽이든 간에."

"이상한 부부가 십계명의 두 목판을 칠하다니! 바일스와 윌리스사(社)가 저런 사람들을 고용할 수 있을까!"

교구 위원은 바일스와 윌리스 회사가 아무것도 몰랐을 거라고 말했다. 그러자 나이 많은 여자에게 이야기를 하던 다른 여자가 두 사람을 이상한 사람들이라고 부른 뜻이 무엇인지를 설명했다.

그들이 소곤거린 대화의 다음 내용은 교구 위원이 바로 그 순간의 상황에서 암시된 이야기를 교회 안에 있는 사람들이 다 들을 수 있도록 큰 소리로 떠든 데서 분명해졌다.

"글쎄, 이상한 일이네요. 게이미드에 있는, 여기서 걸어갈 수 있는 거리지요, 교회에서 십계명을 칠할 때 일어난 가장 부정한 일에 대한 이상한 이야기를 우리 할아버지가 해 준 적이 있어요. 그때는 십계명을 대개 까만 바탕에 금박 글씨로 썼지요. 옛날 교회가 다시 세워지기 전이었어요. 금박이 다 날아가고 없었지요. 여기 우리 십계명이 그런 것처럼 그 십계명을 다시 손봐야 했던 것은 거의 백 년 전 일이었어요. 사람들을 올드브리컴에서 불러와야 했어요. 일을 어느 특정한 일요일까지 끝내기를 바라고 있어, 사람들이 토요일 늦도록 작업을 해야 했지요. 인부들이 다 싫다는데 말이지요. 지금과 달라 그때는 시간 외 수당이 없었던 거예요. 그 무렵 시골에는 진정한 종교가 없었어요. 교구 신부나 교회 서기나 사람들 사이에 다 같이 종교가 없었던 거지요. 사람들을 일에 매달리도록 하기 위해서는 교구 신부가 오후 내내 마실 술을 넉넉히 갖다 대어야 했어요. 저녁이 되자 그들은 술이 더 필요했는데, 럼주를 무슨 일이 있어도 대어야 했어요. 날이 점점 더 저물어갔는데 사람들은 점점 더 취하기 시작했어요. 그들은 마침내 럼주와 큰 잔을 성찬식 테이블 위에 얹고는 버팀 다리 한두 개를 당겨서 편안하게들 앉았어요. 그러고는 잔이 넘치게 술을 따랐어요. 그런데 설화에 따르면, 그들이 한 잔씩 꿀꺽 술을 입에 넣자 모두가 한꺼번에 의식을 잃고 그 자리에 쓰러졌다는 거예요. 얼마 동안이나 그러고 있었는지는 알 수가 없었지만, 의식이 돌아왔을 때에는 무서운 천둥과 번개가 치고 있었어요. 그런데 그들은 어둠 속에서 매우 가는 다리와 이상한 발이 달린 까만 모습을 한 사람이 사다리 위에 서서 자기들이 할 일을 끝내고 있는 것을 보았어요. 날이 밝자 작업이 끝난 것을 볼 수 있었어요. 일이 끝난 것이 싫을 리가 없었지요. 일꾼들은 집으로 갔어요. 그랬다가 그들이 그날 일요일 아침에 교회에서 대소동이 벌어진 것을 듣게 되었지요. 사람들이 교회로 오고 예배가 시작되었는데, 십계명에 '하지 말지어다.'가 빠진 채 칠해진 것을 발견한 거예요. 오랫동안 점잖은 사람들은 교회의 예배에 참석하기를 거부했어요. 교회를 다시 정화하는 봉헌식을 치르기 위해 주교님이 파견되어야 했어요. 이게 내가 어렸을 때 들은 이야기예요. 이 이야기에 들어 있는 의미는 각자가 알아서 결정할 일이지만, 오늘의 상황이 그 이야기를 생각나게 하네요."

교회에 모여 있던 사람들이 이야기에서와 같이 주드와 수가 '하지 말지어다.'를 빠트렸는지를 확인이라도 하는 듯이 십계명 쪽으로 한 번 더 눈길을 주었다. 그러고는 뿔뿔이 교회를 떠났다. 청소부 노파도 드디어 교회를 나갔다. 쉬지 않고 일에 몰두하던 수와 주드는 아이를 학교로 돌려보내고도 서로 말을 하지 않았다. 수를 주의 깊게 쳐다보던 주드는 그녀가 소리 없이 울고 있는 것을 알게 되었다.

"신경 쓰지 마, 동지!" 주드가 말했다. "그게 무엇인지 나는 알고 있어!"

"사람들이 자기들 식으로 살기를 선택했다는 이유로 상대방을 사악하다고 모두가 생각하는 걸 참을 수가 없어요! 이런 식의 편견이 가장 훌륭한 의도를 가졌던 사람을 무모한 인간으로 만들고 실제 부도덕한 사람이 되게 한다니까요!"

"낙담하지 마! 그건 웃기는 이야기에 불과해."

"우리가 그 이야기를 암시했다니! 내가 와서 도와주는 대신에 오히려 오빠에게 화를 불렀나 봐요!"

자신들의 입장을 심각하게 보는 관점에서는 이런 이야기를 암시한다는 것이 확실히 유쾌한 일은 아니었다. 그러나 몇 분 지나지 않아 수는 그날 아침 자신들의 입장에는 우스꽝스러운 면이 없지 않았음을 깨닫고는 눈물을 닦으면서 웃음을 터트렸다.

"결국 우스꽝스러운 일이에요." 그녀가 말했다. "모든 사람들 중에서 하필 이상한 역사를 가진 우리 두 사람이 십계명을 칠하다니요! 오빠는 타락자고 나는, 내 상황에서는……. 오, 세상에!" 그녀는 손을 눈 위에 올려놓고 다시 소리 없이 간헐적으로 기운이 빠질 때까지 웃었다.

"그게 더 좋아." 주드가 유쾌하게 말했다. "이제 우린 괜찮아요, 그렇지, 작은 아씨!"

"그러나 어쨌든 상황은 심각해요!" 그녀가 다시 붓을 집어들고 자세를 바로 하면서 한숨을 쉬었다. "그들이 우리가 결혼했다고 생각하지 않는 것을 알아요? 그들은 우리가 결혼한 사실을 믿지 않을 거예요! 놀라운 일이에요!"

"그들이 우리를 믿건 믿지 않건 난 상관하지 않아." 주드가 말했다. "그들이 믿게 만들도록 애쓰지도 않겠어."

그들은 점심을 먹기 위해 일을 중단하고 자리를 잡았다. (그들은 시간을 절약하기 위해 점심을 싸 가지고 왔었다.) 그리고 점심을 끝내고 다시 일을 시작하려고 하는데 한 남자가 교회 안으로 들어왔다. 주드는 그가 건축 중개업자 월리스임을 알아보았다. 그가 주드에게 고개를 끄덕였다. 두 사람이 따로 마주서자 그가 말했다.

"여기요, 이 작업에 대해서 불평이 막 들어왔습니다." 숨을 제대로 쉬지 못하게 거북해하면서 말했다. "다 자세히 이야기할 수는 없고요, 물론 나도 무언지 모르고 일을 시작했죠, 그러나 미안하지만 선생하고 저 여자 분께서는 일에서 손을 떼고 다른 사람이 일을 마치도록 해 주세요. 불쾌한 꼴을 피하기 위해서는 이게 최상의 방법입니다. 임금은 한 주일치를 드리겠습니다."

주드는 그런 일로 문제를 삼기에는 너무 독립적인 사람이었다. 건축 중개업자가 돈을 주드에게 지불하고 돌아갔다. 주드가 그의 공구를 주워 담았고, 수는 그녀가 쓰던 붓을 씻었다. 그러다 두 사람의 눈이 마주쳤다.

"이 일을 할 거라고 생각한 우린 너무 단순했어요!" 수는 목소리를 비극적 어조로 떨어트렸다. "물론 우리가 오지 말았어야…… 내가 오지 말았어야 했어요!"

"이렇게 외딴곳에 누가 우리를 보러 찾아오리라고는 꿈에도 생각하지 못했잖아!" 주드가 대꾸했다. "이제 별수 없어. 여기 남아서 월리스의 사업에 해를 끼치고 싶지는 않으니." 그들은 몇 분 동안 멍하게 앉아 있다가 교회 밖으로 나가 아이를 뒤쫓아갔다. 그러고는 아이와 함께 올드브리컴 쪽으로 생각에 잠겨 걸어갔다.

주드는 아직도 교육에 관해서는 대단한 열성을 지니고 있었다. 그에게 열려 있는 어떤 겸허한 방법을 써서라도 그는 '기회의 균등'을 열어주는 문제에 적극적이었다. 그것은 그와 같은 경험을 가진 사람에게는 자연스러운 일이었다. 그는 그가 올드브리컴에 도착할 무렵에 설립된 '기능공 상호 발전 협회'의 회원이 되었다. 협회의 회원들은 모든 교의와 교파에서 온 젊은 층이었다. 여기에는 국교도, 조합 교회 주의자, 침례교도, 일신론자, 실증론자, 그 밖의 다른 교의 교도들이 포함되어 있었다. 이 무렵에는 불가지론자라는 말은 거의 알려지지 않았다. 이들 회원들의 한 가지 공동 희망 사항은 친밀한 연합의 유대를 형성하여 마음의 눈을 확장하는 것이었다. 가입한 회원 수는 적었고 모이는 장소는 검소했다. 주드는 그의 활동과, 관습적이 아닌 재능과, 그리고 무엇보다도 무엇을 읽고 어떻게 시작할 것인가 하는 문제에 대한 특이한 직관력(불운과 싸워온 세월에서 생겨난) 덕분으로 협회의 중앙 위원으로 선출되기까지 했다.

교회 수리 일에서 해고된 며칠 뒤 저녁 (다음 일을 얻기 며칠 전) 주드는 앞에 설명한 위원회의 모임에 나갔다. 그는 모임에 좀 늦게 도착했는데 다른 사람들은 모두 도착해 있었다. 그가 들어서자 사람들이 의심스러운 눈길로 그를 쳐다보면서 누구도 인사말을 건네지 않았다. 그는 사람들이 자신에 관한 무엇을 토론하거나 논의한 것으로 짐작했다. 보통 안건이 처리되었다. 또 그 기간 4분기 중에 회비 납부가 갑자기 뚝 떨어진 사실이 공개되었다. 위원 한 사람(진심으로 악의 없고 정직한 사람)이 이러한 원인에 대한 있을 수 있는 이유를 수수께끼 같은 말로 설명하기 시작했다. 중앙 위원회는 정관을 잘 살펴볼 필요가 있으며, 만약 위원회가 존경을 받지 못하면, 적어도 공통된 행동 규범을 갖지 못하면, 협회를 망치는 결과가 올 것이라고 그가 말했다. 주드의 면전에서는 그 이상의 논의는 없었다. 그러나 그는 그 말의 뜻이 무엇인지를 알았다. 그는 탁자로 몸을 돌려 그 자리에서 사퇴서를 썼다.

이렇게 하여 극도로 신경이 민감한 부부는 점점 그곳을 떠나야 하는 입장에 빠졌다. 청구서가 들어왔다. 만약 어디로 가야 할지를 모르는 상황에서 그곳을 떠난다면 할머니가 쓰던 무겁고 낡은 가구들을 어떻게 해야 하는지가 문제로 떠올랐다. 이 문제와 현금을 좀 갖고 있어야 할 필요성 때문에 그는 귀중한 물건들은 지니고 있기를 바랐지만 할 수 없이 경매를 해야 하는 처지가 되었다.

경매의 날이 왔다. 주드가 가구를 넣어 꾸민 작은 집에서, 수가 자신과 아이와 주드를 위한 아침 식사를 마지막으로 지었다. 마침 그날은 비가 왔다. 거기다 수의 건강이 좋지 않았다. 그렇지만 한동안 경매의 현장에 있어야 하는 가엾은 주드만 이런 울적한 여건에 빠져 있도록 둘 수는 없었다. 그녀는 경매인 조수의 암시에 따라 2층 방에서 물건들을 들어내고 입찰자들이 들어오지 못하게 문을 닫고 그 방에서 쉬었다. 주드가 그녀를 그 방에서 찾아냈다. 아이와, 트렁크 몇 개와, 바구니와, 꾸러미 묶음과, 경매에 들어가지 않은 의자 두 개와 탁자 하나가 있는 방에서 두 사람은 조용한 대화를 나누었다.

카펫을 걷어낸 층계를 쿵쿵거리며 오르내리는 발소리가 났다. 구경꾼들이 물건들을 뒤적이고 돌아다니는 소리였다. 어떤 물건들은 아주 이상하게 생긴 옛날 것이어서 예술 작품으로 우발적 가치를 지닐 정도였다. 사람들이 그들이 있는 문을 한두 번 열어 보려 했다. 외부인이 들어오지 못하게 주드가 종잇조각에 '외부인 출입 금지'라고 써서 뉴틀에 붙였다.

두 사람은 경매에 온 사람들이 가구 대신에 자신들의 개인 역사와 지나간 일들을 의외로 광범위하게 그리고 참을 수 없을 만큼 폭넓게 이야기하는 것을 곧 알게 되었다. 그들이 최근에 아무도 자기들을 알아보지 못한다는 착각에 매달린 채 바보의 천국 속에서 살고 있었음을 깨달은 것은 바로 그 순간이었다. 수는 말없이 주드의 손을 잡았다. 서로 눈을 마주한 채 두 사람은 그들이 자신들의 이야기를 하고 다니는 것을 들었다. 시간 아범의 이상하고 이해하기 어려운 면이 그들의 이야기에서 화제가 되고, 그 화제는 그들의 암시와 풍자에서 커다란 구성 요소가 되었다. 드디어 경매가 아랫방에서 시작되었다. 그들은 하나하나 그들에게 익숙했던 물건들이 싸게 팔리는 소리를 들었다. 비싼 값을 기대했던 물건이 싸게 팔리고 생각지도 않았던 엉뚱한 물건이 기대하지도 않았던 값에 낙찰되었다.

"사람들은 우릴 이해하지 못해." 주드가 무겁게 한숨을 내

쉬었다. "떠나기로 결정한 것은 잘한 일이야."

"문제는 어디로냐죠."

"런던이어야지. 거기서는 사람이 자기가 원하는 식으로 살 수가 있거든."

"안 돼요, 오빠, 런던은 아니에요! 내가 잘 알아요. 거기서는 우리가 불행해져요."

"왜?"

"왜 그런지 짐작이 안 가요?"

"아라벨라가 거기 있어서?"

"그게 제일 큰 원인이긴 해요."

"그러나 시골에서는 최근 우리에게 일어났던 사건이 또 일어나지 않을까 하고 불안해할 텐데. 한 가지, 아이의 과거를 사람들에게 모두 해명하고, 그래서 그 경험을 줄이는 일은 하고 싶지 않아. 아이를 과거로부터 단절시키는 것 말이야. 나는 침묵을 지키기로 결심했어. 이제 교회 일에는 질렸어. 일이 있어도 나는 교회 일은 받고 싶지 않아."

"오빠는 고전을 공부했어야 해요. 따지고 보면 고딕은 야만적 예술이에요. 퓨진[28]은 잘못되었어요. 렌[29]이 옳았던 거예요. 크라이스트민스터 성당의 내부를, 우리가 거의 처음으로 얼굴을 마주쳤던 곳을 생각해 보세요. 그런 노르만식 세부 사항의 그림 같은 특징 아래서는 세련되지 못한 사람들이 사라

---

28) 고딕 건축 양식의 부활을 주장한 오거스터스 웰비 노스모어 퓨진 (Augustus Welby Northmore Pugin, 1812~1852).
29) 영국의 고전주의 건축가 크리스토퍼 렌(Cristopher Wren, 1631~1723).

진 로마식 형식을 희미한 전통만으로 기억하여 모방하려는 괴상한 유치함이 엿보여요."

"그래요, 전에 한 말로 날 그런 견해 쪽으로 반은 설득시켰지. 그러나 일은 할 수 있지만 하는 일을 경멸할 거야. 고딕식 교회의 일을 하지 않더라도 난 무엇인가를 해야 해."

"우리 두 사람 다 개인적 환경이 중요하지 않은 직업에 종사할 수 있었으면 좋겠어요." 그녀가 생각에 잠긴 듯한 표정으로 미소 지었다. "오빠가 교회 미술에 대해 자격을 잃은 것과 마찬가지로 난 교사로서 자격을 상실했어요. 오빠는 기차역이나 교량이나 극장이나 뮤직홀이나 호텔 같은 데 종사해야 해요. 행위와 관계가 없는 일이면 무엇이나요."

"난 그런 직업에는 기술이 없어……. 난 빵 굽는 일을 해야 해. 알다시피 난 할머니 집에서 빵 굽는 일을 하며 자랐으니까. 그러나 제과점을 하는 사람도 손님을 확보하기 위해서는 관습을 따라야 하지."

"시장이나 바자에서 케이크나 생강 빵을 파는 가게가 있으면 다르지요. 거기서는 물건의 질 외에는 모든 것에 놀랍도록 무관심하거든요."

그들의 이야기는 경매인의 목소리 때문에 중단되었다. "이 옛 오크 등의자는 옛날 영국식 가구의 특별한 표본입니다. 모든 수집가가 관심을 가져 볼 만한 것입니다!"

"저건 우리 증조할아버지 가구야." 주드가 말했다. "저건 우리가 그냥 가지고 있었으면 했는데!"

하나씩 물건들은 팔려 나갔다. 그러는 사이 오후가 지나갔다. 주드와 다른 두 사람 모두 지치고 시장해졌다. 그러나 사람들이 하는 대화를 들은 다음에는 그 사람들이 모두 집 밖으로 나가려고 줄을 서 있는 사이를 뚫고 나가기가 쑥스러웠다. 그러나 경매의 마지막 물건들을 처분할 차례가 오고 있어, 수의 물건을 임시 하숙집으로 가져가기 위해서는 할 수 없이 비를 맞으면서라도 밖으로 나가지 않을 수 없었다.

"자, 다음 경매품입니다. 비둘기 두 쌍입니다. 싱싱하게 살아 있고 살이 통통합니다. 다음 주 일요일 누군가의 점심상에 올릴 파이감으로는 아주 안성맞춤이지요!"

이들 조류의 판매는 그날 오후 중에서 가장 힘들고 불안한 순간이었다. 비둘기들은 수의 애완동물이었다. 그 비둘기들을 더 이상 기를 수가 없다는 사실을 알게 되었을 때 가구 전체와 작별하는 것보다 더 마음속에 슬픔이 솟아올랐다. 새들의 경매 가격이 조금씩 올라, 그러나 얼마 되지 않는 최종 가격에 낙찰되는 소리를 들으면서 수는 눈물을 감추려 애를 썼다. 비둘기들을 산 사람은 이웃에 사는 새장수여서 새들의 운명이 다음 장날 전에 도살되는 것임은 물어볼 여지도 없었다.

수가 슬픈 마음을 애써 감추는 것을 본 주드는 그녀에게 키스를 했다. 그러면서 그는 그녀에게 하숙집이 준비되었는지가 볼 시간이라고 말했다. 그가 먼저 아이와 하숙집에 가고 곧 그녀를 데리러 오겠다고 했다.

그녀는 혼자 남아서 주드를 초조히 기다렸다. 그러나 그는 금세 돌아오지 않았다. 사람들이 다 가고 없어서 그녀는 혼자 가기로 마음을 정했다. 멀리 떨어지지 않은 새장수 가게를 지나다가 그녀의 비둘기들이 광주리 속에 들어있는 것을 보았다. 새들을 보자 그녀의 감정이 흥분되었으며 마침 어둠이 퍼지는 시간이어서 그녀는 충동적인 짓을 했다. 먼저 재빨리 주변을 한 번 둘러본 다음 그녀는 광주리 뚜껑에 끼여 있는 못을 뽑아 버렸다. 그리고 가던 길을 계속했다. 뚜껑이 안에서 위로 열리고 비둘기들이 홰를 치며 하늘로 날아갔다. 화가 난 새장수가 문간을 향해 욕설을 퍼부었다.

수는 몸을 와들와들 떨면서 하숙집에 도착했다. 주드와 아이가 그녀를 위해 빙을 편안하게 정리하고 있었다. "물건 산 사람이 물건을 가져가기 전에 대금을 먼저 지불하나요?" 그녀가 숨 가쁜 목소리로 물었다.

"그런 걸로 알고 있는데. 왜?"

"왜냐하면, 그렇다면, 내가 심술궂은 짓을 했거든요!" 그녀가 심각하게 참회하는 목소리로 상황 설명을 했다.

"새장수가 비둘기들을 다시 잡지 못하면 내가 그 사람에게 대금을 지불해야겠지." 주드가 말했다. "그렇지만 너무 신경 쓰지 마. 그냥 둬."

"내가 바보짓을 했어요! 아, 자연의 법칙은 왜 서로 죽이는 거죠!"

"어머니, 정말 그런 거예요?" 아이가 열성적인 목소리로 물었다.

"그래!" 수가 힘차게 대답했다.

"새들은 이제 주어진 기회를 활용해야지. 가엾은 비둘기들." 주드가 한마디 했다. "경매 계산이 끝나고 우리 돈이 들어오면, 우리는 떠나는 거야."

"어디로 가죠?" 시간 아범이 궁금해하면서 말했다.

"우린 가는 것을 알려서는 안 된다. 아무도 우리가 간 곳을 찾지 못하게……. 우린 알프레드스턴으로 가서는 안 된다. 멜체스터도 안 되고 섀스턴도 안 되며 또 크라이스트민스터도 안 되지. 이런 곳을 빼고는 우린 어디로 가도 좋단다."

"왜 그런 곳은 안 되지요, 아버지?"

"그건 우리 머리 위에 떠 있는 구름 때문이란다. 비록 '우리가 아무에게도 불의를 하지 않고 아무에게도 해롭게 하지 않고 아무에게도 속여 빼앗은 일이 없더라도!'[30] 비록 '우리 소견에 옳은 대로 행했더라도.'[31]"

---

30) 「고린도 후서」 7장 2절.
31) 「사사기」 17장 6절 중에서.

7

그 주일 이후부터 주드 폴리와 수는 올드브리컴 시내에서 자취를 감추었다.

그들이 어디로 갔는지는 아무도 몰랐다. 모르는 주된 이유는 누구도 그들의 행방을 알려고 하지 않았기 때문이다. 이 이름 없는 한 쌍의 발자취를 추적해 보고 싶을 만큼 호기심이 있는 사람이면 그렇게 힘들이지 않고 그들이 쉽게 적응할 수 있는 기술을 활용해, 얼마 동안은 그 나름대로 재미있는 면을 지니고 있는, 유동적인, 거의 유목민적인 생활을 시작했으리라는 사실을 알 수 있었을 것이다.

주드는 암석 일이 있는 곳이면 어디든지 갔다. 그러나 그는 되도록이면 그가 옛날에 있던 곳이나 수가 있던 곳에서는 멀리 떨어지기를 선택했다. 그는 기간이 길건 짧건 한 일에 매달려 그 일을 끝냈다. 그러고는 장소를 옮겼다.

이렇게 하여 이 년 하고도 또 반년이 지났다. 어떤 때 그는 시골의 대저택에서 창문 중간 문설주를 만들었으며, 어떤 때는 어느 도시의 시청 건물 난간을 세웠다. 또 어떤 때는 샌드본의 호텔에서 마름돌을 쌓았다. 어떤 때는 캐스터브리지의 박물관에서, 어떤 때는 멀리 떨어진 엑손베리에서, 어떤 때는 스톡 베어힐스에서 일했다. 나중에는 메리그린 남쪽으로 20킬로미터가량 떨어진, 활기 찬 도시인 케네트브리지에서 일했다. 이곳은 그가 다닌 곳 중에서는 그의 얼굴이 알려진 고장에 가장 가까운 지점이었다. 공부와 장래에 관련된 열성적 젊은 시절과, 잠시나마 불행했던 결혼 생활 동안의 그를 아는 사람들이 그의 생활과 운세에 대하여 질문하는 것을 그는 민감하게 두려워했다.

이런 곳에서 어떤 때는 몇 달씩이나 붙들려 있어야 했으며, 또 어떤 때는 몇 주일만에 일이 끝났다. 성공회이건 비국교도이건 종교적인 일에 대하여 보여주는 그의 이상하고 갑작스러운 반감은 고통스러운 오해의 감정에서 기인한 것이지만 여전히 그의 냉정한 마음속에 남아 있었다. 오해는 되살아난 비난에 대한 두려움이 아니라, 그의 생활 방식을 찬동하지 않는 사람들에게 생계의 방편을 의지하는 것을 허락하지 않으려는 지나치게 양심적인 태도에서 기인했으며, 또한 그가 전에 가졌던 독단과 지금 실천하는 종교관 사이에 존재하는 모순에서 오는 것이기도 했다. 그가 크라이스트민스터에 처음 가면서 지녔던 신앙은 지금의 그에게는 거의 남아 있지 않았다. 그는 마음속으로 처음 수를 만났을 때 그녀가 가지고 있던 종교에 대한 입장에 접근해 갔다.

농업 박람회에서 아라벨라가 수와 주드를 보고 난 후 거의 삼 년이 지나간 5월 어느 토요일 저녁에 그때 박람회에 있던 사람들이 서로 만났다.

그것은 케네트브리지의 춘계 바자에서였다. 이 오랜 매매 거래의 모임은 옛날의 규모에서 많이 수축되었지만 도시의 긴 거리는 한낮쯤 되어 활발한 모습을 보여 주었다. 여러 마차들 사이로 경마차 한 대가 도시의 북쪽 도로를 통하여 템퍼런스 호텔 문 앞으로 왔다. 마차에서 여자 두 사람이 내렸다. 한 여자는 평범한 시골 사람으로 보이는 마부이고, 또 한 여자는 몸매가 잘빠진 사람으로 상복을 진하게 차려입은 과수댁이었다. 그녀의 검은 상복은 눈에 띄게 재단을 세련되게 한 옷으로 시골 장터의 잡다한 모임과 소란스러운 풍경에는 어울리지 않아 보였다.

"애니, 어딘지 알아만 보고 올게." 호텔에서 나온 남자가 말과 마차를 인계받자 과수댁이 그녀의 동료에게 이렇게 말했다. "여기서 만나자고. 호텔에 들어가서 뭘 좀 먹고 마시게. 난 벌써 시장해."

"그래." 그녀의 동료가 말했다. "나 같으면 수상 별장이나 더 잭 같은 식당으로 가겠다만. 이런 금주(禁酒) 호텔에서 뭘 얻어먹겠다는 거냐?"

"얘, 그렇게 탐욕스럽게 굴지 마." 상복의 여인이 꾸짖듯이 말했다. "이곳이 제격이야. 좋아. 삼십 분 뒤에 만나자. 아니면 나하고 함께 가서 새 교회 터를 찾아보든지."

"나는 관심없어. 나중에 얘기나 해 줘."

두 사람은 서로 다른 방향으로 길을 갔다. 주변의 잡다한 환경과는 어울리지 않는 치장을 한 검은 크레이프 상장(喪章)의 여인은 힘 있게 가던 길을 걸어갔다. 여기저기 길을 물어 그녀는 임시 울타리를 두른 곳에 도달했다. 판장(板墻) 안으로는 건물의 기초를 알리는 굴착 공사의 흔적이 있었다. 울타리 바깥쪽 판자에는 커다란 포스터가 한두 개 붙어 있고, 세워질 교회의 초석을 그날 오후 3시에 회중 사이에서 대단히 인기 있는 런던의 전도사가 직접 세울 것이라는 사실을 알리고 있었다.

알아볼 것을 확인한 다음 상복을 요란스럽게 차려입은 과수댁은 온 길을 되돌아갔다. 그녀는 천천히 시장 주변의 움직임을 둘러보았다. 잠시 뒤 그녀의 눈은 사람의 시선을 현혹해서 끌도록 세워 놓은 가대(架臺)와 천막 사이에 서서 케이크와 생강 빵을 파는 작은 진열대에 머물렀다. 진열대 위의 물건은 깨끗한 천으로 덮여 있었으며, 장사에 익숙하지 않은 것이 분명한 젊은 여성이 물건을 팔고 있었다. 그녀 곁에는 여든 살은 되어 보이는 얼굴을 한 소년이 서서 젊은 여성을 돕고 있었다.

"저, 저런!" 과수댁이 혼자 중얼거렸다. "그의 아내, 수야, 틀림없지!" 그녀가 진열대에 가까이 갔다. "안녕하세요, 폴리 부인?" 그녀가 부드럽게 말을 건넸다.

수의 얼굴색이 변했다. 그녀는 상장 베일 속에 가린 아라벨라의 얼굴을 알아보았다.

"카틀렛 부인, 안녕하세요?" 그녀가 경직된 목소리로 말했다. 그러다가 그녀는 아라벨라의 복장을 보았다. 그녀의 목소리가 자신도 모르게 동정적인 어투로 되었다. "아니? 작고했나요?"

"가엾은 남편. 그래요. 그는 갑자기 작고했어요, 육 개월 전에요. 나에게 별로 남겨 놓은 것도 없어요. 그러나 나에게는 친절한 남편이었어요. 술장사에서는 이익이 남으면 주류를 만드는 사람에게 갔지 주류를 소매하는 사람에게 떨어지는 것이 없었어요……. 그리고 내 꼬마 친구! 넌 날 모르지, 그렇지?"

"아니요, 알아요. 나의 어머니라고 잠시 생각했다가 아니라고 알게 된 아주머니죠?" 시간 아범이 대답했다. 그는 이제 웨섹스 지방의 방언에 아주 자연스럽게 익숙해졌다.

"좋아. 괜찮아. 그래, 난 친구지."

"주이야," 수가 갑작스레 아이를 불렀다. "이 접시를 들고 역 플랫폼으로 가 봐라. 기차가 들어올 시간이다."

아이가 가자 아라벨라가 다시 말을 계속했다. "쟤는 잘생기기는 틀렸어요. 안 그래요? 가엾은 녀석! 내가 자기 엄마인 줄 정말로 알고 있나요?"

"아니요. 자신의 부모가 누구인지에 대해 수수께끼가 숨어 있다고 생각해요. 쟤가 나이를 조금만 더 먹으면 주드가 이야기를 해 주려고 해요."

"그런데 어쩌다가 이런 걸 하게 됐어요? 놀랐어요."

"이건 일시적인 일이에요. 생활이 좀 어려워졌는데 그런 때 잠시 취미로 해 보는 거예요."

"그럼 아직도 그 사람하고 사는 거예요?"

"그래요."

"결혼은 했나요?"

"물론이죠."

"아이는 있어요?"

"둘요."

"하나가 더 오고 있네요."

수는 상대방의 비정적이고 직선적인 질문에 움찔했다. 그녀의 부드럽고 작은 입술이 떨리기 시작했다.

"하느님, 어마나, 울 게 뭐가 있어요? 다른 사람들은 자랑스럽게 생각할 텐데요!"

"부끄러워 그런 게 아니에요. 거기서 생각하는 것하고는 달라요. 사람을 세상으로 데리고 나온다는 게 무섭도록 비극적인 것 같아서 그래요. 너무 주제넘은 짓 같아서요. 그래서 가끔씩 그러는 내 권리를 의심하게 돼요!"

"마음 편히 가져요, 아줌마……. 이런 일을 왜 하는지는 대답하지 않았어요. 주드는 대단히 자랑스러운 사람이었는데…… 장사는 할 사람이 아닌데요. 이런 진열대를 놓고 장사를 한다는 것은 더더구나 상상이 안 가요."

"그렇다면 내 남편은 조금 변한 것 같네요. 그인 이제 자랑스러운 사람이 아니에요!" 수의 입술이 다시 떨렸다. "내가 이런 일을 하는 건 그이가 쿼터숏의 음악 홀에서 석공 일을 하다가 금년 초에 감기에 걸렸기 때문이에요. 정한 날짜에 일을 끝내야 해서 빗속에서 일을 할 수밖에 없었어요. 지금은 좀 나은 편인데, 길고 힘든 시간을 견뎌야 했어요! 그동안 연로한 과수댁 친구가 한 사람 와서 도와줬어요. 그러나 그분은 곧 자기 집으로 돌아갈 거예요."

"나도 채신 있는 사람인데, 남편이 죽은 이후 생각이 좀 더 심각해졌어요. 왜 생강 빵을 택했어요?"

"아주 우연이에요. 그가 어렸을 때 빵을 구우면서 자랐어요. 그래서 이걸 시험 삼아 해 보겠다는 생각이 떠오른 거예요. 이건 실내에서 할 수 있거든요. 우린 이걸 크라이스트민스터 케이크라고 불러요. 아주 히트를 치고 있어요."

"난 이런 케이크 처음 봐요. 케이크에 창문과 탑이 있네요. 뾰족탑도 달렸고! 진심으로 대단히 멋있네요." 그녀는 케이크를 집어 들었다. 그러고는 채신 없이 케이크 하나를 입에 넣고 씹어 먹기 시작했다.

"그래요. 케이크는 크라이스트민스터 대학들을 연상시켜요. 여기 보세요, 장식 창과 회랑이 있잖아요. 밀가루 반죽으로 그 사람이 대학을 만들어 본 거예요."

"아직도 크라이스트민스터 노래군요. 케이크를 가지고도요!" 아라벨라가 웃었다. "꼭 주드다운 짓이에요. 그를 지배하는 열정이에요. 그는 별난 사람이에요. 항상 그럴 거예요!"

수는 한숨을 쉬었다. 그녀는 주드에 대한 비판의 소리를 듣자 괴로운 표정을 지었다.

"그 사람 별나다고 생각하지 않아요? 거봐요. 그를 무척 좋아하면서도 그렇다고 생각하죠?"

"물론 그에게는 크라이스트민스터가 일종의 고정된 환영이에요. 그 사람은 그 환영에 대한 믿음을 떨쳐 버리지 못할 거예요. 그는 아직도 크라이스트민스터가 고답적이고 두려움 없는 사상의 위대한 중심지라고 믿어요. 실제 크라이스트민스터는 전통에 소심하게 순종하는 평범한 교사들의 보금자리인데 말이에요."

아라벨라는 수가 무슨 말을 하느냐보다는 어떻게 말을 하는가를 조소적으로 바라보았다. "케이크를 파는 여자가 이런 식으로 말을 한다는 것이 정말 이상하네요!" 그녀가 말했다. "왜 학교 선생 일에 돌아가지 않아요?"

그녀가 머리를 흔들었다. "학교에서 날 받아 주지 않아요."

"이혼 때문이겠죠?"

"그 이유도 있고 또 다른 이유도 있고요. 그걸 바랄 이유도 없어요. 우린 야심을 모두 버렸어요. 그 사람이 병을 얻기 전까지는 그렇게 행복할 수가 없었어요."

"어디 살아요?"

"말하고 싶지 않네요."

"여기 케네트브리지에 살아요?"

아라벨라는 수의 태도에서 자신의 추측이 맞았다는 사실을 알았다.

"여기 아이가 돌아오네요." 아라벨라가 말을 계속했다. "내 아이이자 주드의 아이가요."

수의 눈에서 불꽃이 튀었다. "내 앞에서 그런 소리 할 필요가 없을 텐데요!" 그녀가 외쳤다.

"좋아요, 그런데 저 아이를 데려 갔으면 싶은 욕심이 마음 한쪽에서 일어나네요! ……그러나 저 애를 빼앗아 갈 생각은 없어요. 그런 야비한 말을 하다니……. 그러나 거기 애들만으로도 힘들겠네요. 쟤는 좋은 사람들이 돌봐 주고 있다는 건 나도 잘 알아요. 난 하느님이 뜻하신 것을 두고 잘잘못을 따질 사람은 아니에요. 난 좀 더 체념하는 마음에 도달했어요."

"그렇군요! 나도 그랬으면 좋겠어요."

"한번 그러도록 노력을 해 보세요." 과수댁이 정신적으로뿐만 아니라 사회적으로도 우월감을 느끼는 사람의 높은 위치에서 대답했다. "난 각성을 했다고 자랑하지는 않아요. 그러나 난 전날의 내가 아니에요. 카틀렛이 죽고 난 후 우리 집이 있는 거리 옆길에 서 있는 교회를 지나다가 비를 피하기 위해 교회 안으로 들어갔어요. 남편의 작고 이후 난 일종의 의지할 곳을 찾고 있었어요. 진보다 훨씬 더 효과적인 것을 알고 나서 정기적으로 교회에 가는데, 거기서 커다란 위안을 찾았어요. 난 지금 런던을 떠났어요. 현재는 내 친구 애니와 함께 알프레드스턴에 살아요. 내 고향에 가까이 있기 위해서죠. 난 오늘 바자에 온 게 아니에요. 인기 있는 런던의 전도사가 오후에 새 교회의 초석을 세울 거예요. 그래서 애니하고 마차를 몰고 왔지요. 이제 친구를 만나러 가야겠어요."

아라벨라는 수에게 작별 인사를 하고 갈 길을 갔다.

8

그날 오후 수와 케네트브리지 바자에서 북적거리던 사람들은 거리 아래쪽의 플래카드를 두른 판자 울타리 안쪽에서 노랫소리가 흘러나오는 것을 들을 수 있었다. 판자 틈 사이로 안을 들여다본 사람은 까만 고급 천으로 만든 옷을 입은 무리가 손에 찬송가를 들고, 새 교회 건물의 벽을 위한 굴착로 주변에 삥 둘러선 광경을 볼 수 있었다. 상장을 두른 아라벨라도 그들 사이에 있었다. 그녀는 맑고 힘센 목소리를 지녀, 다른 목소리에 섞여 분명하게 들렸다. 그녀의 목소리는 곡조에 맞추어 올랐다가 내렸다가 했으며 그녀의 부푼 가슴도 같은 동작을 했다.

같은 날 두 시간 뒤에 애니와 카틀렛 부인은 템퍼런스 호텔에서 차를 마신 다음, 케네트브리지와 알프레드스턴 사이에 뻗어 있는 높고 트인 시골을 가로질러 귀갓길에 올랐다. 아라벨라는 생각에 잠겨 있었다. 그러나 애니가 처음 추측한 것과는 달리 새 교회에 그녀의 생각이 빠져 있는 것은 아니었다. "아니, 다른 문제야." 마침내 아라벨라가 시무룩하게 말했다. "내가 오늘 여기 올 때에는 가엾은 카틀렛만 생각했지 다른 사람은 머릿속에 없었어. 그리고 오늘 오후에 시작한 이 새 교회를 통하여 복음을 전파하는 것 외에는 딴생각이 없었어. 그러나 내 마음을 다른 쪽으로 돌려 놓는 일이 일어났어. 애니, 나 다시 그 사람 소문을 듣고, 또 그 여자를 봤어!"

"누구를?"

"주드 소식을 들었고 그의 아내를 보았어. 그런데 그 이후, 내가 뭘 하건, 그리고 있는 힘을 다해서 찬송가를 불렀어도, 난 그 사람 생각만 하고 있어. 교회에 다니는 사람으로 내가 그래서는 안 되는데 말이야."

"런던 선교사가 오늘 한 말에 정신을 매어 둘 수 없어? 그래서 너의 방황하는 환상을 쫓아 버릴 수가 없어?"

"노력은 했지. 그러나 내 잘못된 마음은 나도 모르게 다른 데로 가고 있는걸!"

"글쎄, 부정한 마음이 어떤 줄은 나도 알지! 내 의사와 관계없이 가끔 밤에 무슨 꿈을 꾸는지를 알면 내가 마음속으로 무슨 고통을 겪는지 너도 이해할 거다!"(애인이 그녀를 버린 이후 근자에 애니도 심각한 표정을 하고 있었다.)

"어쩌면 좋겠니?" 아라벨라가 울적하게 물었다.

"죽은 남편의 머리칼을 상복의 브로치로 만들어 매어 시간

마다 들여다보려무나."

"머리칼 부스러기도 없다, 얘! 있어도 소용없어⋯⋯. 그건 종교가 주는 위안으로 한 소리지. 난 주드를 다시 찾고 싶어!"

"그는 다른 사람 건데. 그런 생각은 단단히 머릿속에서 쫓아내 버려야 돼. 내가 들은 처방이 또 하나 있어. 육감적인 과부가 괴로우면 어두운 밤에 남편의 묘지로 가서 머리를 숙인 채 오래도록 서 있는 거래."

"피이! 나도 뭘 해야 하는지는 너만큼 알아. 실천을 안 할 뿐이지!"

그들은 말없이 곧은 길에서 메리그린의 수평선이 보일 때까지 마차를 몰았다. 마을은 길 왼쪽에서 멀리 떨어져 있지 않았다. 그들은 마을로 들어가는 교차로가 큰길을 가로지르는 지점까지 왔다. 분지 너머 비스듬히 교회 탑이 보였다. 길을 좀 더 가서, 아라벨라와 주드가 결혼 초 몇 달 동안 살면서 돼지를 도살하던 외딴집을 지나쳤을 때, 그녀는 감정을 더 이상 누를 수가 없었다.

"그는 그 여자 사람이기보다는 내 사람이야!" 그녀가 참았던 말을 터트렸다. "그 여자가 그 사람한테 무슨 권리가 있어? 어디 말 좀 해 보라지. 할 수만 있으면 그 여자에게서 그를 빼앗아 오고 싶어!"

"흥. 애비야, 네 남편이 죽은 지 육 주일밖에 되지 않았어! 제발 그런 생각은 그만둬."

"내가 그러면 어쩔 거야! 감정은 감정이지! 난 더 이상 비루한 위선자 노릇은 안 할 거야, 그러니 어쩔래!"

아라벨라는 급히 주머니에서 소책자 뭉치를 끄집어냈다. 바자에서 나누어 주려고 가져왔던 팸플릿이었는데 그중 일부는 사람들에게 이미 돌린 다음이었다. 그녀는 나머지 책자 전체를 길가 울타리로 던졌다. "그런 처방은 써 봤어. 그런데 아무 효과가 없더라고. 난 결국 태어난 대로 살 수밖에!"

"쉬! 너 그러다가 흥분하겠다! 조용히 집으로 가서 차나 한 잔 마시고, 그 사람 이야기는 그만두자고. 이 길로는 다시 오지 않을 거야. 이 길이 그 사람 있는 곳으로 가거든. 그래서 네가 흥분을 하는 거야. 금세 흥분은 가라앉을 거야."

아라벨라는 조금씩 마음의 평정을 회복했다. 그들은 산등성이 길을 건넜다. 그들이 길고 곧은 언덕길을 내려가기 시작했을 때 마른 몸의 연로한 사람이 그들 앞에서 생각에 잠긴 걸음걸이로 투벅투벅 걸어가는 것을 발견했다. 그는 손에 광주리를 들고 있었다. 그의 옷매무새는 단정치 못한 인상을 주었다. 그의 모습 전체에 딱 꼬집어서 말할 수 없는 무엇이 서려 있었는데, 그것은, 온 세상을 통틀어 그럴 사람이 없기 때문에, 그 스스로가 자신의 가정부이며 식료품 조달자이며 내밀한 이야기의 상담자이며 친구라는 인상이었다. 나머지 길은 언덕을 내려가는 내리막길이었다. 그가 알프레드스턴으로 갈 것이라고 생각하면서 두 사람은 그에게 마차를 태워 주겠다고 했다. 그는 그 제안을 받아들였다.

아라벨라가 그를 쳐다보았다. 그러고는 다시 한번 더 그를 바라보았다. 그녀가 마침내 입을 열었다. "내가 틀리지 않았다면 나는 필롯슨 선생에게 이야기를 하고 있는 거죠?"

나그네가 얼굴을 돌려 그녀를 쳐다보았다. "그렇습니다. 내 성이 필롯슨입니다." 그가 말했다. "그런데 부인을 알아보지 못하겠는데요."

"메리그린에서 학교 선생님으로 있을 때 잘 알았지요. 나도 선생님 학생이었으니까요. 크레스쿰에서 학교까지 매일 걸어갔어요. 이유는 우리 마을에는 여자 선생님 한 사람만 있었는데, 선생님이 훨씬 더 잘 가르쳤기 때문이었어요. 나는 선생님 기억하는데, 선생님은 내 기억이 없죠? 아라벨라 던이에요."

그는 머리를 저었다. "아니요." 그가 겸손히 대답했다. "난 그런 이름을 기억하지 못합니다. 지금 이렇게 통통한 사람에게서 그때의 마른 학생을 알아볼 수는 없지요."

"내 뼈에는 항상 살점이 넉넉히 붙어 있었어요. 난 지금 친구들과 여기 와서 함께 있는데, 내가 누구와 결혼했는지 알아요?"

"아니요."

"주드 폴리요. 그 사람도 선생님 학생이었어요. 야간 학생이었지요, 잠시 얼마 동안요. 그리고 내가 틀리지 않았다면 나중에 선생님은 그 사람을 더 잘 알게 되었지요."

"이런, 이런." 필롯슨이 경직된 태도를 벗어던지면서 말했다. "당신이 폴리의 아내라고? 분명히 그 사람에게 아내가 있었지. 그런데 그 사람, 내가 알기로는……."

"이혼을 했어요, 선생님이 이혼했듯이요. 그럴 이유가 있었겠지만요."

"그랬어요?"

"그런데…… 이혼을 한 것이 잘한 일이겠지요. 두 사람을 위해서요. 난 다시 금세 결혼을 했지요. 모든 게 다 잘 되고 있었는데 내 남편이 최근에 작고했어요. 그런데 선생님은…… 선생님은 정말 잘못한 거였어요."

"아니요." 필롯슨이 갑자기 퉁명스럽게 말했다. "이 문제는 말하고 싶지 않아요. 그러나 나는 옳고 바르고 도의적인 일을 했다는 확신에는 변함이 없어요. 난 내가 한 일과 생각 때문에 고통을 받았어요. 그러나 난 그 행동과 의견이 옳았다는 생각은 확고부동해요. 그녀를 잃은 것은 나에게 여러 가지 뜻에서 큰 상실이었지만요."

"그녀 때문에 학교와 좋은 수입을 날려 버린 거죠, 그렇죠?"

"그런 이야기는 하고 싶지 않아요. 난 최근에 이곳으로 돌아왔어요. 메리그린으로요."

"그전처럼 거기서 학교를 운영한다는 말씀인가요?"

터져버릴 슬픔에 대한 압력이 그의 입을 열게 했다. "난 거기로 왔어요." 그가 대답했다. "그전처럼요. 아니, 내 과거에 대한 관대한 묵인 때문에요. 나에게는 그것이 마지막 방편이에요. 출세 가도를 오르다가, 그리고 오래도록 탐닉하던 꿈에서 되돌아와 얻은 작은 방편요. 다시 제로로 되돌아온 것이지요. 많은 수모가 따랐어요. 그러나 그것은 피난처에 불과해요. 나는 이곳이 제공하는 은둔 생활을 좋아해요. 신부님은 내 아내에 대한 소위 말하는 내 괴상한 처신이 교사로서 나의 평판을 망치기 전부터 나를 알던 사람이어서, 다른 학교들이 전부 나에게 문을 닫았을 때 내가 근무할 곳을 제공했어요. 다른 곳에서는 200파운드 이상을 받다가 여기서는 일 년에 50파운드밖에 받지 못하지만, 내 전날의 가정사를 파헤쳐 내어 나를 위해하는 위험보다는 이것이 더 좋아요. 내가 여기서 움직이려 한다면 그런 위험은 감수해야 하니까요."

"맞았어요. 만족하는 마음은 계속되는 축제죠. 그 여자도 특별히 잘된 것도 없어요."

"그녀가 별로 잘 살지 못한다는 뜻인가요?"

"바로 오늘 케네트브리지에서 우연히 그녀를 만났어요. 형편이 좋지 않았어요. 남편은 아프고 그녀는 불안해했어요. 다시 말하지만 선생님은 그녀에 관해서는 바보 같은 실수를 했어요. 자신의 보금자리를 더럽혀 스스로에게 가져온 해는, 당해도 할 말이 없어요. 자유는 자유고요."

"어떻게요?"

"그녀는 잘못이 없어요."

"말도 안 돼요! 그 사람들은 자기 재판을 방어하지도 않았어요!"

"그건 그들이 관심이 없었기 때문이죠. 그녀는 선생님이 자유를 얻었을 때 무엇이 선생님에게 그 자유를 주었는지에 대해서는 아주 모르고 있었어요. 사건 직후 나는 그녀를 만났어요. 이야기를 했는데 이런 점을 확인시켜 주었지요."

필롯슨은 짐마차의 가장자리를 꼭 잡았다. 아라벨라가 한 이야기 때문에 긴장하고 괴로워하는 것 같았다. "그렇지만…… 그녀는 떠나기를 원했어요." 그가 말했다.

"그래요. 그러나 선생님이 못하게 했어야죠. 잘난 체하는 변덕쟁이를 다루는 방법은 그것밖에 없어요. 죄가 없건 죄가 있건 상관없어요. 때가 되면 제정신을 차리게 마련이에요. 우리 모두 다 그래요! 습관이 그런걸요. 결국에는 다 마찬가지예요! 그러나 그녀는 아직도 그를 좋아해요. 나 같으면 보내지 않았을 거예요! 난 사슬에 매어 두었을 거예요. 발길질을 하는 기세는 금세 빠지거든요! 우리 여자들을 다루는 데는 속박과 귀머거리 규율 부장만 한 방법도 없어요. 그뿐인가요. 법을 쥐고 있잖아요. 모세도 알고 있었어요. 그가 한 말을 기억하지 못하세요?"

"유감스럽지만, 지금은 기억이 안 나는데요, 부인."

"아니, 그러고도 선생님이에요! 교회에서 그걸 읽으면 그 생각을 하곤 했어요. 그리고 나도 조금은 실천을 했지요. '그러면 남자는 죄 없게 하고 여자가 죄짓게 하라.'[32] 우리 여자들에게 심한 말이죠. 그러나 우리는 이를 악물고 참아야죠! 호호! 글쎄, 그녀는 이제 그 값을 치르는 거죠."

"그래요." 필롯슨이 쓰라린 슬픔을 감추지 못하며 말했다. "잔인함은 자연과 사회 전체에 만연해 있는 법이죠. 우린 거기서 벗어날 수가 없어요."

"그럼 다음번에는 그걸 시험해 봐요, 아저씨."

"그건 대답 못 하겠네요, 부인. 난 여자를 잘 안 적이 없으니까요."

그들은 알프레드스턴과 접경하는 낮은 지대에 도착했다. 도

---

32) 「민수기」 5장 31절. 원문에서 약간 변형되었다.

시의 교외를 지나가다 한 방앗간에 가까이 가고 있었다. 필롯슨이 그 방앗간에 일이 있다고 했다. 마차가 서고 그가 내렸다. 어디엔가 몰두한 듯한 모습으로 그가 작별 인사를 했다.

한편 수는 케네트브리지의 장에서 케이크 장사로 큰 성공을 거두었다. 그녀는 장사의 성공으로 잠시나마 슬픈 마음에 밝은 기분이 퍼지는 것을 느꼈지만 곧 그 기분은 사라졌다. '크라이스트민스터' 케이크가 다 팔리자 그녀는 빈 바구니와 빌린 스탠드를 덮었던 천을 팔에 걸었다. 그리고 나머지는 아이에게 주고 그 아이와 함께 거리를 나섰다. 그들은 길을 따라 800미터쯤 떨어진 곳으로 걸어가, 짧은 옷을 입은 어린아이를 안고 또 한쪽 손으로 걸음마를 하는 아이를 걸리고 오는 노파를 만났다.

수가 아이들에게 키스를 하고 물었다. "지금 그 사람은 어때요?"

"많이 좋아졌다." 에들린 부인이 유쾌한 목소리로 대꾸했다. "집에 가면 네 남편은 아주 건강한 모습을 하고 있을 거다. 걱정하지 마라."

그들은 방향을 돌려, 정원과 과수가 있고 지붕은 검은색으로 덮인 낡은 집들이 서 있는 곳으로 갔다. 그리고 그중 한 집으로 들어가 노크 없이 빗장을 들어올리자 거실이 나타났다. 주드가 안락의자에 앉아 있었다. 평소 때도 섬세한 체구가 더 부드러운 모습을 띠었으며, 눈에는 어린애처럼 무엇인가를 기다리는 빛이 어려 있었다. 그가 큰 병을 앓았다는 표시는 혼자여서 더욱 두드러지게 드러났다.

"뭐라고? 그걸 다 팔았다고?" 그가 물었다. 그의 얼굴에 흥미가 솟아오른 빛이 희미하게 떠올랐다. "아케이드, 박공, 동쪽 창문과 전부 다요." 그녀는 금전적 판매 성적도 다 말해 주었다. 그러고는 머뭇거렸다. 마침내 두 사람만 따로 남게 되자, 생각지도 않았던 아라벨라와의 만남과 그녀가 과수댁이 되어 있었다는 사실을 주드에게 말해 주었다.

주드는 당혹스러워했다. "뭐라고? 여기 산단 말이니?" 그가 물었다.

"아니요. 알프레드스턴에 살아요." 수가 대답했다.

주드의 얼굴에 구름이 끼었다. "오빠에게 말을 해 주는 것이 좋을 거라고 생각했어요." 수는 근심스럽게 그에게 키스를 하며 말을 계속했다.

"그래요……. 이럴 수가! 아라벨라가 런던의 한복판에 살지 않고 여기 살다니! 알프레드스턴까지는 시골길로 20킬로미터 거리요. 거기서 뭘 한대?"

그녀가 알고 있는 사실을 전부 말해 주었다. "예배당에 나가요." 수가 부연했다. "말도 그런 식으로 했어요."

"그래," 주드가 말했다. "우리가 옮겨 가기로 거의 결정한 것이 잘되었네. 오늘 난 기분이 훨씬 좋은데 한두 주일 뒤에는 떠날 수 있을 만큼 몸이 좋아질 거야. 그땐 에들린 부인도 다시 집으로 돌아갈 수 있을 거고. 착하고 충직한 노인, 우리에겐 세상에 남은 단 하나의 친구!"

"우리 어디로 가죠?" 수가 물었다. 그녀의 목소리에는 걱정이 서려 있었다.

그러자 주드가 그의 마음속에 있던 것을 고백했다. 옛날과 연관된 곳을 오랫동안 결연히 피했는데, 지금 그의 결정을 말하면 그녀가 놀랄 것이라고 그가 말문을 열었다. 최근 이런저런 일 때문에 크라이스트민스터를 많이 생각하게 되었는데, 수만 괜찮다면 그곳으로 가고 싶다고 말했다. 얼굴이 알려졌다고 왜 신경을 써야 하나? 너무 신경을 쓰는 것은 자신들이 지나치게 과민해서 그런 것이라고 그가 말했다. 그는 만약 일을 할 수 없으면 케이크라도 팔 수 있지 않겠느냐고 자신의 뜻을 밝혔다. 단지 가난하기 때문에 창피하게 느낄 것은 없다고 그는 주장했다. 곧 전처럼 건강해질 것이며 그러면 크라이스트민스터에서 자신의 돌 깎는 가게를 낼 수도 있을 것이라고 그는 믿었다.

"왜 크라이스트민스터를 그렇게 좋아해요?" 그녀가 생각에 잠겨서 말했다. "크라이스트민스터는 자기를 좋아하는 것이 하나도 없는데, 가엾은 오빠!"

"글쎄, 나는 좋아해. 이건 어쩔 수가 없어. 난 그곳을 사랑하지. 그곳은 나 같은 사람을 모두 미워하는 줄 알고 있어. 소위 말하는 독학자를 말이야. 그곳은 우리가 노력해서 얻은 지식을 경멸해. 그런 것에 대한 존경심을 제일 먼저 보여 줘야 할 텐데 말이지. 크라이스트민스터는 우리의 라틴어에서 잘못된 음절의 장단과 발음을 비웃어. 가엾은 친구, 도움이 필요해 보여요? 하고 말을 해야 하는데 말이야! …… 그러나 나에게 그곳은 내 어린 시절의 꿈 때문에 우주의 중심이 되었으며, 그것은 누구도 바꿔 놓을 수가 없어. 곧 크라이스트민스터는 깨어 나겠지. 그리고 관대해지겠지. 난 그렇게 되기를 간절히 기도 해! ……거기로 돌아가서 살고 싶어. 거기서 죽고 싶어! 이삼 주일 뒤면 나는 거기로 갈 수 있을 거야. 그땐 6월이 되는데, 어느 특정한 날 거기 가 있고 싶어."

그의 건강이 회복되리라는 희망은 근거 있는 판단으로 증 명되었다. 그들은 삼 주 뒤에 많은 추억을 간직한 도시에 도착 해, 실제 도시의 보도블록을 밟고 있었으며 허물어져 가는 벽 에서 반사된 빛을 얼굴에 받고 있었다.

6부
다시 크라이스트민스터에서

그 여자는 자기의 몸을 대단히 겸허하게 낮추었다.
그리고 그녀는 기쁨이 모두 곳을 찔린 머리칼로 체웠다.
— 「에스더서」

두 사람이 몸을 구부린다, 그 여자와 내가,
그리고 이곳의 어둠 속에서 우리의 죽음을 즐긴다.
— 로버트 브라우닝

1

그들이 도착했을 때 밀짚모자를 쓴 젊은이들로 기차역은 활기를 띠었다. 환영하는 사람들과 놀랍게도 가족적 유사점을 폭넓게 지닌 젊은 여성들은 가장 눈부시게 화려하고 가장 가벼운 의상을 입고 있었다.

"도시가 유쾌한 분위기에 젖어 있네." 수가 말했다. "아니, 오늘이 축제일이네! 오빠는 보통 의뭉한 사람이 아니야. 일부러 오늘을 택해서 온 거죠!"

"그래요." 주드가 조용히 대꾸를 하면서 어린 아기를 안았다. 그리고 아라벨라의 아이에게는 그들과 함께 붙어 있으라고 일렀다. 수는 그들의 큰아이를 돌봤다. "다른 날 올 바에야 오늘 오겠다고 정했소."

"오빠를 우울하게 만들까 봐 걱정스럽네요." 그녀가 주드를 아래위로 근심에 찬 눈으로 쳐다보면서 말했다.

"오늘 같은 날이 우리 개인의 일과 혼동되도록 해서는 안
되겠지. 이곳에서 안정될 때까지는 해야 할 일이 많아요. 첫째
가 방을 구하는 문제요."

가족의 짐과 주드의 공구를 역에 맡기고 그들은 눈에 익은
거리를 걸어서 지나갔다. 축제에 온 사람들도 모두 같은 방향
으로 몰려갔다. 네거리 교차점에 오자 방을 구할 수 있을 만
한 곳으로 방향을 바꾸었다. 그러나 시계와 급히 가는 군중을
쳐다보던 주드가 이렇게 말했다. "축제 행렬을 먼저 구경하자.
지금은 방 문제는 잊어버리고. 방은 나중에 얻을 수 있어."

"집을 먼저 보는 것이 아니고요?" 수가 물었다.

그러나 그의 마음은 기념 축제에 관한 생각으로 가득한 것
같았다. 다 함께 그들은 중앙로(路)를 향해 갔다. 주드가 어린
아기를 팔에 안았다. 수는 딸을 걸리고 갔으며 아라벨라의 아
이는 그들 곁에서 생각에 잠겨 말없이 걸어갔다. 우아한 의상
을 입은 예쁘장한 자매들과 젊은 날에 대학 문을 들어가 보지
못한 다소 무식한 부모들은 오빠들과 아들들에 의하여 같은
방향으로 호위되어 갔다. 그들은 그 시간에 그곳을 빛낼 때까
지는 제대로 자격을 갖춘 사람이 지상에 살지 않았다는 생각
을 몸에 커다랗게 써 붙이고 있었다.

"내 실패는 저 젊은 친구들 하나하나에 의해 내 몸에 반사
되어 있어." 주드가 말했다. "외람스러웠던 데 대한 교훈이 오
늘 날 기다리고 있다고! 나에게는 수치의 날이야! …… 사랑
하는 당신이 나를 구하러 오지 않았다면 난 벌써 절망으로 파

멸했을 거야!"

그가 격렬한 자학 증세에 빠져 드는 것을 수는 그의 얼굴에서 읽을 수 있었다. "즉시 우리 일을 보러 가는 것이 나을 뻔했어요." 그녀가 말했다. "이 광경은 오빠에게서 옛날의 슬픔만 일깨울 뿐 아무 도움도 될 게 없어요!"

"자, 다 왔어. 이제 행렬을 볼 수 있을 거야." 그가 말했다.

그들은 이탈리아식 주랑이 있는 교회에서(주랑의 나선형 기둥은 무겁게 담쟁이넝쿨로 감겨 있었다.) 왼쪽으로 돌았다. 그리고 주드의 시야에 유명한 등이 있는 원형 강당이 보일 때까지 골목길 안으로 걸어 들어갔다. 원형 강당은 그에게 포기한 희망의 슬픈 상징으로 솟아 있었다. 바로 이 전망대에서 그는 깊은 명상에 빠졌던 그날 오후에 대학의 도시를 마지막으로 둘러보았고, 대학의 아들이 되겠다는 그의 시도가 무모함을 깨닫게 되었다.

오늘 이 건물과 건물에 가장 가까이 있는 대학 사이에 뻗은 열린 공간 속에 기대에 부푼 사람들의 무리가 서 있었다. 이 무리 사이로 나무 울타리 두 개가 세워져 길이 나 있었다. 그 길은 대학의 문에서, 대학과 강당 가운데 있는 큰 건물의 문까지 연결되었다.

"그 장소가 여기 있네. 행렬이 여길 곧 지나갈 거야!" 주드가 갑자기 흥분된 목소리로 말했다. 그는 앞쪽으로 밀고 나가 어린 아기를 팔에 안은 채 나무 울타리에 바싹 가까이 가서 자리를 잡았다. 수와 다른 아이들이 그의 뒤를 따랐다. 사람들이 그들 뒤에서 자리를 메웠다. 그들이 이야기를 하고 농담을 하고 웃고 하는 사이, 마차 행렬이 줄을 이어 대학의 아래쪽 정문으로 도착했다. 선홍색 가운을 엄숙하고 위엄 있게 차려입은 사람들이 마차에서 내리기 시작했다. 하늘에 구름이 가득 덮여 검푸른 색깔로 변했다. 이따금씩 천둥소리가 우렁차게 들렸다.

시간 아범이 몸을 떨었다. "심판의 날 같네요!" 그가 낮은 소리로 속삭였다.

"저 사람들은 학식 있는 박사들일 뿐이야." 수가 말했다.

그들이 행렬을 기다리는 동안 굵은 빗줄기가 머리와 어깨 위로 떨어졌다. 그들은 기다리는 것이 지루해졌다. 수가 다시 그곳에 더 머물러 있지 않기를 바란다고 말했다.

"이제 얼마 기다리지 않아도 돼." 주드가 머리를 뒤로 돌리지 않고 말했다.

그러나 행렬은 오지 않았다. 군중 속에서 누군가 시간을 보내기 위해 가장 가까이 있는 대학의 정문 벽을 들여다보다가, 정면 한가운데에 쓰여 있는 라틴어 문구가 무엇을 뜻하는지를 물었다. 마침 질문을 한 사람 곁에 서 있던 주드가 그것을 설명해 주었다. 그의 주변에 있던 사람들이 흥미롭게 그의 설명을 듣는 것을 보자 주드는 프리즈(여러 해 전에 그는 그것을 연구한 바 있었다.)에 새겨진 조각을 설명하고, 도시의 다른 대학 정문 벽에 있는 석조물의 세부 사항의 잘못된 점을 비판했다.

대학 정문 앞에 있던 경찰 두 명을 포함하여 한가로이 서 있던 군중이 리카오니아 사람들이 바울을 바라보듯[33] 주드를

---

33) 리카오니아 사람들은 사도 바울이 기적을 행하는 것을 놀라서 바라보

쳐다보았다. 그는 주어진 화제에 관하여 지나치게 열성적으로 이야기를 하는 버릇이 있었다. 사람들은 어떻게 자기들이 사는 도시의 건물에 대하여 자기들보다 외지 사람이 더 많이 아는지를 이상하게 생각하는 것 같았다. 군중 가운데 한 사람이 외쳤다. "아니, 나 저 사람을 알아. 여러 해 전에 여기서 일을 했지. 주드 폴리가 저 사람 이름이야! 그의 별명이 '빈민가의 교수님'이었지. 그쪽으로 나가려고 했던 사람이지. 결혼을 한 모양이군. 안고 있는 아이가 자기 아이 같은데. 테일러가 그를 알 거야. 그는 모든 사람을 다 아니까."

이야기를 하고 있는 사람은 잭 스태그였다. 그는 주드와 전에 대학의 석재 보수 일에 함께 종사했던 사람이었다. 팅커 테일러도 그의 근처에 서 있었다. 자신의 이름이 언급되자 테일러는 나무 울타리 너머로 주드에게 소리를 질렀다. "친구, 다시 이곳으로 돌아와서 영광이오!"

주드가 그에게 고개를 끄덕였다.

"다른 곳으로 가서도 별로 큰일을 한 게 없는 것 같네요?"

"식구 입이 더 많아진 것 빼고는!" 다른 목소리가 들렸다. 주드는 목소리의 주인공이 조 아저씨임을 알아보았다. 그가 알던 석공 중 한 사람이었다.

주드는 그 점에 대하여 별로 이의를 달 수가 없다고 웃으며 대답했다. 이야기에서 이야기를 연결하는 동안 일반적인 대화가 그와 한가로운 군중 사이에서 일어났다. 팅커 테일러가 주

왔다. 「사도행전」 14장.

드에게 라틴어로 사도 신경을 암송한 일과 퍼브에서 있었던 도전을 아직도 기억하느냐고 물었다.

"행운이 그쪽 길로 뻗지 않았던 모양이구먼?" 조가 한 마디 던졌다. "끝까지 밀고 나가기에는 힘이 넉넉하지 않았던 모양이죠?"

"더 이상 대꾸하지 마세요!" 수가 간청을 했다.

"난 크라이스트민스터를 좋아하지 않아요!" 꼬마 시간 아범이 울먹이는 목소리로 말했다. 그는 군중 속에 파묻혀서 얼굴은 보이지 않았다.

그러나 주드는 자신이 호기심과 질문과 논평의 중심이 되어 있는 것을 발견하고는, 부끄러워해야 할 커다란 이유가 없는 문제에 공개적으로 대꾸하는 일로부터 위축되어야 할 필요를 느끼지 않았다. 잠시 뒤 그는 큰 목소리로 그의 말에 귀를 기울이는 군중을 향하여 이렇게 외칠 만큼 흥분되었다.

"여러분, 그건 어떤 젊은이에게도 어려운 질문입니다. 내가 해답을 찾으려 애를 썼던 질문이고, 수천의 젊은이들이 이 솟아오르는 시대의 이 순간에도 고민하는 문제입니다. 비판 없이 자신이 처한 길을, 그에 대한 재능을 생각하지 않고 그대로 따라갈 것인가, 아니면 자신의 재능과 소질을 고려해서 거기 알맞게 진로를 다시 바꾸느냐 하는 문제 말입니다. 나는 후자의 길을 선택했으며, 그 선택에서 실패했습니다. 그러나 나의 실패는 내 관점이 잘못된 것이었거나, 나의 성공이 그 견해를 바른 것이었음을 입증하는 것이라고는 인정하지 않습니다. 물론 우리는 요즘 그러한 시도를 이런 각도에서 받아들이고 있습니다만, 내 뜻은 그런 시도를 근본적 건전성에서 판단하는 것이 아니고 우연적 결과에 의하여 판단한다는 것입니다. 만약 내가 지금 막 여기에 들어가는 것을 본, 빨갛고 까만 색깔의 가운을 입은 저들 신사 중 한 사람처럼 되었다면, 모든 사람들은 이렇게 말하겠지요. '저 젊은 사람이 얼마나 영리한지를 보세요! 그는 자신이 타고난 적성을 좇은 사람이지요!' 그러나 나처럼 처음 시작한 것보다 더 나을 것이 없는 처지에 섰다면, 사람들은 이렇게 말하겠지요. '환상의 변덕을 좇아간 저 바보 같은 친구를 보라!'고.

그러나 패배한 것은 나의 의지가 아니고 나의 가난이었습니다. 내가 한 세대 안에 이루려고 했던 것은 대개 두 세대 내지 세 세대가 걸리게 마련입니다. 나의 충동은, 애정은, 결점이라고 불러야 할지 모르겠습니다만, 사회적 이점이 없는 사나이에게 방해물이 되지 않기에는 너무나 강한 힘을 지니고 있었습니다. 국가가 필요로 하는 가치 있는 사람이 되기 위해 좋은 기회를 잡으려면 물고기처럼 냉혈한 인간이 되고 돼지처럼 이기적인 인간이 되어야 했습니다. 여러분은 나를 비웃을지 모르겠습니다. 그래도 나는 그것을 감수할 용의가 있습니다. 나는 그런 대상으로는 아주 잘 맞는 인물이겠지요. 그러나 여러분이 최근 몇 해 동안 내가 겪은 심적 고통을 안다면 나를 오히려 동정할 것입니다. 그리고 저 사람들이 안다면(그는 교수들이 하나씩 둘씩 따로 도착하고 있는 대학을 향해 고갯짓을 했다.) 그들도 같이 동정을 보내겠지요."

"저 사람 정말 병색이 짙고 지쳐 있네요!" 한 여자가 말했다.

수의 얼굴 표정이 더욱 감정적으로 변했다. 그러나 그녀는 주드 가까이에 서 있었으나 얼굴이 가려져 있었다.

"나는 죽기 전에 무엇인가 좋은 일을 할 수 있을 거예요. 무엇을 하지 말아야 되는가에 대해 무섭게 좋은 예시로서 일종의 성공담이 될 수 있을 거예요. 그래서 하나의 교훈적 이야기를 남길 수 있을 거예요." 주드가 말을 이었다. 그는 조용하게 말을 시작했지만 어조가 통렬한 말투로 변하고 있었다. "나는 아마도 결국에는, 요즘 세상에 너무나 많은 사람들을 불행하게 만드는, 정신적이고 사회적인 불안의 볼품없는 희생자에 불과할 것입니다!"

"저 사람들에게 그런 이야기 하지 마세요!" 주드의 흥분된 모습을 보면서 눈물에 젖은 채 수가 속삭였다. "오빠는 그런 사람이 아니에요. 오빠는 지식을 습득하기 위하여 당당히 싸웠어요. 세상에서 가장 야비한 사람만 오빠를 비난할 거예요!"

주드가 아기를 팔에서 좀 더 편안한 쪽으로 옮겼다. 그리고 하던 이야기를 결론지었다. "내가 여러분에게 병들고 가난한 모습으로 보이는 것이 나에게서 가장 흉한 면은 아닙니다. 나는 원칙의 혼돈 속에 빠졌습니다. 어둠 속에서 암중모색을 하고 있습니다. 선례를 따르는 것이 아니라 본능에 따라 행동하는 것입니다. 팔구 년 전 내가 처음으로 이곳에 왔을 때 나에게는 확고한 의견이 쏠쏠하게 비축되어 있었습니다. 그러나 그 의견들은 하나씩 하나씩 나에게서 떨어져 나갔습니다. 나에게는 앞으로 나아갈수록 확실한 것이 없습니다. 지금의 내 생활 법규에서는 나 말고는 누구에게도 해가 되지 않는, 오히려 내가 가장 사랑하는 사람들에게 사실상 기쁨을 안겨 주는 내 기호(嗜好)를 따르는 것 이외에 달리 할 것이 있는지 의문입니다. 여러분이 내가 어떻게 지내 왔는지 궁금해서 나는 내 이야기를 이 자리에서 한 것입니다. 내 이야기가 여러분에게 도움이 되기를 바랍니다! 나는 이 자리에서 더 이상은 설명할 수 없습니다. 내 생각에는 우리의 사회적 구도가 어딘가 잘못된 것 같습니다. 그것이 무엇인지는 나보다 더 큰 통찰력을 지닌 사람들에 의해서 발견되겠지요, 혹시 정말로 그들이 그것을 찾아낸다면, 적어도 우리 시대에서 말입니다. '일평생 사람에게 무엇이 좋을 것인지 누가 알며, 또 몸 뒤에 태양 아래서 무슨 일이 있을 것을 누가 말할 수 있을 것인가?'[34]"

"옳소, 옳소." 사람들이 외쳤다.

"훌륭한 설교였어!" 팅커 테일러가 말했다. 그는 옆에 있는 사람들에게 나직이 말했다. "이곳에 재잘거리며 몰려 있는 대리 신부들이 우리네 교구 신부가 휴가를 가는 동안 예배를 대신 해 주어도 1기니 이하로는 할 수 없는 설교였어요. 안 그래요? 그럴 사람이 하나도 없다고 나는 맹세할 수 있어요! 그들은 설교를 한대도 누가 그 설교문을 써 주어야 할 수 있을 테고. 이 사람은 노동자에 불과해요!"

주느의 연설에 대한 일종의 객관적 논평인 양 바로 그 순간에 가운을 입고 숨을 헐떡거리며 늦게 도착한 박사 한 사람이 마차를 타고 왔다. 마차의 말이 타고 온 사람을 내려 주어야

---

34) 「전도서」 6장 12절.

할 지점에 서지 않았다. 승객은 마차에서 뛰어내려 대학의 문으로 들어갔다. 마차에서 마부가 내려 말의 배에 발길질을 시작했다.

"세상에서 가장 종교적이고 교육적인 도시의 대학 정문에서," 주드가 말했다. "저런 짓을 할 수 있다면, 우리는 어디만큼 와 있다고 말할 수 있는 거지요?"

"비켜요!" 대학 맞은편의 큰 문을 열기 위해 동료 한 사람과 함께 있던 경찰이 외쳤다. "행렬이 지나갈 동안에는, 젊은 친구, 입을 닥쳐요." 비가 좀 더 굵게 내리기 시작했다. 우산을 가진 사람들은 모두 우산을 폈다. 주드는 우산을 갖고 있지 않았다. 수만 조그마한 양산을 들고 있었다. 수의 얼굴이 창백해졌다. 그러나 주드는 그것을 보지 못했다.

"자기, 이제 가요." 그에게 우산을 씌워 주면서 수가 속삭였다. "아직 방도 구하지 않았어요. 잊지 않았죠? 우리 짐은 전부 역에 있어요. 오빠는 아직 몸이 다 나은 것도 아니고요. 이 비가 오빠 건강을 해칠 수도 있을 거예요!"

"행렬이 지금 오고 있어. 잠깐만. 금세 갈게!" 그가 말했다.

여섯 개의 종에서 종소리가 일제히 울려 퍼지기 시작했다. 사람들의 얼굴이 주변의 창문에 밀려들기 시작했다. 대학의 학장들과 새로 배출된 박사들의 행렬이 나타났다. 붉은색과 까만색의 가운을 입은 사람들이 주드의 시야를, 대물렌즈를 지나가는 접근 불능의 행성처럼 지나갔다.

그들이 지나가는 동안 지인들이 그들의 이름을 불렀다. 그들이 렌의 유서 깊은 원형 강당에 이르자 환호성이 터져 나왔다.

"저리로 가!" 주드가 외쳤다. 이제 비가 줄기차게 내렸으나 그는 그것을 느끼지 못하는 듯했다. 그는 가족들을 강당으로 데리고 갔다. 거기서 그들은 마차 바퀴에서 나는 소음을 흡수하기 위해 깔아 놓은 짚단 위에 올라섰다. 건물을 둘러가며 서 있는 기이하고 풍상에 바랜 대리석 흉상들이 창백하고 으스스한 표정으로 행렬을 바라보았으며, 특히 추레한 주드와 수와 아이들을 거기에 있어야 할 용무가 없는 우스꽝스러운 사람인 것처럼 쳐다보았다.

"안으로 들어갔으면 좋겠네!" 주드가 수에게 열광적으로 말했다. "들어 봐. 여기 서 있으면 라틴어 연설 몇 마디는 들을 수 있을 거야. 창문이 열려 있어."

그러나 오르간 소리와 연설과 연설 사이의 외침과 환호 소리 외에는 비를 맞고 선 주드에게 의미를 알아들을 수 있는 라틴어가 별로 들리지 않았다. 이따금씩 '움'이나 '이부스' 같은 단어만 낭랑하게 울릴 뿐이었다.

"흠, 나는 내 인생이 끝나는 날까지 국외자구먼!" 그는 잠시 뒤에 한숨을 쉬었다. "참을성 많은 수, 이제 가지. 그동안 내 내 빗속에서 고맙게 기다려 주다니⋯⋯ 홀린 내 영혼을 달래기 위해서. 나는 이제 지옥 같은 저주의 도시를 두 번 다시 쳐다보지 않을게. 내 영혼을 걸고 맹세할테야. 그런데 자기는 왜 울타리 곁에 서 있을 때 몸을 떨었어? 수, 얼굴이 아주 창백해졌어!"

"길 맞은편 사람들 사이에서 필롯슨을 봤어요."

"아, 그랬구나!"

"다른 사람들처럼 축제를 구경하러 예루살렘[35]에 왔어요. 그런 걸 미루어 보면 그는 여기서 멀지 않은 곳에 살고 있기가 쉬워요. 그도 자기처럼 대학에 대해 똑같이 동경하는 마음을 갖고 있었어요. 오빠에 비해 그 정도는 좀 약하지만요. 그는 나를 보지는 않은 것 같아요. 오빠가 군중을 향해 말하는 것을 들었을 게 틀림없어요. 그러나 그는 별로 주의하지 않는 듯했어요."

"흠, 그가 주의를 했다고 해도……. 내 사랑하는 수, 이제 그에 대한 걱정은 않는 거지?"

"그래요. 그렇게 생각해요. 그러나 기운이 쭉 빠졌어요. 우리 계획에는 아무 문제가 없지만, 그에 대한 이상한 두려움이 느껴졌어요. 내가 믿지 않는 인습적 위압감이나 공포 같은 것을 느낀 거예요. 그런 느낌은 때때로 일종의 오싹하는 마비감으로 느껴져 나를 슬프게 만들어요!"

"수, 자기는 지금 지쳤어. 아, 내가 잊고 있었어, 여보! 그래요, 곧 가 봅시다."

그들은 방을 구하러 떠났다. 그들은 마침내 밀듀 레인에서 괜찮아 보이는 집을 하나 찾았다. 주드에게 그곳은 놓칠 수 없는 매력을 지녔으나 수에게는 그렇게 마음에 드는 곳이 아니었다. 한 대학의 뒷담에 가까운 좁은 골목길에 있는 집이었으나

---

35) 「누가복음」 2장 41~42절. 예수가 열두 살 때 부모를 따라 예루살렘에 유월절 축제를 보기 위해 갔던 이야기를 염두에 둔 말인 듯하다.

정작 대학으로 들어가는 문은 없었다. 골목에 선 작은 집들은 대학의 높은 건물 때문에 그늘져 어두웠다. 대학 안에서의 생활은 골목에 사는 사람들의 생활과는 아주 동떨어져, 지구 양쪽 끝에 있는 만큼 서로 거리를 두고 있었다. 그러나 양쪽을 나누는 것은 벽 하나였다. 골목의 집 한두 채에 방을 빌려준다는 공고가 붙어 있었다. 그중 한 집에 가서 도시에 새로 도착한 가족이 문을 두들겼다. 여자가 나와서 문을 열었다.

"아, 들어 보세요!" 주드가 여자에게 용무를 말하는 대신 갑자기 이렇게 외쳤다.

"뭐라고요?"

"아니, 저 종소리요. 저건 어느 교회죠? 종소리가 귀에 익네요."

다시 먼 곳에서 종소리가 울려 퍼졌다.

"모르겠네요!" 안주인이 쌀쌀맞게 말했다. "그걸 물어보려고 노크를 했어요?"

"아니요. 방요." 주드가 제정신으로 돌아오면서 말했다.

집주인이 수의 모습을 잠시 쳐다보았다. "방이 없는데요." 문을 닫으면서 그녀가 한 말이었다.

주드가 당황해했으며 아이는 슬픈 표정을 지었다. "이제 오빠," 수가 말했다. "내가 해 볼게요. 오빠는 방법을 몰라요."

둘째 집이 바로 곁에 있는 것을 발견했다. 그러나 여기서는 집주인이 수뿐만 아니라 아이와 어린 아기들까지 쳐다보고는 공손히 말했다. "대단히 미안하지만 아이들이 있는 가족에게는 방을 빌려주지 않습니다." 그리고 문을 닫았다.

작은아이가 입을 네모꼴로 하고는, 문제가 생기고 있다는 것을 감지한 본능에서 소리 없이 울었다. 시간 아범이 한숨을 쉬었다. "나는 크라이스트민스터가 싫어요!" 그가 물었다. "크고 오래된 집들은 감옥이에요?"

"아, 대학이지." 주드가 말했다. "장차 너도 거기서 공부를 할지 몰라."

"그러고 싶지 않아요!" 시간 아범이 말했다.

"이제 또 찾아봐요." 수가 말했다. "망토를 좀 더 둥그렇게 감을게요……. 케네트브리지를 떠나 이곳으로 온 것은 가야바에게서 빌라도에게로 간 것과 같네요![36] ……오빠, 나 이제 보기가 어때요?"

"아무도 눈치채지 못하겠는걸." 주드가 대꾸했다.

방을 빌려주는 집이 하나 더 있었다. 그들은 세 번째 시도를 했다. 이 집의 주인은 좀 더 친절했다. 집주인은 방이 많지 않기 때문에 남편이 다른 곳으로 간다면 수와 아이들만 받을 수 있겠다고 했다. 너무 늦게까지 방을 찾아 시간을 끄는 수고 대신, 부득이 그들은 그 방법을 택하기로 했다. 값이 그들의 주머니 사정보다 높았지만 그냥 그렇게 하기로 정했다. 좀 더 항구적인 숙소를 구할 시간이 있을 때까지는 방에 대하여 따질 처지가 아니었다. 수는 3층의 뒤쪽 방을 얻었다. 아이들은 그 방에 딸린 작은 안방을 쓰기로 했다. 주드는 가족과 함

---

36) 유대교의 가야바 대제사장은 예수를 심판하여 로마 총독 빌라도에게 인도했다.

께 차를 마셨다. 그는 방의 창이 다른 대학의 후면을 보고 있어 마음에 들었다. 그는 네 사람에게 키스를 하고 몇 가지 필수품을 챙겨 자신이 있을 방을 구하러 나갔다.

주드가 나가자 집 안주인이 수와 이야기를 하여 받아들인 가족의 환경을 알아보기 위해서 올라왔다. 수에게는 상황을 얼버무리는 재주가 없었다. 최근 그들이 겪은 어려움과 이사를 다닌 데 대한 사실을 몇 가지 인정하자, 집주인이 갑자기 이런 질문을 하여 수를 놀라게 했다.

"댁은 정말로 결혼한 부인이세요?"

수는 머뭇거렸다. 그러다 그녀는 충동적으로 집 안주인에게 이렇게 말했다. 남편과 자신은 첫 번째 결혼에서 불행했으며, 그 이후 되돌이킬 수 없는 두 번째 결혼이 두려웠고, 결혼 계약의 조건이 그들의 사랑을 죽일까 봐, 그러면서 함께 있기를 바라는 마음에서 그동안 두세 번 결혼식을 시도해 보았지만 사실상 결혼식을 반복할 용기를 찾지 못했노라고. 따라서 자신이 생각하는 어휘의 의미에서는 결혼한 여자이지만 집주인의 의미에서는 결혼한 것이 아니라고 했다.

집주인은 당황하는 듯했다. 그리고 아래층으로 내려갔다. 수는 생각에 잠겨 창가에 앉아 비가 내리는 것을 지켜보았다. 그녀의 조용한 생각의 시간은 집 안으로 누군가가 들어오는 시끄러운 소리에 의하여 중단되었다. 아래층 복도에서 남자와 여자가 대화하는 소리가 들렸다. 안주인의 남편이 집에 온 것이었으며, 그녀가 남편에게 그가 집을 비운 사이에 세입자를 들였다고 설명한 것이었다.

남편의 갑작스레 화난 목소리가 들렸다. "어디 그런 여자를 여기에 둔다는 거요? 감옥에나 갈 여자지! ……거기다 아이들은 안 된다고 하지 않았소? 현관과 계단은 막 새로 페인트칠을 했는데, 아이들이 발길질을 하도록 내버려 둘 거요! 저런 사람들은 속을 모른다는 것쯤 알아야 될 거 아니오? 저런 식으로 오는 사람들은 조심해야지. 한 사람만 받으라고 했는데 가족을 넣다니."

아내가 남편을 타일렀다. 그러나 남자는 자기주장만 고집했다. 금세 수의 방에 문 두드리는 소리가 들리고 집주인이 나타났다.

"부인, 미안한데요," 여자가 말했다. "방을 한 주일씩이나 빌려줄 수 없네요. 남편이 안 된다니, 방을 비우라고 할 수밖에 없어요. 오후가 늦어지고 있으니 오늘 밤은 그냥 있어도 괜찮아요. 그러나 내일 아침 일찍 떠났으면 좋겠어요."

수는 법적으로 방을 한 주일 동안 쓸 권리가 있는 사실을 알고 있었다. 그러나 그녀는 부인과 남편 사이에 소란을 일으키고 싶지는 않았다. 그녀는 요구대로 떠나겠다고 말했다. 안주인이 방을 나가자 수는 다시 창밖을 내다보았다. 비가 그친 것을 보고 그녀는 두 어린 아기를 자리에 눕히고 큰아이에게 다른 집을 찾으러 나가 보자고, 그래서 오늘같이 급하게 쫓기지 않고 내일에 대비하자고 제안했다.

따라서 주드가 역에서 보낸 짐을 푸는 대신 두 사람은 습기에 젖었지만 불쾌하지는 않은 거리로 나갔다. 자기가 있을 방을 구하느라 걱정이 많을 주드에게는 나가라고 한 소식을 알

리지 않기로 했다. 아이를 데리고 그녀는 이 거리 저 거리로
헤매고 다녔다. 그녀는 열두어 집을 가 보았으나 주드와 함께
찾아다니는 것보다 혼자 애를 쓰고 다니는 편이 훨씬 못했다.
다음 날을 위해 방을 주겠다고 약속하는 사람은 나타나지 않
았다. 집주인들은 모두 어두운데 숙소를 묻고 다니는 그녀와
아이를 곁눈으로 한번 흘깃 보기만 할 뿐이었다.

"나는 태어나지 말았어야 했어요, 안 그래요?" 시간 아범이
불안해하면서 물었다.

수는 마침내 아주 지쳐서 그녀를 반기지 않는, 그러나 임시
로 있을 피난처는 되는 집으로 돌아왔다. 그녀가 나간 사이
주드가 들러 그의 주소를 두고 갔다. 아직 그의 몸이 쇠약한
사실을 생각해서 그녀는 다음 날까지 그녀의 소식을 알리지
않겠다는 결심을 지키기로 했다.

2

수는 카펫이 깔리지 않은 방바닥을 쳐다보았다. 집은 대학 구내의 낡은 가옥이었다. 그녀는 커튼이 달리지 않은 창문을 통해 바깥 풍경을 내다보았다. 맞은편 좀 떨어진 곳에 있는 사코파거스 대학의 외벽(조용하고 까맣고 창이 나 있지 않은)이 밤에는 달빛을 그리고 낮에는 햇빛을 가리면서 사 세기에 걸친 암울과 편견과 부식을 그녀가 있는 방으로 쏟아 부었다. 루브릭 대학의 윤곽이 사코파거스 대학 너머로 보였으며, 그 너머로 또 다른 대학의 탑이 솟아 있었다. 그녀는 한 소박한 사내를 지배하는 열정의 이상한 움직임을 생각해 보았다. 그 열정이 그녀와 아이들을 그토록 사랑하는 주드로 하여금 이 음울한 뒤안길로 그들을 인도하게 한 요인이었다. 그것은 그가 여전히 그의 꿈에 홀려 있었기 때문이었다. 그는 이 시점에서도 학문의 벽이 그의 욕구에 메아리치는 냉엄한 부정의 소리를 분명히 듣지 못했다.

다른 집을 구하지 못한 것과, 그의 아버지를 위한 방이 이 집에 없다는 사실이 시간 아범에게 깊은 상처를 남겼다. 내성적인 무언의 공포가 그를 사로잡은 것 같았다. 침묵이 그의 외침에 의하여 깨어졌다. "어머니, 우리는 내일 어떻게 해야 해요!"

"잘 모르겠다!" 수가 풀이 죽어 대답했다. "이 소식은 네 아버지의 마음을 틀림없이 아프게 할 거야."

"아버지 건강이 회복되고 방도 있고, 그랬으면 좋겠네요! 그러면 문제가 없을 텐데! 가엾은 아버지!"

"그러게 말이다!"

"내가 할 일이 있어요?"

"아니! 만사가 걱정이고 역경이고 고통이구나!"

"아버지는 우리에게 방을 주기 위해 다른 곳으로 간 거죠, 그렇죠?"

"그렇기도 하단다."

"세상 안에 있는 것보다는 밖에 있는 것이 낫죠, 그렇죠?"

"거의 그렇지."

"우리가 좋은 집을 구할 수 없는 것은 우리 때문이죠?"

"글쎄, 사람들은 때때로 아이들을 싫어한단다."

"아이들이 그렇게 문제를 일으킨다면 왜 사람들은 아이들을 낳는 거죠?"

"오, 그건 자연의 법칙이기 때문이지."

"그러나 우리는 태어나기를 요구하지 않잖아요?"

"정말, 아니란다."

"나에게 더 심한 것은 어머니가 내 진짜 어머니가 아니라는 사실이며, 어머니가 좋아하지 않는다면 나를 데리고 있을 필요가 없다는 거예요. 내가 어머니에게 오지 말았어야 했어요. 그게 진짜 진실이었어요! 오스트레일리아에서도 사람들에게 폐를 끼쳤고 여기서도 사람들에게 폐를 끼치고 있어요. 난 태어나지 말았어야 했어요!"

"얘야, 그건 네가 어쩔 수 없는 것이었지."

"필요없는 아이가 태어날 때는 즉시 죽여 버려야 될 거예요. 영혼이 아이들에게 오기 전에요. 그래서 아이가 크게 자라고 걸어 다니고 하지 못하도록 말이에요!"

수는 대답하지 않았다. 그녀는 너무나 생각이 많은 이 아이를 어떻게 다루어야 하는지를 망설이고 있었다.

그녀는 마침내 결론을 내려 여건이 허락하는 한 나이 많은 친구처럼 자신의 어려운 처지를 알게 된 사람에게는 정직하고 솔직하기로 결심했다.

"곧 우리 가족에게 아기가 하나 더 오게 되었단다." 그녀가 머뭇거리면서 말했다.

"어떻게요?"

"아기가 하나 더 있게 되었다."

"뭐라고요!" 아이가 거칠게 뛰어올랐다. "오, 하느님. 어머니, 아기를 또 하나 더 주문한 건 아니지요? 어머니 손에 매달린 아이들만 해도 이런 고생이 없는데!"

"그래, 미안한 말이지만, 아기 하나를 더 데려올 거다!" 수가 중얼거렸다. 그녀의 눈이 억지로 참고 있는 눈물로 번쩍거렸다.

시간 아범이 울음을 터트렸다. "오, 관심이 없어요, 관심이 없어요!" 그는 몹시 원망하는 목소리로 외쳤다. "우리가 살기 좀 편하고 아버지도 건강해질 때까지 그럴 필요가 없었는데, 어머니는 어째서 이토록 심술궂고 잔인할 수 있어요! 우리 모두를 좀 더 큰 고통으로 끌고 가는 거예요! 우리 모두가 함께 있을 방이 없어서 아버지가 다른 곳으로 가야 하고 우리는 내일 쫓겨 나가야 하는데도 식구 하나를 곧 또 데려오다니! …… 일부러 그런 거예요! 이건, 이건요!" 그는 흐느끼면서 방 위아래를 걷고 다녔다.

"얘, 얘야, 날 용서해라, 어린 주드야!" 그녀가 간청을 했다. 그녀의 가슴이 아이의 가슴만큼 부풀어 올랐다. "난 설명할 수 없다. 나이가 좀 더 들면 설명을 할게. 우리가 어려운 고비에 빠지게 되니까 마치 내가 일부러 한 것 같구나! 설명을 할 수 없구나, 애야! 그러나 그건, 일부러 그런 건 아니란다. 나도 어쩔 수가 없다!"

"그래요, 일부러예요, 틀림없어요! 그렇게 되도록 동의하지 않고는 아무도 생활에 참견할 수 없어요! 용서 못 해요, 결코, 결코 못 해요! 어머니가 나를, 아버지를, 우리 중 누구를 사랑한다고는 절대로 믿지 않아요!"

시간 아범이 일어나서, 마루에 침대가 놓여 있는 수의 방 곁의 내실로 들어갔다. 그녀는 거기서 그가 중얼거리는 소리를 들었다. "우리 아이들이 가고 나면 문제가 하나도 없을 거야!"

"그렇게 생각하지 마라, 얘야!" 단호한 어조로 그녀가 외쳤다. "자도록 해라!"

다음 날 아침 수는 6시가 조금 지나서 눈을 떴다. 아침 식사 전에 주드가 있다고 알려 준 여관으로 뛰어가서 그가 외출하기 전에 전날 일어난 일을 알려 주기로 마음먹었다. 아이들을 깨우지 않으려고 그녀는 살그머니 일어났다. 아이들은 전날 돌아다녔기 때문에 곤히 잠들었다고 그녀는 생각했다.

수가 든 집의 비싼 방값을 보충하기 위하여 주드는 아주 초라한 여인숙을 얻어 거기서 자고 아침 식사를 했다. 수는 그에게 머무를 집이 없어졌다고 설명했다. 그는 밤 내내 그녀 때문에 걱정을 했다고 말했다. 아침이 되자 집을 나가라는 요구가 전날 밤에 느낀 만큼 기죽을 일이 아닌 것 같았다. 다른 집을 찾지 못한 것도 처음만큼 그녀에게 깊이 영향을 주지는 않았다. 주드는 수에게 그 방에서 한 주 동안 있을 권리를 주장할 가치가 없고, 그래서 다른 곳으로 옮기는 방법을 취하는 것이 좋겠다고 동의했다.

"전 가족이 이 여인숙으로 하루 이틀 와 있습시다." 주드가 말했다. "집이 조잡해서 아이들에게는 그렇게 좋은 곳이 못돼. 그러나 집을 구하는 데 좀 더 시간을 벌 수 있어. 교외로 가면 방은 많아. 내가 살았던 비어시바 같은 곳 말이지. 여기 왔으니 아침 식사는 나와 함께 여기서 해, 예쁜이. 몸은 괜찮은 게 확실하니? 아이들이 깨기 전에 돌아가서 아침을 준비해도 시간은 충분하단다. 사실은 나도 같이 가겠어."

그녀는 급히 주드와 아침 식사를 했다. 그리고 수의 너무나 점잖은 척하는 하숙집에서 즉시 나올 것을 결심하고, 십오 분 뒤에 둘은 함께 떠났다. 하숙집에 도착해서 2층으로 올라갔다. 아이들의 방에서는 모든 것이 조용했다. 집주인 여자에게 조심스러운 목소리로 주전자와 아침 식사를 가져다 달라고 부탁했다. 집주인은 수의 부탁을 마지못해 들어주었다. 수는 가져온 달걀 두 개를 꺼내 물이 끓는 주전자 속에 넣었다. 그녀는 주드에게 아이들에게 먹일 달걀을 지켜보라고 이르고 그녀 자신은 아이들을 깨우러 갔다. 시간은 8시 반이었다.

수드는 시계를 손에 든 채 달걀 삶는 시간을 재면서 주전자 위로 몸을 구부렸다. 그의 등은 아이들이 누워 있는 안방 쪽으로 돌려져 있었다. 수가 지른 비명 소리에 그는 갑자기 몸을 돌렸다. 골방의 문(그녀가 문을 뒤로 밀어젖히자 경첩에 무겁게 매달린 것처럼 보였던 문)이 열려 있고 골방 안쪽의 마룻바닥에 그녀가 쓰러져 있는 것이 보였다. 그녀를 일으키려 급히 갔다가 판자 위에 펴진 작은 침대보 위로 눈길을 주었다. 그러나 아이들은 거기 없었다. 문 뒤에는 옷을 걸기 위해 갈고리못이 두 개 부착되어 있었다. 이 갈고리못에 두 아기가 목에 상자를 묶는 노끈이 둘린 채 걸려 있었다. 몇 미터 떨어진 지점에 있는 못에는 작은 주드의 몸이 같은 식으로 매달려 있었다. 큰 아이 근처에는 의자가 뒤집혀 있고, 아이의 흐릿해진 눈은 방 안을 비스듬히 곁눈질하고 있었다. 여자 아기와 작은 아기의 눈은 감겨 있었다.

그 광경이 주는 이상하고 극단적인 공포에 의하여 몸이 반쯤 마비된 채 주드는 수를 누워 있게 하고 주머니칼로 노끈을 잘랐다. 그리고 세 아이를 침대에 내려놓았다. 아이들의 몸을 순간적으로 만진 느낌은 셋이 모두 죽었음을 말해 주었다. 기절한 수를 안아서 큰 방의 침대에 눕혔다. 그러고는 숨 가쁘게 집주인을 불렀다. 그는 즉시 의사를 찾아 나섰다.

그가 돌아왔을 때 수는 제정신으로 돌아와 있었다. 어쩔 줄 몰라 하는 두 여자가 아이들 위에서 몸을 구부린 채 목숨을 되살려 보려고 애를 쓰는 모습과 시체 세 구는 그의 자제력을 잃게 하기에 충분한 광경이었다. 가장 가까운 데 사는 의사가 왔다. 그러나 주드가 짐작한 대로 그의 왕진은 소용없는 일이었다. 아이들의 생명을 구하기에는 이미 시간이 늦었다. 그들의 몸은 아직 싸늘하지는 않았으나 목을 매고 한 시간 이상은 지난 것으로 추정되었다. 나중에 수와 주드가 사건에 대하여 합리적 사고를 할 수 있게 되었을 때 내린 추측은, 큰아이가 잠에서 깨어나 바깥 방에 있는 수를 찾았다가 그녀가 없는 것을 발견하자, 전날 겪고 들었던 사건과 이야기가 그의 병적인 기질에 극단적인 낙담의 발작증을 일으켰던 것으로 귀결되었다. 마루에는 종이가 한 조각 떨어져 있었는데, 거기에는 시간 아범이 연필로 쓴 글씨로 이렇게 적혀 있었다.

우리들이 너무 마나서 이렇게 합니다.

이것을 본 수의 신경은 극도로 과민해졌다. 그녀는 아이와 나누었던 자신의 이야기가 비극의 주된 원인이었다는 무서운 사실을 확인하게 되었다. 그것은 그녀를 그칠 줄 모르는 경련적 고통에 빠지게 했다. 그녀가 싫다고 하는데도 사람들은 그녀를 아래층에 있는 방으로 옮겼다. 그녀는 거기서 숨을 헐떡이며 움츠려진 모습으로 천장만 쳐다보았다. 집 안주인이 그녀를 안정시키려 애를 썼다.

아래층 방에서는 바로 위층에서 사람들이 움직이는 소리를 들을 수 있었다. 그녀는 위층 방으로 가게 해 달라고 애원했다. 그녀가 그 방으로 돌아가지 못한 것은, 만약 아이들에 대해서 희망이 조금이나마 있다면 그녀가 현장에 있는 것이 해로울 뿐이며, 배 속 아기의 생명을 위험하게 하지 않으려면 그녀가 안정을 찾아야 한다고 설득했기 때문이었다. 수의 질문은 끝이 없었다. 드디어 주드가 내려와서 희망이 없다고 그녀에게 말해 주었다. 그녀가 말을 할 수 있게 되자 그녀는 시간 아범에게 했던 이야기를 주드에게 말하고 자신이 이 사건의 원인이 되었다고 했다.

"아니야." 주드가 말했다. "그렇게 한 것은 그의 성격에서 나온 거야. 의사 선생 이야기로는 이런 아이들이 우리 사이에서 나타난다는 거지. 지난 세대에서는 알려지지 않은 종류의 아이들이라는데, 인생에 대한 새로운 관점의 결과라는 거야. 이 아이들은 공포에 저항할 수 있는 힘이 생길 만큼 나이가 들기 전에 벌써 그 공포를 경험한다고 해. 의사 선생 말로는 살고 싶지 않은 전반적 욕구가 아이들에게서 시작되고 있다고 하더군. 그는 진보적인 사람이야. 의사 선생 말이야. 그러나 그 의사 선생은 위안을 줄 수 없다는 거지."

주드는 수를 위해서 자신의 슬픔을 감추었다. 그러나 그는 곧 그 슬픔을 이기지 못하고 울음을 터뜨렸다. 이것은 수에게 동정심을 유발했으며, 그녀의 예민한 자책을 어느 정도 누그러뜨리는 계기가 되었다. 사람들이 다 간 다음에 그녀는 아이들을 볼 수 있었다.

시간 아범의 얼굴이 상황의 전체 이야기를 말해 주었다. 그의 작은 모습 위에 주드의 첫 번째 결합을 어둡게 했던 모든 불길함과 그림자가, 그리고 마지막 결합의 모든 사고와 실수와 두려움과 잘못이 다 서려 있었다. 그는 한마디로 그들의 매듭점이고 그들의 초점이며 그들의 표정이었다. 이런 부모의 무모함 때문에 그는 신음했고, 그들의 잘못된 결합 때문에 몸을 떨었으며, 이러한 불행 때문에 그가 죽었다.

집이 조용해졌다. 검시관의 검시를 기다려야 하는 사이 등 뒤에 있는 무거운 벽 쪽에서 조용하면서 굵직하고 나지막한 소리가 들려왔다.

"무슨 소리죠?" 수가 발작적인 숨소리를 죽이며 물었다.

"대학의 부속 교회에서 흘러나오는 오르간 소리야. 오르간 연주자가 연습 중인 것 같군. 「시편」 73장의 찬미가네. '하느님이 이스라엘을 향해 진정으로 사랑을 베푸니.'"

그녀가 다시 흐느꼈다. "오, 오, 내 아기들! 아기들이 해를 준 게 없는데! 왜 나를 데려가지 않고 그 아이들을 데려갔지요!"

다시 한번 집이 조용해졌다. 외부 어디에선가 두 사람이 대화하는 소리로 고요는 깨어졌다.

"우리 얘기를 하고 있어요. 틀림없어요!" 수가 신음하는 소리로 말했다. "'우리는 세상과 천사와 사람들에게 구경거리가 되었어요.'"[37]

주드가 귀를 기울였다. "아니야, 우리 얘기를 하는 게 아니야." 주드가 말했다. "두 신부님이 동쪽을 향하는 문제[38]를 두고 서로 다른 의견을 주고받는 거야. 맙소사, 동쪽으로 향한 자세와 온 피조물이 신음하다![39]"

집이 다시 조용해졌고 또 한 번 수는 억제할 수 없는 비탄에 빠졌다. "뭔가 알 수 없는 외부적인 존재가 우리에게 말을 해요. '너희들 하지 말지어다!'라고요. 처음에는 '너희들 배우시 말지어다!'라고 하더니 그다음에는 '너희들 일하지 말지어다!'라고 하고, 지금 와서는 '너희들 사랑하지 말지어다!'라고 해요."

주드가 수를 위로하려 했다. "자기, 너무 비탄하지 마."

"그러나 사실인걸요!"

그들은 검시관의 도착을 기다렸다. 그녀는 그녀 방으로 돌아갔다. 수는 아기가 죽었을 때 의자 위에 놓여 있던 아기의 옷과 구두와 양말을 옮기지 말도록 했다. 그러나 주드는 보이지 않는 곳에 치웠으면 하는 마음이었다. 주드가 물건을 만지기만 하면 수는 그냥 두라고 간청했다. 집 안주인이 물건을 치우려 하자 그녀는 사납게 소리를 질렀다.

---

37) 「고린도 전서」 4장 9절.
38) 19세기 성공회에서는 성찬식 때 신부가 동쪽으로 얼굴을 두어야 하는지 서쪽으로 두어야 하는지를 두고 논쟁이 뜨거웠다.
39) 「로마서」 8장 22절 참조.

주드에게는 수의 발작보다 그녀의 답답하고 무뚝뚝한 침묵이 더 두려웠다. "왜 말을 하지 않아요, 오빠?" 침묵의 순간이 지나고 나면 그녀는 이렇게 외치는 것이었다. "나에게서 몸을 돌리지 마세요! 오빠의 시야 밖에 있는 외로움을 참을 수가 없어요!"

"거봐. 나 여기 있어." 그가 얼굴을 그녀 얼굴 가까이에 내밀면서 말했다.

"그래요……. 오, 내 동지여, 우리의 완전한 결합은, 우리 한 몸 안의 둘의 상태는 이제 피로 물들었어요!"

"죽음으로 그림자 진 것, 그뿐이야."

"아. 그러나 정말로 그 아이를 부추긴 건 나였어요. 그런 걸 나는 모르고 있었지만요! 나이 든 사람에게만 할 수 있는 말을 난 그 아이에게 마구 했어요. 세상이 우리 편이 아니며, 이런 대가로는 인생 안에 있기보다는 밖에 있는 것이 더 낫다고 말했어요. 그런데 그 아이는 그것을 문자 그대로 받아들였어요. 그 아이에게는 아기가 하나 더 있게 되었다고 말해 주었어요. 그게 그 아이를 당혹스럽게 만들었어요. 오, 그 아이는 날 얼마나 혹독하게 꾸짖던지!"

"수, 왜 그랬어?"

"모르겠어요. 나는 그냥 바른 말을 하고 싶었을 뿐이에요. 인생의 사실을 그 아이에게 속인다는 걸 참을 수가 없었어요. 그렇다고 난 아주 진실된 것도 아니었어요. 짐짓 섬세한 양 하면서 나는 아이에게 너무 모호하게 말을 했어요. 난 왜 다른 여자들보다 반도 현명하지 못하죠? 왜 완전하게 현명하지 못

해요? 왜 반쪽 진실 대신에 듣기 좋은 거짓말을 하지 않았죠? 내게 자제력이 없어서 그래요. 그래서 사실을 감추지도 못하고 다 털어놓지도 못해요!"

"당신의 계획은 대부분의 경우에는 훌륭한 거였어. 유독 우리 경우에만 잘못되었을 뿐이야. 그 아이는 조만간 사실을 다 알게 될 것이었어."

"난 아기의 새 옷을 만들고 있었어요. 이제 아기가 그 옷을 입고 있는 것을 볼 수 없어요. 아기에게 이야기도 못하고요! …… 난 지금 눈이 부어서 잘 보지도 못해요. 그런데 난 일 년 전에만 해도 나 자신을 행복한 여자라고 불렀어요! 우리는 서로 너무 사랑하며 살았어요. 극도로 이기적일 만큼 서로서로에 몰두했어요! 기억해요? 우린 기쁨의 미덕을 이루겠다고 했어요. 난 자연이 우리에게 준 본능 속에서 즐거워야 하는 것이 자연의 뜻이고, 자연의 법칙이며, 존재의 이유라고 말했어요. 그 본능은 문명이 나서서 좌절시켰어요. 끔찍한 소리를 했네요! 이제 운명이 우리 등 뒤에서 칼질을 했어요. 자연을 말 그대로 받아들인 바보였다고요!"

그녀가 조용한 생각에 잠겼다가 말했다. "아이들이 간 것이 아마도 잘된 일일지 몰라요. 그래요, 잘된 거예요! 비참하게 시들어 죽어 가는 것보다는 싱싱할 때 그 싹을 자르는 것이 나아요!"

"그래." 주드가 대답했다. "어떤 사람들은 아이들이 어렸을 때 죽으면 어른들이 오히려 좋아한다고 말하기도 하지."

"그러나 사람들은 몰라요! …… 오, 내 아기들, 내 아기들아,

이제 살아 있으면 좋겠구나! 큰아이가 죽기를 원했다고 할 수 있을 거예요. 그렇지 않았다면 그런 짓을 하지 않았겠죠. 그 아이가 죽은 건 조리에 벗어난 것은 아니에요. 그것은 그의 치유할 수 없는 슬픈 천성의 일부였어요, 가엾은 아이! 그런데 다른 아이들은…… 내 아이들, 그리고 오빠의 아이들은요!"

수가 벽에 걸려 있는 아기의 작은 옷, 그리고 양말과 구두를 다시 바라보았다. 그녀의 손가락이 현(絃)처럼 떨렸다. "난 가엾은 인간이에요." 그녀가 말했다. "이제 땅에도 하늘에도 소용없는 존재예요! 난 모든 세상일 때문에 제 정신이 아니에요! 어쩌면 좋죠?" 그녀는 주드를 쳐다보고 그의 손을 꼭 잡았다.

"할 수 있는 일은 아무것도 없어." 그가 대꾸했다. "만사는 그대로 변화가 없고 결국에는 그런 가운데 운명 지어진 지점에 다다를 거야."

그녀가 잠시 말을 멈추었다. "그래요! 누가 그런 말을 했어요?" 그녀가 무거운 어조로 물었다.

"그건 「아가멤논」의 합창에 나와. 이번 일이 일어난 다음 그 말이 계속 내 마음속에 떠올라."

"가엾은 오빠…… 오빤 모든 걸 다 잃었어요! 나보다 오빠가 더요. 난 적어도 오빠를 얻었으니까요! 그런 걸 누가 도와주지도 않았는데 혼자서 다 읽다니! 그러면서도 가난과 절망의 구덩이에 빠져 있어요!"

이렇게 순간적으로 다른 이야기를 하다가도 그녀의 슬픔은 파도처럼 다시 엄습하곤 했다.

검시원들이 도착하여 시체들을 검시하는 심리가 진행되었다. 그 다음에는 우울한 장례식 아침이 따랐다. 신문에 나온 기사 때문에 호기심 많은 구경꾼들이 장례식 장소로 모여들어 창문에 들어 있는 유리와 벽에 끼여 있는 돌이 몇 개인지를 세었다. 죽은 아이들 부모의 진짜 부부 관계가 무엇인지에 대한 의구심이 구경꾼들의 호기심을 더 부채질했다. 수는 아이들을 묘지까지 따라가겠다고 우겼으나 마지막 순간에 포기하고, 쉬고 있는 동안에 관들만 집에서 조용히 들려 나갔다. 주드가 마차를 타자 마치가 움직이기 시작했다. 남자 집주인은 안도의 숨을 쉬었다. 이제 수와 그녀의 짐만 집에 남아 있었다. 그는 그의 아내가 운수 나쁘게 낯선 사람들을 받아들여 한 주일 동안 얻게 된 분통 터지는 나쁜 평판에서 그의 집이 해방될 수 있도록 그녀와 짐을 그날 오후에는 모두 정리할 수 있기를 바랐다. 오후에는 그가 집 소유주를 찾아가 조용히 상의했다. 집에서 일어난 불행한 일로 인하여 수와 그녀의 짐을 들어내는 데 이의가 제기되면 집의 번지수를 바꾸기로 합의했다.

주드는 작은 상자 두 개(한 상자에는 작은 주드가, 또 다른 상자에는 두 아기가 들어 있는)가 땅속에 들어가는 것을 보고는 수에게로 급히 돌아왔다. 그녀는 아직도 자기 방에 있었다. 그래서 그는 그녀를 깨우지 않았다. 그러나 걱정스러운 마음이 솟아 4시에 다시 그녀의 방으로 갔다. 집 안주인이 수가 아직 누워 있다고 했다. 그러나 수의 방에서 돌아온 그녀가 수가 침실에 없다고 알렸다. 그녀의 모자와 상의도 방에 없었다. 그녀는 밖으로 나간 것이었다. 주드는 그가 묵고 있는 여인숙으로 갔다. 수는 거기에도 없었다. 그는 여러 가능성을 생각하다가 묘지로 가는 길로 걸어갔다. 그는 묘지 안으로 들어갔다. 그리고 최근에 매장지가 생긴 쪽으로 건너갔다. 아이들의 비극 때문에 묘지까지 따라온 구경꾼들은 모두 가고 없었다. 한 남자가 손에 삽을 들고 세 아이가 묻힌 묘지에 흙을 덮으려 했고, 그의 팔이 반쯤 덮인 구멍 안에 선 채 말리는 여자에 의해 제지되었다. 여자는 수였다. 그녀는 색깔이 있는 옷을 입고 있었다. 그가 장례식을 위해서 옷을 사다 주었는데도 그 옷을 바꿔 입을 생각을 하지 못한 것이 상중에 인습적으로 입는 의상보다 더 깊은 슬픔을 나타냈다.

"저 사람이 묘를 덮고 있어요. 그러나 내 아기들을 다시 한번 더 볼 때까지 덮을 수가 없어요." 그녀가 주드를 보자 흥분해 외쳤다. "아이들을 한 번만 더 보고 싶어요. 아, 오빠…… 제발 오빠…… 아이들을 보고 싶어요. 내가 자는 동안에 아이들을 데리고 가도록 내버려 둘 줄 몰랐어요! 못질을 하기 전에 한 번쯤은 더 볼 수 있을 거라고 했어요. 그러고는 보여 주지 않고 데려갔어요! 아, 오빠, 오빠까지 나에게 잔인해요!"

"묘를 파내서 관을 보게 하라는 겁니다요." 삽을 든 사나이가 말했다. "집으로 데려가야 해요. 저 표정 보십쇼. 불쌍한 아주머니. 표정으로 봐서는 자기가 무슨 소리를 하는지 모르는 것 같아요. 부인, 이제 묘를 다시 팔 수는 없어요. 아저씨하고 집으로 돌아가십쇼. 편히 생각하세요. 아기가 하나 더 곧 나올 텐데요. 아주머니 슬픈 마음 달래 주게요."

그러나 수는 애달픈 목소리로 계속해서 간청을 했다. "한 번만 더 볼 수 없어요? 꼭 한 번만요! 안 돼요? 꼭, 잠시만요, 오빠? 시간 안 걸릴 거예요! 난 너무 기쁠 텐데, 오빠! 아이들을 보게 해 주면 난 아주 좋은 사람 될게요. 그럼 오빠 말을 잘 들을게요, 오빠. 한 번만 보게 해 주면 조용히 집으로 돌아갈게요, 그리고 다시 보잔 말 않을게요! 보면 안 돼요? 왜 안 된다는 거죠?"

수는 이런 식으로 계속했다. 주드는 이런 광경을 보면서 신한 비탄에 빠져 묘지기에게 수의 간청을 들어주라고 말하고 싶은 마음이 일었다. 그러나 소용없는 짓이었다. 그것은 오히려 수의 상태를 더 악화시킬 가능성을 안고 있었다. 그는 그녀를 집으로 데리고 가는 것이 최상의 방법이라고 생각했다. 그는 그녀를 설득하고, 부드럽게 속삭이고, 몸에 팔을 감아 그녀를 안았다. 마침내 그녀가 주드의 간청에 힘없이 따르기로 하고 묘지를 떠났다.

그는 마차를 불러 그녀를 데려가려 했다. 그러나 돈 사정이 어렵다고 그녀가 그러는 것을 반대했다. 그들은 천천히 길을 걸어갔다. 주드는 검은 상복을 입고 수는 갈색과 붉은색의 천으로 된 옷을 입고 있었다. 그들은 그날 오후 새 하숙집으로 옮기게 되어 있었으나 주드에게는 그것이 실용성이 없는 일로 판단되었다. 그들은 잠시 뒤에 이제 지긋지긋해진 집으로 돌아갔다. 수는 금세 자리에 들었고 주드는 의사를 불렀다.

주드는 아래층에서 저녁 내내 대기했다. 아주 늦은 시간에 아기를 조산했으며 그 아기도 다른 아기들과 같은 시체로 태어났다는 전갈이 왔다.

3

수는 못내 죽기를 바랐으나 서서히 회복되었다. 주드는 그
동안 해 온 직종의 일자리를 얻었다. 그들은 이제 집도 다른
곳으로 옮겼다. 비어시바 쪽이었는데, 대학교의 행사가 주로
열리는 세인트 사일러스 교회에서 멀지 않았다.

그들은 사물의 비정적이며 둔감한 방해보다는 직접적인 반대
에 부딪혀 불길한 예감을 느끼며 말없이 앉아 있었다. 수의 지
성이 별처럼 반짝거렸을 때에는 세상이 꿈속에서 작곡된 스탠
자나 멜로디와 유사하다는 막연하고 이상한 상상으로 머릿속이
가득했다. 그 상상은 반쯤 깨어난 지성에는 놀랍게 훌륭했으나
완전히 깨어난 상태에서는 절망적으로 부조리했다. 제일 원리[40]

---

40) 하디에게 대단히 중요한 개념이다. 기독교적 신의 개념에 회의적인 그는

는 현자처럼 사려 깊게 행동하는 것이 아니라 몽유병자처럼 자동적으로 작동하고, 지상의 조건을 형성함에 있어 생각하고 교육받은 사람에 의하여 도달하는 감정적 통찰력의 발달을 이러한 조건에 의지하는 피조물 사이에서는 고려하지 않은 것 같다는 상상이 그녀를 압도했다. 그러나 고통은 반대하는 힘이 인간의 모습으로 떠오르게 했으며, 그러한 생각은 이제 주드와 그녀 자신이 가해자에게서 도망치는 것으로 대치되었다.

"우린 순응해야 돼요!" 그녀가 비탄에 찬 목소리로 말했다. "우리 위에 군림하는 절대적 힘의 오랜 분노가 그 절대자의 가없은 피조물인 우리 머리 위에 쏟아졌어요. 우리는 항복해야 돼요. 달리 방법이 없어요. 우린 항복해야 돼요. 신과의 싸움은 소용없는 짓이에요!"

"인간과 의미 없는 환경의 싸움일 뿐이지." 주드가 말했다.

"그래요!" 그녀가 중얼거렸다. "나도 그렇게 생각하고 있었어요! 나는 야만인만큼 미신적으로 되어 가요! 그러나 누가 무엇이 우리의 적이건 간에 난 겁먹고 항복했어요. 나에게는 이제 싸울 힘이 남아 있지 않아요. 이제 더이상 일을 벌이지 마요. 나는 패했어요, 패했어요! '우린 세상과 천사와 사람들 앞에 구경거리가 되었어요!' 나는 요즘 이 말을 항상 해요."

"나도 같은 느낌이야!"

절대자를 부정하는 대신 '제일 원리'나 '내재적 의지'라는 용어를 사용하고 있다.

"어쩌면 좋겠어요? 오빠에게는 지금 직장이 있어요. 그러나 잊지 마세요. 우리의 역사와 관계가 절대적으로 알려지지 않았기 때문에 직장이 있다는 것을요……. 아마 우리 결혼이 정식으로 성립되지 않은 것을 안다면 올드브리컴에서처럼 오빠를 쫓아낼지 몰라요!"

"그건 모르지. 그렇지 않을지도 모르고. 어쨌든 이제 결혼을 법적으로 합법화하자. 자기가 외출을 할 수 있게 되는 즉시 말이야."

"우리가 꼭 그래야 한다고 생각하세요?"

"분명해."

주드는 생각에 잠겼다. "최근에 든 생각인데," 그가 말했다. "나는 덕망 있는 사람들에 의하여 기피되는 대집단에 속하는 것 같아. 유혹자들이라고 불리는 사람이 된 것 같아. 난 그런 걸 생각하면 깜짝깜짝 놀라! 전혀 그런 걸 느끼지 못했어. 아니, 나 자신보다 더 사랑하는 수에 대하여 잘못한 것을 느끼지 못했어. 그런데도 나는 그런 부류 중 하나야! 그런 무리의 다른 사람들도 나처럼 똑같이 반쯤 눈먼 단순한 사람들일까? ……그래, 수, 그게 나야. 내가 당신을 유혹했어……. 자기는 특수한 유형이야. 순결하게 남겨지도록 자연이 의도했던 순수한 사람이지. 그러나 내가 자기를 그냥 내버려두지 않았어!"

"아니에요, 아니에요, 오빠!" 그녀가 재빨리 말했다. "그렇지 않은데 그렇다고 자신을 책망하지 마세요. 누가 비난받아야 한다면 그건 나예요."

"필롯슨을 떠나겠다고 결심했을 때 그 결심을 지지한 사람은 나였어. 내가 없었더라면 자기는 그에게 떠날 수 있도록 해 달라고 강요하지 않았을 거고."

"오빠와 관계없이 그랬을 거예요. 우리 둘만의 문제에 관해서는 우리가 법적인 계약을 하지 않은 것이 잘된 점이에요. 그렇게 함으로써 우리는 각자 첫 번째 결혼의 엄숙함을 욕되게 하는 일을 피했어요."

"엄숙함?" 주드가 다소 놀란 얼굴로 그녀를 쳐다보면서 그녀가 처음 만났을 때의 수가 아니라는 점을 깨달았다.

"그래요." 그녀가 하는 말에 약간의 경련이 따랐다. "나는 무섭게 두려움을 느꼈어요. 내가 한 짓이 오만했음을 무섭게 느꼈어요. 난 아직도 그 사람의 아내라고 생각해요!"

"누구의?"

"리처드요."

"이럴 수가! 왜?"

"설명을 할 수가 없어요. 단지 그런 생각이 떠오를 뿐이에요."

"그건 자기의 약점이야. 이유나 의미가 빠진 병든 환상이라고! 그런 생각으로 자신을 괴롭히지 마."

수가 불안하게 한숨을 쉬었다.

이러한 논쟁에 대하여 보상이나 하듯이 그들의 경제적 사정이 개선되었다. 이것은 몇 해 전이었으면 그들을 즐겁게 할 활력소였을 수도 있었다. 주드가 크라이스트민스터에 도착하는 즉시 석공 일에서 뜻밖에도 좋은 직장을 잡게 된 것이다. 마침 그의 약해진 몸이 적응하기에는 여름 날씨가 잘 맞았다. 밖으로는 그의 나날이 변화 없는 단조로운 생활로 연속되었다. 그러나 그는 최근의 고난을 겪은 직후여서 이러한 생활 자체에 감사했다. 사람들은 그가 엉뚱한 과오를 저질렀던 사실 자체를 잊어버린 것 같았다. 그는 들어갈 수 없는 대학들의 흙벽과 갓돌을 매일 디디고 올라서, 마치 달리 원하는 것이 없는 것처럼 창문의 허물어지는 석회석 세로 창살을 갈아 넣었다.

그의 태도에 변화가 있었다. 그는 이제 교회 예배에 가끔씩 빠지기 시작했다. 다른 무엇보다 그의 마음을 괴롭힌 것은 그 비극 이후 수와 자신이 정신적으로 반대 방향으로 가고 있다는 사실이었다. 인생과 법과 관습과 독단에 관한 견해를 확장시켜 준 사건들이 수와 같은 방법으로 작동하지 않은 것이었다. 그녀는 독립적인 시기에 보여 주었던 모습을 지니고 있지 않았다. 그때는 그녀의 지성이, 지금은 그렇지도 않지만 그 당시에는 그가 존경했던 인습과 형식에 대하여 반짝이는 번개처럼 빛을 발산했다.

어느 일요일 저녁 주드는 보통 때보다 조금 늦게 집으로 돌아왔다. 수가 집에 없었다. 그러나 그녀는 금세 돌아왔다. 그녀가 말이 없고 생각에 잠긴 것을 발견했다.

"무슨 생각을 하고 있어?" 그가 궁금해하면서 물었다.

"오, 분명하게는 말할 수가 없어요! 우리가, 오빠와 내가, 걸어온 길을 되돌아보면 이기적이고 부주의했으며 신에 불경했다고 생각해요. 우린 우리 자신의 쾌락을 소용없이 시도해 왔어요. 그러나 자기 부정이 보다 높은 차원의 길이에요. 우리는 육체를, 무서운 육욕을, 아담의 저주를 극복해야 돼요!"

"수!" 그가 중얼거렸다. "어떻게 된 거야?"

"우린 쉬지 않고 우리 자신을 의무(義務)의 제단 위에 바쳐서 희생해야 해요! 그런데 난 그동안 항상 나를 즐겁게하는 일만 하려 했어요. 난 지금 받고 있는 천벌을 더 받아도 싸요! 무엇인가가 나에게서 사악함을 바로 떼어내고, 나의 모든 흉물스러운 잘못과 나의 모든 죄의 길을 거두어 갔으면 좋겠어요!"

"수, 너무나 고통 받는 나의 사랑! 자기에게는 사악한 여자가 들어 있지 않아. 자기의 타고난 본능은 완전하게 건강해. 내가 바라는 만큼 열정적이지는 않지만. 그러나 착하고 고결하고 순수하지. 내가 그동안 자주 말했듯이, 수는 가장 비현세적이고 가장 관능적이지 않은 사람이야. 잔인하리만큼 성적으로 냉담하지는 않으면서 관능적인 면이 없는 여자라고. 왜 자기는 이렇게 달라진 태도로 말해? 우리는 이기적이지 않았어. 우리가 이기적이지 않아 누구고 이익을 보지 않은 경우를 빼고는 말이야. 자기는 인간성이란 고상하고 긴 시간 고통 받는 것이며, 추하고 썩은 것이 아니라고 했어. 나는 수가 드디어 진실을 말한다고 생각했어. 그런데 이제 와서 수는 그런 생각을 낮은 차원의 견해로 보는 것 같아!"

"나는 겸허한 마음과 깨끗한 정신을 원해요. 그런데 아직도 그런 마음과 정신을 갖지 못했어요!"

"수는 생각하는 사람으로, 그리고 느끼는 사람으로, 두려움을 몰랐어. 내가 수에게 보낸 그 이상의 존경을 더 받을 자격이 있었어. 그때 나는 그런 것을 바로 보기에는 너무나 좁은 독단에 빠져 있었지."

"그런 소리 하지 마세요, 오빠! 겁을 몰랐던 나의 말과 생각 하나하나를 내 과거에서 모조리 뿌리 뽑았으면 좋겠어요. 자기 포기, 그게 내가 원하는 전부예요! 난 나에게 너무 많은 굴욕감을 줄 수는 없어요. 나는 핀으로 내 몸 전체를 찔러 몸속에 있는 나쁜 피를 모조리 뽑아냈으면 좋겠어요!"

"쉿!" 그녀가 마치 어린 아기인 양 그는 그녀의 작은 얼굴을 자신의 가슴에 눌렀다. "이런 생각을 하는 건 이이들을 잃었기 때문이야. 이러한 참회는 자기가 해서는 안 돼. 지상의 마음씨 궂은 사람들, 그런 것을 느낄 줄 모르는 사람들을 위한 거요, 내 예민한 화초 같은 사람!"

"내가 이러고 있어서는 안 돼요." 그녀가 주드의 가슴에 오래 안겼다가 중얼거렸다.

"왜 안 되지?"

"이건 방종이니까요."

"결국 같은 거야! 지상에서 우리가 사랑하는 것 이상으로 더 좋은 게 있니?"

"있어요. 어떤 종류의 사랑이냐가 문제지요. 오빠의 사랑, 우리의 사랑은 잘못된 사랑이에요."

"듣고 싶지 않아, 수. 우리의 결혼을 위해 언제 교구 위원회에 가서 정식으로 서명하겠어?"

그녀가 잠시 말을 멈추었다가 불안한 표정으로 얼굴을 쳐들었다. "그런 일 없어요." 그녀가 속삭였다.

그녀의 말뜻 전체를 다 알아듣지 못한 그는 그녀의 부정적인 대답을 조용히 받아들였다. 몇 분이 조용히 지났다. 그는 그녀가 잠들었다고 생각했다. 그는 부드러운 목소리로 말을 했다. 그녀가 그동안 내내 깨어 있었다는 사실을 알게 되었다. 그녀가 일어나 앉고는 한숨을 쉬었다.

"오늘 밤 자기에게서 이상하고 표현하기 어려운 향기가 나고 있어. 이상하고 표현하기 어려운 분위기가 서려 있어, 수." 그가 말했다. "정신적인 향기뿐만 아니라 옷에서도 냄새가 나. 일종의 식물성 향기인데, 무슨 향기인지는 알 듯하면서 기억이 안 나는군."

"향 냄새예요."

"향 냄새?"

"세인트 사일러스 교회의 예배에 다녀왔어요. 향의 훈연을 쐬었어요."

"오, 세인트 사일러스."

"그래요, 난 가끔 거길 가요."

"그렇구면. 거길 간다!"

"오빠, 그게, 오빠가 일을 나가는 주 중 아침이면 여기 혼자 있는 게 적적해요. 나는 생각하고 또 생각하고, 내……." 그녀는 목을 막는 덩어리를 삼킬 때까지 말을 멈추었다. "거길 나가게 되었어요. 아주 가까이 있으니까요."

"아, 그래. 물론 난 그것에 대해 반대하지는 않아. 그게 좀 이상할 뿐이지, 자기에게는. 그들은 자기들 사이에 어떤 사람이 끼어들어 왔는지도 모르는데!"

"오빠, 무슨 뜻이에요?"

"글쎄, 회의론자 말이지, 바로 말해서."

"사랑하는 오빠, 내가 힘들어하는데 어떻게 나에게 고통을 줄 수 있어요! 그러나 오빠가 정말 나에게 고통을 주자는 뜻이 아닌 것은 나도 알아요. 그러나 그런 말은 하지 말았어야 했어요."

"그러지 않겠어. 그러나 난 많이 놀랐다고!"

"그러면 다른 이야기를 하나 하고 싶어요, 오빠. 화내지 않을 거죠? 내 아기들이 죽은 다음에 많이 생각한 건데, 나 오빠의 아내가 되어서는 안 된다고 생각해요. 오빠의 아내로서 있어서는 안 된다고요. 이 이상은요."

"뭐라고? ……그러나 너는 내 아내야!"

"오빠의 관점에서는요. 그렇지만……."

"물론 우리는 결혼의 의식이 두려운 거야. 다른 사람들도 우리 처지였겠지. 두려움에 대한 강한 이유가 있었겠지. 그러나 경험은 우리가 우리를 잘못 판단하고 우리의 결점을 과대평가했다는 사실을 증명했어. 수가 지금 밖으로 보이는 것처럼 만약 의식과 식을 존중하기 시작했다면 그건 금세 실행될 수 있는 일이라고 말할 수 있지 않을까? 수, 법적인 면을 제외하고는 모든 점에서 너는 내 아내야. 네가 한 말의 의미가 무엇이지?"

"난 아니라고 생각해요!"

"아니라고? 그렇지만 우리가 식을 치렀다면? 그렇다면 자기가 내 아내라고 느끼겠어?

"아니요. 그래도 난 그렇다고 느끼지 않을 거예요. 지금 보다 더 아니라고 느낄 거예요."

"왜 그래, 모든 부정(否定)의 이름으로, 왜 아니야?"

"난 리처드의 아내니까요."

"아, 그 부조리한 환상은 전에도 암시한 바 있어!"

"그때는 단지 느낌에 불과했어요. 시간이 가면서 점점 확신하는 것은…… 내가 그에게 속한다는, 아니면 누구에게도 속하지 않는다는 거예요."

"하느님 맙소사, 우리의 입장이 바뀌고 있구먼!"

"그래요. 아마 그런 것 같아요."

며칠 뒤 여름밤이 어둑어둑해지는 시간에 그들은 아래 층 작은 방에 앉아 있었다. 그들이 세들어 있는 목수 집의 현관문에서 노크 소리가 들렸다. 잠시 뒤 그들의 방 밖에서 문 두드리는 소리가 났다. 그들이 문을 열기 전에 방문객이 문을 먼저 열었다. 그리고 여자의 모습이 나타났다.

"폴리 씨 여기 있어요?"

주드가 그렇다고 기계적으로 대답을 했다. 그러면서 두 사람은 놀랐다. 목소리의 주인공이 아라벨라였기 때문이다.

주드가 딱딱한 태도로 그녀에게 앉으라고 권했다. 그녀가 창가의 벤치에 앉았다. 그들은 불빛을 등에 지고 앉은 그녀의 뚜렷한 윤곽을 보았다. 그녀의 전반적인 모습과 태도를 결정지을 수 있는 특징은 보이지 않았다. 그러나 어딘가 그녀가 처한 여건이 안락하지 않음을 암시했다. 그녀는 카틀렛이 살아 있을 때만큼 옷을 요란하게 입지도 않았다.

세 사람이 아이들의 비극에 대하여 거북하게 대화를 시도했다. 주드는 사건이 나자 즉시 그녀에게 알려 주는 것이 의무라고 생각해서 편지를 썼으나, 그녀는 그의 편지에 아무 회답도 하지 않았다.

"막 묘지에서 오는 길이에요." 그녀가 말했다. "물어서 그 아이의 묘를 찾았어요. 장례식에는 올 수 없었어요. 어쨌든 장례식에 초청해 주어서 고마워요. 신문에 난 기사를 전부 다 읽었어요. 내가 올 자리가 아니라고 느꼈어요……. 아니, 장례식에는 올 수가 없었어요." 아라벨라는 같은 말을 반복했다.

그녀는 사건에 대하여 전혀 비극의 대단원적 결말에 도달하지 못하는 듯 같은 말만 반복했다. "묘지를 찾아서 반가워요. 당신 직업이니까 아이들 묘에 근사한 비석을 세울 수가 있겠지요."

"묘비를 세울 작정이오." 주드가 울적한 목소리로 말했다.

"그 아인 내 아이였어요. 자연히 그 애에 대해선 내 마음이 몹시 아팠어요."

"그랬기를 바라오. 우리 모두 마음이 아팠소."

"내 아이가 아닌 다른 아이들에 대해서는 난 그렇게 마음이 아프지는 않았어요. 그건 자연스러운 일이겠지요."

"물론."

수가 앉아 있는 어두운 구석에서 한숨이 새어 나왔다.

"내 아인 내가 데리고 있었으면 할 때가 자주 있었어요." 카틀렛 부인이 말을 계속했다. "그랬다면 그런 일도 일어나지 않았겠지요! 그러나 물론 당신 부인한테서 그 아이를 데려갈 마음은 없었어요."

"난 그 사람 아내가 아니에요." 수가 한 말이었다.

수의 갑작스러운 대꾸가 주드를 침묵하게 했다.

"오, 미안해요, 진정으로요." 아라벨라가 말했다. "난 부인인 줄 알았는데!"

주드는 수의 어조에서 그녀의 새로운 선험적 견해가 그녀의 말 속에 어려 있음을 알았다. 자연히 아라벨라는 분명한 의미를 제외하고는 전부를 다 이해하지 못했다. 그녀는 수의 말에 놀랐다는 사실을 표시한 다음에는 다시 태연해졌다. 그리고 '그녀'의 아이에 대해 조용한 생각을 털어놓았다. 살아 있는 동안에 전혀 관심을 보이지 않던 아이에 대해 의례적인 애도를 표시하여 그녀 자신의 양심을 달래려는 것 같았다. 그녀는 지난 이야기를 하고 수의 반응을 떠보았다. 수 쪽에서 아무 대답이 없었다. 그녀가 조용히 방을 나가고 없었다.

"당신 부인이 아니라고 했어요?" 아라벨라가 지금까지의 목소리와 다른 목소리로 말을 계속했다. "왜 그런 말을 했죠?"

"나도 모르겠소." 주드가 무뚝뚝하게 대답했다.

"부인이죠, 안 그래요? 언젠가 한번 그렇다고 이야기를 했는데."

"난 그녀가 한 말을 비난하지 않소."

"아, 알겠어요! 시간이 되었어요. 나는 오늘 밤 이 근처에서 자요. 우리 서로에게 고통이 왔는데 적어도 찾아보고 인사나 하려고 생각했어요. 전에 술집 종업원으로 일하던 곳에서 자요. 그리고 내일 알프레드스턴으로 돌아가요. 아버지가 영국으로 다시 돌아왔어요. 아버지랑 같이 살고 있어요."

"오스트레일리아에서 돌아왔소?" 주드가 흥미 없는 호기심으로 물었다.

"그래요. 거기서 별로 재미가 없었어요. 힘들었어요. 엄마는 이질로 돌아가셨고요, 병명이 그럴 거예요, 더운 날씨에서요. 아버지하고 동생 둘은 막 귀국하고요. 아버지가 옛날 살던 곳 근처에 집을 장만했어요. 지금은 아버지 집을 봐주고 있어요."

주드의 전처는 수가 밖으로 나가고 없는데도 엄격하게 훌륭한 가정 교육을 받은 사람 같은 태도를 취했다. 그래서 처상의 품위에 걸맞게 그녀의 시간을 몇 분으로 한정하는 것이었다. 그녀가 떠나자 주드는 안도의 숨을 쉬면서 층계로 나가 수를 불렀다. 어떻게 되었나 싶은 조심스러운 마음이 솟아올랐다.

아무 대답이 없었다. 하숙을 치는 목수가 수가 외출을 해서 돌아오지 않았다고 말했다. 주드는 당혹스러웠다. 시간이 늦어지고 있어 그녀가 보이지 않는 것이 걱정스러웠다. 목수가 그의 아내를 불렀다. 그녀는 수가 세인트 사일러스 교회에 자주 갔기 때문에 거기에 갔을지도 모르겠다고 알려 주었다.

"이런 밤 시간에는 아니겠죠?" 주드가 말했다. "교회가 닫혔을 텐데."

"열쇠를 보관하는 사람을 알아요. 필요하면 언제든지 그 열쇠를 받아요."

"이런 지가 얼마나 되었죠?"

"몇 주는 되었을 거예요."

주드는 막연히 세인트 사일러스 교회 쪽으로 걸어갔다. 그의 젊은 생각이 지금보다 더 신비적이던 시절 그쪽에 살았던 이후로 한 번도 그 교회에 간 적이 없었다. 교회에는 아무도 없었다. 문은 확실히 잠겨 있지 않았다. 그는 소리 나지 않게 빗장을 들어 올렸다. 문을 뒤로 열면서 안으로 조용히 들어섰다. 압도하는 정적 속에서 숨 쉬는 소리 같기도 하고 흐느낌 같기도 한 희미한 소리가 들렸다. 소리는 건물 반대쪽 끝에서 오고 있었다. 어둠 속에서 소리가 나는 방향으로 걸어가는 동안 바닥에 깔린 덮개가 그의 발소리를 죽여 주었다. 희미하기 그지없는 밤의 불빛에서 새어 나오는 반사광이 밖에서 들어와 교회 내부를 희부옇게 비춰 주었다.

머리 위로 높다랗게 성단소 계단 위에 주드는 커다랗고 단단하게 만들어진 라틴 십자가가 있는 것을 보았다. 교회의 복원을 기념하기 위하여 디자인 된 것으로 추측되는, 원래의 십자가만큼 커다란 것이었다. 그것은 보이지 않는 철사에 의해 공중에 매달려 있는 듯했다. 거기에는 큼직한 보석들이 박혔으며, 십자가가 조용하고 거의 눈에 뜨이지 않는 동작에 의하여 앞뒤로 진동하는 동안, 보석은 외부에서 들어온 약한 빛에 의하여 희미하게 반짝거렸다. 그 아래 마루 위에는 까만 옷 더미처럼 보이는 물체가 깔려 있었다. 좀 전에 들은 흐느낌은 거기서 반복되었다. 포석 위에 엎드린 수였다.

"수!" 그가 속삭였다.

하얀 물체가 드러났다. 수가 얼굴을 들어 올린 것이었다.

"나에게서 뭘 원하세요, 오빠?" 거의 날카로울 만큼 그녀가 말했다. "여기 오지 말아야 해요! 혼자 있고 싶어요! 왜 여기서 방해해요?"

"어떻게 그런 소리를 할 수 있어!" 그는 빠른 목소리로 비난을 쏟아 놓았다. 그를 대하는 그녀의 태도 때문에 그의 가슴 전체가 한복판까지 상처를 입었다. "왜 오냐고? 내 자신보다 자기를 더 사랑하는, 자기가 날 사랑하는 것보다 더, 훨씬 더 사랑하는 내가 아니면 누구에게 여기 올 권리가 있는지 말해 봐! 왜 날 버려 두고 혼자 왔지?"

"날 비난하지 마세요, 오빠. 난 그 비난을 견딜 수가 없어요. 내가 자주 말했지요. 날 지금 이대로 받아 주세요. 난 내 혼미스러운 정신 때문에 좌절된 비참한 인간이에요. 아라벨라가 왔을 때 나는 더 이상 견딜 수가 없었어요. 너무 비참해져서 그 자리를 나올 수밖에 없었어요. 여전히 아라벨라가 오빠의 아내고, 리처드가 내 남편으로 생각돼요!"

"그러나 그들은 우리에게 아무것도 아니야!"

"그래요, 사랑하는 친구, 그들은요. 난 이제 결혼을 보는 눈이 달라졌어요. 이런 것을 보여 주기 위해서 나의 아기들을 빼앗아 갔어요! 아라벨라의 아이가 내 아기들을 죽인 것은 심판이었어요. 의로운 자가 불의를 죽인 거죠. 무엇을, 난 무엇을 해야 하죠? 나는 너무 추한 인간이에요. 보통 사람들과 섞이기에는 너무나 가치 없는 사람이에요!"

"이럴 수가!" 주드의 눈에 눈물이 돌았다. "잘못한 것이 없는데 그렇게 후회를 하는 것은 터무니없고 부자연스런 일이야!"

"아, 오빠는 나의 나쁜 면을 몰라요!"

그는 격정적으로 대꾸했다. "나는 알고 있어. 머리끝에서 발끝까지. 자기는 내가 기독교나 신비주의나 승권(僧權) 지상주의나 그 밖의 기독교적인 것을 증오하게 만들고 있어. 자기에게서 이러한 증세의 악화가 그런 데서 파생한다면 말이야. 시인, 선각자, 영혼이 다이아몬드처럼 반짝이는 여자, 세상의 현자들 모두가 수를 알 수 있다면 자랑스러워할 여자가 이렇게 되다니! 난 신과 아무 관계가 없는 것이 기뻐, 너무 기뻐. 만약 신이 자기를 이런 식으로 파멸시킨다면!"

"오빠는 화가 났어요. 그래서 나한테 친절하지 않아요. 상황이 어떻게 되는 줄 몰라요."

"그럼 나하고 집으로 갑시다, 사랑하는 사람. 내가 지고있는 짐이 너무 과중하오. 자기는 지금 정신이 산란하고." 그는 팔로 그녀의 몸을 감아 일으켰다. 그녀가 따라왔으나 그의 부축 없이 걷기를 원했다.

"오빠, 난 오빠를 싫어하지 않아요." 그녀가 달콤하고 간청하는 목소리로 말했다. "난 오빠를 많이 사랑해요! 단지, 난 오빠를 사랑해서는 안 돼요. 이 이상은요. 오, 나는 더 이상 사랑하지 말아야 돼요!"

"난 수긍할 수 없어."

"그러나 난 오빠의 아내가 아니라고 결정했어요! 난 그 사람에게 속해요. 난 성사를 통해 평생 동안 그 사람과 맺어졌어요. 그건 누구도 바꿀 수가 없어요!"

"세상에서 두 사람이 부부로 맺어진다면, 우리 둘은 남편과 아내로 맺어졌어. 의심할 여지없이 자연이 맺어 준 결혼이야!"

"그러나 하늘이 맺어 준 결혼은 아니에요. 하늘에서는 다른 사람과 맺어졌고 멜체스터의 교회에서 영원히 인준되었어요."

"수, 수. 고통이 자기를 이런 비이성적인 상태로 만들었어! 너무나 많은 것들에 대하여 자기의 관점으로 나를 인도해 놓고 나서, 이런 식으로 자기는 갑자기 정반대 방향으로, 아무 이유도 없이 돌아 버리다니! 단지 정감을 통하여 전에 한 모든 이야기를 뒤엎어 버리고는. 조금 남아 있던 교회에 대한 애정과 존경심을 자기는 나에게서 뿌리째 뽑았어······. 내가 이해할 수 없는 것은 전에 자신에게 있던 논리적 생각에 대해 자기가 지금 놀라울 만큼 눈을 감고 있다는 점이야. 이게 자기에게만 특수한 점이야? 아니면 여자에게 공통된 점이야? 여자는 생각하는 단위가 맞아? 아니면 항상 정수(整數)에 이르지 못하는 분수(分數)야? 결혼은 어색한 계약일 뿐이라고 자기가 주장을 해 놓고, 결혼은 계약임이 분명하지만, 결혼에 대한 모든 반대를, 모든 모순을, 얼마나 강하게 보여 주었어! 우리 두 사람이 함께 행복하던 시절에 둘 더하기 둘이 넷이었다면, 그건 확실히 지금도 넷을 만들지 않니? 나는 이해할 수가 없어, 거듭 말하지만, 이해가 되지 않아!"

"아, 사랑하는 오빠, 그건 오빠가 귀머거리가 되어 음악을 듣는 사람들을 바라보기 때문이에요. '저 사람들이 뭘 쳐다보고 있지? 저기 아무것도 없잖아.' 오빠는 이렇게 말하는데, 실제 뭐가 분명 거기 있어요."

"그건 억지소리야. 꼭 맞는 비유가 아니라고! 자기는 낡은 편견의 껍질을 버리고, 나에게도 그렇게 하기를 가르쳤어. 그런데 이제 자기는 자기 자신으로 돌아가 버렸지. 자기를 바라보는 입장에서 나는 완전히 바보가 되었음을 고백하지 않을 수가 없어."

"친애하는 친구, 나의 유일한 친구, 나에게 너무 엄격하게 대하지 마세요! 난 지금 이대로의 나를 어쩔 수가 없어요. 나는 내가 옳다는 사실을 확신하고 있을 뿐이에요. 난 드디어 빛을 보고 있어요. 그러나 오, 그 빛이 날 어떻게 인도하죠!"

그들은 몇 발짝 더 걸어가서 교회 건물 밖으로 나왔다. 그녀는 열쇠를 돌려주었다. "이 여자가 그 여자인가?" 수가 열쇠를 돌려주고 왔을 때, 넓은 길에 나와 있는 자신을 발견하고 힘이 다소 솟아나는 것을 느끼면서 주드가 중얼거렸다. "이 여자가 이교도의 신을 가장 기독교적인 이 도시로 가져온 여자인가? 미스 폰트오버가 하이힐로 그 이교도의 상을 부쉈을 때 그녀가 하는 짓을 흉내 낸 사람인가? 기번과 셸리와 밀의 말을 인용한 그 사람인가? 아폴로 상과 비너스 상은 지금 어디 있는가!"

"오, 그러지 마세요, 그렇게 잔인하지 마세요, 오빠. 난 너무 비참해요!" 그녀가 흐느꼈다. "견딜 수가 없어요. 난 오빠와 이성적으로 따질 수가 없어요. 내 잘못이었어요. 난 자만심에 차서 교만했어요! 아라벨라의 출현이 모든 걸 끝장냈어요. 날 놀리지 마세요. 칼처럼 날 찔러요."

그는 팔로 그녀를 얼싸안고 조용한 거리에서 그녀가 그를 제지하기 전에 열정적으로 키스를 퍼부었다. 그들은 작은 커피집 앞에 올 때까지 걸었다. "오빠," 그녀가 눈물을 감춘 채 말했다. "이 집에서 방을 하나 얻는 것이 어때요?"

"그럴게. 만약에, 만약에 자기가 정말로 원한다면. 그러나 진정으로 그러길 원하는 거야? 집으로 가자. 그리고 보자고."

그는 그녀를 집 안으로 데리고 들어갔다. 그녀는 저녁을 먹지 않겠다고 말하고 어두운 계단으로 올라가 성냥불을 켰다. 그녀는 몸을 돌려 주드가 따라와 방문 앞에 서 있는 것을 발견했다. 그녀가 그에게로 다가가서 그녀의 손을 그의 손에 얹었다. 그리고 "잘 자요." 하고 인사를 했다.

"하지만 수! 우리 이 집에 함께 살고 있잖아?"

"오빠는 내가 원하는 대로 한다고 말했어요!"

"그래, 좋아! ……내가 한 것처럼 따지는 것이 잘못된 짓이야! 처음 옛날 식으로 양심에 따라 결혼을 할 수 없었을 때 헤어졌어야 했어. 세상이 우리의 계획 같은 이런 실험을 용납할 수 있을 만큼 계몽되어 있지 않아. 선각자처럼 행동할 수 있다고 생각한 우리는 누구지!"

"어쨌든 오빠가 그런 정도로 생각한다니 반가워요. 내가 행동한 것은 의도적이지는 않았어요. 질투와 흥분으로 난 내 거짓된 위치에 빠져들었어요!"

"그러나 분명히 사랑 때문이겠지. 날 사랑했어?"

"그래요. 그러나 난 그 사랑이 거기서 그 이상 발전되지 않고 우린 항상 그냥 연인이기만 바랐어요. 그런데……."

"그러나 사랑하는 연인들이 영원히 그렇게만 살 수 없어!"

"여자는 그럴 수 있어요. 남자는 그럴 수가 없지요. 왜냐하면 그들은…… 그러지 않을 테니까요. 여자는 남자보다는 이런 점에서 우월해요, 여자는 선동하지 않으니까요. 화답할 뿐이지요. 우린 정신적 교감 속에서만 살았어야 했어요. 그 이상은 말고요."

"내가 변화의 불행한 원인이었어, 앞에서도 말한 대로…….어쨌든 좋을 대로 해! …… 인간의 천성은 타고난 대로지 어쩔 수가 없어."

"오, 그래요. 그런 걸 배워야죠, 자제를요."

"다시 반복하지만, 우리 두 사람 중에 잘못이 있다면 그건 자기가 아니고 나야."

"아니에요, 그건 나예요. 오빠의 나쁜 점은 여자를 소유하려는 남자의 자연스러운 욕구였어요. 나의 나쁜 점은 질투가 아라벨라를 제거하도록 나를 자극할 때까지는 오빠와 똑같은 것은 아니었어요. 난 자비심에서 오빠가 나에게 다가오는 것을 내버려 두어야 한다고 생각했어요. 내가 다른 친구에게 했듯이 오빠를 고통스럽게 하는 것은 아주 잘못된 이기적인 짓이라고 생각했어요. 오빠가 그 여자에게 돌아갈 거라는 두려운 마음이 일어나도록 하여 내 생각을 무너뜨리지 않았더라면 난 오빠에게 넘어가지 않았을 거예요……. 그러나 그 이야기는 더 이상 하지 마세요! 날 이제 내버려 둘 거예요, 오빠?"

"그래……. 그러나 수, 내 아내!"그가 외쳤다. "결국 자기에 대한 내 해묵은 비난은 진짜야. 내가 자기를 사랑한 만큼 자기는 날 결코 사랑하지 않았어. 결코, 결코! 자기의 가슴은 열정적인 가슴이 못 되지. 자기의 가슴은 불꽃 속에서 타지 않아! 자기는 대체로 요정이거나 정령의 일종이지, 여자가 아니야!"

"처음에는 오빠를 사랑하지 않았어요. 그 점은 인정해요. 처음 알게 되었을 때에는 오빠가 날 사랑하기만 원했어요. 난 오빠와 꼭 연애를 한 게 아니에요. 고삐 풀린 정열보다 더 일부 여성의 도덕심을 무너뜨리는 내면의 욕구가, 남자에게 끼칠 수 있는 해를 생각하지 않고 상대방의 관심을 끌고 그를 사로잡으려는 욕구가, 발동한 것뿐이었어요. 오빠를 손아귀에 넣은 것을 알았을 때 나는 두려웠어요. 그러고는 나중에, 어쩌다가 그랬는지는 모르지만, 오빠를 보낼 수가 없었어요. 다시 아라벨라에게로요. 그래서 오빠를 사랑해야 했어요. 그러나 보다시피 비록 사랑으로 끝났지만 시작은, 오빠를 향해 내 가슴은 아프지 않고 나를 향한 오빠의 가슴만 아프게 하는 이기적이고 잔인한 욕망에서 나왔어요."

"그런데 이제는 나를 떠남으로써 잔인함을 더하는군!"

"아, 그래요! 멀리 허우적거릴수록 해를 더하고 있어요!"

"오, 수!" 자신의 위험을 갑작스레 느끼면서 그가 말했다. "도덕적인 이유 때문에 부도덕한 짓을 하지 마! 자기는 나에게 사회적 구원이었어. 인간애를 위하여 나와 같이 있어 주렴! 내가 얼마나 약한 인간인지는 자기가 잘 알잖아? 나의 최상의 적 둘을 자기는 알고 있어. 여자에 약한 마음과 독한 술에 대한 나의 충동을 말이야. 수, 자신의 영혼을 구하기 위해 나를 그들의 손아귀에 버리지 마! 자기가 나의 수호천사가 된다음 그들은 나와 완전한 거리를 두었어! 나는 자기를 갖게 된 이후 모험에 대한 부담 없이 어떤 유혹으로도 들어갈 수 있었어. 나의 안전이 독단적 원칙을 약간은 희생시킬 가치가 없는 거야? 자기가 나를 떠나면 그것은 깨끗하게 씻은 돼지를 진흙 속에서 다시 허우적거리도록 하는 것이 될 텐데 그게 두려워!"

수가 울음을 터뜨렸다. "그래서는 안 돼요, 오빠! 그러지 말아야 돼요! 오빠를 위해 밤낮으로 기도를 할게요!"

"좋아요, 걱정 마. 슬퍼할 것 없어." 주드가 너그럽게 말했다. "그때 난 자기 때문에 고통을 받았어. 이제 고통을 다시 받는군. 그러나 자기만큼은 아니겠지. 긴 안목으로 보면 대개는 여자가 가장 큰 희생자니까!"

"그래요. 여자가 고통을 당하는 거죠."

"여자가 절대적으로 가치가 없거나 경멸스럽거나 하지 않으면. 어쨌든 이 여자는 그렇지 않아!"

수가 예민하게 한숨을 한두 번 내쉬었다. "그녀는…… 미안하지만! ……이제 오빠, 잘 자요, 제발!"

"있으면 안 되나? 꼭 한 번만이라도 안 되나? 전에도 여러 번 그랬는데……. 오, 수, 내 아내, 왜 안 되지!"

"아니에요, 아니에요, 아내가 아니에요……. 오빠, 오빠는 날 마음대로 할 수 있어요. 이제 이만큼이나 왔는데 나를 다시 유혹해서 제자리에 돌려놓지 마세요!"

"좋아. 하라는 대로 하겠어. 처음 자기 뜻을 꺾은 데 대한 속죄로 그러겠어. 얼마나 내가 이기적이었던가. 난 남자와 여자 사이에 존재했던 지고지순한 사랑의 하나를 망쳤지! ……그러면 이 시간부터 우리 신전의 베일이 둘로 갈라지게 두라고!⁴¹⁾"

그는 침대로 가서 그 위에 있는 베개 한 쌍 중에서 하나를 밀어내어 마루로 던졌다.

그녀가 그를 쳐다보았다. 그리고 침대 가로 널에 몸을 구부려 말없이 눈물을 흘렸다. "이건 나에게 양심의 문제이지 자기가 싫어서 그러는 게 아니라는 걸 몰라요!" 그녀가 말을 잇지 못했다. "오빠를 싫어하다니! 더 이상 말을 못 하겠네요. 가슴이 미어져요. 내가 시작했던 것 모두를 원 위치로 돌려놓고 마는 거예요. 오빠, 잘 자세요!"

"잘 자요." 그가 가려고 몸을 돌렸다.

"오, 나에게 키스해 주세요!" 그녀가 몸을 일으키면서 말했다. "난 견딜 수가 없어요!"

그는 그녀를 껴안았다. 그리고 전에 그런 적이 없는 식으로 그녀의 눈물 젖은 얼굴에 키스를 했다. 수가 "잘 가세요, 잘 가세요!"라고 할 때까지 두 사람은 말없이 포옹을 한 채 서 있었다. 수가 부드럽게 그를 밀어내면서 포옹에서 빠져나갔다. 슬픈 마음을 달래기나 하는 듯이 그녀가 이렇게 말했다. "우린 좋은 친구로 남을 거죠, 오빠, 그렇죠? 우린 가끔 만날 거죠, 그렇죠! 그리고 모든 것 잊어버리고 예전의 우리처럼 돌아갈 거죠?"

주드는 아무 말도 하지 않고 몸을 돌려 층계를 내려갔다.

---

41) 「마가복음」 15장 38절 참조.

4

수의 정신적 변화 때문에 이제 그녀가 헤어질 수 없는 남편으로 생각하는 남자는 아직 메리그린 마을에 살고 있었다.

아이들의 비극이 있기 전날 필롯슨은 그녀와 주드가 크라이스트민스터에서 비를 맞으며 행렬이 강당으로 가는 모습을 지켜보는 것을 보았다. 그러나 그는 그것을 함께 있던 친구 길링엄에게 그때에는 말하지 않았다. 길링엄은 메리그린에서 필롯슨과 며칠을 묵고 있었으며, 그날 크라이스트민스터를 방문하자고 한 사람도 그였다.

"무슨 생각을 하나?" 길링엄이 집으로 돌아오는 길에 필롯슨에게 물었다. "따지 못한 대학 학위인가?"

"아니, 아니야." 필롯슨이 퉁명스럽게 말했다. "오늘 본 사람을 생각했어." 그는 잠시 뒤에 말을 덧붙였다. "수잔나를 봤어."

"나도 봤지."

"자네 아무 말도 하지 않았잖아."

"자네 관심을 그리로 끌고 싶지 않았지. 그러나 자네 입장에서는 이렇게 말했어야지, '안녕하셨소, 옛날의 아내?'"

"아, 그럴 수도 있었겠지. 그러나 이런 건 어떻게 생각하나? 내가 그녀와 이혼을 했을 때 그녀에게는 잘못이 없었다고 생각할 이유가 충분했다고, 그래서 내가 잘못 생각했다고 말이네. 정말 그래! 거북하지, 그렇지 않은가?"

"어쨌든 확신한 건, 그 이후 그녀가 자네를 바로 인도하려고 애를 썼다는 점이야."

"흠, 그건 값싼 냉소네. 내가 그때 기다렸어야 했어, 논란의 여지없이."

그 주 주말에 길링엄이 섀스턴 근처의 학교로 돌아가자 필롯슨은 그의 습관대로 알프레드스턴 시장으로 갔다. 그는 주드가 알기 전에 알았던 긴 언덕길을 걸어 내려가면서 아라벨라가 알려 준 이야기를 다시 생각해 보았다. 그가 경사진 이 언덕길을 밟고 지나간 역사는 주드의 경우처럼 그렇게 강렬한 것은 아니었다. 그는 시내에 도착하자 늘 읽는 그 주간의 지방지를 샀다. 그는 8킬로미터의 귀갓길 전에 잠시 쉬기 위하여 퍼브로 들어가 자리를 잡았다. 그리고 주머니에서 신문을 뽑아내 읽기 시작했다. '석공 아이들의 이상한 자살'이라는 기사가 그의 시선으로 들어왔다.

감정에 쉽게 동하지 않는 필롯슨이었지만 그 기사는 그의 마음을 아프게 했다. 기사의 내용도 적잖게 수수께끼로 다가 왔다. 그는 기사에 난 큰아이의 나이를 이해할 수 없었다. 그러나 신문 기사가 여러 면에서 사실에 근거하고 있음은 의심할 여지가 없었다.

"그들의 슬픔의 잔이 이제 꽉 찼구나!"[42] 그가 중얼거렸다. 그는 수를 생각하고 그녀가 자신을 떠나 얻은 게 무엇인지에 대하여 생각했다.

아라벨라가 알프레드스턴에 집을 정하고 교사가 매주 토요일 장으로 나오는 한, 몇 주 사이에 두 사람이 다시 만나는 것은 놀라운 일이 아니었다. 두 사람이 만난 정확한 시간은 그녀가 크라이스트민스터에서 막 돌아온 직후였다. 그녀는 크라이스트민스터에서 처음 계획했던 것보다는 좀 더 길게 머물렀는데, 주드에 대하여 관심 있게 관찰하기 위해서였다. 주드는 그녀를 보지 않았다. 필롯슨이 아라벨라를 만난 것은 그가 집으로 돌아가는 길에서였다. 아라벨라는 그때 막 시내로 들어오고 있었다.

"이 길을 걷기 좋아하는 모양이지요, 카틀렛 부인?" 그가 인사를 했다.

"다시 좋아하게 되었어요." 그녀가 대답했다. "처녀 시절에 결혼해서 한 사람의 아내로 살았던 곳이고, 그래서 내 인생에서 내 감정과 관계있는 과거의 모든 것이 이 길과 섞여 있어요. 그 과거가 최근에 다시 살아나고 있어요. 크라이스트민스터를 찾아갔으니까요. 그래요, 주드를 보았어요."

---

42) 「마태복음」 26~28장 참조.

"아, 그 사람들 무서운 고통을 어떻게 견디고 있습니까?"

"대 – 단히 이상하게요. 대 – 단히 이상하게요! 그 여자는 주드와 함께 살지 않아요. 크라이스트민스터를 떠나기 전에 소문으로 들었는데 확실해요. 내가 그들을 찾아갔을 때 그들의 하는 태도를 보고 상황이 그쪽으로 가고 있다고 생각했어요."

"남편과 같이 살지 않는다? 내 생각으로 그런 일은 두 사람을 더 단단히 합쳤을 것 같은데."

"그는 결국 그 여자의 남편이 아니에요. 사람들은 그들을 오랫동안 부부로 생각했지만 그 여자는 그와 결혼하지 않았어요. 지금 와서는, 이 슬픈 사건이 둘의 결혼을 서둘도록 하고 모든 것을 법적으로 끝내는 대신, 그 여자가 이상한 종교를 받아들였어요. 카틀렛이 죽었을 때 나에게도 고통은 왔지만, 그 여자는 그 고통을 좀 더 신경질적으로 받아들이고 있어요. 그 여자는, 내가 들은 바에 의하면, 하느님과 교회의 관점에서는 선생님의 아내라고, 선생님만의 아내라고 한대요. 인간의 행동으로는 다른 사람의 아내일 수가 없다는 거예요."

"아, 그래요? …… 헤어졌어요? 그들이!"

"선생님, 큰아이는 내 아들이었어요……."

"오, 부인 아이라고요!"

"그래요, 가엾은 꼬마……. 고맙게도 합법적인 결혼 테두리 안에서 태어났는데. 그 여자는 다른 무엇보다도 내가 자기 위치에 있었으면 하는 마음이었던 것 같아요. 확실하지는 않아요. 어쨌든 난 곧 이곳을 떠나요. 지금은 아버지를 돌봐 드려야 하는데, 이런 단조로운 곳에서는 살 수 없어요. 난 크라이스트민스터나 다른 큰 도시의 술집에서 일하기를 바라요."

그들은 거기서 헤어졌다. 필롯슨은 언덕길을 몇 걸음 더 가다가 걸음을 멈추고 아라벨라를 불렀다.

"그 사람들 주소가 뭐죠? 뭐였나요?"

아라벨라가 주소를 알려 주었다.

"고맙습니다. 안녕히 가세요."

아라벨라는 자기 길을 가면서 음흉스러운 미소를 띠었다. 그녀는 가지치기한 버드나무들이 시작되는 지점에서 시내 첫 번째 거리에 있는 옛날의 구빈원 자리까지 계속해서 보조개 만드는 연습을 하면서 걸어갔다.

필롯슨은 메리그린으로 가는 오르막길을 오르기 시작했다. 그는 처음으로 오래간만에 희망에 찬 마음을 느꼈다. 녹지의 커다란 나무 아래를 지나 그의 생활처럼 쪼그라든 초라한 학교 건물로 갔다. 그는 잠시 학교 앞에 서서 수가 문을 열고 자기를 마중 나오는 상상을 했다. 자신의 자선심에서 수를 가게 내버려 둠으로써 기독교인이나 이교도나 필롯슨만큼 불편한 경우를 겪은 사람도 없다. 거의 견딜 수 없을 정도로 그는 덕성 높은 사람들의 자선에 의지하며 정처 없이 쫓겨 다녔다. 그는 거의 기아선상을 헤매었으며, 지금은 이 마을 학교에서 주는 조그마한 수입에 그의 생계를 전적으로 의존했다. (학교의 이사장인 신부님은 그와 친구라는 이유 때문에 나쁜 말을 들어야 했다.) 그가 수를 좀 더 엄격하게 다루었으면 그녀의 반항 정신이 이내 무너졌을 것이라는 아라벨라의 충고를 그는 자주 생각했다. 그러나 세간의 여론과 그가 복종하도록 훈련받아온 원칙에 대한 그의 고집과 비논리적인 저항 때문에 그의 아내에 대해서 그가 취한 행동이 옳았다는 확신에는 변함이 없었다.

감정에 의하여 한쪽으로 뒤집힐 수 있는 원칙은 같은 재난에 의하여 다른 쪽으로도 무너질 수 있다. 수에게 자유를 허락한 그의 본능은 그녀가 주드와 살았기 때문에 그녀를 더 나쁘게 보는 일은 없도록 했다. 그는 그녀를 사랑하지 않았지만 이상하게 아직도 그녀를 원했다. 깊이 숙고할 것 없이 그녀가 스스로 그에게 온다는 전제이면, 그는 자신의 여자로 그녀를 다시 받아들이는 것에 만족하리라고 생각했다.

세상의 경멸이라는 냉정하고 비인간적인 비난을 차단할 장치가 필요했다. 거기에 대비하는 방법은, 수에 대해서 잘못된 견해를 갖고 있었으며 이혼 절차가 잘못되었다는 점잖은 구실을 내세워 그녀를 다시 데려다가 한 번 더 결혼식을 올리는 것이었다. 그러면 그는 안락함도 얻고 옛날의 생활로 돌아가 면허를 따서 교회에 들어가거나, 그렇지 않으면 섀스턴의 학교로 복직하는 길도 있을지 몰랐다.

그는 길링엄에게 편지를 써서, 자신의 계획과 수에게 편지를 쓰는 것은 또 어떤지를 물어보기로 했다. 길링엄은 회답에서, 수는 떠났으니 그녀를 그냥 내버려 두는 것이 최상이며, 그녀가 누구의 아내라면 그것은 세 아이를 낳아 주고 엄청난 비극적 사건을 함께 겪은 남자의 아내라고 했다. 그녀에 대한 그의 애정이 보통 이상으로 강하기 때문에 두 사람은 시간이 지나면 그들의 결합을 법으로 해결해, 모든 것이 다 잘되고 격식도 갖출 것이며, 일이 순서대로 풀려 나갈 것이라고 그의 의견을 적어 보내왔다.

"그러나 그들은 그러지 않을걸. 수가 그러지 않을 거야!" 필롯슨이 혼자 중얼거렸다. "길링엄은 너무 사실에 집착해. 수는 크라이스트민스터의 정감과 가르침에 영향을 받았어. 난 그녀가 결혼의 불용해성을 믿는다는 사실을 잘 알아. 그런 생각이 어디서 오는지도 알아. 그 생각은 내 뜻과는 다르지만, 내 생각을 밀고 가기 위해 좀 이용해야지."

필롯슨이 짧은 회신을 길링엄에게 보냈다. "내가 전적으로 틀린 줄을 아네. 그러나 자네와 의견을 같이하지는 않네. 그와 함께 살고 그의 아이를 셋이나 낳았다는 사실에 관해 내 느낌은 (난 구식 논조로 그 문제를 논리적이며 도덕적으로는 방어할 수 없지만) 그것이 그녀의 교육을 끝낸 것 이상은 아니라는 점이야. 난 그녀에게 편지를 써서 그 여자가 말한 것이 사실인지 아닌지를 알아보겠네."

그가 이렇게 마음먹은 것은 그의 친구에게 편지를 쓰기 전이었기 때문에 길링엄에게 편지를 꼭 써야 할 이유는 없었다. 그러나 이런 식으로 행동하는 것이 그의 방식이었다.

따라서 그는 조심스럽게 생각을 피력한 편지를 수에게 썼다. 그는 그녀의 감정적 기질을 알기 때문에 편지 속 여기저기에 라다만토스[43]식 엄격한 어조를 섞어 가면서, 그녀를 놀라

---

43) 그리스 신화에 나오는 지하 세계의 재판관으로 엄격한 판관의 대표적 인물이다.

게 하지 않기 위해 자신의 이교도적 감정은 조심스럽게 감추려 했다. 그는 편지에서 그녀의 인생관이 많이 바뀐 사실을 알게 되었는데, 그들 자신의 결별 이후 일어난 사건 때문에 자기자신의 인생관도 많이 수정되었음을 알리지 않을 수 없다고썼다. 또 그녀에게 보내는 그의 편지는 열정적인 사랑과는 상관이 없음을 감추지 않겠다고 밝혔다. 편지를 쓰게 된 동기는두 사람의 삶을 성공은 아니더라도, 그 당시에는 정의와 자비와 이성이라고 생각했던 원칙을 통하여 행동함으로써, 적어도비참한 실패작은 (그럴 가능성의 위협이 따르기 때문에) 되지 않도록 하기 위해서라고 썼다.

본능적이며 제한받지 않은 정의와 옳음에 탐닉하는 것은우리의 문명 같은 오래된 문명 속에서는 법적으로 허락되지않았음을 그는 발견했다. 보통의 안락과 명예를 즐기고 조잡한 사랑과 친절이 베풀어지도록 두려면, 후천적으로 습득하고기른 정의와 옳음의 이름 아래서 활동하는 것이 필요했다.

그는 그녀가 메리그린으로 와서 자기와 합치는 것이 좋겠다고 시사했다.

그는 편지를 다시 한번 읽어 보고는 마지막 두 번째 구절은지워 버렸다. 그는 편지를 다시 써서 즉시 띄웠다. 그리고 흥분된 상태에서 결과를 기다렸다.

며칠 뒤 크라이스트민스터의 비어시바 교외를 감싸는 하얀안개 속으로 한 사람의 모습이 움직여 가고 있었다. 비어시바는 수와 헤어진 이후 주드 폴리가 하숙을 정한 지역이었다. 주드의 하숙방 문에서 두려워하는 듯한 노크 소리가 들렸다.

저녁 시간이어서 주드는 마침 집에 있었다. 어떤 예감이 떠올라 그는 얼른 일어나 직접 문으로 달려갔다.

"나하고 밖으로 좀 나갈 수 있어요? 방 안으로 들어가는 것은 싫어요. 난 좀…… 이야기를 했으면 해요. 그리고 오빠와 묘지에 갔으면 해요."

이 말을 하는 동안 수의 억양은 떨리고 있었다. 주드는 모자를 썼다. "밖은 황량할 텐데." 그가 말했다. "그러나 방으로 들어오지 않겠다면, 난 괜찮아."

"그래요, 들어가고 싶지 않아요. 시간은 오래 걸리지 않을 거예요."

주드는 대화를 계속하기에는 너무 흥분되어 있었다. 그녀도 이제는 단순히 신경으로만 뭉쳐 있는 덩어리 같아서 모든 추진력이 다 사라진 것 같았다. 그들은 아케론강[44]의 유령들처럼, 안개 속을 아무 말도 손짓도 하지 않고 오랫동안 걸었다.

"알려 줄 이야기가 있어요." 그녀가 입을 열었다. 그녀의 목소리가 일정하지 않고 금세 빨라졌다가 금세 느려지곤 했다. "이 이야기를 우연히 다른 데서 듣지 않도록요. 나 리처드에게 돌아가요. 그 사람은 너무 관대하게 모든 것을 용서하기로 했어요……"

"돌아가? 어떻게 당신이 돌아가?"

---

44) 그리스 신화에 나오는 아케론 강은 명부(冥府)에 있으며, 암울하고 어두운 상황의 대명사이다.

"그 사람이 다시 나와 결혼을 하기로 했어요. 그건 형식적인 것이고, 세상의 눈을 만족시키기 위한 것이지요. 세상은 사물을 있는 대로 보지 않으니까요. 그러나 난 물론 이미 그 사람의 아내예요. 그 점에 대해서는 변한 것이 없어요."

그는 격렬한 고통을 느끼면서 그녀를 바라보았다.

"그러나 수는 내 아내야! 그래, 자기는. 그건 너도 잘 알아. 너는 항상 후회했지. 체면을 살리기 위해 집을 비웠다가 합법적으로 결혼을 한 것처럼 꾸미면서 다시 집으로 돌아온 것을 말이야. 난 수를 사랑했고 수도 날 사랑했어. 우리는 서로 밀착되어 있었어. 바로 그것이 결혼이야. 우린 아직도 사랑하잖아. 자기나 나나…… 나는 알고 있어, 수! 따라서 결혼은 취소된 것이 아니야."

"그래요. 오빠가 결혼을 어떻게 보는지 나는 알아요." 그녀는 절망적으로 자신을 억제하면서 대답했다. "그러나 난 그 사람과 다시 결혼할 거예요. 오빠가 말하는 결혼을요. 엄격히 말해서 오빠도, 또 내가 이런 말 하는 것 기분 나빠하지 마세요, 오빠도 다시 받아들이세요, 아라벨라를요."

"나보고 그러라고? 맙소사, 다음은 뭐지? 그러나 자기와 내가 법적으로 결혼을 했다면, 우리는 막 그러기 직전이었지만, 어떻게 되는 거야?"

"그래도 마찬가지예요. 우리 결혼은 결혼이 아니라고 생각할 거예요. 난 리처드가 요청한다면 혼배 성사를 하지 않고도 그에게 돌아갈 거예요. 그러나 '세상과 세상의 길은 어떤 가치를 지니고 있나니.'(내 생각에는요.) 따라서 식을 반복하는 데 동의해요⋯⋯. 풍자와 논쟁으로 나에게서 모든 생명력을 짓밟지 마세요, 제발 부탁해요. 한때 난 가장 강한 사람이었어요, 나도 알아요. 내가 오빠를 잔인하게 대했을지도 모르겠어요. 그러나 오빠, 악을 선으로 갚으세요! 이제 난 약자예요. 나에게 복수를 하지 말고 친절하게 대해 주세요. 오, 친절을 베풀어 주세요. 좋아지려고 애쓰는 불쌍하고 못된 여자에게요!"

그는 절망적으로 머리를 저었다. 눈은 젖어 있었다. 아이들을 잃은 충격이 그녀의 사고력을 파괴해 버린 것 같았다. 한때는 예리했던 통찰력이 흐려져 있었다. "모두 잘못되었어. 모두 잘못되었어!" 그가 쉰 목소리로 말했다. "과오, 고집! 미칠 지경이야. 그 사람을 좋아해? 그 사람을 사랑하냐고? 그렇지 않다는 것을 자기는 알고 있잖아! 그건 광적인 매음 행위야. 그래, 하느님 날 용서하소서. 바로 매음 행위라고!"

"난 그를 사랑하지 않아요. 가장 깊은 자책의 마음에서 나는 그것을 인정하지 않을 수 없어요. 그렇지만 그에게 복종함으로써 나는 사랑하는 것을 배우도록 노력할 거예요."

주드는 따지고 강요하고 간청했다. 그러나 그녀의 결심은 요지부동이었다. 그녀에게 지상에서 한 가지 확고한 것은 그 결심인 듯했다. 이 결심에서의 확고함이 그녀의 모든 다른 충동과 욕망을 흔들리게 하는 것 같았다.

"난 모든 것을 오빠에게 알리고 직접 내 입으로 말할 만큼 배려를 했어요." 그녀가 마음 상한 목소리로 말했다. "다른 사람에게서 이 이야기를 들어 무시당한 기분을 느끼지 않도록요. 그 사람을 사랑하지 않는다는 궁극적인 사실까지 인정했어요. 그러는 나에게 그토록 거칠게 나오리라고는 생각하지 않았어요! 난 오빠에게 한 가지 부탁을 하려고 했는데……."

"신부를 인도하는 것?"

"아니요. 보내 주었으면 해서…… 나한테 내 상자들을요. 오빠가 괜찮다면요. 그러나 오빠는 못 한다고 하겠죠."

"아니, 물론 하지. 그런데 그 사람이 자기를 데리러 오지 않나? 여기서 결혼하러? 그렇게는 채신을 낮추지 않겠다는 건가?"

"아니요, 내가 그렇게 못 하도록 했어요. 내가 내 뜻으로 그 사람에게 가요. 내가 내 뜻으로 그 사람을 떠났듯이요. 우린 메리그린에 있는 그의 교회에서 결혼해요."

그녀는 주드가 잘못 생각한다고 지적하는 점에서 너무나 슬프도록 순하고 상냥했다. 그는 그녀에 대한 연민의 마음 때문에 몇 차례나 눈물을 흘리지 않을 수 없었다. "수, 자기만큼 충동적인 참회를 하는 여자를 본 적이 없어! 응당 그래야 하는 절차에 따라, 바로 가기를 바라는 순간 자기는 구석을 두 번씩이나 맴도는군."

"아, 좋아요. 그러게 두세요……. 오빠, 작별 인사를 해야죠! 나하고 묘지에 갔으면 좋겠어요. 우리의 작별은 거기서 하게요. 내 생각의 잘못을 깨우치게 해 준 죽은 아이들의 묘지 곁에서요."

그들은 묘지 쪽으로 갔다. 문을 열어 달라고 하자 묘지 문이 열렸다. 그녀는 그곳에 자주 왔던 모양으로 어둠 속에서도 묘가 있는 곳으로 가는 길을 잘 알았다. 그들은 묘에 도착하여 말없이 섰다.

"여기예요, 우리가 헤어질 곳은요." 그녀가 말했다.

"그렇게 합시다!"

"신념에 따라 행동하는 날 무정하다고는 생각하지 마세요. 나에게 관대한 오빠의 헌신은 유례가 없어요! 오빠의 세속적인 실패는, 그것이 혹시 실패라면, 오빠의 잘못이기보다는 오히려 오빠의 장점이에요. 사람들 사이에서 가장 훌륭하고 가장 위대한 사람은 자신에게 세속적인 성공을 가져오는 사람이 아니라는 점, 기억하세요. 성공하는 사람은 모두 조금씩은 이기적이에요. 헌신적인 사람은 실패하죠……. '사랑은 스스로의 유익을 구하지 아니하노니.'[45]"

"「고린도 전서」의 그 장(章)에서 우리의 생각은 하나가 되는 거지, 사랑하는 사람. 그 글에서 우리는 친구로 헤어집시다. 수가 종교라고 부르는 나머지 모든 것이 사라져도 그 글은 남아 있을 거요!"

"그럼 그 글을 따지지 마세요. 오빠, 안녕히 가세요. 나의 동료 죄인이며, 가장 친절한 친구인 오빠!"

"잘 가시오, 나의 잘못 생각하는 아내여, 잘 가시오!"

---

45) 「고린도 전서」 13장 5절.

5

다음 날 오후에 눈에 익숙한 크라이스트민스터의 안개가 만물을 덮고 있었다. 정거장을 향해 걸어가는 수의 가냘픈 모습만이 오직 드러났다.

주드는 그날 직장으로 나갈 마음이 내키지 않았다. 그녀가 지나가고 있을 방향으로도 가고 싶지 않았다. 그는 반대 방향을 택해 황량하고 이상한 평지로 갔다. 나뭇가지에서 물이 뚝뚝 떨어지고 폐병이 기다리는 곳으로, 전에 한번도 가본 적이 없는 곳이었다.

"수가 날 떠났어…… . 떠났어!" 그는 비참한 목소리로 중얼거렸다.

한편 수는 크라이스트민스터를 기차로 떠나 알프레드스턴 가(街)에 도착하자 증기차를 타고 시내로 들어갔다. 필롯슨이 그녀를 마중 나오지 않은 것은 그녀의 요구에 의해서였다. 그녀는 자발적으로 그에게 오고 싶다고 편지를 썼다. 그가 있는 집으로 스스로 오겠다고 적은 것이었다.

금요일 저녁이었다. 이런 시간을 택한 것은 교사가 금요일 4시에 학교 일이 끝나면 다음 월요일 아침까지 쉬기 때문이었다. 베어 퍼브에서 임대한 작은 마차는 메리그린 마을까지 그녀를 태워 왔다가 실제 마을에서는 800미터쯤 떨어진 길 끝에서 그녀를 내려주었다. 그녀가 직접 그렇게 원했기 때문이었다. 마차는 그녀가 가져온 짐을 싣고 학교 사택까지 앞서 갔다. 마차가 짐을 내려놓고 돌아오다가 그녀를 다시 만났다. 그녀가 마부에게 교사의 집이 열려 있었는지를 물었다. 마부가 그렇다고 알려주고, 그녀의 짐은 교사 자신이 직접 받아 갔다고 말해 주었다.

그녀는 이제 사람들의 눈길을 끌지 않고 메리그린 마을로 들어갈 수 있었다. 그녀는 우물을 건너, 나무 아래 마을 건너 쪽에 예쁘게 새로 지은 학교 건물로 갔다. 그리고 노크 없이 문의 빗장을 들어 올렸다. 필롯슨이 수가 부탁한 대로 방 가운데 서서 기다리고 있었다.

"리처드, 나 왔어요." 그녀가 창백하고 불안해하는 표정으로 말하면서 의자에 깊숙이 내려앉았다. "믿을 수가 없어요, 당신이 용서한다는 것을……. 당신의 아내를!"

"전부 용서하오, 사랑하는 수잔나." 필롯슨이 말했다.

비록 신중한 말씨로 별다른 열의 없이 불렀지만 그녀는 그 애칭에 흠칫 놀랐다. 그러나 곧 기운을 냈다.

"내 아이들이…… 죽었어요. 아이들이 죽은 건 잘됐어요! 난 기뻐요, 거의 기뻐요. 아이들이 죄를 받고 태어났거든요. 그 아이들이 나에게 어떻게 살아야 하는지 가르침을 주기 위해 희생되었어요! 그 아이들의 죽음은 날 순화하는 제1단계였어요. 그런 점에서 아이들은 그냥 뜻 없이 죽은 것은 아니에요! …… 날 받아들일 거예요?"

그는 그녀의 말과 어조가 너무 가엾어서 의도한 것 이상의 행동을 했다. 허리를 굽혀 그녀의 뺨에 키스를 했다.

그녀는 자신도 모르게 그를 피했다. 그의 입술이 닿는 순간 그녀의 살이 떨렸다.

욕정이 되살아났기 때문에 필롯슨의 가슴이 철렁했다. "아직도 나에 대한 혐오감이 있구려!"

"오, 아니에요, 여보. 눅눅한 바깥바람을 뚫고 마차를 타고 와서 그래요. 몸이 추웠거든요!" 급하게 떠올린 불안의 미소를 띤 채 말했다. "결혼식은 언제할 거예요? 곧요?"

"내일 아침 일찍 했으면 해요. 정말로 당신이 원한다면. 당신이 왔다고 신부님에게 알리려던 참이었소. 그에게 모든 걸 다 말했소. 그는 매우 찬동하고 있소. 그는 결혼이 우리의 삶에 성공적이고 만족스러운 결과를 가져오리라고 했소. 그런데…… 당신 확고하오? 지금도 거절하기에는 늦지 않아요. 만약에…… 결혼을 감당할 자신이 없다면 말이오. 알겠소?"

"그래요, 그래요. 감당할 수 있어요. 빨리 했으면 좋겠어요. 말하세요, 신부님에게 빨리 알리세요! 이 일로 내 힘이 마모되었어요. 너무 오래 기다릴 수가 없어요!"

"뭘 좀 먹고 마신 다음 에들린 부인 집에 마련한 당신 숙소로 가서 쉬시오. 신부님에게는 내일 8시 반으로 말하겠소. 사람들이 일어나기 전에⋯⋯. 당신에게 그 시간이 너무 빠르지 않다면 말이오. 친구 길링엄이 결혼식을 도우러 여기 와 있소. 자신에게 매우 불편한 일인데도 고맙게 섀스턴에서 먼 길을 왔소."

물질적인 것에 예민한 보통 여자와 달리, 수는 그들이 있는 방에서 아무것도 보지 못하는 듯했다. 그녀가 처한 환경의 세부 사항을 전혀 보지 못하는 듯했다. 그러나 그녀는 토시를 내려놓기 위해 응접실을 가로질러 가다가 조그맣게 "오!" 소리를 내었다. 얼굴이 전보다 창백해졌다. 그녀의 표정은 자신의 관을 쳐다보는 사형수의 얼굴 같았다.

"뭐요?" 필롯슨이 물었다.

사무용 책상의 뚜껑이 열려 있었는데 그녀의 토시를 그 위에 얹어 놓다가 거기 있는 서류를 보게 된 것이었다. "오⋯⋯ 그냥⋯⋯ 이상하게 놀라서!" 그녀는 식탁으로 돌아와 외침의 소리를 웃음으로 얼버무리려 하면서 말했다.

"아! 그래요." 필롯슨이 말했다. "결혼 허가증이⋯⋯ 막 도착했소."

위층의 방에 있던 길링엄이 내려와 그들과 함께했다. 수는 자신에 관한 것을 빼고는 무엇이든지 그의 관심을 끌 만하다고 생각하는 것에 관해 이야기를 늘어놓으면서 예민하게 그의 환심을 사려고 노력했다. 그러나 길링엄의 관심은 수 개인에 관한 것이었다. 그녀는 시키는 대로 저녁 식사를 끝내고, 바로 근처에 있는 숙소를 떠날 채비를 했다. 필롯슨이 함께 녹지를 걸어가 에들린 부인의 문 앞에서 작별 인사를 했다.

에들린 부인이 그녀가 있기로 한 임시 숙소까지 함께 동행하여 짐을 푸는 일을 도와주었다. 다른 물건들 중에서 그녀가 우아하게 수를 놓은 나이트가운을 펼쳤다.

"오, 그게 짐 속에 들어간 줄은 몰랐네!" 수가 재빠르게 말했다. "그럴 뜻이 아니었는데. 여기 다른 게 있어요." 그녀가 아주 소박하기 그지없는 새 옷을 꺼냈다. 표백되지 않은 옥양목 옷이었다.

"그렇지만 이게 아주 예쁜데." 에들린 부인이 말했다. "저건 성서에 나오는 삼베옷보다 나을 게 없어!"

"그래요, 내 뜻이 그거죠. 이리 주세요."

그녀는 그것을 받아 있는 힘을 다해 찢기 시작했다. 찢는 소리가 집 안에서 올빼미 우는 소리만큼 크게 들렸다.

"그렇지만 얘야, 얘야! 무엇 때문에……."

"간통이에요! 그건 내 느낌이 없어진 것을 뜻해요. 오래전에 산 거예요. 주드 오빠를 기쁘게 해 주기 위해서요! 그건 없어져야 돼요!"

에들린 부인이 손을 들어 올렸으나 수는 흥분해서 리넨 천을 조각조각 찢어 내기를 계속했다. 그리고 찢은 조각들을 불속에 집어넣었다.

"그 옷을 나한테 줘도 좋을 텐데." 과수댁이 말했다. "그렇게 아름답게 수놓은 자수 옷이 불꽃 속에서 타 버리는 것을 보니 내 가슴이 아프구나. 수놓은 나이트가운이 나 같은 늙은 여자한테 소용이 있어 하는 소리는 아니다만. 나한테 그런 것이 필요한 시절은 다 지나가 버린 이야기지."

"저주받은 물건이에요. 그건 내가 잊고 싶은 일들을 되살려 줘요!" 수가 같은 말을 반복했다. "불쏘시개에나 알맞은 것들이에요."

"하느님, 맙소사. 너무 혹독하네! 그런 말은 왜 해서, 죽은, 귀엽고 순진한 아이들을 지옥으로 떨어트리냐고! 난 맹세코 그런 걸 종교라고 부르지는 않는다!"

수가 흐느끼면서 얼굴을 침대에 묻었다. "오, 그러지 마세요, 그러지 마세요! 그건 날 죽이는 거예요!" 그녀는 비탄에 젖어 계속 흐느끼며 무릎을 꿇고 앉았다.

"내 말 들어. 이 남자와 다시 결혼해서는 안 돼!" 에들린 부인이 화난 목소리로 말했다. "넌 아직 저쪽 남자를 사랑하고 있어!"

"그래요, 난 반드시…… 난 벌써 그 사람의 여자예요!"

"피이, 자네는 저쪽 남자의 사람이지. 처음에 그랬던 것처럼, 다시 얽매이는 맹세에 몸을 매고 싶지 않으면, 그러는 이유를 생각해서라도 그건 너의 양심이 칭찬받을 일이지. 그냥 같이 살다 보면 결국에는 잘되었을 텐데. 종국에 그건 누구의 문제도 아니고, 너희 두 사람만의 문제였으니까."

"리처드가 날 받아 준대요. 나는 가지 않을 수가 없어요! 만약 그가 거절을 했더라면, 그때는 내 의무가 아니었을 거예요. 주드 오빠를 포기하는 것요. 그러나……." 그녀는 계속 얼굴을 침대보에 묻은 채로 있었다. 에들린 부인이 방을 나갔다.

한편 필롯슨은 그의 친구 길링엄에게로 돌아갔다. 그는 아직 저녁 식탁에 그대로 앉아 있었다. 두 사람은 곧 식탁에서 일어나 잠시 담배를 피우기 위하여 마을 앞 녹지로 나갔다. 수의 방에서 불빛이 새어 나왔다. 그리고 블라인드 뒤로 그림자가 왔다 갔다 했다.

길링엄은 무어라고 꼬집어 표현하기 어려운 수의 매력에 깊은 인상을 받았다. 잠시 동안의 침묵 뒤에 그가 말했다. "마침내 그녀를 갖게 되었네. 그녀가 두 번씩이나 가지는 않겠지. 자네 손에 호박이 떨어졌네."

"그래! …… 그녀의 말대로 그녀를 받아들여도 되겠지. 사실대로 말하면 그녀를 받아들이는 데 이기적인 면이 있는 것 같아. 그녀가 지닌 본래 모습을 제외하고라도 나 같은 구시대 인간에게 그녀는 화사한 사치지. 그러나 그녀를 보내 준 나를 용서하지 않은 신부님들이나 정통파 교인들 눈에는 모든 것이 바로 되는 것으로 보일 거야. 따라서 이 결혼을 함으로써 나는 어느 정도 옛날 궤도에 다시 복귀하는 셈이지."

"그렇다면, 만약 그녀와 다시 결혼하는 정당한 이유가 있다면, 하느님의 이름으로 꼭 이 결혼을 지금 성사시켜야 하네. 난 자네가 새장 문을 열어 주어서 자살이 분명한데도 새가 날아가게 해 준 데 대하여 항상 반대를 한 사람이네. 자네가 그녀에 대하여 그렇게 마음 약하게 굴지 않았더라면 지금쯤 장학관이나 신부가 되었을 거네."

"내가 돌이킬 수 없는 자해를 한 것쯤 나도 잘 알고 있네."

"이제 그녀를 집으로 데려오면 단단히 지키게."

필롯슨은 오늘 밤 다른 어느 때보다 더 말을 모호하게 했
다. 그는 수를 다시 그에게 받아들인다는 것이 실제로는 그녀
를 가게 내버려 둔 데 대한 후회와는 아무 관계가 없고, 본질
적으로 관행과 직업에 반항하는 인간적 본능임을 분명하게
인정하려 하지 않았다. "그래, 그렇게 하지."라고 그는 말했다.
"이제 나는 여자를 좀 더 잘 알게 되었어. 그녀를 놓아준 것에
정의가 있었겠지만 다른 문제에 관해 나와 같은 견해를 가진
사람에게는 논리적으로 보이지 않겠지."

길링엄이 그를 쳐다보면서, 세상의 조롱과 자신의 육체적
욕구에 의하여 일어난 반동적 정신이, 필롯슨으로 하여금 그
녀에게, 전에 비공식적으로 그리고 심술궂게 친절했던 것보다
좀 더 정통적으로 잔인할 것인가를 궁금하게 생각했다.

"충동을 따르는 것은 소용이 없다고 생각해." 필롯슨이 매
순간 점점 자신의 위치에 따라 행동해야 할 필요성을 느끼면
서 말을 이었다. "난 교회의 가르침에 정면으로 저항했네. 그
러나 거기에는 미리 계획된 악의는 들어 있지 않았어. 여자들
은 그들의 영향력을 아주 이상한 방식으로 행사하지. 잘못 인
도된 친절로 유혹을 하는 거야. 그러나 난 이제 좀 더 잘 알게
되었네. 아마 약간의 분별력 있는 엄격함이 필요하겠지."

"그래. 그러나 자네는 단지 정도에 따라 고삐를 조여야 할
걸세. 처음엔 너무 심하게 조이지 말게."

필롯슨이 그렇게 말하지는 않았지만 조심은 필요하지 않았
다. "내가 그녀의 애정 도피에 합의한 데 대하여 일어난 소동
이후 그곳을 떠날 때 섀스턴의 신부가 한 말을 기억하네. '선생

님과 부인의 위치를 회복하는 유일한 길은, 현명하고 강한 손으로 부인을 제지하지 않은 선생님의 잘못을 인정하고, 부인이 온다면 다시 받아들여서, 앞으로는 엄격하게 대하는 것입니다.' 그러나 난 그때 너무나 완강하게 고집을 부려 전혀 그의 말에 주의를 기울이지 않았네. 이혼 후에 그녀가 그러리라는 것도 꿈도 꾸지 못했고."

에들린 부인의 집 문의 돌쩌귀가 짤가닥하더니 누군가 학교 쪽으로 걸어가는 것이 보였다. 필롯슨이 인사를 했다.

"오, 필롯슨 선생이시구먼." 에들린 부인이 말했다. "선생님을 좀 만나러 가는 참이었어요. 수가 짐을 푸는 것을 도우면서 2층에 그녀와 함께 있었어요. 선생님, 맹세코 이 결혼식은 안 됩니다."

"뭐라고요, 결혼식요?"

"예. 가엾은 수, 그녀는 이 결혼식에 자신을 강요하고 있어요. 얼마나 고통스러워하는지 선생님은 몰라요. 나는 종교를 찬성하지 않지만 반대하지도 않아요. 그러나 이 결혼식을 그냥 두어서는 안 돼요. 그녀를 설득해서 결혼식을 하지 않도록 해야 돼요. 물론 사람들은 그녀를 받아들이는 것이 잘하는 일이고, 또 용서하는 것이라고 말하겠지요. 그러나 난 그렇게 믿지 않아요."

"결혼은 그녀가 바라는 바예요. 그리고 나도 원하는 바이고요." 필롯슨이 엄숙한 태도로 말했다. 그녀의 말에 대한 반대가 그를 이제 비논리적으로 완강하게 만들었다. "큰 잘못이 바로잡히게 될 거예요."

"난 그 말을 믿지 않아요. 그녀는 그의 아내예요. 그의 아이를 셋이나 낳았어요. 그는 그녀를 아주 사랑해요. 이런 식으로 몰고 가는 것은 사악한 수치예요. 불쌍한 여자. 그녀는 자기편에 아무도 없어요. 그녀의 친구가 될 사람은 고집을 부려 근처에도 오지 못하게 하고요. 처음에 어쩌다가 이런 상황에 빠지게 되었는지가 궁금하네요!"

"난 모르지요. 분명히 난 아니에요. 모든 게 자발적이었어요. 내가 할 수 있는 이야기는 이것뿐이에요." 필롯슨이 딱딱하게 말을 했다. "에들린 부인, 입장을 바꾸셨군요. 경우가 아니네요!"

"내 말에 기분 나빠할 줄 알았어요. 그러나 괜찮아요. 진실은 진실이니까요."

"에들린 부인, 기분 나쁜 게 아니에요. 부인은 나에게 친절한 이웃이니까요. 난 나 자신과 수잔나를 위하여 무엇이 최상의 방법인지를 생각해 봐야겠어요. 부인은 우리와 같이 교회에는 가지 않겠군요?"

"물론 아니지요. 그런다면 천벌을 받지요……. 세상이 어떻게 되는지 모르겠어요! 요즘 세상에는 결혼식이 너무 심각해져서 정말 결혼식을 치른다는 일이 무서워졌어요. 우리 시절에는 결혼식을 좀 더 쉽게 생각했지요. 그런 우리가 잘못한 건지 판단이 서지 않네요. 나하고 우리 집 영감이 결혼했을 때에는 한 주 내내 잔치를 벌여 마을에 있는 술을 다 마셔 버렸어요. 그래서 살림할 돈으로 반 크라운을 따로 빌려야 했어요!"

에들린 부인이 집으로 돌아간 다음에 필롯슨이 언짢은 기분으로 말문을 열었다. "이 결혼식을 해야 하나 모르겠어. 어쨌든 너무 서두르는 것 같아."

"왜?"

"만약 그녀가 정말로 자기 본능에 역행해서 억지로 자신에게 강요를 한다면, 단지 의무감과 종교 때문이라면 말일세, 그녀를 좀 더 기다리게 하는 것이 어떨까 싶어서."

"이제 이렇게까지 왔는데 돌이킬 수는 없지. 내 생각은 그렇네."

"이제 와서 연기할 수는 없어. 그러나 결혼 증서를 보고 놀라서 소리 지르는 것을 보았을 때에는 내 마음이 좋지 않았어."

"언짢아 말게, 친구. 내일 아침 내가 신부를 인도할 테고, 자네는 신부를 받아야 돼. 그녀를 보내려고 했을 때 좀 더 반대를 하지 않았던 게 항상 내 마음에 걸렸는데, 지금 이런 상황까지 와서 만사를 제대로 해결하도록 자네를 돕지 않는다면 내 마음이 무거울 걸세."

필롯슨이 고개를 끄덕였다. 그의 친구가 얼마나 결연한 가를 보고는 그도 좀 더 솔직해졌다. "내가 어떻게 했는지 밖으로 알려진다면, 나는 많은 사람들에게 마음 약한 바보로 보이겠지. 그러나 그들은 수를 나만큼 몰라. 뭐라고 꼬집어 말하기 어렵지만, 그녀의 천성은 근본적으로 정직해서 양심에 거슬리는 짓을 한 적이 한번도 없는 사람이네. 폴리와 살았다는 것도 아무 의미가 없어. 나를 두고 그에게 갔을 때 그것이 그녀의 권리라고 생각했어. 그녀가 이번에는 그 반대로 생각하고 있어."

　다음 날 아침이 왔다. 그녀가 원칙이라고 부르는 제단 위에 선 여자의 자기희생은 두 친구에 의하여 각자의 관점에서 말 없이 받아들여졌다. 8시가 몇 분 지나자 필롯슨이 수를 데리러 에들린 과수댁으로 건너갔다. 하루나 이틀 전 저지대에 깔렸던 안개가 지금은 여기까지 밀려와 녹지의 나무에 가득 퍼져서 커다란 물방울을 땅 위에 비처럼 떨어뜨렸다. 신부는 준비를 하고 기다렸다. 모자를 쓰고 옷을 입은 채. 그녀는 일생 동안 그날의 창백한 아침 햇살 속에서만큼 그녀의 이름이 의미하는 백합꽃처럼 보인 적이 없었다.[46] 기운이 빠지고, 만사에 지치고, 자책에 빠진 그녀의 긴장은 신경을 엄습하여 피부와 뼈까지 퍼졌다. 건강했던 때에도 몸집이 큰 여인은 아니었지만, 오늘따라 수는 그전 어느 때보다도 그 모습이 작아 보였다.

　"준비되었소?" 교사가 그녀의 손을 힘차게 잡으면서 말했다. 그러나 어제 그녀가 놀랐던 것을 기억하며 그녀에게 키스하는 것은 자제했다. 그 기억이 불쾌하게 그의 마음속에 계속 남아 있었던 것이다.

　길링엄이 그들과 합석을 하자, 세 사람은 집을 나섰다. 에들린 과수댁은 결혼식을 도와주는 일을 계속 완고하게 거절했다.

　"교회가 어디 있어요?" 수가 물었다. 옛날 교회를 허물어 버

---

46) 수잔나라는 이름은 헤브라이어로 백합꽃을 의미한다.

린 이후 수는 마을에서 길게 산 일이 없었고, 다른 생각에 몰두하느라 새 교회에 대해서는 깜박 잊고 있었다.

"여기요." 필롯슨이 말했다. 금세 교회의 탑이 안개 속에서 커다랗고 엄숙하게 솟아 있는 모습을 드러냈다. 신부는 벌써 교회 건물에 건너와 있었다. 세 사람이 교회 안으로 들어서자 그가 유쾌한 목소리로 말했다. "촛불이라도 있어야 될 것 같아요."

"리처드, 당신은…… 내가 당신의 아내가 되길 바라는 거죠?" 수가 숨을 헐떡거리며 속삭였다.

"분명히 바라오, 여보. 세상 무엇보다도."

수는 더 이상 아무 말도 하지 않았다. 그는 두 번이나 세 번째로 그가 그녀를 가게 했던 그때의 인간적 본능을 완전히 따르는 것이 아니라고 느꼈다.

교회 안에 다섯 사람, 신부(神父)와 보조원과 신랑 신부와 길링엄이 함께 섰다. 성스러운 결혼 의식이 시작되었다. 회중석에는 마을 사람들이 두세 명 있었다. 신부가 "하느님이 결합시킨 것은,"이라는 말을 했을 때 회중석에서 한 여자의 목소리가 크게 들렸다.

"하느님이 정말로 결합을 시켰으니!"

결혼식은 몇 해 전 멜체스터에서 일어난 동일한 광경을 그들 자신들의 유령이 나타나 재연하는 것 같았다. 기록부에 이름을 서명하자 신부가 남편과 아내에게 고상하고 옳고 서로를 용서하는 장한 일을 했다며 축하해 주었다. "끝맺음이 잘되면 다 잘된 거죠." 신부가 웃으면서 말했다. "오래도록 함께 잘 사십시오. '구원을 얻되 불 가운데서 얻은 것 같으리라.'[47]나 다름없으니 말입니다.

그들은 거의 빈 건물을 나와서 학교 사택으로 건너갔다. 길링엄은 그날 저녁으로 집에 돌아가기를 원해 일찍 떠났다. 그도 신랑 신부를 축하했다. "이젠," 그를 전송하러 밖으로 따라 나온 필롯슨과 작별을 하면서 말했다. "자네 고향 사람들에게 재미있고 솔직한 이야기를 할 수 있게 되었네. 그들도 틀림없이 '잘되었구먼.'이라고 하겠지."

교사가 집으로 돌아왔을 때 수가 마치 그 집에 오래 살던 사람처럼, 무엇인가 아내가 하는 일을 하듯이 꾸미고 있었다. 그녀는 그가 가까이 오는 것을 두려워하는 듯했다. 그것을 보자 그의 가슴이 아팠다.

"물론 여보, 난 그전처럼 당신의 사생활을 침범할 뜻이 없소." 그가 심각하게 말했다. "이렇게 하는 것은 우리 두 사람의 사회적 입장을 위해서요. 이러는 것이 내 개인의 이유는 아니지만 정당화될 수는 있는 거라고 생각하오."

수가 다소 밝은 얼굴을 했다.

---

47) 「고린도 전서」 3장 15절.

6

　장소는 크라이스트민스터의 교외에 있는 주드의 숙소 문
앞이었다. 전에 그가 살았던, 그를 무척 슬프게 하는 세인트
사일러스 구역과는 먼 곳이었다.

　비가 내리고 있었다. 초라하게 검은 옷을 입은 한 여자가 문
간에 서서 손으로 문을 잡고 있는 주드에게 무어라고 이야기
를 하고 있었다.

　"나는 외롭고 가난하고 갈 집도 없어요. 그게 내 꼴이에요.
아버지는 자기가 하는 사업에 투자하기 위해 내가 가진 땡전
한 푼까지 다 빌려 쓰고는 이제 날 집 밖으로 내몰았어요. 다
음 직장이 나타나기를 기다리고 있는데 날 게으르다고 마구
퍼부었어요. 나는 세상이 베푸는 자비에 매달리게 되었어요!
주드, 만약 당신이 날 받아들이고 도와주지 않는다면 난 구

빈원으로 가거나 아니면 그보다 더 심한 짓을 해야 할지 몰라요. 지금 막 여기로 오는데 대학생이 두 명이나 나한테 윙크를 했어요. 젊은 사내들이 많은 곳에서는 여자가 부덕을 지키고 살기 힘들어요!"

빗속에서 이렇게 말을 하고 있는 여자는 아라벨라였다. 그날 저녁은 마침 수가 필롯슨과 다시 결혼을 한 다음 날이었다.

"유감이지만 나는 지금 하숙집에 있소." 주드가 냉정하게 한마디 했다.

"그렇다면 날 쫓아 버리자는 거예요?"

"며칠 동안 먹고 하숙집을 구할 만큼 돈을 주리다."

"오, 날 받아들일 수 있는 친절한 마음씨를 갖지 못하겠어요? 하숙집을 구하러 퍼브에 가는 것은 견딜 수 없어요. 난 너무 외로워요. 주드, 옛날을 생각해서 나한테 그러지 마세요."

"안 돼요, 안 돼." 주드가 급히 말을 막았다. "나는 그런 것을 상기하고 싶지 않소. 그런 이야기를 하면 난 당신을 도와줄 수가 없소."

"그렇다면 내가 가야 되겠네요!" 아라벨라가 말했다. 그녀가 머리를 문설주에 기대고는 흐느끼기 시작했다.

"집이 만원이오." 주드가 말했다. "내 방 말고 여분의 작은 방이 하나 있지만, 그건 벽장 정도밖에 되지 않소. 거긴 내가 공구와 형판(型板)을 두는 곳이오. 남아 있는 책도 몇 권 두고요."

"그거면 나한테는 왕궁이에요!"

"침대도 없소."

"마루에 자리를 만들면 돼요. 그 정도면 나한테 충분해요."

그녀에게 가혹하게 할 수가 없어, 또 그 상황에서 어떻게 해야 할지 몰라, 주드는 하숙 치는 사람을 불러 임시 숙소가 급하게 필요한 사람이라고 소개했다.

"전에 램 앤드 플래그 퍼브에서 종업원으로 일을 했는데 기억하세요?" 아라벨라가 그에게 말을 걸었다. "아버지가 오늘 오후 날 모독했어요. 그래서 집을 나왔어요. 돈 한 푼 없이요!"

집주인은 그녀를 기억하지 못하겠다고 말했다. "하지만 폴리 씨의 친구라면 하루나 이틀 정도는 있을 수 있도록 할게요. 폴리 씨가 모든 것을 책임진다면요."

"그래, 그래요." 주드가 말했다. "정말로 갑작스럽게 부탁을 해서. 그러나 어려운 처지에서 빠져나올 수 있도록 도와주고 싶어요." 주드의 허드레 방에 침대를 넣고 아라벨라가 어려운 처지에서 나올 수 있을 때까지 (그녀가 말하는 대로 자신의 잘못이 아닌 이상) 그래서 그녀가 아버지 집으로 다시 돌아갈 수 있을 때까지 편안하게 해 주자고 제안했다.

이 조치가 취해지도록 기다리는 동안 아라벨라가 이런 말을 했다. "소식 알고 있죠?"

"무슨 뜻인지 짐작은 하오만, 아는 것은 아무것도 없소."

"오늘 알프레드스턴에 있는 애니한테서 편지를 받았어요. 결혼식이 어제 거행되기로 예정되어 있었다는 소식을 들었대요. 그러나 그 결혼식이 실제 거행되었다는 소식은 모른대요."

"그 이야기는 하고 싶지 않소."

"그래요, 아니에요. 물론 당신은 그 이야기를 하고 싶지 않겠죠. 단지 그 이야기는 그 여자가 어떤 유의 여자인지를 보여 줘요."

"그녀 이야기는 하지 마시오. 그녀는 바보요! 그러면서 또 한 천사요, 가엾은 사람!"

"결혼식이 있었다면 사람들 생각으로는 그 사람이 옛날 위치로 돌아갈 기회를 찾는 거라고 애니가 그래요. 그 사람이 잘되기를 바라는 사람은 모두 좋아할 거예요. 거긴 주교님도 포함돼요."

"아라벨라, 그 이야기는 그만합시다."

아라벨라는 작은 골방에 당당히 자리를 잡았다. 처음에는 그녀가 주드의 근처에 접근해 오지 않았다. 그녀는 자기 일을 보러 이리저리 돌아다녔다. 어쩌다가 층계참이나 복도에서 주드를 잠깐 만나면, 그녀는 제일 잘 아는 직종에서 자리를 얻기 위해 뛰어다닌다고 말했다. 주드가 주류업종은 런던이 제일 기회가 많을 것이라고 시사하자 그녀가 머리를 흔들었다. "안 돼요. 유혹이 너무 많아요. 나에게는 그런 곳보다는 시골의 수수한 주점이 더 나아요."

다음 일요일 아침 다른 날보다 늦은 아침 식사를 주드가 혼자서 하는데 아라벨라가 자기도 들어와서 함께 식사를 해도 되는지 힘 빠진 목소리로 물었다. 찻주전자를 부쉈는데 가게가 닫혀서 금세 그 깨어진 주전자를 대체할 수가 없노라는 것이 구실이었다.

"그러시오, 그렇게 원하면요." 그가 무관심하게 대꾸했다.

두 사람이 말없이 앉아 있다가 그녀가 갑자기 말했다. "생각에 깊이 잠긴 것 같은데, 안됐네요, 아저씨."

"생각에 빠져 있소."

"그 여자에 관한 생각이죠. 나도 알아요. 내 일은 아니지만, 결혼식에 관해서 자세히 알아볼 수가 있어요. 실제 결혼식을 올렸다면…… 만약 당신이 알고 싶다면요."

"당신이 어떻게?"

"알프레드스턴에 갈 일이 있어요. 두고 온 물건이 있거든요. 애니는 메리그린에 친구가 있기 때문에 그 결혼에 대해서 자초지종을 다 알 거예요."

주드는 이 제안을 받아들이는 것을 참을 수 없었다. 그러나 그의 궁금증이 그의 신중한 판단력에 저항을 했다. 자기 마음 속의 싸움에서 결국 궁금증이 이겼다. "원하면 물어보구려." 그가 말했다. "난 메리그린에서 아무것도 듣지 못했소. 대단히 개인적인 결혼식이었던 모양이지. 만약에…… 두 사람이 결혼을 했다면."

"미안하지만 난 거기 갔다 돌아올 돈이 넉넉히 없어요. 그렇지 않았으면 훨씬 전에 다녀왔을 거예요. 돈을 조금 벌 때까지 기다려야 돼요."

"오, 당신 차비는 내가 내줄 수도 있소." 그가 성급하게 말했다. 수의 안녕과 결혼식의 가능성에 대한 소식을 듣기 위한 궁금증이 그가 의도적으로 선택한 심부름꾼으로 가장 맞지 않은 사람을 택하는 결과를 빚었다.

아라벨라가 떠났다. 주드가 그녀에게 늦어도 7시 기차로 돌아오라고 당부했다. 그녀가 떠난 다음에 그는 혼자 중얼거렸다. "왜 내가 그녀에게 특정한 시간에 돌아오라고 했지! 그 녀는 나한테 아무것도 아닌데⋯⋯. 다른 사람도 마찬가지고!"

그러나 일이 끝나자 그는 아라벨라를 만나러 정거장으로 가지 않을 수 없었다. 그녀가 가져올 소식을 듣기 위하여, 최악의 소식을 확인하기 위하여, 그는 열에 들떠 자신을 역까지 끌고 간 것이었다. 아라벨라는 집으로 오는 길에 보조개를 아주 성공적으로 만들었다. 기차간에서 나왔을 때 그녀는 미소를 지었다. 그는 단지 "어떻게 되었소?"라고 하면서 미소와는 반대의 표정을 지었다.

"결혼했어요."

"그래, 물론 결혼했겠지!" 그가 말했다. 그러나 아라벨라는 그가 말을 하는 동안에 심하게 긴장이 된 것을 발견했다.

"애니 얘기로는 메리그린에 있는 친척 벨린다에게서 들었다는데, 아주 슬프고 이상한 결혼식이었대요!"

"슬프다니 무슨 뜻이오? 수가 그 사람과 다시 결혼하기를 원했던 건데, 그렇지 않았소? 그리고 그 사람 입장에서도 그녀와의 결혼을 원했는데!"

"그래요, 그랬어요. 그녀는 한편으로 결혼을 원했고, 또 한편으로는 원하지 않았어요. 에들린 부인이 그 결혼식 때문에 아주 화가 나서 마음에 담아두었던 말을 필롯슨에게 다 퍼부었대요. 그러나 수는 결혼식 때문에 너무 흥분되어, 당신하고 있을 때 입었던 제일 좋은 자수 옷을 불에 태워 버렸대요. 당신을 완전히 지워 버리자는 짓이지요. 그런데 여자가 그렇게 하고 싶었다면 그래도 된다고 생각해요. 난 그녀가 잘한 짓이

316

라고 생각하는데 다른 사람들은 그렇게 생각하지 않는 것 같아요." 아라벨라가 한숨을 쉬었다. "그녀는 그 사람만이 그녀의 유일한 남편이라고 느낀 모양이에요. 전지전능한 하느님 앞에서는 그 사람이 살아 있는 동안 다른 누구보다는 그 사람에게 속한다고 느끼는 모양이에요. 아마 다른 여자도 자신에 관해서 똑같이 느낄지 몰라요!" 아라벨라가 다시 한숨을 쉬었다.

"난 은어(隱語)가 필요 없소!" 주드가 외쳤다.

"그거 은어가 아니에요." 이라벨라가 말했나. "나도 그녀와 똑같이 느껴요!"

그는 그 문제를 갑자기 이렇게 말해서 끝을 맺었다. "그럼 이제 내가 알고 싶은 것은 다 알았구먼. 소식 알려 줘서 고맙소. 난 아직 하숙집으로 돌아가지는 않겠소." 그는 금세 그 자리에서 그녀와 헤어졌다.

비참한 마음과 울적한 기분을 누를 수가 없어 주드는 시내에서 수와 함께 갔던 곳을 모조리 다 찾아가 보았다. 그 다음에는 어디로 갈지 생각이 떠오르지 않았다. 하숙집으로 돌아가 평소대로 저녁 식사를 할까 하는 생각을 했다. 그러나 그가 지닌 미덕의 단점이 나타나 그는 몇 달 만에 처음으로 퍼브에 들어갔다. 결혼을 함으로써 가져올 수 있는 결과로 수는 이런 면을 미리 생각하지 못했다.

그사이 아라벨라는 집으로 돌아갔다. 저녁 시간이 늦어졌는데도 주드는 돌아오지 않았다. 9시 반에 아라벨라는 외출했다. 먼저 그녀는 그녀 아버지가 살고 있는 강 근처의 교외로

나갔다. 거기서 최근 그녀의 아버지는 조그마한 돼지고기 가게를 힘들게 꾸려 갔다.

"그런데," 그녀가 그녀의 아버지에게 말했다. "그날 밤 나하고 싸웠어도 이렇게 찾아왔어요. 할 이야기가 있어서요. 결혼해서 다시 정착할 생각이에요. 좀 도와줘야겠어요. 그동안 참고 견뎌 온 것을 생각하면 그보다 못한 짓은 않겠지요."

"널 나한테서 떼어내기 위해서는 무엇이든지 다 하마."

"좋아요. 지금부터 난 내 남자를 찾으러 나가요. 그는 지금 절제 없는 짓을 해요. 그를 집으로 데리고 들어와야 돼요. 오늘 밤에 할 일은 문을 잠그지 않는 일이에요. 여기서 자야 될지 모르겠어요. 늦어지면요."

"잘난 체 요란을 떨고 사람을 피하는 일에 금세 지칠 줄 알았다."

"그럼…… 문은 잠그지 마세요. 그게 부탁이에요."

그리고 아라벨라는 다시 나갔다. 그녀는 먼저 주드의 하숙집으로 가서 그가 돌아오지 않았음을 확인했다. 그녀는 주드를 찾아 나섰다. 그가 갔음 직한 곳에 대한 예민한 추측은 주드가 전에 자주 가던 술집으로 그녀를 즉시 찾아가게 했다. 그녀는 거기서 잠시 동안 종업원으로 일한 적이 있었다. '개인 전용 바' 쪽의 문을 열자 주드가 나타났다. 그는 칸막이 뒤쪽의 그림자 진 편에 앉아 있었다. 그의 눈은 멍하게 마루를 내려다보았다. 그는 맥주보다 더 진한 것은 마시고 있지 않았다. 그는 그녀가 들어오는 것을 보지 않았다. 그녀가 들어가 그의 곁에 앉았다.

주드가 고개를 들었다. 그러고는 놀라는 기색 없이 말했다. "아라벨라, 당신도 뭘 좀 마시러 왔소? ……난 그녀를 잊으려고 애를 쓰고 있소. 그게 전부요! 그런데 잊히지 않소. 난 집으로 갈 거요." 그녀는 그가 약간 취한 것을 알 수 있었다. 아직은 조금만 취해 있었다.

"난 당신을 찾으려고 나왔어요, 아저씨. 당신은 몸이 아파요. 지금 들고 있는 그런 것보다는 좀 더 나은 걸 마셔야 돼요." 아라벨라가 종업원을 향해 손가락을 들어 올려 보였다. "리큐어를 마셔요. 그게 교육받은 사람에게는 맥주보다 나아요. 마라스키노를 마셔요. 아니면 드라이 큐라소나 스위트 큐라소, 아니면 체리 브랜디를 마셔요. 가엾은 아저씨, 내가 한잔 살게요!"

"난 뭘 마시는지는 상관 않소! 체리 브랜디를 마십시다……. 수가 나한테 섭섭하게 했소, 대단히 섭섭하게 했어요. 수가 나한테 그러리라고는 생각하지 않았소! 난 그녀에게 충실했소. 그녀도 나에게 충실했어야 했소. 나는 그녀를 위해서 내 영혼을 팔았는데, 그녀는 나를 위해 그녀의 영혼을 조금도 걸지 않겠다는 거요. 그녀 자신의 영혼을 구하기 위해 그녀는 내 영혼이 저주받도록 내버려 두었어요! ……그러나 그건 그녀 잘못이 아니오, 가엾은 작은 수, 그녀 잘못이 아닌 것 확실해요!"

아라벨라가 어떻게 돈을 입수했는지는 분명하지 않았다. 그녀는 리큐어를 한 사람 앞에 한 잔씩 주문하고 돈을 치렀다. 주문한 술을 다 마시자 아라벨라가 한 잔씩 더 하자고 제안했다. 주드는 마치 상황을 잘 아는 사람에 의하여 여러 가지 알코올의 기쁨을 개인적으로 안내받는 즐거움을 맛보는 것 같았다. 아라벨라 자신은 주드보다 훨씬 적게 마셨다. 그러나 그녀는 주드가 술을 마시는 데 비하여 조금씩 음미만 하면서도 취하지 않고 안전하게 마실 수 있을 만큼은 마셨다. 그녀의 얼굴에 홍조가 떠오른 것을 보면 그 양이 적은 것은 아니었다.

오늘 밤따라 주드를 대하는 아라벨라의 목소리가 한결같이 달래면서 아양을 부리는 투였다. 주드가 중얼거렸다. "나한테 무슨 일이 일어나건 상관없어." 그는 계속해서 같은 말을 반복했다. 그럴 때마다 그녀가 이렇게 대꾸했다. "난 상관있어요!" 술집 끝나는 시간이 되어서 두 사람은 할 수 없이 퍼브를 나와야 했다. 아라벨라가 주드의 허리에 팔을 두르고는 그의 비실거리는 발걸음을 인도했다.

두 사람이 거리로 나서자 그녀가 말했다. "이런 꼴을 한 당신을 내가 집으로 데려가면 하숙 주인이 뭐라고 할지 모르겠네요. 문이 안으로 잠겼겠지요. 주인이 내려와서 우리를 들어오게 해야 될 거예요."

"모르겠어……. 모르겠어."

"내 집이 없으면 이렇다니까. 주드, 우리 아버지 집으로 가요. 오늘 아버지와 조금 화해를 해 두었어요. 당신이 집으로 들어갈 수 있게 할게요. 아무도 당신을 보지 못할 거예요. 내일 아침엔 술이 다 깰 거고요."

"아무거나…… 어디나," 주드가 대꾸를 했다. "나한테 무슨 상관이 있어?"

아라벨라가 주드의 허리에 그녀의 팔을 둘렀다. 그도 마침내 그의 팔을 그녀의 허리에 둘렀다. 그들은 여느 술 취한 부부처럼 걸어갔다. 그러나 팔을 두른 자세에 육욕적인 것은 하나도 없었다. 단지 그가 지치고, 몸을 가누지 못하고, 그래서 누군가가 그를 붙들어 주어야 할 상황이었기 때문에 허리에 팔을 둘렀을 뿐이었다.

"여기는 순교자를 화형한 곳이야." 넓은 길을 비틀거리며 건너가는 동안 주드가 말을 더듬거렸다. "난 기억해……. 풀러의 『성스러운 국가』[48] 속에 보면……. 기억이 나는데…… 우리가 여길 지나니까. 풀러는 그의 저서 『성스러운 국가』에서 말하기를 리들리 화형식에서 스미스 박사가 설교를 했는데 설교문으로 그는 이렇게 인용했지. '내 몸을 불사르게 내어 줄지라도 사랑이 없으면 내게 아무 유익이 없느니라.'[49] 여기를 지날 때마다 나는 이 구절을 자주 생각하지. 리들리는……."

"그래요. 바로 그래요. 당신, 대단히 깊이 생각했어요. 지금 우리 상황하고는 별로 관계가 없지만요."

"아니, 관계가 있지! 난 지금 내 몸을 화형하도록 제공한 거지! 그러나 아, 당신은 이해를 못 해! 수가 이런 걸 이해해야지! 내가 그녀를 유혹한 장본인이야. 가엾은 여자! 이제 그녀는 갔어. 난 나한테 무슨 일이 생기건 상관하지 않아! 마음대로 해! ……그런데 수는 양심 때문에 그랬어, 가엾은 수!"

---

48) 잉글랜드의 학자이자 설교가인 토머스 풀러(Thomas Fuller 1608~1661)의 저서 『성스러운 국가와 속된 국가』(1642).
49) 「고린도 전서」 13장 3절.

"오라질 여자! 내 말은, 그 여자가 옳았다 생각해." 아라벨라
가 딸꾹질을 했다. "나도 그 여자처럼 감정은 있어요. 나도 하
느님 앞에서는 누구보다도 당신의 여자예요. 죽음이 우리를
갈라놓을 때까지요! 절대로…… 딸꾹…… 늦지 않아요……
딸꾹…… 바로잡기는요."

두 사람은 아라벨라 아버지의 집에 도착했다. 그녀가 집 안
의 불빛을 찾으며 조용히 빗장을 열었다.

오래전에 크레스쿰의 집 안으로 들어가던 때하고 상황이
별로 다를 게 없었다. 아라벨라의 마음속에 들어 있는 동기도
그때와 별로 다르지 않았다. 그러나 아라벨라의 계산은 달랐
지만 주드는 별로 그런 것을 생각하지 않았다.

"여보, 성냥을 찾을 수가 없네요." 그녀가 문의 빗장을 다시
걸자 이렇게 말했다. "그러나 신경 쓰지 마세요. 이리로 오세
요. 제발 조용히 오세요."

"칠흑같이 어둡네." 주드가 말했다.

"손을 이리 쥐요. 내가 인도할게요. 그래, 그렇게요. 여기 앉
으세요. 구두를 벗겨 줄게요. 깨우고 싶지 않아요."

"누구를?"

"아버지요. 깨면 싸우려고 할 거예요."

그녀가 주드의 구두를 벗겼다. "이제," 그녀가 속삭였다. "나
를 잡아요. 몸무게 걱정은 말고요. 이제…… 첫 번째 계단, 두
번째 계단……."

"그런데 우리가 지금 메리그린의 옛집에 와 있는 거요?" 몽
롱해진 주드가 물었다. "여러 해 만에 이 집 안으로 들어왔네!

헤이? 내 책들은 다 어디 있지? 책이 어디 있는지 알고 싶은 거야."

"여보, 우린 지금 내 친정집에 와 있어요. 여기는 당신이 얼마나 취했는지를 염탐할 사람이 없어요. 자, 세 번째 계단, 네 번째 계단…… 그래요. 이제 됐어요."

7

아라벨라는 그녀의 아버지가 최근에 빌린 작은 집의 아래층 뒷방에서 아침 식사 준비를 하고 있었다. 그녀는 집 앞쪽에 있는 작은 돼지고기 가게로 머리를 밀어 넣고는 그녀의 아버지에게 아침 식사가 다 되었다고 알렸다. 기름 묻은 푸른색 블라우스를 입고 허리를 두른 끈에는 쇠로 된 숫돌 방망이를 매단 던 씨의 차림새에는 돈육 전문 백정처럼 보이려고 애를 쓴 흔적이 서려 있었다. 그는 딸이 부르자 금세 나타났다.

"오늘 아침에 가게 좀 봐다오." 그가 지나가는 투로 말했다. "난 럼스던에 가서 내장과 돼지 반 마리를 가져와야 한다. 다른 데 들를 곳도 있고. 네가 이 집에 사는 한 너도 함께 노력을 해야지. 적어도 이 장사가 자리를 잡을 때까지만이라도!"

"글쎄요, 오늘은 약속을 못 하겠네요." 그녀가 심각한 표정으로 아버지의 얼굴을 바로 보았다. "난 지금 2층에 상품(賞品)이 있어요."

"오? 그게 뭔데?"

"남편감요, 거의 다 되었어요."

"이런!"

"그래요. 주드예요. 그 사람 나에게 돌아왔어요."

"네 옛날 진짜 주드 말이냐? 이럴 수가. 할 말이 없다!"

"그래요. 난 항상 그 사람을 좋아했어요. 그 점은 분명히 말할 수 있어요."

"그런데 어쩌다가 이 집에 그 친구가 와 있냐?" 던이 우습다는 듯이 천장을 향해 고개를 끄덕이며 말했다.

"불편한 질문은 하지 마세요, 아버지. 우리가 해야 할 건 그 사람하고 나하고 그전처럼 될 때까지 여기에 잡아 두는 거예요."

"무슨 말인데?"

"결혼할 때까지요."

"아…… 글쎄, 내가 들어 본 중에서 가장 괴상한 이야기다. 옛 남편과 다시 결혼을 하다니. 세상에 새로운 피가 많이도 돌겠구나! 내 생각에 그 사람은 대어(大魚)가 아니야. 나 같으면 내친김에 새것을 잡아 오겠다."

"여자가 체면을 생각해서 옛 남편을 원하는 것은 이상한 게 아니에요. 그러나 남자가 옛 마누라를 원하는 건…… 글쎄, 그건 이상하네요, 아주!" 아라벨라가 갑자기 정신없이 웃어 대기 시작했다. 그녀의 아버지도 따라 웃었다. 그러나 그의 웃음은 좀 더 절제된 것이었다.

"그에게 점잖게 대하세요. 나머지는 내가 다 알아서 할 테니까요." 그녀가 다시 엄숙한 기분을 되찾으며 말했다. "오늘 아침에 머리가 빠개질 것 같다고 했어요. 지금 어디 와 있는지도 모르는 것 같았어요. 어젯밤에 술을 섞어 마신 걸 생각하면 놀라울 일도 아니에요. 여기 두고 하루 이틀은 유쾌하고 기분 좋게 대해 주어, 자기 하숙집으로 돌아가지 못하게 해야 돼요. 비용 드는 건 나중에 다 갚을게요. 난 지금 2층으로 올라가 그 사람 상태가 어떤지 봐야 돼요. 가엾은 사람."

아라벨라가 층계를 올라가 첫 번째 침실의 문을 조용히 열고 방 안을 들여다보았다. 머리를 깎인 삼손이 잠든 것을 보고는 아라벨라가 침대 곁으로 가서 그를 한참 지켜보았다. 전날 밤의 과음 때문에 얼굴에 떠오른 열띤 홍조는, 그의 평소 모습에 따르는 연약함을 훨씬 덜 두드러지게 했다. 하얀 베개와 대조되어 그의 긴 속눈썹과 까만 눈썹, 그리고 까만 곱슬머리와 턱수염은 아라벨라 같은 과도한 열정이 넘치는 여자에게는 다시 잡을 가치가 충분히 있다고 느껴졌다. 특히 수입과 평판이 궁금한 여자에게는 다시 붙드는 것이 대단히 중요하게 느껴졌다. 그녀의 열띤 시선이 그를 깨운 듯했다. 급한 숨결이 멈추면서 주드가 눈을 떴다.

"지금 기분이 어때요, 여보?" 그녀가 말했다. "나예요, 아라벨라예요."

"아! 어디라고……. 오, 그래, 기억나네! 당신이 잠잘 곳을 주었지……. 난 난파되었소. 아파요. 기분이 엉망이오. 아주 좋지 않아요! 이게 내 꼴이오!"

"그럼 그 자리에 그냥 누워 있어요. 집에는 아버지와 나 밖에 없어요. 몸이 완전히 나을 때까지 쉬세요. 석재 공장에는 당신이 아프다고 말해 둘게요."

"하숙집에서 뭐라고 생각할지 모르겠소!"

"내가 가서 설명을 할게요. 돈을 내고 오는 게 나을 거예요. 안 그러면 우리가 도망친 줄로 생각할지 몰라요."

"그래요. 저기 내 주머니에 돈은 넉넉히 있어요."

만사에 무관심하고, 욱신거리는 안구에 햇살이 비치는 것이 싫어서 눈을 감은 주드는 다시 조는 듯했다. 아라벨라가 주드의 지갑을 찾아서는 조용히 방을 나갔다. 그리고 외출복을 입고는 그녀와 그가 전날 밤에 떠난 하숙집을 향해 갔다.

삼십 분쯤 지나자 그녀가 집 모퉁이를 돌아 다시 나타났다. 소년 하나가 주드의 짐과 아라벨라가 잠시 있기 위하여 하숙집에 가져간 짐 일부를 가득 실은 손수레를 밀면서 따라오고 있었다. 주드는 전날 밤의 불행한 폭음에서 오는 육체적 고통과 수를 잃고 또 반 최면 상태에서 아라벨라에게 끌려온 데에서 느끼는 정신적 고통을 견딜 수가 없었다. 그는 자신의 물건이 낯선 침실에 흩어져 있고, 그리고 거기 여자의 의복이 함께 섞여 있는 것을 보고는, 어쩌다 그 물건들이 거기 왔으며 그것이 무엇을 의미하는지를 거의 생각할 수가 없었다.

"이제," 아라벨라가 아래층에 있는 그녀의 아버지에게 말했다. "다음 며칠 동안은 좋은 술을 집에 넉넉히 있도록 해야 돼요. 그 사람 성격을 잘 알아요. 그가 이따금씩 빠지는 무섭게 우울한 상태에 사로잡히면 나를 위해 명예로운 행동은 하지 않을 것이고, 그러다 보면 난 궁지에 빠질 게 뻔해요. 그 사람 기분 좋게 돌봐줘야 돼요. 그는 예금통장에 돈이 좀 있어요. 그리고 필요한 것을 위해서 지불하라고 자기 지갑을 나한테 주었어요. 그게 허가증이죠. 난 그걸 준비하고 있어야 돼요. 그 사람 기분 좋을 때 쓰게요. 술값은 아버지가 내세요. 가능하면 친구 몇 사람, 조용하면서 모임에도 잘 어울리는 사람들을 모아야 돼요. 가게 선전도 되고, 나한테도 도움이 돼요."

"음식하고 술만 낼 수 있다면 사람들은 쉽게 모을 수 있지…… 그래, 맞았어, 가게 선전에 도움이 될 거야. 그건 사실이지."

사흘 뒤, 아라벨라가 말한 조용하면서 모임에도 잘 어울리는 사람들이 다 모였다. 주드에 관한 문제를 끝내기 위한 모임이었다. 주드는 눈과 머리가 쑤시고 아픈 것에서 다소 회복했으나, 아라벨라가 그동안 준 것(그녀 말에 의하면 그를 기분 좋게 하기 위하여)에 의하여 여전히 머릿속은 혼란스러웠다.

던은 돼지고기와 소시지를 전문하는 그의 초라하고 조그마한 가게를 막 열어 손님이라고는 거의 없었다. 그러나 이 모임은 가게를 알리는 데에는 좋은 기회가 되었다. 던은 크라이스트민스터에서 대학과 학문적 업적과 행적을 모르는 특정 계급 사이에서는 악명으로 정평이 나 있었다. 주드에게 아라벨라와 그녀의 아버지가 제시한 이름 외에 달리 추가할 이름이 있는지 물었다. 그는 무슨 상관이랴 싶은 냉소적 기분으로, 몇 해 전 술에 만취했을 때 그 술집에 출입했던 술꾼들인 조 아저씨, 스태그, 퇴물 경매인 그리고 몇 사람들을 언급했다. 이외에도 '주근깨'와 '행복의 방'도 추천했다. 아라벨라는 주드의 명단을 그대로 다 수용했다. 그러나 여자들은 명단에서 제외했다.

같은 거리에 살고 있는 팅커 테일러는 초청되지 않았다. 술판이 벌어진 날 저녁에 그는 일이 늦게 끝나 평소보다 늦은 시간에 집으로 돌아가다가 족발을 사기 위해 던의 가게에 들렀다. 가게에는 족발이 준비되어 있지 않았다. 그러나 다음 날 아침에는 준비가 될 것이라는 말을 들었다. 이야기를 하는 동안 가게 뒷방을 들여다보다가, 사람들이 카드놀이를 하면서 술을 마시는 것을 보았다. 그들은 던의 비용으로 재미있는 시간을 보내고 있는 것이 분명했다. 그는 그날은 그냥 집으로 돌아갔다. 다음 날 아침 직장으로 가다가 술 모임이 어떻게 끝났는지 궁금했다. 그 시간에 주문한 물건을 찾으러 가게에 들르는 것이 소용없는 일이라고 생각했다. 전날 밤늦도록 술판이 벌어졌으면 던이나 그의 딸이 아직 일어나지도 않았으리라고 생각했다. 그러나 그는 가게 앞을 지나다가 문이 열린 것을 보았고, 안쪽에서 사람들의 목소리가 나는 것을 들었다. 고깃간의 셔터도 내려져 있지 않았다. 그는 가게로 접근해 가서 안방을 노크하고 문을 열었다.

"아니…… 분명히!" 그는 놀라서 그렇게 말했다.

주인과 손님들이 열한 시간 전에 보았던 그대로, 카드놀이를 하고 담배를 피우며 이야기를 나누고 있었다. 밖은 훤한 아침이 된 지 두 시간은 되었는데, 안에는 가스 불이 켜져 있고 커튼이 내려졌다.

"그래요!" 아라벨라가 웃으면서 외쳤다. "우린 똑같이 그대로 있네요. 부끄러워해야겠지요, 그렇죠! 그러나 이건 일종의 신장 개업식이에요, 보시다시피. 손님들이 급히 돌아가야 할 이유가 있는 것도 아니고요. 테일러 씨, 들어오세요, 그리고 앉으세요."

땜장이, 아니, 몰락한 철물상에게는 특별히 마다할 이유도 없었다. 그는 안으로 들어가 자리에 앉았다. "십오 분쯤 있죠. 신경 쓰지 마세요." 그가 말했다. "그런데 정말로, 안을 들여다보고는 눈을 믿을 수 없었어요! 내가 마치 갑자기 어젯밤으로 되돌아간 것 같았어요."

"그래요. 테일러 씨에게 한 잔 따르세요."

그는 그녀가 주드 곁에 앉아서 팔을 그의 허리에 감고 있는 것을 보았다. 주드는 다른 사람들과 마찬가지로 모임에 깊이 몰두한 표시를 얼굴에 하고 있었다.

"그런데 우리는 사실을 발표하기 위하여 법적 시간이 오기를 기다리고 있었어요." 그녀가 술 때문에 선홍색으로 된 얼굴빛을 처녀의 부끄러움으로 보이려고 애쓰면서 수줍어하는 목소리로 말했다. "주드와 나는 서로가 없이는 살 수 없음을 깨닫고 두 사람 사이의 매듭을 다시 맺어 관계를 보완하기로 했어요. 그래서 산뜻한 생각의 일환으로 늦도록 자지 않고 있다가 즉석에서 교회로 가서 식을 올리기로 결정했죠."

주드는 그녀가 뭐라고 발표하거나 그 밖의 무슨 일에나 별로 신경을 쓰지 않는 것 같았다. 테일러가 방으로 들어온 것은 모임에 새로운 기분을 불어넣는 듯했다. 모두 자리에 말없이 앉아 있는데 아라벨라가 그녀의 아버지의 귀에 속삭였다. "이제 우리 가도 되겠죠."

"그러나 신부님이 아직 모를 텐데?"

"알아요. 어젯밤에 8시와 9시 사이에 오겠다고 신부님에게 알려 두었어요. 가능한 일찍 조용하게 하는 이유는 점잖은 품위를 지키기 위해서이고, 우리에게는 두 번째 결혼식이라 사람들이 일면 호기심에서 시끄럽게 할까 봐였어요. 신부님은 내 뜻에 전적으로 찬성했어요."

"오, 그래. 난 준비되었다." 그녀의 아버지가 자리에서 일어나 몸을 털면서 말했다.

"그럼, 여보," 그녀가 주드에게 말했다. "자, 가요, 약속했잖아요."

"내가 언제 뭘 약속했소?" 주드가 말했다. 아라벨라는 자신의 음주에 관한 특별한 지식을 활용하여 주드로 하여금 아주 취하도록 만들었다가 거의 다시 맑은 정신이 된 것처럼 (그를 잘 모르는 사람들에게는 그렇게 보이도록) 만들었다.

"아니!" 아라벨라는 실망한 척했다. "오늘 밤 여기 앉아서도 몇 차례나 결혼하겠다고 약속을 했지요. 이분들이 다 들었어요."

"난 그런 기억이 없소." 주드가 완고하게 부정했다. "여자 한 사람이 있기는 한데……. 그러나 이런 가버나움에서는 그 이름을 말하지 않겠소."

아라벨라가 그녀의 아버지 쪽으로 고개를 돌렸다. "자, 폴리 씨, 점잖게 굴어요." 던이 말했다. "자네하고 내 딸은 지난 사나흘 동안 여기서 함께 살았어. 의도는 자네가 내 딸과 결혼을 한다는 것이었지. 그런 의도가 아니었으면 내 집에서 함께 사는 것을 용납하지 않았을 거야. 명예에 관한 문제니 지금 당장 실행해야 해."

"내 명예를 깎아내리는 소리 하지 마세요!" 주드가 열이 올라 몸을 일으키면서 대꾸했다. "불명예스러운 짓을 하느니 바빌론의 창녀와 결혼하겠소. 당신을 두고 하는 소리는 아니오. 단순한 수사학적 표현이오. 책에서 말하는 과장법이지."

"수사학적 표현은 자네가 재워 준 친구들에게 진 빚으로 갚아야지." 던이 말했다.

"명예 때문에 그녀와 결혼을 꼭 해야 한다면, 내 생각에 그래야 될 것 같지만, 어쩌다가 내가 그녀와 여기 와 있는지는 귀신이나 알 일이오. 결혼을 하지요. 하느님, 맙소사. 난 평생 여자에게나 살아 있는 생물에게 명예스럽지 않게 행동한 적이 없어요. 난 약자를 희생하면서 자기 자신을 구제하려 한 일이 없어요!"

"여보, 우리 아버지에게 신경 쓰지 마세요." 아라벨라가 자기 뺨을 주드의 뺨에 대면서 말했다. "가서 얼굴이나 씻어요. 그리고 옷매무새를 바로 하고요. 그럼 우린 교회로 가요. 아버지와 화해하세요."

두 사람은 악수를 했다. 주드가 그녀와 2층으로 올라 갔다가 금세 다시 내려왔다. 옷매무새를 바로 하고, 흥분도 가라앉았다. 아라벨라도 급히 복장을 다듬은 듯했다. 두 사람은 던과 함께 교회로 갔다.

"다들 가시지 마세요." 그녀가 집을 나가면서 손님들에게 말했다. "하녀한테 우리가 나간 사이에 아침 식사 준비를 하라고 시켰어요. 돌아와서 식사를 해요. 진한 차를 한 잔 마시면 여러분 모두 집에 가는 데 도움이 되도록 머리가 맑아질 거예요."

아라벨라와 주드와 던이 결혼식을 올리기 위해 나가사 노인 손님들이 하품을 크게 하며 졸음에서 깨어났다. 그들은 모두 큰 관심을 가지고, 벌어지고 있는 상황을 논의했다. 제일 정신이 맑은 팅커 테일러가 가장 명쾌하게 설명을 했다.

"난 친구를 두고 나쁜 말을 하고 싶지는 않습니다." 그가 말했다. "부부가 다시 결혼을 한다는 것은 드문 일이고 이상한 일 같네요! 내 생각에는 마음이 맞지 않아 처음에 잘 어울리지 못했다면, 두 번째도 잘 어울리지 못하겠지요."

"그 사람이 결혼식을 올릴까요?"

"여자가 그의 명예에 짐을 지워 놨으니, 결혼은 하겠지요."

"이런 식으로 즉석에서 하지는 못할 거예요. 결혼 허가증이나 달리 필요한 것을 갖고 있지 않으니 말이에요."

"여자가 가졌어요. 자기 아버지한테 하는 소리 못 들었어요?"

"그런데," 팅커 테일러가 가스 불로 파이프에 다시 불을 붙였다. "사지 하나하나, 전체를 보면 그 아줌마 못생긴 여자가 아니에요, 특히 촛불 아래에서는. 분명히 돌아다니던 반 페니

짜리 동전은 조폐국에서 막 나온 동전처럼 새것일 수는 없지요. 동서남북, 4반구를 한동안 돌아다닌 여자치고는 괜찮은 편이지. 뱃살이 좀 두꺼운 편이지만. 난 개인적으로 바람이 휙 불어도 날아가지 않을 사람이 좋아요.”

모든 사람의 눈은 작은 여자 아이가 식탁에 술 엎지른 자국을 닦지 않은 채 그 위에다 그냥 식탁보를 덮어씌우는 것을 주시했다. 커튼이 걷혔다. 그러자 집 안의 표정이 아침 분위기를 띠었다. 손님들의 일부는 의자 위에서 곯아떨어졌다. 그중 한두 명은 문으로 가서 길거리를 몇 차례 내다보았다. 팅커 테일러도 그중 한 사람이었다. 잠시 뒤 그는 얼굴에 짓궂은 표정을 띠며 방 안으로 돌아왔다.

“맙소사, 지금 돌아오고 있어요! 결혼식을 올린 모양이오!”

“아니요.” 조 아저씨가 말했다. “내 말 믿어요. 마지막 순간에 그 친구 고집을 부렸어. 대단히 이상하게 걸어오고 있어요. 그거 보면 알지요!”

그들은 결혼식에 갔던 일행이 집 안으로 들어오는 소리가 들릴 때까지 조용히 기다렸다. 먼저 아라벨라가 방으로 소란하게 들어왔다. 그녀의 얼굴에는 작전이 성공했다는 표정이 분명하게 쓰여 있었다.

“폴리 부인, 맞죠?” 팅커 테일러가 짐짓 예의를 갖추는 것처럼 꾸미면서 말했다.

“확실해요. 다시 폴리 부인이에요.” 아라벨라가 장갑을 벗어 왼손을 내밀면서 겸손하게 대답했다. “자물쇠가 여기 있어요. 보세요……. 글쎄, 그분은 아주 좋은 신사 같은 사람이었어요. 신부님 말이에요. 다 끝나고 나니까 아기처럼 유순하게 말했어요. '폴리 부인, 충심으로 축하합니다.' 그는 또 이렇게 말했어요. '부인의 지난 이야기와 남편의 지난 이야기를 듣고 나서 두 사람이 옳고 바른 일을 했다고 생각했어요. 아내로서 부인이 잘못한 과거와 남편으로서 잘못한 그의 과거는 이제 용서되어야 한다고 생각해요. 두 사람이 서로서로 용서했으니까요.' 그래요, 그는 대단히 좋고 신사다운 사람이었어요. '교회는 엄격하게 말해서 교리상 이혼을 인정하지 않습니다.' 그는 말했어요. '하느님이 맺어 주신 인연은 사람이 떼어 놓을 수 없느니라는 예배 속의 말씀을 일상생활에서 잊지 마세요.' 그래요, 그는 대단히 좋고 신사다운 사람이었어요……. 그러나 여보, 당신은 고양이라도 웃길 것 같았어요! 똑바로 걸어가서 꼿꼿하게 서 있는 게, 마치 판사 견습생이라도 되는 것 같더라니까. 내 손가락을 더듬는 것을 보고 당신이 내내 하나를 둘로 보는 줄 알았어요."

"난 무엇이든지 다 한다고 말했지, 여자의 명예를 구하기 위해서는." 주드가 중얼거렸다. "그래서 그걸 다 해냈지!"

"자, 이제, 여보, 이리 와서 아침 식사나 좀 해요."

"난…… 약간…… 위스키를 좀 더 마시고 싶어." 주드가 차분하게 말했다.

"말도 안 돼요. 여보, 지금은 안 돼요! 남은 게 없어요. 차를 마시면 혼돈스러운 머리가 맑아져요. 우리는 종달새처럼 싱싱해질 거예요."

"좋아. 난…… 당신과 결혼을 했으니까. 당신하고 결혼을 해야 한다고 그녀가 말했지. 그래서 금세 실천을 했지. 그게 진짜 종교요! 하 – 하 – 하!"

8

미가엘 축일[50]이 왔다가 지나갔다. 주드와 그의 아내는 재혼 이후 처가에서 잠시 살다가 시내 중심부에 있는 건물의 꼭대기 층 방을 얻어서 살고 있었다.

주드는 아라벨라와 결혼 이후 이삼 개월이 지나는 사이 단지 며칠만 일을 했다. 그의 건강이 처음에는 그런대로 버틸 만했으나 최근 와서 악화되었다. 그는 벽난로 앞에 있는 안락의자에 앉은 채 심하게 기침을 했다.

"당신하고 다시 결합하느라 고생을 했는데 결국 얻은 것이요 꼴이네요!" 아라벨라가 그에게 하는 소리였다. "내가 당신을 전적으로 먹여 살려야 하게 되었으니 말이에요. 그렇게 될

---

50) 9월 29일.

게 뻔해요. 이제 블랙푸딩과 소시지도 직접 만들어 거리에 가서 팔아야 할 판이네요. 이게 모두, 같은 안장 위에 함께 앉아서는 안 될, 병든 남편을 벌어 먹여 살리기 위해서지. 건강이 멀쩡하더니, 왜 이렇게 사람을 속여요? 결혼식을 올릴 때는 건강하기만 하더니."

"아, 그래요!" 그가 씁쓸한 웃음을 지었다. "우리가 첫 번 결혼했을 때 당신하고 내가 잡은 돼지에 관한 바보 같은 느낌을 생각하고 있었지. 지금 생각으로는 나에게 베풀 수 있는 최대의 자비란 그 돼지를 잡을 때 내가 쏟아 넣은 노력과 같은 무엇이 똑같이 나에게 주어졌으면 하는 거요."

매일매일 두 사람 사이에 일어나는 대화는 주로 이런 종류의 것이었다. 두 부부가 이상하다는 소문을 들은 하숙집 주인은 그들이 제대로 결혼식이라도 올렸는지를 의심하기 시작했다. 특히 어느 날 저녁에 술을 좀 마신 아라벨라가 주드에게 키스하는 광경을 보고는 더욱 그랬다. 주인은 두 사람에게 방을 비워 달라는 통고를 하려고 마음까지 먹었다. 그러나 어느 날 저녁 우연히 아라벨라가 주드에게 투덜거리는 투로 잔소리를 하다가 드디어는 구두 한 짝을 그의 머리에 던지는 것을 목격했다. 거기서 그는 두 사람이 진짜 결혼을 했으며 그들 사이의 관계에는 하자가 없다는 사실을 깨달았다. 그래서 그는 그들에게 아무 말도 하지 않기로 마음먹었다.

주드의 건강은 회복되지 않았다. 어느 날 그는 한참 망설인 끝에 아라벨라에게 부탁을 하나 들어 달라고 청했다. 그녀가 관심이 없는 투로 부탁이 무엇이냐고 물었다.

"수에게 편지를 써 주시오."

"도대체 무슨 내용인데요?"

"안부를 묻고, 날 한번 찾아오라고요. 내가 아픈데 만나고 싶다고요. 한 번만 더."

"그런 걸 부탁해서 합법적인 아내를 모욕하다니. 당신다운 짓이네요."

"이런 부탁을 하는 것은 당신을 모욕하지 않기 위해서요. 당신도 알다시피 난 수를 사랑하오. 그걸 숨기고 싶지 않소, 사실이니까. 난 그녀를 사랑하오. 당신 몰래 그녀에게 편지를 보내는 방법이 열두 가지는 있소. 그러나 나는 당신에게, 그리고 그녀의 남편에게 이 문제는 정정당당하게 하고 싶소. 당신을 통해서 그녀에게 와 달라고 부탁하는 것은 적어도 음모의 냄새는 없앨 수 있소. 만약 그녀가 아직도 옛날 본성을 그냥 지니고 있다면 그녀는, 오리라 확신하오."

"당신은 결혼을 존중하는 마음이 없어요. 결혼에 따르는 권리와 의무를 몰라요."

"내 의견이 무엇인지 무슨 상관이 있소. 나 같은 비참한 인간이 말이오! 나 같은 인간을 반 시간 와서 만난다는 것이 무슨 상관이 있소. 한 발을 무덤 속에 넣고 있는 인간에게 말이오……. 아라벨라, 제발 부탁이오!" 그가 애절하게 간청했다. "내 솔직한 고백을 관대한 마음으로 대해 주시오."

"안 돼요!"

"한 번도 안 되오? 오, 부탁이오!" 그는 육체적 허약함이 자신의 모든 위엄을 앗아갔다고 느꼈다.

"당신의 안부를 그녀가 왜 알고 싶다고 생각해요? 그 여자
는 당신을 보고 싶어 하지 않아요. 그 여자는 침몰하는 배를
버린 쥐새끼나 마찬가지예요."

"그러지 마요. 그러지 마요!"

"자기에게 의지해 살았는데…… 내가 바보지. 그런 갈보를
집 안으로 끌어들이다니!"

아라벨라 입에서 이 소리가 나오자마자 주드가 의자에서
튀어 일어났다. 그는 그녀를 방에 있는 긴 의자 위에 쓰러뜨리
고 그녀 위에서 무릎을 구부리고 앉았다.

"그 따위 소리 한 번만 더 해 봐." 그가 낮은 목소리로 말했
다. "죽여 버릴 거야, 지금 이 자리에서! 죽이는 건 나한테 모
든 면에서 이득이야. 내가 죽는 것은 내가 얻는 이득 중에서
제일 하찮은 거지. 빈말이라고 생각하지 마!"

"내가 뭘 어쨌으면 좋겠어요?" 아라벨라가 숨을 헐떡거렸다.

"그녀 이야기를 입 밖에도 내지 않겠다고 약속해."

"좋아요. 약속해요."

"그래, 당신 약속을 믿지." 그가 그녀를 풀어주면서 경멸조
로 말했다. "그러나 그게 얼마나 가치가 있는지는 나도 모르
겠어."

"흥, 돼지는 못 죽이면서 날 죽일 수 있다!"

"아, 그건 맞았어! 아니, 난 당신을 못 죽여, 아무리 화가 났
어도. 비웃어 보지그래!"

그가 심하게 기침을 했다. 아라벨라는 주드가 핼쑥하게 질
려서 의자에 등을 기대고 있는 모습을 감정사(鑑定士)의 눈으

340

로 들여다보면서 죽었는지 살펴보았다. "그녀를 불러올게요." 아라벨라가 낮은 목소리로 말했다. "그녀가 여기 있는 동안에 나도 이 방에 당신네들과 함께 있도록 둔다면요."

그의 본성의 부드러운 면이, 수를 보고 싶어 하는 욕구가, 그녀의 제안을 그 자리에서 거절할 수 없게 만들었다. 그러면서 그녀가 제시한 조건이 그를 화나게 만들었다. 그가 힘들게 숨을 쉬면서 대답했다. "좋소. 그렇게 하겠소. 제발 데려나 오시오!"

저녁이 되자 주드는 아리벨라에게 편지를 썼는지 물었다.

"썼어요." 그녀가 대답했다. "당신이 아프다고 쓰고 내일이나 모레 당신을 보러 와 달라고 부탁했어요. 아직 편지를 부치지는 않았어요."

다음 날 주드는 정말로 아라벨라가 편지를 부쳤을까 하고 생각해 보았다. 그러나 그녀에게 직접 묻지는 않았다. 물 한 방울과 빵 부스러기 한 조각을 먹고도 살아가는 어리석은 희망이 그를 기대 속에서 들뜬 기분에 빠져 들게 만들었다. 그는 기차 시간을 알고 있었다. 기차 시간이 가까워질 때마다 그녀가 오나 하고 귀를 기울였다.

그녀는 오지 않았다. 주드는 아라벨라에게 이 문제를 언급하지 않기로 마음을 정했다. 그는 다음 날 내내 마음속으로 그녀가 오기를 바라면서 기다렸다. 그러나 수의 모습은 나타나지 않았다. 편지에 대한 회신도 없었다. 주드는 마음속으로 아라벨라가 편지를 썼다가 띄우지 않았다고 결론을 내렸다. 그녀의 태도에서 그런 것을 암시하는 징후가 있었다. 그의 몸이 너무 허약해져서 그녀가 없을 때에는 자신의 실망스러운 감정을 눈물로 표현했다. 사실상 그의 의심은 근거가 충분히 있는 추측이었다. 아라벨라는 일부 간호사처럼 환자에 대한 의무는 그의 환상을 실현시키는 것처럼 하면서 마지막에 하지 않고 그를 진정시키는 것이라고 생각했다.

주드는 아라벨라에게 다시는 자신의 염원과 추측을 말하지 않았다. 누구도 눈치채지 못한 조용한 결심이 그의 가슴속에 싹트면서 힘은 아니지만 안정과 침착함을 그에게 심어 주었다. 어느 날 낮, 아라벨라가 두 시간쯤 자리를 비웠다가 방으로 들어와서는 의자가 비어 있는 것을 발견했다.

그녀는 침대에 벌렁 누웠다가 일어나 앉으면서 생각에 잠겼다. "도대체 이 남자가 어디로 갔단 말인가!" 그녀가 중얼거렸다.

북동쪽에서 몰아오는 비가 오전 내내 간헐적으로 내리고 있었다. 창문에서 쏟아지는 비를 내다보노라면 몸이 아픈 사람이 죽음을 무릅쓰고 빗속을 걸어 나갔다고 상상하는 것이 불가능했다. 그러나 그가 집 밖으로 나갔다는 확신이 아라벨라를 사로잡았다. 집을 다 뒤지고 난 다음에는 그 확신이 더욱 분명한 사실로 떠올랐다. "그가 이런 바보라면 내버려 둬!" 그녀가 말했다. "난 더 이상은 할 수 없어."

주드는 그 순간 알프레드스턴에 가까워 가는 기차 안에 있었다. 그는 이상하게 옷을 껴입고 기념비적 설화 석고의 인물처럼 시체 같은 창백한 얼굴을 하고 있어, 기차에 탄 다른 손님들의 시선이 그에게로 몰렸다. 한 시간 뒤, 기다란 외투를 입고 가져온 담요를 몸에 두른 채, 그러나 우산은 쓰지 않은, 여윈 모습의 주드가 메리그린으로 가는 8킬로미터 길을 걸어가고 있었다. 그의 얼굴에는 지금 그를 지탱해 주는 결연한 표정이 떠올라 있었다. 그러나 불편한 몸은 얼굴에 처량한 모습을 감추지 못했다. 가파른 언덕길에서는 숨을 헐떡거렸다. 그러나 쉬지 않고 계속 길을 걸어갔다. 3시 반쯤에 그는 낯익은 메리그린의 우물에 도착했다. 비 때문에 사람들은 집 안에서 밖으로 나오지 않았다. 주드는 사람들의 눈에 띄지 않고 녹지를 지나 교회까지 갔다. 교회는 열려 있었다. 교회에 서서 학교 건물을 바라보았다. 그는 아직 조물주의 탄식 소리를 배우지 않은 작은 목소리들이 부르는, 늘 듣는 노랫소리를 들을 수 있었다.

그는 작은 아이가 학교에서 나오기를 기다렸다. 어떤 연유에서 시간 전에 나갈 수 있도록 허락된 아이였다. 주드가 손을 들어 올렸고, 아이가 그에게 다가왔다.

"학교 사택으로 가서 필롯슨 선생 부인에게 교회로 잠시 나와 달라고 말해 다오."

아이가 학교 쪽으로 돌아갔다. 아이가 사택의 문을 두드리는 소리를 주드는 들었다. 그 자신은 교회로 갔다. 모든 것이 새것이었다. 낡은 것은 부서진 옛날 구조물에서 보관한 조각품 몇 개를 새 벽에 끼워 넣은 것뿐이었다. 그는 그 옛날 조각품 곁에 섰다. 그것은 자신의 선조이며 수의 선조인, 그곳에서 사라진 사람들과 같았다.

떨어지는 빗소리에 첨가된 빗방울 소리 같은 가벼운 발소리가 입구에서 들렸다. 그는 고개를 돌렸다.

"아…… 오빠일 거라고는 생각지도 않았어요! 생각조차 않았어요. 오, 주드 오빠!" 그녀의 목소리에 들어 있는 신경질적인 어조가 반복되었다. 그가 앞으로 나아갔다. 그녀가 정신을 차리고는 되돌아가려 했다.

"가지 마, 가지 마!" 그가 간청을 했다. "이게 마지막이야! 집으로 가는 것보다 이게 덜 소란스러울 것 같았어. 다시 찾아오지 않을 거야. 비정하게 대하지 마. 수, 수! 우리는 문자에 의해 행동하고 있어. '문자는 죽인다.'야!"

"가지 않을게요, 불친절한 짓 하지 않을게요." 그가 가까이 다가오는 사이 그녀의 입술이 떨리고 얼굴에는 눈물이 흘러내렸다. "그동안 잘했는데, 왜 지금 찾아와서 이렇게 잘못된 짓을 하세요?"

"잘한 게 뭔데?"

"아라벨라와 다시 결혼한 것요. 결혼 기사가 알프레드스턴 신문에 났어요. 그녀는 오빠의 부인이었지 한 번도 다른 사람의 아내가 아니었어요, 따져 보면요. 너무 잘했어요. 오, 너무나 잘했어요! 사실을 인정하고 그녀를 다시 받아들인게요."

"맙소사, 내가 이 소리 들으려고 여기 왔나? 내 평생 그토록 부패하고 부도덕하고 부자연스러운 것이 있다면, 바로 그게 바른 일을 했다는 아라벨라와의 저속한 계약이야. 너도 자기를 필롯슨의 아내라고 부르다니! 그의 아내! 너는 내 아내야."

"날 쫓아 보내려 하지 마세요. 견딜 수가 없어요! 이 문제에서는 이미 마음이 정해졌어요."

"어떻게 네가 그런 짓을 했는지 이해가 안 돼. 어떻게 그런 생각을 했는지 이해할 수 없어!"

"신경 쓰지 마세요. 그 사람, 남편으로 나에게 친절해요. 그리고 나는…… 나는 몸부림치고 저항하고 단식하고 기도했어요. 난 내 육체를 거의 복속시켰어요. 오빠는 일깨우지 …… 말아야 돼요."

"오, 사랑하는 작은 바보. 이성은 어디 있니? 너는 사고의 기능을 잃은 것 같아! 수 같은 감정 상태에 빠진 여자가 두뇌에 대한 호소를 초월한다는 사실을 알지 못한다면 언제라도 하겠어. 아니면 많은 여자들이 이런 문제에 그러하듯 수도 지금 자신을 속이는 거야? 믿는 것처럼 하면서 실제로 믿지 않는 거야? 작위적인 신념에 의하여 파생된 감정의 사치에 빠진 거니?"

"사치라고요? 어떻게 그렇게 잔인할 수 있어요?"

"수는 사랑스럽고 슬프고 부드러운 사람이야. 내 눈으로 본 중에서 가장 우울한, 인간 지성의 파멸의 표본이지. 인습에 대한 경멸은 어디다 두었어? 나 같으면 끝까지 싸우다 쓰러지겠어."

"날 짓밟고 모욕하는군요, 오빠. 돌아가세요!" 그녀가 몸을 획 돌렸다.

"가겠어. 찾아올 체력이 남아 있어도 다시는 오지 않을 거야. 그런 체력이 있을 것 같지도 않고. 수, 수, 자기는 남자의 사랑을 받을 가치가 없는 사람이야!"

그녀의 가슴이 아래위로 팽창했다가 수축하기 시작했다.

"오빠가 그런 말을 하는 걸 참을 수가 없어요!" 그녀가 큰 소리로 외쳤다. 그녀의 시선이 잠시 그에게 머무는 것 같더니 충동적으로 몸을 돌렸다. "하지 마세요. 날 질책하지 마세요! 키스해 주세요, 오, 키스해 주세요. 많이, 많이요. 내가 겁쟁이고 한심한 사기꾼이 아니라고 말해 주세요. 난 참을 수 없어요!" 그녀가 그에게 달려가 자신의 입을 그의 입에 붙이고 계속해서 말했다. "말을 해야겠어요. 오, 꼭 해야겠어요. 내 사랑하는 사람! 그건…… 교회에서의 결혼식일 뿐이었어요. 결혼식 말이에요! 처음에 그가 제안했어요!"

"어떻게?"

"내 말의 뜻은 오직 명목상의 결혼일 뿐이었다는 것이에요. 내가 그에게 온 다음 그 이상은 아니었어요!"

"수!" 그가 말했다. 그는 그녀를 팔에 안은 채 그에게로 당기면서 그녀 입술에 키스를 쏟아 부었다. "비참함 속에도 행복이 있다면 난 지금 순간의 행복을 느끼고 있어. 그럼 수가 성스럽다고 느끼는 모든 것의 이름을 걸고 사실을 말해 줘. 거짓 없이. 날 아직도 사랑하니?"

"사랑해요! 오빠가 잘 알잖아요! ……그러나 난 이러지 말아야 돼요! 난 오빠의 키스에 화답하지 말아야 돼요!"

"그러나 키스해 줘!"

"그런데도 오빠는 너무 사랑스러워! 그리고 너무 아픈 것 같아 보여……."

"수도 그래! 또 한 가지 더, 우리 죽은 아이들의, 당신과 내 아이들의 기억으로!"

이 말은 그녀에게 일격을 가한 것 같은 충격을 주었다. 그녀가 고개를 숙였다. "난 이래서는 안 돼요. 계속 이런 식으로 할 수는 없어요!" 그녀가 금세 숨을 헐떡거렸다. "그런데 여기, 여기, 내 사랑. 오빠의 키스에 화답을 하고 있네요. 그래요, 그래요! ······이제 난 내가 지은 죄를 생각하고 나 자신을 영원히 미워할 거예요!"

"아니야, 마지막 간청을 할게. 내 말을 좀 들어 봐. 우리 두 사람은 제정신이 아닌 상태에서 재혼을 했어. 나는 술에 취해 그랬지. 수도 마찬가지였잖아. 나는 진에 취해서 그랬고, 수는 신앙에 취해서 그랬어. 취한 상태는 사람에게서 고상한 비전을 빼앗아 가······. 우리 서로 실수를 털어 버리고 함께 어디로 떠나자!"

"안 돼요. 아니에요! ······왜 날 유혹하는 거죠, 오빠! 그건 너무 잔인해요······. 난 지금 나 자신을 극복했어요. 따라오지 마세요, 날 그렇게 보지 마세요. 불쌍한 나를 내버려 두세요!"

그녀는 교회의 동쪽 끝으로 뛰어갔다. 주드는 그녀가 시키는 대로 했다. 그는 고개를 돌리지 않았다. 그녀가 보지 못한 담요를 주워 들고 밖으로 나갔다. 그가 교회 끝 부분을 지나가자 그의 기침 소리가 창문에 떨어지는 빗소리와 섞여 들려오는 것을 그녀는 들을 수 있었다. 그 순간 자신의 족쇄에 복속되지 않은 인간의 마지막 본능이 발동되어 그녀는 벌떡 일어났다. 그를 따라 나가 구원의 손을 뻗기라도 할 듯이. 그러나 그녀는 다시 꿇어앉았다. 그리고 주드에게서 나오는 소리가 모두 사라질 때까지 손으로 귀를 막았다.

주드는 녹지의 모퉁이에 서 있었다. 거기서 길은 그가 어렸을 때 까마귀를 쫓던 들판을 가로질러 갔다. 그는 몸을 돌려 뒤를 한 번 돌아보고 수가 아직도 있는 건물을 바라보았다. 그러고는 다시는 그 풍경을 보지 못하리라는 것을 알면서 가던 길을 걸었다.

가을과 겨울 날씨에는 상부와 하부 웨섹스 지방에 특히 추운 곳이 여기저기 있었다. 그러나 북풍이나 동풍이 불어올 때 그중에서도 가장 추운 지점은 알프레드스턴으로 가는 길이 옛날의 산마루 길과 교차하는 지점인 갈색 집 곁 고원지 꼭대기였다. 여기에 겨울의 첫 진눈깨비와 눈이 내려 깔리고, 또 봄의 서릿발이 녹지 않고 마지막까지 기승을 부렸다. 여기에 북동풍이 불고 비가 쏟아지는데도 주드는 옷이 흠뻑 젖은 채 자기 길을 가고 있었다. 어쩔 수 없이 느릿느릿 걷고 있는 걸음걸이는 그의 체열을 유지하기에도 충분치 않았다. 그는 이정표까지 걸어와 비가 쏟아지는 가운데 담요를 땅에 펴고 잠시 쉬었다. 다시 길을 떠나기 전에 이정표 뒤에 손을 넣어 옛날에 새겨 둔 글씨가 아직 그대로 있는지 더듬어 보았다. 글자는 아직 그대로 있었으나 이끼가 끼어 글씨가 거의 사라지고 없었다. 그는 자신과 수의 선조가 처형당한 효시대가 있었던 자리를 지나 언덕을 내려갔다.

알프레드스턴에 도착했을 때는 날이 저물고 있었다. 그는 거기서 차를 한 잔 시켜 마셨다. 뼈를 스며들기 시작한 치명적인 냉기가 아무 음식도 먹지 못한 그에게는 너무 견디기 힘들었던 것이다. 집으로 가기 위해서는 증기차를 타야 했고 두 개

의 철로 지선을 바꿔 타야만 했으며, 교차점에서 긴 시간을
기다려야 했다. 크라이스트민스터에 도착했을 때에는 밤 10시
가 지나 있었다.

9

플랫폼에는 아라벨라가 서 있었다. 그녀가 그를 아래위로 훑어보았다.

"그 여자 만나러 갔다 왔어요?" 그녀가 물었다.

"그렇소." 주드가 추위와 피곤함 때문에 문자 그대로 몸을 비실거리면서 대꾸했다.

"그럼 이제 집으로 가야죠."

그가 걸음을 떼어놓자 옷에서 물이 흘러내렸다. 기침을 하는 동안 그는 쓰러지지 않기 위해 벽에다 몸을 기대야 했다.

"이건 당신 좋자고 한 짓이에요, 아저씨." 그녀가 말했다. "그런 줄이나 알고 있는지 모르겠네요."

"물론 알고 있소. 날 위해서 한 일이오."

"뭐요, 자살하려고요?"

"그렇소."

"흥, 축하할 일이군. 여자를 위해 자살을 하다니."

"아라벨라, 내 말 들어 보시오. 당신은 나보다 강하다고 생각하고 있소. 그래, 당신은 나보다 기운이 더 센 게 맞소. 당신은 나를 나인핀 공처럼 넘어뜨릴 수가 있소. 며칠 전 당신은 그 편지를 띄우지 않았소. 나는 그 일로 화를 낼 수는 없었소. 그러나 난 다른 일에서는 당신이 생각하는 만큼 약하지 않소. 폐에 염증이 생겨 방에만 갇혀 있는 사람에게는, 한 특별한 여자를 만나 보고 그디 음에는 죽겠다는 단 두 가지 염원만 세상에 남아 있는 사람에게는, 이런 빗속에서 여행을 하게 되면 두 가지 목적을 한꺼번에 깨끗하게 이룰 수가 있소. 그걸 지금 난 한 거요. 난 그녀를 마지막으로 보았고, 그리고 내 인생에 끝장을 내었소. 애초에 시작을 하지 말았어야 하는 열병의 인생에 종말을 낸 거요!"

"맙소사, 고상한 말씀 하시네! 따뜻한 것 좀 마실래요?"

"아니요. 집으로 갑시다."

그들은 조용한 대학들을 지나갔다. 주드가 계속 걸음을 멈추었다.

"뭘 그렇게 보고 있어요?"

"바보 같은 환상을요. 어떤 의미에서 난 다시 이 마지막 외출에서 죽은 사람들의 망령을 보고 있소. 내가 처음 여기 왔을 때 외출을 했다가 본 망령들을요!"

"당신은 이상한 사람이야!"

"난 그 망령들을 내 눈으로 보고 있소. 그들이 살랑거리고 다니는 소리를 거의 들을 수 있소. 그러나 처음 그때와는 달리 그 망령들 모두를 존경하지 않소. 나는 그들의 반도 믿지 않소. 신학자, 변증자, 그들과 가까운 형이상학자, 고압적인 정치가, 기타 등등이 나의 흥미를 끌지 못하는 거요. 근엄한 현실의 작동에 의하여 모든 것이 부서지고 말았소!"

엷은 불빛에 비친 주드의 시체 같은 얼굴의 표정은 마치 그가 아무도 없는 데서 사람을 보는 것 같았다. 아치문의 통로 곁에 우두커니 서 있는 그는 마치 걸어나오는 사람을 보는 듯했고, 창문을 들여다보고 있는 그는 그 창문 뒤에서 낯익은 얼굴을 보는 것 같았다. 그는 사람의 목소리를 듣고는 그 목소리의 의미를 알아내기 위해 어휘를 따라서 반복하는 것 같기도 했다.

"날 향해 비웃는 것 같아요!"

"누가요?"

"오, 나한테 중얼거리고 있었소! 여기 사방에 유령이 있어요. 대학의 아치문 통로와 유리창에 유령이 있어요. 옛날에는 그 유령들이 호의적으로 보였는데. 특히 애디슨, 기번, 존슨,[51] 브라운 박사,[52] 그리고 켄 주교가 그랬소."

"이리로 오라! 유령들이여! 여기엔 산 사람도 죽은 사람도 없소. 오직 망할놈의 경찰이 한 명 있을 뿐이오. 난 거리가 이렇게 빈 것을 본 적이 없소."

---

51) 문인이자 사전 편찬가인 새뮤얼 존슨(Samuel Johnson, 1709~1784).

52) 의사이자 저술가인 토머스 브라운(Thomas Browne, 1605~1682).

"보라니까! 자유의 시인[53]은 여기를 걷고 위대한 우울증의 분석가[54]는 저기를 걷곤 했지."

"그들에 대해 듣고 싶지 않아요! 하품 나요."

"월터 롤리[55]가 저 골목에서 나에게 손짓을 하고 있소. 위클리프,[56] 하비,[57] 후커,[58] 아널드 그리고 옥스퍼드 운동가들 전체가 손짓을 하고 있소."

"그 사람들의 이름에 관심없어요, 알아들어요? 죽어서 땅속으로 들어간 사람들이 무슨 소용 있어요? 당신은 술을 안 마셨을 때보다 마셨을 때 더 정신이 맑아요!"

"잠시 쉬어야겠소." 그가 말했다. 그는 난간에 기대면서 걸음을 멈추었다. 그리고 그의 앞에 있는 대학의 정면 높이를 눈으로 살펴보았다. "이건 루브릭 대학이고, 저건 사코파거스 대학이지. 그리고 저 골목 위로 크로지어와 튜더 대학들이 있지. 저 아래쪽에는 정면이 길다란 카디널 대학이 있고. 나 같은 사람의 노력에 대학이 놀랐다는 사실을 겸손하게 표시하기 위해 만든 치켜든 눈썹 모양을 한 창문도 있지."

---

53) 퍼시 비시 셸리(Percy Bysshe Shellye, 1792~1822).

54)『우울증의 해부』의 저자 로버트 버턴(Robert Burton, 1577~1640).

55) (Walter Raleigh, 1552~1618), 시인이자 군인이며 항해가.

56) 14세기의 종교 개혁자이며 성서 번역자인 존 위클리프(John Wycliffe, 1330~1384).

57) 의학자이자 생리학자로 혈액순환의 원리를 발견한 윌리엄 하비(William Harvey, 1578~1657).

58) 독특한 성공회 신학을 주창한 신학자 리처드 후커(Richard Hooker, 1554~1600).

"따라와요. 내가 한 잔 쏠게요!"

"좋아. 집으로 가는 데 도움이 될 거야. 죽음의 발톱이 날꽉 잡은 것처럼 카디널 대학의 목장에서 올라온 싸늘한 안개가 날 억누르고 있어. 안티고네[59]가 말했듯이 난 사람들 사이에 사는 것도 아니고 유령들 사이에 있는 것도 아니야. 그러나아라벨라, 내가 죽고 나면 내 영혼이 이 대학들 사이에서 아래위로 날아다니고 있을 거요!"

"흥! 당신은 죽지 않아. 아저씨는 아직 강한 사람이야."

메리그린의 밤. 낮에 내리던 비가 그칠 기색을 보이지 않았다. 주드와 아라벨라가 집으로 가기 위해 크라이스트민스터의거리를 걸어가는 동안 에들린 과수댁은 녹지를 건너가서 학교 사택 뒷문을 열었다. 그녀는 취침 전에 수가 집 안 정리를할 수 있도록 도와주곤 했다.

수는 부엌에서 흐트러진 물건을 정리하고 있었다. 그녀는유능한 주부가 되지 못했다. 애를 썼지만 가사에는 재미를 붙이지 못했다.

"하느님 맙소사. 내가 그것 때문에 일부러 오는데 왜 그런걸 직접 하나? 내가 오는 것 알면서."

"오, 잘 모르겠어요. 깜빡했어요! 아니, 깜빡하지 않았어요.나에게 훈련을 시키기 위해서요. 8시에 일어나서 내내 층계를닦았어요. 집안일을 하는 훈련을 해 둬야죠. 부끄럽게 집안일

---

59) 그리스 비극 작가 소포클레스가 쓴 동명의 비극 속 주인공.

을 내버리고 있었어요."

"왜 자기가 하나고? 때가 오면 그 사람 좀 더 좋은 학교를 맡고, 목사가 돼. 그러면 하인을 둘씩이나 둘 텐데. 그 예쁜 손을 망치다니."

"제 예쁜 손 이야기 마세요, 에들린 부인. 이 예쁜 몸이 날 망치는 주범이었어요!"

"피이…… 자랑할 몸이 없는데! 내 눈에 자기는 정령 같아. 오늘 저녁에 뭔가가 잘못된 것 같아. 남편이 화났나?"

"아니요. 그 사람은 화내는 일 없어요. 벌써 자리에 들었어요."

"그럼 뭐가 잘못인데?"

"말할 수 없네요. 오늘 잘못한 일이 있어요. 싹 지워 버렸으면 좋겠어요……. 글쎄, 말씀드리죠. 오늘 오후에 주드 오빠가 여길 왔었어요. 내가 그를 아직 사랑하고 있는 것을 발견했어요. 오, 대단해요! 그 이상은 말 못 하겠어요."

"아!" 과수댁이 말했다. "이렇게 되리라고 내가 말하지 않았어!"

"그런 것 없어요! 그가 왔던 일을 남편에게 이야기하지 않았어요. 이제 주드 오빠를 다시 만나지 않을 테니까 그런 일 남편에게 알려서 기분 나쁘게 할 필요가 없어요. 리처드에 대한 내 의무를 다하기 위해 내 양심에 채찍질해야 돼요. 참회를 해서요. 그게 궁극적으로 할 일이죠. 난 참회해야 돼요!"

"나 같으면 신경 쓰지 않겠어. 그 사람은 지금과 다른 생활도 좋다고 한 사람이니까. 지금대로 석 달씩이나 잘 지냈는데."

"그래요. 그 사람은 내가 선택하는 생활을 좋다고 했어요. 내 마음대로 생활을 그에게 강요할 수는 없어요. 내가 그걸 받아들이지 말았어야 했어요. 그걸 뒤집는다는 건 무서운 일이에요. 난 그 사람에게 좀 더 당당했어야 해요. 오, 왜 나는 그렇게 소심하죠!"

"그 사람한테서 마음에 들지 않는 게 뭐야?" 에들린 부인이 궁금해서 물었다.

"잘 모르겠어요. 뭔가…… 말 못 하겠어요. 슬픈 건 아무도 그걸 내가 느끼는 기분에 대한 이유로 받아들이지 않을 거라는 거예요. 그러니 아무 구실이 남아 있지 않아요."

"주드에게 그게 무엇인지 말했나?"

"천만에요."

"내가 젊었을 때 남편들에 대한 이상한 이야기를 들었지." 과수댁이 낮은 목소리로 말했다. "성자들이 지상으로 내려오자 밤에 악마들이 남편의 모습을 하고 가엾은 부인들에게 별별 이상한 짓을 다 했다고 해. 왜 그런 생각이 머릿속에 떠오르는지는 모르겠어. 그건 그냥 이야기인데……. 오늘 밤 비바람이 대단하네! 그럼 상황을 바꾸는 데 서둘지 마, 이 사람아. 생각을 좀 해 봐요."

"아니에요, 아니에요! 그 사람에게 정중하게 대하기로 마음 먹는 데 있는 힘을 다했어요. 이제 그렇게 해야죠, 즉시요. 내가 쓰러지기 전에요!"

"내 생각에는 자신에게 강요할 일이 아닌 것 같은데. 여자에게는 그래서는 안 되지."

"내 의무예요. 철저히 해야죠!"

삼십 분 뒤 에들린 부인이 모자를 쓰고 숄을 어깨에 걸치자 수가 막연한 공포감에 휩싸이는 듯했다.

"아니, 아니. 에들린 부인, 가지 마세요." 그녀가 눈을 크게 뜨고는 간청했다. 긴장된 표정으로 한 번 획 어깨 너머로 고개를 돌렸다.

"그러나 이제 잘 시간이야."

"그래요. 그런데…… 집에 작은 방이 하나 여분으로 있어요. 내 방인데, 준비가 되어 있어요. 에들린 부인, 제발 오늘은 여기서 주무세요. 내일 아침에 일도 있고요."

"오, 그러지. 꼭 원한다면, 난 괜찮아. 내가 집에 있건 없건 우리 집 네 벽에 무슨 일이 일어나지는 않을 테고."

그녀가 문을 잠갔다. 두 사람이 함께 층계를 올라갔다.

"여기 잠시 기다려 주세요." 수가 말했다. "내 방에 혼자 먼저 잠시 들어갔다 올게요."

과수댁을 층계참에서 기다리게 하고, 메리그린에 온 이후 그녀만의 방으로 쓰는 침실로 몸을 돌렸다. 그녀는 문을 열고 침대 곁에 일이 분가량 무릎을 꿇었다. 그러고는 일어나 베개에서 나이트 가운을 집어 들고는 에들린 부인이 있는 곳으로 왔다. 맞은편 방에서 남자의 코 고는 소리가 들렸다. 그녀는 에들린 부인에게 잘 자라는 인사를 했다. 과수댁이 수가 비운 방으로 들어갔다.

수가 다른 방의 문빗장을 열었다. 그녀는 현기증이 나는 듯 방 밖에서 바닥에 주저앉았다. 다시 일어나 방문을 반쯤 열었다. 그러고는 "리처드." 하고 불렀다. 그녀가 이렇게 부르는 동안 몸이 눈에 뜨이게 떨렸다.

코 고는 소리가 잠시 멈췄다. 그러나 그는 아무 대답도 하지 않았다. 수가 안심하는 것 같았다. 그녀는 에들린 부인이 있는 방으로 급히 달려갔다. "에들린 부인, 자리에 들었어요?" 그녀가 물었다.

"아니." 과수댁이 방문을 열면서 대답했다. "늙고 동작이 느리면 옷을 갈아입는 데도 시간이 무척 걸린다니까. 아직 코르셋 망도 벗지 않았어."

"나…… 그 사람이 숨 쉬는 소리를 못 듣겠어요. 아마……아마…… "

"뭐라고?"

"아마 죽었나 봐요!" 그녀가 숨을 헐떡였다. "그럼 난 자유의 몸이 되고, 그러면 주드 오빠에게 돌아갈 수 있을 테고! ……아, 아니에요. 그 여자를 잊고 있었네요……. 하느님!"

"가서 들어 보자. 아니야. 다시 코를 골고 있어. 비와 바람 소리가 너무 커서 다른 소리가 거의 들리지 않아요."

수가 무겁게 다시 좀 전에 있던 자리로 돌아왔다. "에들린 부인, 잘 주무세요. 불러내서 죄송해요." 과수댁이 두 번째로 방으로 돌아갔다.

혼자 있자 수의 얼굴에 긴장하고 체념한 표정이 떠올랐다. "꼭 해야지, 꼭 해야 해! 끝을 봐야지!" 그녀는 낮은 소리로 속삭였다. "리처드!" 그녀가 다시 불렀다

"뭐요? 수잔나, 당신이오?"

"네."

"왜 그러오? 무슨 일이 있소? 잠깐만 기다려요." 그가 옷을 주워 입고 문으로 왔다. "무슨 일이오?"

"우리가 섀스턴에 살 때 당신이 나한테 가까이 오지 못하게 내가 창문 밖으로 뛰어내렸죠. 그때 그 일을 아직 난 역으로 하지 않았어요. 오늘 난 당신에게 그 일에 대하여 용서를 구하고 당신 방으로 들어가게 해 달라고 간청하러 왔어요."

"이렇게 해야 된다고 생각하는 모양인데. 내가 당신에게 말한 대로, 당신의 본능에 역행하는 일은 하지 마시오."

"들어가게 해 주세요." 그녀가 잠시 기다렸다가 다시 반복했다. "들어가게 해 주세요! 내가 잘못했어요, 오늘도요. 난 내권리를 남용했어요. 말 안 하려고 했는데, 해야 할 것 같네요. 오늘 오후 당신에게 죄가 되는 일을 저질렀어요."

"어떻게요?"

"주드 오빠를 만났어요! 오빠가 오는 걸 몰랐어요. 그러고는……."

"그래서요?"

"오빠와 키스를 했어요. 그리고 나에게 키스를 하게 두었어요."

"오, 똑같은 옛날이야기구먼!"

"여보, 우리가 서로 키스를 하는 순간까지 실제 그러리라는 걸 몰랐어요!"

"몇 번이나 했소?"

"많이요. 잘 기억이 안 나요. 지금 생각해 보면 끔찍해요.

그러고 나서 내가 할 수 있는 것은 이렇게 당신에게 오는 거였어요."

"여보, 내가 당신에게 베푼 것을 생각하면 이건 매우 불쾌한 일이오. 이것 말고도 고백할 게 또 있소?"

"아니요." 그녀는 이 말을 덧붙이고 싶었다. "오빠를 사랑하는 연인이라고 불렀어요." 그러나 후회하는 여자가 항상 조금은 남겨 두듯이 그 장면에 관한 부분은 말하지 않았다. 그녀는 말을 계속했다. "오빠를 다시는 만나지 않을 거예요. 오빠는 지나간 이야기를 언급했어요. 그게 날 숨 막히게 했어요. 오빠는…… 아이들 이야기를 했어요. 그러나 이미 말했듯이…… 난 마음이 편해요, 여보. 아이들이 죽은 게요. 그건 내 인생의 그 부분을 모두 지워 버리니까요."

"그럼…… 그 사람 다시 만나지 않는다는 이야긴데, 당신 정말로 그러겠소?" 필롯슨의 어조에는 수와의 재혼 석 달 동안 자신의 관대한 처신이나 색정적 인내심이 기대했던 만큼 만족스럽지 못했음을 암시하는 무엇이 담겨 있었다.

"네, 그래요!"

"신약 성서를 두고 맹세할 수 있겠소?"

"그럴 수 있어요."

그가 서재로 가서 작은 갈색 신약 성서를 갖고 나왔다. "자, 그럼, 신의 가호가 있기를!"

그녀가 서약을 했다.

"좋소!"

"그럼 맹세한 대로, 내가 속하고, 존경하고 복종하기를 원하는 당신이 나를 들어가게 허락해 주세요."

"잘 생각해 보시오. 당신은 이것이 무엇을 의미하는지 잘 알 거요. 당신이 집으로 오는 것과 이것은 문제가 달라요. 한 번 더 생각해 보시오."

"생각해 봤어요. 나는 이걸 원해요!"

"순종적인 정신이군. 그래, 당신이 맞아. 애인이 목을 빼고 기다리는 한, 반쪽짜리 결혼은 완결되어야 하오. 난 세 번째이자 마지막으로 내 조건을 다시 요구하오."

"그긴 내가 원하는 바예요! …… 오, 하느님!"

"왜 하느님을 찾았소?"

"나도 모르겠어요!"

"당신은 알고 있소! 그러나……." 그녀가 잠옷을 입은 채 그의 앞에 웅크리고 있는 모습을 보고 그는 잠시 우울한 마음으로 그녀가 여위고 연약하다고 생각했다. "흠, 이렇게 끝나리라고 생각했소." 그가 금세 말문을 열었다. "이런 신호가 있고 난 다음 난 당신에게 빚진 것이 아무것도 없소. 당신 말대로 당신을 받아들이고 용서하리다."

그가 그녀를 들어 올리기 위해 팔로 그녀의 허리를 감았다. 수가 깜짝 놀란 표정을 지었다.

"왜 그러오?" 처음으로 근엄한 목소리로 그가 물었다. "또 날 피하는 거요? 그전에 그랬던 것처럼!"

"아니에요, 리처드. 난…… 난 생각하고 있지 않았어요……."

"당신 여기 들어오기를 원하는 거요?"

"네."

"그것이 무엇을 의미하는지 알고 있소?"

"네. 그건 내 의무예요!"

촛대를 옷장 위에 내려놓고 그는 그녀를 문간으로 인도해 갔다. 그러고는 그녀의 몸을 들어 올려 키스를 했다. 혐오의 표정이 그녀의 얼굴 위로 재빨리 스쳐 갔다. 그녀는 이를 악물고 아무 소리도 내지 않았다.

에들린 부인이 잠옷으로 갈아입고 침대로 들어 가려다 혼자 중얼거렸다. "아, 아무 문제가 없는지 보고 와야지. 바람은 왜 이렇게 불고 비는 왜 이렇게 오나!"

과수댁이 층계참으로 나갔다가 수가 없어진 것을 확인했다. "아! 가엾은 사람! 요즘은 결혼식이 장례식이야. 오십오 년 전 가을에 나와 우리 영감이 결혼을 했지. 그 이후로 세상 참 많이 변했어!"

10

여전히 몸이 불편했지만 주드는 다소 건강을 회복했다. 그는 몇 주일 동안 직장으로 돌아가 일했다. 그러나 크리스마스가 지난 직후 그는 다시 몸져누웠다.

그는 번 돈으로 하숙집을 바꾸었다. 시내 중심부로 옮겼다. 주드가 한동안 일을 하지 못하리라는 점을 아라벨라가 눈치 챘다. 그녀는 재혼 이후 상황이 변한 데 대하여 화가 났다. 그녀가 이렇게 말했다. "결혼을 해서 무료 간병인 하나 얻어 들인 이 마지막 수작은 머리 좋은 짓이지. 내가 미쳤어!"

주드는 그녀가 뭐라고 하든 절대적으로 무관심하게 대했다. 어떤 때는 그녀의 비난을 장난스럽게 받아들이기도 했다. 어떤 때는 그의 기분이 좀 더 진지해져서, 자리에 누운 채 자신의 초기 목표가 실패한 데 대하여 되돌아보기도 했다.

"모든 사람이 한 방면에서 조그마한 힘을 갖고 있지." 그는 이렇게 중얼거렸다. "돌을 만지는 일에서 나는 정말로 힘이 튼튼하지 않았어. 특히 돌을 맞춰 넣는 일에서는. 석재를 옮기는 일은 항상 힘들었어. 창문이 들어오기 전에 건물 안에서 외풍을 참는 것은 나에게 감기를 가져다주곤 했지. 그 감기가 지금 내 몸속에 병을 가져왔어. 난 기회가 있으면 한 가지는 잘할 수 있다고 생각해. 생각을 축적하여 다른 사람들에게 전파하는 데 자신이 있거든. 대학의 창설자들이 나 같은 사람을 염두에 두지 않았나 싶어. 다른 건 잘하는 것이 없는데 그 특별한 한 가지만은 잘하는 사람을……. 소문에 듣기로 나처럼 힘없는 사람도 대학에 갈 수 있는 보다 좋은 기회가 열린다고 하던데. 대학교를 덜 배타적으로 만들고 그 영향력을 확장하는 계획이 잡혔다고 해. 그 점에 관해서 난 잘 모르지만. 이젠 너무 늦었어. 나에게는 그 계획이 늦었다고! 아, 나 이전의 더 가치 있는 사람들이 얼마나 많이 이런 기회를 놓쳤을까!"

"혼자 중얼거리기는!" 아라벨라가 말했다. "지금쯤은 책에 대해 미친 생각을 다 뽑아 버린 줄 알았는데. 생각이 제대로 박혔으면 그래야지. 당신은 우리가 첫 번 결혼했을 때나 지금이나 그 미친 생각은 똑같아."

한번은 이처럼 또 혼자 중얼거리다가 무의식적으로 그녀를 '수'라고 불렀다.

"당신 누구한테 말을 하고 있는지 정신 차려!" 아라벨라가 화를 내면서 말했다. "점잖게 결혼한 유부녀를 그 이름으로 부르다니." 그녀는 떠오르는 생각이 있었고 그는 그 말을 듣지 못했다.

　그러나 시간이 가면서 그녀는 상황이 어떻게 발전되고 있는지를 알았고, 그래서 수와의 경쟁에서 두려워할 것이 없다는 사실을 깨달았다. 그녀는 관대한 마음까지 느꼈다. "당신, 당신의 수를 만나고 싶지?" 그녀가 말했다. "난 그 여자가 여기로 찾아와도 좋은데. 원하면 여기서 만나 봐요."

　"그녀를 만나고 싶지 않소."

　"오, 그것 새로운 일이네!"

　"그녀에게 나에 관해서는 아무 말도 마시오. 내가 아프다거나, 어떤 말도. 그녀는 자기 길을 택했소. 자기 길을 가게 두시오!"

　어느 날 그에게 놀라운 일이 일어났다. 에들린 부인이 자기 발로 그를 보러 온 것이다. 주드의 애정이 어디에 있는지를 아는 아라벨라는 이제 절대적인 무관심에 빠졌으며, 외출을 하면서 노파와 주드가 단둘이만 있을 기회를 만들어 주었다. 그는 충동적으로 수의 안부를 물었다. 그는 수가 했던 이야기를 기억하고는 솔직하게 물었다. "아직도 두 사람은 명목상으로만 부부겠지요?"

　에들린 부인이 머뭇거렸다. "글쎄, 아니…… 이제 상황이 달라. 그녀가 늦게 시작했지만…… 완전히 자신의 자유의지로."

　"언제 그렇게 시작했나요?" 그가 급하게 물었다.

　"자네가 왔던 날 밤이야. 그러나 그녀는 자신의 약한 면에 대한 벌로 그런 거지. 그는 그걸 원하지 않았는데 그녀가 우겼어."

"수, 내 사랑하는 수, 사랑하는 바보…… 이건 내가 참을 수 있는 범위를 지나쳤어! ……에들린 부인, 내가 혼자 중얼거리는 것 때문에 놀라지 마세요. 여러 시간 동안 혼자 누워 있자니 혼자 지껄이는 버릇이 생겼어요. 그녀의 지성은 한때 나에게는 벤젠 등불에 비치는 별과 같았어요. 그녀는 거미줄 같은 내 마음속의 미신을 비쳐 보고는 말 한마디로 그 거미줄을 쓸어냈어요. 그러다 쓰라린 고통이 우리를 찾아오고, 그녀의 지성이 부서지고, 그래서 어둠 속으로 그녀는 방향을 바꾸었어요. 남자와 여자 사이의 이상한 차이점이에요. 시간과 환경은 이런 경우 대부분의 남자들에게서는 시야를 확장하는데, 거의 예외 없이 여자들의 견해는 수축시켜 놓지요. 이제 궁극적인 공포가 찾아왔어요. 그녀는 증오하는 대상에게 자신을 주었어요. 형식의 노예가 되었어요! 너무 민감하고 너무 쉽게 수축하는 그녀여서, 바람마저도 그녀에게는 다르게 부는 것 같아요. 수와 내가 최고 정점에 도달했을 때, 오래전에요……. 우리의 정신이 맑고, 진리에 대한 사랑이 겁을 모를 때…… 시간이 우리에게 맞지 않았어요. 우리의 사상이 우리에게 도움이 되기에는 오십 년은 너무 빨랐어요. 그래서 그 사상이 직면한 저항은 그녀에게서 반항을 유발했으며, 나에게서는 자포자기와 파멸을 불러왔어요! ……이제 이것이. 에들린 부인, 내가 여기 누워서 나 자신에게 끊임없이 하는 소리예요. 내가 하는 이야기가 너무 지루하겠지요."

"전혀 아니야, 이 사람아. 난 자네 이야기는 하루 종일 들어도 좋아."

주드는 수의 소식을 생각할수록 점점 마음이 흥분되는 것 같았다. 그는 정신적인 고통으로 사회적인 인습에 대해 무섭게 비속한 언어를 쓰기 시작했다. 그러다가 심한 기침을 했다. 그러는 사이 아래층 문에서 노크 소리가 들렸다. 아무도 문 두드리는 소리에 대답하지 않자 에들린 부인이 직접 나갔다.

방문객이 유순한 목소리로 말했다. "의사예요." 몸이 비쩍 마른 사람은 아라벨라가 오라고 불러들인 의사 빌버트였다.

"환자 상태가 지금 어때요?" 의사가 물었다.

"오, 좋지 않아요. 대단히 아파요. 가엾은 지구, 흥분을 하더니 무섭게 불경스러운 말을 했어요. 내가 생각 없이 잡담을 했더니 그러네요. 내 잘못이죠. 그러니 자…… 고통받는 사람이 한 말을 용서해야죠. 하느님이 용서하길 바라지만."

"아, 내가 올라가서 만나 보죠. 폴리 부인은 집에 있나요?"

"지금은 없는데 곧 올 거예요."

빌버트가 올라갔다. 주드는 그동안 그 기술 좋은 의사의 약을 아라벨라가 그의 목구멍으로 부어 넣을 때마다 아주 무관심하게 받아 마셨다. 그러나 여러 가지 사건의 발전으로 그 순간 궁지에 빠진 그는 빌버트의 면전에서 그에 관한 생각을 심하게 강한 형용사를 쓰면서 쏟아부었다. 빌버트는 그 자리에서 종종걸음을 쳐 아래층으로 내려갔다. 문간에서 그는 아라벨라를 만났다. 에들린 부인은 떠나고 없었다. 아라벨라가 그에게 자기 남편이 어떻냐고 물었다. 의사가 화가 나 있는 것을 보고는 그녀가 그에게 뭘 좀 마시라고 권했다. 그가 그러겠다고 했다.

"여기 복도로 가져올게요." 그녀가 말했다. "오늘 집에 나 말고는 아무도 없어요."

그녀가 맥주 한 병과 잔을 가져다주었다. 그는 그것을 받아 마셨다. 아라벨라가 웃음을 감추려고 하면서 몸을 흔들었다. "자기, 이거 뭐요?" 그가 입맛을 다시면서 물었다.

"오…… 와인 한 방울…… 뭘 좀 탔어요." 다시 웃었다. "사랑의 미약을 좀 섞었어요. 농업 박람회에서 자기가 나한테 판 약을요. 기억나지 않아요?"

"기억하지, 기억해요! 영리한 여자라니까! 그럼 결과를 책임져요." 그는 팔을 그녀의 어깨에 감고 그 자리에서 그녀에게 키스했다.

"하지 마세요, 하지 마세요." 그녀가 기분이 좋아 웃으면서 속삭였다. "우리 집 남자 듣겠어요."

그녀는 그를 집 밖으로 내보냈다. 다시 집으로 들어오면서 혼자 중얼거렸다. "흠! 약한 여자는 비 오는 날에 대비를 해야지. 저 위층에 있는 불쌍한 친구가 가면 (곧 그럴 것 같지만) 기회는 열어 두어야 하는 거야. 지금은 젊었을 때처럼 선택의 기회가 많지 않거든. 젊은 남자를 잡을 수 없으면 늙은 사람이라도 잡아야지."

11

이들의 삶을 기록하는 필자는 독자가 마지막 페이지에 관심을 기울여 주기를 바라는바, 이 부분은 잎이 무성한 여름이 찾아온 계절로, 주드의 침실 안과 밖에서 일어나는 사건에 관한 것이다.

주드의 얼굴은 너무 말라 오랜 친구도 그를 알아보기 어려울 정도였다. 시간은 오후였다. 아라벨라는 거울을 들여다보면서 머리를 곱슬거리게 지지고 있었다. 촛불을 켜서 그 불꽃에 양산대를 달구었으며, 그 달구어진 양산대로 흘러내리는 머리칼을 지졌다. 머리매무새가 끝나자 그녀는 보조개 만드는 연습을 했다. 그러고는 옷을 주워 입고 장신구를 달았다. 그녀는 주드 주변으로 눈길을 주었다. 그는 몸을 위로 들고 있었으나 자는 것 같았다. 병 때문에 바로 누울 수가 없었다.

아라벨라는 모자를 쓰고 장갑을 끼었다. 외출 준비가 된 것이다. 그녀는 자리에 앉아 사람을 기다렸다. 자기 대신에 간병인이 오기를 기다리는 것 같았다.

밖에서 들려오는 소리가 시내에서 축제가 벌어졌음을 알려주었다. 그러나 축제가 어떤 규모이든 그 흔적은 지금 있는 집에서는 느껴지지 않았다. 종 치는 소리가 들렸고, 열린 창문을 통하여 그 소리가 방 안으로 들어와 주드의 머리 주변에서 윙윙거렸다. 음악 소리는 아라벨라의 기분을 들뜨게 했다. 그녀가 마침내 짜증스럽게 중얼거렸다. "왜 아버지는 오지 않는 거야!"

그녀는 다시 주드를 쳐다보았다. 지난 몇 달 동안 수없이 그랬듯이 그의 꺼져 가는 목숨을 싸늘한 눈으로 훑어보았다. 그러고는 계시기(計時器)로 걸려 있는 그의 시계를 쳐다보다가 조바심에 차서 자리에서 확 일어났다. 그는 여전히 자고 있었다. 그녀는 마음을 정한 듯 방을 빠져나와 소리 나지 않게 문을 닫았다. 그리고 계단을 내려갔다. 집은 비어 있었다. 아라벨라를 밖으로 불러낸 흥밋거리가 다른 사람들을 오래전에 불러낸 것이 분명했다.

날씨는 온화했으며 하늘은 구름 한 점 없이 화창하여 사람의 마음을 들뜨게 하는 날이었다. 그녀는 현관문을 닫고 중앙로를 향해 걸음을 재촉했다. 원형 강당 근처에 가까이 가자 오르간 음악 소리가 들렸다. 다가오는 음악회를 위한 준비가 진행 중이었다. 그녀는 올드게이트 대학의 아치 통로 아래로 들어갔다. 인부들이 그날 저녁 강당에서 있을 무도회를 위해 대학의 안뜰에 차일을 치고 있었으며, 이날을 위해 시골에서 올라온 사람들은 잔디 위에서 피크닉을 하고 있었다. 아라벨라는 자갈길과 해묵은 라임 나무 아래를 걸었다. 그러나 그곳에 특별히 신나는 일이 없는 것을 발견하고는 거리로 다시 나와 음악회를 위해 마차들이 들어오는 것을 지켜보았다. 많은 교수들과 그들의 부인들과, 경쾌한 기분에 들뜬 여자 친구를 동반한 대학생들이 떼를 지어 몰려드는 광경을 바라보았다. 문이 닫히자 음악회가 시작되었다. 아라벨라는 다시 걸음을 옮겼다.

음악회에서 흘러나오는 힘찬 곡조는 열린 창문에서 바람에 나부끼는 노란색 블라인드를 지나 지붕 꼭대기로 올라갔다가 뒷골목의 조용한 공기를 뚫고 내려왔다. 그 음악 소리는 주드가 누워 있는 방까지 타고 들어왔다. 바로 이 순간에 주드는 다시 기침을 시작했고 그 기침은 그를 잠에서 깨웠다.

그가 말을 할 수 있게 되자 그는 여전히 눈을 감은 채 중얼거렸다. "물 좀 줘요."

빈방에서 그가 애걸하는 소리를 들은 사람은 아무도 없었다. 그는 다시 심하게 기침을 했다. 그는 조금 전보다 더 힘없이 말했다. "물…… 물 좀 줘요. 수…… 아라벨라!"

방은 전과 같이 조용하기만 했다. 금세 그는 다시 숨을 헐떡거리기 시작했다. "목…… 물…… 수…… 자기…… 물 한 방울만 줘요. 부탁이오. 오, 부탁이오!"

그러나 물을 주는 사람은 없었다. 희미하게 벌이 윙윙거리는 소리처럼 오르간의 음악 소리가 좀 전과 같이 들렸다.

그가 같은 자세로 남아 있는 동안 그의 얼굴색이 변하기 시작했다. 어딘가 강 쪽에서 사람들의 함성과 만세 소리가 들려왔다.

"아, 그렇지! 기념 경기구먼." 그가 중얼거렸다. "그런데 나는 여기 있고. 그리고 수는 겁탈당하고!"

만세 소리가 반복되었다. 그 소리에 희미한 오르간 음악 소리가 압도되었다. 주드의 얼굴색이 좀 더 변했다. 그의 갈라진 입술은 거의 움직이지 않았다.

"내가 태어난 날을 멸하게 하라. 남자 아이를 잉태했다 하던 밤도 멸하게 하라."

("만세")

"그날이 어둠이 되게 하라. 하느님이 위에서 돌보지 말게 하라. 빛이 그날을 비추지 말게 하라. 그 밤이 적막하게 하라. 거기서 즐거운 소리가 나지 않게 하라."

("만세")

"어찌하여 나는 태에서 죽지 아니했는가? 어찌하여 어미에서 나오면서 숨지지 아니했던가? ......그러면 이제는 조용히 누워 쉬고 있을 것이니. 잠들었을 것이니. 그러면 쉬고 있었을 것이니!"

("만세")

"거기서는 갇힌 자가 함께 쉬고 있어 압제자의 소리를 듣지 아니하니....... 작은 자와 큰 자가 거기 있나니. 하인은 주인으로부터 자유로우니. 어찌하여 비참한 자에게 빛을 주시고

번뇌하는 자에게 생명을 주는가?[60]"

한편 아라벨라는 이날 무엇이 어떻게 돌아가고 있는지를 알아보기 위해 나온 외출에서 좁은 길로 들어섰다가 이름 모를 모퉁이를 빠져나와 카디널 대학의 안뜰로 들어섰다. 교정에는 부산스럽게 사람들이 움직이고 있었다. 여기서도 무도회를 위한 꽃과 그 밖의 다른 준비가 햇볕 아래서 눈부시게 바빴다. 목수 한 사람이 그녀에게 고개를 끄덕여 인사했다. 그는 주드와 전에 일을 함께 했던 직장 동료였다. 교정 입구에서 강당 계단까지 화사한 적색의 담황색의 장식 기(旗)가 달린 복도가 만들어지고 있었다. 꽃이 활짝 핀 밝은 색깔의 식물들이 담긴 상자가 마차에 가득 실려 교정 여기저기에 널려 있고, 대계단에는 붉은 천이 깔려 있었다. 그녀는 일꾼 한 사람에게 고개를 끄덕여 인사하고 또 한 사람에게도 고개를 끄덕였다. 그녀는 그들과의 친분을 구실로 강당으로 올라갔다. 무도회를 위하여 사람들이 새 마루를 깔고 장식도 동시에 진행했다. 가까이 있는 성당에서 5시 미사를 알리는 종이 울렸다.

"교수님이 팔을 내 허리에 감고 한 바퀴 도는 것도 좋을 텐데." 그녀가 일꾼 한 사람에게 말했다. "그러나, 맙소사, 다시 집으로 가야지. 할 일이 많아요. 춤은 사절!"

집에 왔다가 문간에서 스태그와 주드의 석재소 친구들 한두 명을 만났다. "우리 지금 강가로 가던 중이었어요." 스태그가 말했다. "조정 경기를 보러요. 가는 길에 들러서 남편이 어

---

[60] 「욥기」 3장.

떤가도 알아보고요."

"잘 자고 있어요. 고마워요." 아라벨라가 말했다.

"잘되었네요. 그럼 폴리 부인, 삼십 분만 쉬고 우리하고 같이 가는 것 어때요? 기분 전환이 될 거예요."

"가고 싶네요." 그녀가 말했다. "난 아직 조정 경기 구경을 못 했어요. 재미있다고 그러던데."

"같이 가요!"

"정말 가고 싶네!" 그녀는 동경하는 눈으로 길 아래를 내려다보았다. "잠시만 기다려 주세요. 지금 뛰어 올라가서 그 양반 어떤지 보고 올게요. 아버지가 그 사람과 같이 있을 거예요. 그러니 돌아올 수 있을 거예요."

그들이 기다리는 사이 아라벨라는 집으로 들어갔다. 아래층에는 아무도 없었다. 배들의 행진을 구경하기 위해 모두가 떼를 지어 강가에 가고 없었다. 그녀는 침실로 올라갔다. 아버지가 아직도 오지 않았음을 발견했다.

"왜 오지 못한 거야!" 그녀가 짜증스럽게 말했다. "자기도 배를 보고 싶은 거겠지, 그거야!"

방을 둘러본 그녀의 얼굴이 환해졌다. 기침 때문에 반쯤 앉아 있는 보통 때의 자세는 아니었지만 그는 분명히 자고 있는 것이 확실했기 때문이었다. 그는 바닥으로 미끄러져서 납작하게 누워 있었다. 그녀는 그 광경을 다시 한번 쳐다보다가 깜짝 놀랐다. 그녀는 침대로 갔다. 그의 얼굴이 아주 핼쑥했으며, 점점 굳어지고 있었다. 그녀는 그의 손가락을 만져 보았다. 손가락이 싸늘했다. 그러나 그의 몸에는 아직 따뜻한 온기가 남아 있었다. 그녀는 그의 가슴에 귀를 대었다. 모든 것이 조용했다. 거의 삼십 년에 가까운 심장의 고동이 멈춰 있었다.

벌어진 상황에 대하여 처음의 놀란 마음이 진정되자 강가에서 군악대나 다른 취주악대가 연주하는 희미한 음악 소리가 그녀의 귀에 들려왔다. 화난 목소리로 그녀가 외쳤다. "이럴 때 죽다니! 왜 지금 죽었어!" 그녀는 일이 분쯤 생각에 잠겼다가 문으로 가서 조용히 그 문을 아까처럼 닫았다. 그리고 다시 층계를 내려갔다.

"여기 왔네!" 일꾼 중 한 사람이 말했다. "오는 건지 궁금했어요. 어서 가세요. 좋은 자리를 잡으려면 빨리 가야 해요……. 그 사람은 어때요? 아직도 자요? 억지로 가자는 건 아니니까요, 혹시……."

"오, 그래요……. 아주 푹 잠이 들었어요. 아직 일어나지 않을 거예요." 그녀가 급히 말했다.

그들은 구경꾼들과 함께 카디널가(街)로 내려갔다. 금세 그들은 다리에 도착했다. 화사하게 장식한 유람선들이 떠 있는 광경이 보였다. 그들은 좁은 통로를 지나 강변 길로 들어섰다. 길은 먼지가 풀썩거리고, 덥고, 사람들로 가득했다. 그들이 거기 거의 도착하는 순간 배들의 대행진이 시작되었다. 노를 수직 각도에서 아래로 내리자 노가 강물의 수면에 닿으면서 요란한 키스 소리를 냈다.

"오, 정말로 아주 재미있네요. 오길 잘했어요." 아라벨라가 말했다. "그리고 남편한테 해가 될 게 없어요. 내가 나와 있다고 해서요."

강 맞은편과 사람들이 몰려 있는 유람선에는 꽃을 단 아름다운 여성들이 초록색, 분홍색, 푸른색 그리고 흰색으로 유행에 맞춰 화사하게 성장을 하고 서 있었다. 보트 클럽의 푸른 깃발은 모든 관심의 중심부를 표시하며 나부꼈으며, 그 깃발 아래서 붉은 유니폼을 입은 밴드가 음악을 연주했다. 죽은 사람의 방에서 듣던 것과 같은 음악이었다. 모든 대학의 학생들이 카누에 여자들을 태우고는 열심히 '우리들의' 배를 찾아 강물을 오르내렸다. 아라벨라가 이 아름다운 광경을 지켜보고 있는데 누구인가 그녀의 갈비뼈를 만졌다. 그녀는 얼굴을 돌렸다가 빌버트를 보았다.

"그 미약이 발동을 걸었어. 무슨 말인지 알아요?" 추파 섞인 눈으로 그녀를 보며 말했다. "심장을 부수다니 미안한 줄 알아야지!"

"오늘은 사랑 이야기 안 할 거예요."

"왜? 모든 사람들의 축제일인데."

그녀는 아무 대꾸도 하지 않았다. 빌버트의 팔이 그녀의 허리 속으로 들어왔다. 사람들이 붐벼 남의 눈에 뜨이지 않게 팔을 감을 수가 있었다. 팔이 감기는 느낌을 받으면서 아라벨라의 얼굴에는 장난기 섞인 표정이 떠올랐다. 그러나 그녀는 남자의 포옹을 느끼지 못하는 것처럼 강물 쪽으로 눈길을 주고 있었다.

이따금씩 아라벨라와 그녀의 일행을 거의 강물 쪽으로 밀어 넣으면서 사람들이 몰려들었다. 그녀는 군중의 소란스러운 장난을 보고 한바탕 기분 좋게 웃을 수도 있었지만 조금 전에 보고 온 창백하고 조각 같은 얼굴이 그녀의 마음의 눈에 자국을 만들어 기분을 냉랭하게 만들었다.

강에서 벌어지는 여흥은 흥분의 정점에 이르렀다. 사람들이 물속으로 들어가고 환호가 터졌다. 조정 경기는 지고 이기는 편이 금세 판가름 났다. 분홍색, 푸른색, 노란색 부인들이 유람선에서 내렸다. 구경을 하던 사람들도 자리를 뜨기 시작했다.

"그래요, 아주 재미있었어요." 아라벨라가 외쳤다. "그러나 우리 집 가엾은 남자한테 가야 할 것 같네요. 내 생각에는 아버지가 와 있을 거예요. 하지만 가 봐야죠."

"왜 서둘러요?"

"글쎄요. 가야죠……. 이런, 이런, 이러지도 저러지도 못하고!"

강변 쪽 길에서 다리로 내려오는 좁은 통로는 군중이 하나의 열기 덩어리로 뭉쳐, 문자 그대로 꽉 막혀 있었다. 아라벨라와 빌버트와 다른 일행도 그 속에 있었다. 그들은 막힌 군중 속에서 움직이질 못하고 서 있었다. 아라벨라가 점점 초조해하면서 "이런, 이런!" 하고 외쳐 댔다. 곁에 아무도 없이 주드가 죽은 것이 알려진다면 검시(檢屍)가 필요하다는 생각이 그녀의 머리에 떠올랐기 때문이었다.

"엄청난 조바심쟁이구먼, 사랑하는 당신은." 의사가 말했다. 그는 군중에 의하여 그녀에게로 밀려 있어 애써 그녀와 몸을 밀착하려고 할 필요가 없었다. "참아요. 지금은 빠져나갈 수가 없어요!"

쐐기처럼 박혀서 옴짝달싹 못 하던 군중이 움직이기 시작해 그들이 지나갈 수 있기까지는 거의 십 분은 더 걸렸다. 의사에게 그날은 더 이상 따라오지 말라고 하면서, 아라벨라는 거리로 나오자 걸음을 재촉했다. 그녀는 집으로 바로 가지 않았다. 그녀는 가난하게 죽은 사람들의 뒤처리를 해 주는 여자의 집으로 가서 문을 두드렸다.

"우리 남편이 지금 막 갔어요, 가엾은 사람." 그녀가 말했다. "집으로 와서 입관 준비를 할 수 있어요?"

아라벨라가 몇 분을 기다렸다. 두 여자는 카디널 대학 목초지에서 쏟아져 나오는 상류 사회 사람들의 물결을 헤치고 마차들에 치일 뻔하면서 걸음을 재촉했다.

"교회지기 집에 가서 종 치는 일도 상의해야겠어요." 아라벨라가 말했다. "저기 저 모퉁이에 있죠, 그렇죠? 우리 집 문 앞에서 만나요."

그날 밤 10시쯤 주드는 시트에 싸여서 침대에 화살처럼 꼿꼿이 누워 있었다. 반쯤 열린 창문을 통해 카디널 대학의 무도회장에서 왈츠의 즐거운 선율이 흘러들어 왔다.

이틀 뒤 두 사람이 작은 침실에 놓인 주드의 열린 관 곁에 서 있었다. 하늘에는 구름 한 점 없고 바람도 여전히 잔잔했다. 관 한쪽에는 아라벨라가, 다른 한쪽에는 과수댁 에들린이 섰다. 두 사람은 주드의 얼굴을 들여다보고 있었다. 에들린 부인의 수척하고 연로한 눈꺼풀이 빨갛게 물들어 있었다.

"정말 잘생겼어!" 그녀가 말했다.

"그래요. 잘생긴 시체예요." 아라벨라가 말했다.

통풍을 하기 위해 창문은 여전히 열려 있었다. 정오쯤이어서 바깥의 맑은 공기는 움직이지 않고 조용했다. 먼 거리에서 사람들의 말소리가 들렸다. 또 사람들이 발을 구르는 소리도 났다.

"저건 뭐지?" 노파가 말했다.

"오, 저건 원형 극장에 있는 박사들이에요. 햄턴셔 공작과 그런 류의 유명 인사들에게 명예 학위를 주고 있어요. 지금은 기념 행사 주간이에요, 알아요? 환호성은 젊은 사람들이 내는 거고요."

"그래. 젊고 폐가 튼튼하고! 여기 있는 가엾은 애와는 다르지."

누구인가 연설을 하고 있었다. 거기서 이따금씩 흘러나오는 말이 원형 극장의 열린 창문을 통해 이 조용한 구석까지 들려왔다. 그 연설 소리에 주드의 대리석 같은 모습이 미소를 띠는 것 같았다. 반면, 침대 언저리의 책장 위에 놓인, 오래되어 대체된 돌핀 판 베르길리우스와 호라티우스와, 닳고 낡아서 책장 모서리가 겹겹이 접힌 그리스어 신약 성서, 또 그가 버리지 않고는 일을 하다가도 사이사이 몇 분씩 꺼내어 읽곤 하던, 돌가루가 묻은 책 몇 권이, 흘러들어 오는 연설 소리에 색깔이 흐려지는 것 같았다. 종소리가 즐겁게 울려 퍼지고 있었다. 종소리의 반향음이 침대 주변을 맴돌았다.

아라벨라의 눈이 주드에서 에들린 부인에게로 갔다. "올 것 같아요?" 그녀가 물었다.

"모르겠어. 저 애를 다시 보지 않겠다고 맹세를 했으니 말이다."

"어떻게 지내고 있어요?"

"지치고 비참하지 뭐. 불쌍한 것. 네가 마지막으로 보았을 때보다 여러 해는 더 늙어 보이지. 이제 말수가 적고 엄숙한, 그리고 수척해진 여자가 되었어. 그 남자가 문제야. 지금도 그를 싫어하고 있으니 말이지!"

"주드가 살아서 그 여자를 보러 갔다면, 전혀 사랑하는 마음이 없겠네요, 그렇겠죠."

"그건 우리가 모르는 일이지……. 그렇게 이상하게 만나러 왔다가 간 이후로 그 애를 불러달라고 다시는 부탁하지 않았나?"

"아니요. 오히려 반대였어요. 불러다 주겠다고 내가 제안을 했더니, 자기가 얼마나 아픈지를 알려서는 안 된다고 했어요."

"그 애를 용서했나?"

"내가 알기로는 아니에요."

"흠, 가엾은 것. 다른 데서 용서를 찾았다고 생각할 수 있을 텐데! 평화를 찾았다고 말했어!"

"목걸이에 걸린 십자가에 대고 무릎을 꿇고 목이 쉴 때까지 맹세를 하라지요. 사실이 아닐 테니까요!" 아라벨라가 말했다. "그 여자는 그의 품을 떠난 다음에 평화를 찾지 못했어요. 지금 저 사람처럼 되기 전에는 절대로 평화를 못 찾아요!"

토머스 하디의 생애와 문학

1

토머스 하디가 1928년 88세의 고령으로 작고했을 때 영국 정부가 그의 시신을 웨스트민스터 대사원의 '시인의 코너'에 묻히도록 결정한 것은 영문학의 위대한 전통 속에서 그의 문학적 위상이, 그보다 그곳에 먼저 묻힌 셰익스피어, 초서, 밀턴 같은 대문호들과 동일한 서열에 선다는 것을 의미한다. 그가 1910년에 황실 훈장을 받고, 또 1913년과 1920년에 케임브리지와 옥스퍼드 대학교에서 명예 문학 박사 학위를 받은 것은, 고등학교를 최종 학력으로 하는 그가 문학의 발전에 끼친 업적을 영국 최고 대학과 왕실이 인정하는 것으로, 소설가와 시인으로서 그의 높은 위상이 공적으로 받아들여진 것이다.

이러한 만년의 명예와 명성은 하디의 출생과 극적인 대조를 이룬다. 그는 1840년에 영국 남서부 도싯주의 조그마한 시골 마을 하이어 복햄턴에서 석공 토머스 하디의 장남으로 태어났다. 비록 일꾼을 여러 명 거느리면서 건축업에 종사하고 있었지만 아버지 하디의 입지는 노무자와 별로 다를 것이 없었다. 건축업은 소규모의 가업으로 주로 교회나 기타 석조 건물을 개조 보수하는 일이며, 이미 할아버지 대에서 시작되어 전수된 것이었다. 하디가 열여섯 살에 고등학교를 마치면서 대학 대신 도체스터의 건축 사무실로 간 것도 가업을 전승하는 의미가 컸다. 하디에게서 건축의 길은 대학으로 진학할 만큼 집안이 넉넉하지 않았으며, 하디 집안의 사회적 위치가 장인(匠人) 계급에 속한다는 사실을 뜻한다.

어머니 제미마 핸드가 결혼 전 도체스터 인근 마을의 여러 집에서 요리사로 일했다는 사실과 그녀의 아버지 역시 하인으로 고용되어 있었다는 사실이 하디 집안의 역사를 말해 준다. 외가 쪽으로 이모들과 사촌들의 직업이 가정부, 재단사, 구두 수선공이며, 친가 쪽으로도 삼촌, 형제나 누이들이 대부분 석공, 목공, 초등학교 교사였던 점은 자신의 출신 성분에 대하여 민감한 콤플렉스를 지니는 원인을 제공하는 것이다. 이것은 그가 중산 계층 집안의 딸과(그의 부인 에마 기퍼드는 변호사의 딸이었다.) 결혼을 하면서도 결혼식에 하디 집안의 가족들을 한 사람도 초청하지 않은 사실이나, 소설가로 영국 내에서 명성을 확보한 이후 고향 도체스터에 대저택을 직접 지어 정착을 하고도 그곳과 멀리 떨어지지 않은 하이어 복햄턴의 가족과 거래를 끊고 살았던 사실에서 증명된다.

하디가 만년에 그의 집안의 혈통에 예민한 관심을 표시한 것도 이러한 콤플렉스의 연장으로, 역사의 어느 시점에 번창했던 명문가의 몰락을 추적해 하층 계급으로 떨어져 간 하디 집안의 계보(系譜) 속에서 그의 상처 받은 프라이드를 복원하려는 의도가 들어 있었음을 쉽게 짐작할 수 있다. 하디 자신은 프랑스와 영국 중간에 있는 저지 섬의 명문가 '르 하디'에서 유래하며, 16세기에 도체스터의 하디 스쿨을 세운 토머스 하디의 후예로, 트라팔가 해전에서 넬슨 제독이 장렬하게 전사할 때 그와 함께 있었던 토머스 하디 부제독이 집안의 조상이라고 말한 것으로 전해진다.

이러한 족보에 대한 관심과, 묻힌 조상의 영화를 현재의 몰락한 가세에 연결하려는 시도는, 하디의 소설 속에서도 반복된다. 사회의 밑바닥에 묻혀 사는 그의 소설 속 주인공들의 배경을 들춰보면 역사 속에 출중한 조상들의 계보가 숨어 있는 것이다. 『이름 없는 주드』에서 주드 역시 비록 천애 고아이며 가난한 빵 장수의 조수로, 돈 몇 푼을 더 벌기 위해 농부 트라우담의 밭에서 새를 쫓다가 매를 맞고 쫓겨 오지만, 선대에서는 주드의 선조가 트라우담의 선조를 고용하던 입장임을 작가는 밝혀 역사의 아이러니를 암시한다.

『더버빌가의 테스』의 경우에는 선대의 영광이 좀 더 구체적으로 부각되어 작품을 비극으로 발전시키는 계기가 된다. 행상을 하면서 근근이 살아가는 테스의 아버지에게 교구 목사가 더버빌가의 선조는 프랑스에서 건너와 영국의 역사 만들기에 일조했던 귀족들이었음을 귀띔하는데, 오히려 이것이 테스의 비극이 시작되는 역설적 의미를 띠게 된다. 하디는 테스

작품 해설

가 탄생이라는 우연에 의한 명목상의 귀족이 아니라, 순수하고 고매한 성품을 지닌 인간으로서 귀족임을 강조한다. 테스가 범한 죄가 간음과 살인이라는 극악한 것임에도 불구하고, 소설의 부제에서 작가가 테스를 '순수한 여인'으로 강조하는 이유도 그녀의 본성이 티 없이 깨끗한 것임을 부각하는 데 있다. 그녀의 비극이 독자에게 더욱 충격적인 이유도 여기에 있다. 주드도 비록 계층적으로는 사회의 밑바닥에 던져진 사람이지만, 그리고 그의 가슴 아픈 비극적 죽음이 가난하고 비천한 신분 때문에 자초되는 것이지만, 하디는 두 사람이 탄생이라는 우연에 의하여 사회의 바닥에서 헤매는 영국의 사회 구조를 오히려 고발하고, 그들의 본성은 어느 귀족보다 더 고매한 것이라는 주제를 두 작품에서 제시하고 있다.

소설가는 어쩔 수 없이 자신의 사적인 세계에서 소재와 영감을 받게 마련이다. 주인공이 계층적으로 사회의 밑바닥에서 짓눌려 사는 가난한 사람들이며, 비록 이들의 사회적 입지가 어려운 경제적 역경을 헤치고 나가야 하는 처지지만, 하디는 그 특유의 눈으로 이들의 세계에서 인생의 기쁨과 슬픔을 관찰한다. 비록 소설을 통하여 교회와 학제와 결혼 제도 같은 큼직한 사회적 모순을 고발하지만(그래서 기존하는 구세력으로부터 심한 공격을 받았지만), 결코 계급 투쟁을 하거나 반체제적 정치 선동을 하자는 것은 아니다. 하디는 도싯 주변에 사는 소박한 사람들의 목가적 생활을 사실적 기법으로 그리면서 생의 애환을 제시한다. 윌리엄 포크너의 '요크나파토파'와 같은 상상의 문학 세계를 '웨섹스'라는 이름으로 창조하여, 그가 살았던 고향 하이어 복햄턴과 도싯, 그리고 그 인근 주의 도시들을 배경으로 이 지방 사람들의 생활을 재현하는 것이다.

그러나 하디의 웨섹스 문학은 지방주의에 안주하지 않고, 지방색 속의 보편적 가치를 발굴하여 웨섹스의 진리가 곧 인간의 우주적 진리와 상통하는 처리를 한다. 그래서 에그던 히스의 레인배로 꼭대기에서 봉화를 켜는 유스테이시아는 욕정과 꿈과 사랑을 갈구하는 여인을 상징하며, 크라이스트민스터 주변을 맴돌며 신학의 기회를 기다리는 이름 없는 주드는 재수와 삼수의 고배를 마시며 와신상담하는 우리 청소년의 대명사이기도 하다. 하디 문학의 특징은 바로 웨섹스의 세계가 그 너머의 세계로 직결되는 데 있다. 웨섹스 지방 특유의 생활 관습과 방언을 그대로 옮겨 오고, 시와 소설의 목가적 소재로 『웨섹스 이야기들』, 『웨섹스 시편』에 영국과 세계의 상황을 그대로 담은 것이다.

하디 개인의 생활은 하이어 복햄턴과 도체스터에 국한된 것만 아니었다. 그는 1862년 스물두 살 때 도체스터의 힉스 건축 사무소를 떠나 런던의 블룸필드 건축 사무소로 자리를 옮기며, 여기서 음악과 미술과 문학의 세계에 몰입하여 예술의 아름다움을 만끽한다. 런던으로의 이주는 하디가 문학청년으로서 수업을 시작하여 예술에 대한 안목을 확장하던 시기에 해당한다. 독학으로 라틴어와 프랑스어와 그리스어를 공부하고, 영문학의 고전을 탐독하던 도체스터의 건축사 도제 시절을 하디 개인에게 대학 시절로 본다면, 오 년간의 런던 시절은 그에게 대학원 시절에 해당한다고 할 수 있다. 1867년에 다시 도체스터의 힉스 사무실로 옮겨 온 하디에게는, 1870년 콘월 주 남쪽 끝 시골의 세인트 줄리엇 교회에서 그 교회 신부의 처제인 에마 기포드를 만나기까지의 사 년 동안, 두 가지 중요한 사건이 일어난다. 하나는 데뷔작 『가난한 남자와 귀부인』을 썼다는 사실이다. 이 소설은 출판사에 보냈다가 당대의 대소설가 조지 메러디스에 의하여 출판하지 말 것을 충고받지만, 소설가로서 재질을 인정받아, 좀 더 극적 요소를 갖춘 소설을 시도해 볼 것을 권유받는다. 출판사의 이러한 권유로 하디는 1871년에 『절망적 처방』을 우여곡절 끝에 출판해 건축가로서의 장래를 포기하고 소설가로의 길을 걷기 시작한다. 특별한 창작 수업이나 문학을 하는 간절한 동기를 경험하지 않고, 취미로 시도한 소설 쓰기에서 세계적 문호의 시발이 있게 된 것이다.

또 다른 사건은 이종 사촌인 열여섯 살의 어린 트라이피나를 만나 사랑에 빠진 것이다. 하디는 이때 그의 사무실이 웨이머스에 있는 크릭메이 건축 사무소와 합병되어 항구 도시 웨이머스에 하숙을 정하고 있었으며 트라이피나도 이 무렵에는 학교와 관계되어 웨이머스에 살고 있었다. 두 사람은 웨이머스의 해변에서 자주 산책을 했고, 나중에는 약혼까지 해 두 사람 사이에 아이까지 있었던 것으로 풍문은 전한다. 그러나 두 사람은 집안의 강한 반대에 부딪히게 된다.(일설에 의하면 하디와 트라이피나는 사촌이 아니라, 트라이피나 어머니 마리아의 탄생 비밀과 얽힌, 삼촌과 조카 관계라고 한다.)

하디는 트라이피나와의 관계를 결국 청산하고 금세 세인트 줄리엇에서 미래의 아내를 만나지만, 트라이피나에 대한 애절한 마음은 그녀와 헤어진 이십오 년 뒤『이름 없는 주드』에 영감을 제공할 만큼 연연한다. 그는『이름 없는 주드』의 서문에서 한 여인의 죽음이 이 작품의 배경을 암시했음을 밝히고 있다. 교육 대학을 나오고 교사의 길을 간 트라이피나의 생애는 하디와의 혈연적 관계 외에도 수 브라이드헤드의 많은 것을 연상시킨다. 그녀가 죽었을 때 쓴 시「피나를 생각하며: 그녀의 죽음을 접하고」에는 잃어버린 사랑에 대한 애절한 마음이 절절하다. 시는 "그녀가 쓴 글 한 줄도 니는 갖지 않았고/그녀 머리카락 하나도 없다."로 시작하여, 같은 구절의 반복으로 끝난다. 그의 대표 시 중 하나인「중간적 음조」도 여러 비평가들이 트라이피나를 두고 쓴 것으로 간주하고 있다. 두 사람의 약혼과 사생아가 태어난 이야기의 진위는 확인할 길이 없다. 그러나 두 사람이 연인 관계였음은 확실하다.『이름 없는 주드』가 출간되었을 때 부인 에마 기퍼드는 극심한 배신감을 느꼈으며, 이 작품의 간행은 악화되던 부부 관계를 완전히 절연하는 계기가 되었던 것으로 전해진다.

그러나 하디가 에마를 처음 세인트 줄리엇에서 만났을 때에는 트라이피나와의 애절한 관계에도 불구하고 강한 매혹의 힘이 작용했던 것으로 알려져 있다. 에마 자신이 문학 소녀였으며, 시를 좋아하는 두 젊은 남녀의 공통분모는 틴테이절 같은 아름다운 자연을 배경으로 곧 친밀해지는 계기를 만든다. 하디는 에마를 만난 이듬해인 1871년에『절망적 처방』을 발표한 직후 연달아 소설을 발표하고 비평가들에게서 호평을 받는다. 그 후 1872년에 『녹음에서』, 1873년에 『푸른 두 눈동자』, 1874년에 『미친 군중으로부터 멀리』, 1876년에 『에델버타의 손』, 1878년에 『귀향』, 1880년에 『트럼펫 주자』, 1881년에 『정치에 관심 없는 사람』, 1882년에 『탑 위의 두 사람』, 1886년에 『캐스터브리지의 시장』, 1887년에 『삼림지대 사람들』, 1891년에 『더버빌가의 테스』, 1892년에 『사랑받는 사람』, 1895년에 『이름 없는 주드』를 발표하여 다작하는 작가로 알려지게 되었다.

에마를 만나고 사 년 뒤 하디는 『미친 군중으로부터 멀리』로 비평적 성공뿐만 아니라 상업적으로도 대성공을 거두게 되는데, 이것은 하디에게 건축가로서의 길을 접고 오직 소설가로 몰두하는 길을 열었으며 에마와 결혼을 하는 계기를 만들었다. 그러나 에마와의 결혼은 평탄하지 않았다. 결혼 초기의 열정이 곧 성격 차이와 여러 가지 이유 때문에 서서히 식으면서 두 사람의 관계는 멀어지고 있었다. 문학 지망생으로서 에마는 하디의 작가로서의 성공에 심한 질투심과 좌절감을 느꼈으며, 아버지가 변호사이고 형부가 목사인 집안을 자랑스럽게 생각한 그녀는 하디 집안의 사회적 입지를 얕보고 멸시했다. 하디가 결혼식을 런던에서 올리면서 집안 식구를 부르지 않은 이유나, 고향 하이어 복햄턴에서 멀지 않은 곳에 (약 5킬로미터의 거리) 대저택 맥스 게이트를 짓고도 부모 형제들과 교류를 끊은 이유도, 이러한 에마의 계층에 대한 속물근성이 밑바닥에 깔려 있음을 짐작할 수 있으며, 이것이 두 사람 사이에 긴장을 촉발하는 원인을 제공했다. 하디와 에마 사이에 아이가 없었던 것도 집안의 온기를 식히는 원인으로 작용했다. 두 사람은 같은 집에 살면서도 오랫동안 층을 따로 쓰는 별거 상태에 있었다. 하디의 불행했던 결혼 생활은 작품 속에 잘 나타난다. 그의 대표작 『귀향』, 『캐스터브리지의 시장』, 『더버빌가의 테스』, 『이름 없는 주드』에서 하나같이 결혼은 행복의 종착역이라는 개념과 먼 거리를 두고 있다. 1912년에 사망한 에마는 결혼 후반기에는 정신착란 증세를 보였다.

이러한 관계에도 불구하고 하디는 에마의 사망 직후 두 사람이 처음 만났을 때 자주 갔던 곳을 찾아가 행복했던 옛날을 회상하며 많은 시를 썼다. 그중에는 「여행 다음에」 같은 수작이 들어 있다. 비록 행복했던 애정의 순간이 환멸과 좌절의 관계로 옮아갔지만 하디는 추억의 현장에서 다시 한번 전날의 열정을 되살리는 것이다. 하디는 장편과 단편집을 합쳐 거의 20여 권의 소설을 썼다. 그러나 근본적으로 시인이며, 그러한 위치는 그의 시작의 양과 질에서 증명된다. 그의 단편과 장편에도 시적인 기교와 영상이 넘쳐흐르며, 작품의 소재에도 시적 요소를 띤 것이 많다.

하디가 본격적으로 시인의 길을 걷기 시작한 것은 『이름 없는 주드』 이후 소설 쓰기를 그만두면서다. 일반적 통념은 그가 『이름 없는 주드』에 대하여 사회가 쏟아부은 비난 때문이라고 알려져 있다. 하디가 소설가로서 세계적 명성을 확고히 한 것은 『더버빌가의 테스』와 『이름 없는 주드』를 출판하면서였다. 두 작품은 하디의 문학을 대표하는 대작이다. 그러나 이 두 소설에는 하디 특유의 사회적 주제가 강하게 담겨 있어,

당시의 보수 진영의 견해와 일치하지 않았으며, 그런 이유 때문에 그들로부터 심한 비난과 공격을 받았다. 『더버빌가의 테스』는 처녀의 외형적 순결성이 그녀의 참된 내면적 순결과 다르다는 명제로 엄청난 사회적 물의를 일으켰고, 『이름 없는 주드』는 가난 때문에 사회적 계층 제도와 학제와 결혼 제도의 희생자가 되는 이야기를 주드의 역사를 통해 고발해 심각한 파장을 야기했다. 『더버빌가의 테스』에서부터 하디의 비극적 인생관에 쌓인 기성층의 불만이 마침내 『이름 없는 주드』에서 폭발하여 웨이크필드 교구의 주교가 책을 공적인 장소에서 분서하는 일까지 일어나자, 스스로 소설 쓰기를 그만두겠다는 공언을 하게 된다.

그러나 이것은 그가 시의 세계로 옮아가는 이유 중 하나일 수는 있지만 전부는 아니다. 그는 시가 소설보다 더 훌륭한 예술 장르라고 믿었으며, 예술가적 기질상 소설가보다는 시인에 가까웠다. 또 『이름 없는 주드』에 이르기까지 15권의 장편과 40여 편의 단편에서 소설을 통해 하고 싶은 이야기는 다 쏟아부은 예술가이기도 했다. 그래서 1898년 첫 시집 『웨섹스 시편』을 시작으로 그가 사망하던 해인 1928년까지 8권의 시집과, 나폴레옹 전쟁을 쓴 야심적 극시 『패왕』 1~3부를 발간하여 시인으로서 역량을 과시했다.

하디는 불행했던 결혼 생활과 대표작 두 개를 통하여 받은 사회적 비난에도 불구하고 비교적 평범한 생애를 마친 사람이다. 열여섯 살에 고등학교까지 학업을 끝내고 도체스터, 웨이머스, 그리고 런던에서 건축사로 십팔 년간 순탄하게 근무

했으며, 『미친 군중으로부터 멀리』가 상업적 성공을 거두면서 소설가로서 명성을 꾸준히 쌓아 올려 만년에는 영국 문단의 원로로서 황태자가 그의 저택을 예방하는 대접을 받았다. 부인 에마가 1912년에 사망한 이후, 마흔 살이나 연하인 플로렌스 더그데일을 처음에는 비서로, 그리고 나중에는 두 번째 부인으로 맞아 그녀의 보호 속에서 안정된 여생을 보냈다.

그러나 그가 살아간 시대는 대단히 극적인 시기였다. 아일랜드에서는 인구 4분의 1이 나라를 등지는 감자 기근 사건(1846)이 일어났으며, 빈부의 양극화가 미르크스와 엥겔스에 의한 『공산주의 선언』(1848)으로 이어지는 일이 일어났다. 그가 열여덟 살 되던 해에는 그의 사상에 충격적인 영향을 준 다윈의 『종의 기원』(1858)이 발표되었고, 그 당시 서구 기술의 극치였으며 서구의 열강들이 아시아를 지배하는 길을 연, 수에즈 운하가 1869년에 개통되었다. 이미 1847년에는 과학과 기술의 발달이 런던에서 고향의 수도 도체스터까지 철로가 개통되는 상황으로 발전되어 있었다. 19세기는 1837년에 즉위하여 1901년에 서거한 빅토리아 여왕이 통괄하던 시기였지만 현대적 기운이 빅토리아조 후반기부터 기반를 잡고 있었다. 하디는 19세기에 태어났으나 사망한 시기는 20세기였다. 그는 두 세기를 살다 간 사람이며, 20세기 전반부의 중대한 사건들을 목격하고 시 속에 그것을 기록한 사람이다. 1912년 타이타닉 호의 재난을, 1914년에서 1918년까지 1차 세계 대전의 충격을, 모두 그의 시 속에 담고 있다. 이런 점에서 많은 비평가들은 하디를 20세기 작가로 보고 있다.

하디가 살아간 19세기와 20세기는 기라성 같은 문인들이 왕성한 창작 활동을 하던 시기였다. 『허영의 시장』을 쓴 윌리엄 새커리(1811~1863), 『위대한 유산』을 쓴 찰스 디킨스(1812~1870), 『제인 에어』를 쓴 샬럿 브론테(1816~1855), 『폭풍의 언덕』을 쓴 에밀리 브론테(1818~1848), 『미들마치』를 쓴 조지 엘리엇(1819~1880) 같은 대가들이 있었으며, 유럽 대륙에서는 플로베르(1821~1880)가 『보바리 부인』을 1857년에 발표하고, 입센(1828~1906)이 『인형의 집』을 1879년에 발표했다.

빅토리아 여왕이 승하한 해가 1901년이지만 권위 있는 『노턴 앤솔러지』는 현대 영문학의 시작을 1890년으로 설정하고 있다. 『더버빌가의 테스』가 1891년에, 『이름 없는 주드』가 1895년에 출판된 것을 생각하면, 『노턴 앤솔러지』의 1890년은 하디의 문학을 현대 문학과 연결시키는 근거를 마련해 준다. 그러나 『더버빌가의 테스』는 빅토리아 시대의 가치관이 그 무렵 싹터 나온 현대적 몸부림을 억눌러, 테스의 죽음과 함께 하디의 20세기적 사고방식을 후퇴시킨다. 이에 비하면 주드는 비록 비참하게 죽어 가지만 그의 일생은 19세기적인 체제와 인습에 대한 처절한 항거이며, 그의 죽음은 곧 그가 싸워 온 신념의 승리를 전제한다. 그런 뜻에서 『이름 없는 주드』는 현대 소설의 시작이기도 하다. 이것은 헨리 제임스의 『데이지 밀러』가 1879년에 발표되었지만 현대 소설인 것과 같다. 발랄한 미국 처녀 데이지 밀러가 유럽으로 왔다가 그녀의 활발한 행동과 사고방식이 보수층에 밀려 결국에는 죽음으로 끝나지만, 그녀의 죽음은 19세기적인 인습에 대한 내밀한 승리를 뜻하는 것이다.

　많은 비평가들은 헨리 제임스의『대사들』(1903)을 현대 문학의 시작으로 본다. 소설의 기교와 문체, 은유와 상징의 새로운 기법, 작품 속에 설정된 사회적 분위기 등 새로운 문학 감각이『대사들』의 특색을 이루고 있는 것이 사실이다. 이후 하디가 사거하는 1928년까지 많은 새로운 문학 작품이 등장했다. 콘래드의『암흑의 핵심』(1902), 엘리엇의「황무지」(1922), 조이스의『젊은 예술가의 초상』(1915)과『율리시스』(1922), 버지니아 울프의『댈러웨이 부인』(1925)과『능대로』(1927), 로렌스의『사랑하는 여인들』(1920)과『채털리 부인의 연인』(1928) 등이 모두 20세기와 현대를 대표하는 작품들이다.

2

　이 대열의 앞쪽에『이름 없는 주드』가 자리를 차지하고 있다. 콘래드, 제임스, 조이스, 울프, 로렌스의 대표작에 비하면 하디의 소설은 현대적 사유와 기교와 작품의 분위기라는 각도에서 동등한 차원에 위치하지는 않는다.『이름 없는 주드』는 새로운 사고방식과 새로운 문학 기법과 새로운 생활 감각이 오고 있음을 알리는 선구자적 입장에 서 있는 소설이다. 그러나『이름 없는 주드』가 위대한 이유는 이 소설이 20세기적 새로운 감각과 기법을 도입하고 있기 때문이 아니다. 이 소설이 위대한 것은 수, 아라벨라, 주드 같은 잊을 수 없는 인물들이 엮어 가는 이야기 속에 들어 있는 비극적 내용이다.

주드가 이름 없는 계층의 석공이기 때문에 이 작품이 위대하며, 주드의 비극이 어둡고 처절하기 때문에 이 작품은 명작으로 남는다. 영문학뿐만 아니라 세계 문학사에서도 주드와 수의 사랑만큼 애절하고 어두운 비극은 없으며, 주드가 헤치고 나가는 인생의 역정만큼 비참하고 처절한 이야기도 드물다. 주드의 인생은 좌절과 실패의 연속이어서, 작가는 오직 주인공의 역경만을 그리기 위해 소설을 쓴 인상을 준다.

하디는 쉰다섯 살에 『이름 없는 주드』를 발표했으며, 이것은 하디로 하여금 영국 최대 소설가의 반열에 들게 했고, 작가로서 하디의 업적 중에서 『더버빌가의 테스』와 더불어 가장 대표적인 작품으로 빛나는 역작이 되었다. 그러나 작품의 문학적 가치와 비례해서 사회의 비난이 비등하여, 하디는 결국 이 작품을 마지막으로 소설가로서 길을 중단하는 결정을 하게 된다. 『이름 없는 주드』를 쓰면서 작가는 소설가로서 역량을 최대한 발휘했으나, 그것이 오히려 그로 하여금 소설을 그만두게 하는 계기를 마련한 것이다.

또 하나 역설적인 사건은 이 대작이 작가로서 최대의 영광과 명예의 길을 막았다는 사실이다. 『이름 없는 주드』는 하디에게 노벨상의 기회를 막는 간접적인 원인을 제공한 것이다. 당대 최고의 명문 대학에서 연달아 명예박사 학위를 수여받고, 당대 최고의 문인으로서 황실의 정중한 대접을 받아, 하디에게 남은 명예와 영광은 그의 문학에 대한 세계적인 표창을 받는 것이었다. 영국 내에서의 여론이나 하디 주변의 분위기도 그에게 노벨상의 영광이 당연한 것으로 고조되었으며, 노벨상이 발표되는 무렵에는 하디 자신도 그의 저택 맥스 게이트에서 조심스레 그해의 수상자 발표에 신경을 썼던 것으로 알려져 있다. 그러나 인류에게 꿈과 희망의 빛을 주는 작품이어야 한다는 노벨상의 이념은 하디의 암울한 비관주의 철학과는 먼 거리를 두고 있다.

하디의 대작을 일관하는 비극의 세계는 비관주의 철학이 근간을 이룬다. 작품 속 주인공들은 하나같이 운명과의 암담한 싸움에서 비참한 패배를 안게 된다. 주인공이 아무리 버둥거려도 주어진 운명의 틀을 벗어날 수는 없는 것이다. 파리에서의 눈부신 생활을 위해 에그던 히스를 벗어나려고 갖은 노력을 다해도 결국에는 그 에그던 히스로 대표되는 거대한 자연의 힘을 벗어나지 못하고 그 속에서 죽음을 맞는 『귀향』의 유스테이시아나, 그물처럼 촘촘히 에워싸고 있는 역경을 헤쳐 나가려다 끝내 운명의 손아귀를 벗어나지 못하고 형장의 이슬로 사라지는 테스나, 학자와 교수가 되기 위해 고향을 떠났다가 끝내 석수장이 팔자를 벗어나지 못한 채 초라한 죽음을 받아들이는 주드는, 모두 운명의 그물을 벗어나지 못한 채 쓰러진 사람들이다. 이런 암울한 비극의 세계는 인간의 간절한 열망과 무관한 거대한 힘에 의하여 지배된다. 이러한 냉혹하게 비정적이며 엄격하게 중립적인 힘을 하디는 '내재적 의지' 또는 '섭리'로 명명한다.

하디의 비관주의는 냉혹한 현실 속에서 '내재적 의지'와 '섭리'의 발현으로 나타난다. 이 '내재적 의지'와 '섭리'는 인간의 삶의 현장에 편재해 있다. 때로는 주인공의 마음 속 깊은 곳에서, 때로는 주인공이 살아가는 사회적 체제와 인습 속에서, 때로는 운명이라고밖에 부를 수 없는 우주의 힘 속에서 이 '내재적 의지'와 '섭리'가 작동하여 주인공을 그 힘 앞에 무력한 희생자로 만든다. 유스테이시아와 헨처드의 비극은 두 주인공의 내부에 도사리고 있는 '내재적 의지'의 발로에 근거를 두며, 테스의 죽음은 인간의 운명을 지배하는 '제신(諸神)의 대왕'이 "테스와 희롱을 끝냈기" 때문이었다.

주드의 패배는 그의 힘으로는 대항하고 개선할 수 없는 사회 계층 제도와 학제와 결혼 제도와 인습에 기인한다. 탄생이라는 우연에 의하여 귀족이 되거나 노동자가 되는 불합리한 사회 계층 제도 때문에 그는 불행히도 시골 마을의 빵 장수 조수와 들판에서 새를 쫓는 아이와 석재 공장에서 돌을 깨는 석수가 되는 것으로 그쳐야 한다. 정해진 계급의 테두리 안에서 대학에 가거나 영원히 사회의 밑바닥에서 허우적거리는 노동자 신세가 되는 사회에서 그는 결국 대학에 대한 꿈을 접고 좌절의 쓴맛을 되씹으며 살아야 한다. 한 개인에게 주어진 자질과 능력에 의하여 그 사람의 삶의 질이 결정되는 것이 아니고, 우연에 의하여 상류층의 자제로 태어나 사회가 주는 모든 혜택을 누리거나, 불운에 의하여 영원히 햇볕 없는 음지에서 일생을 보내야 하는 것이다.

『이름 없는 주드』는 비천한 주드가 음지 속을 살아가는 이야기이다. 소설의 세계는 어둡기 그지없다. 주드의 일생은 실패와 실망으로 점철되어 있다. 학자와 성직자가 되겠다는 꿈에서 실패하는 주드는 아라벨라와 수에게 남편으로서 실패하며, 아이들의 아버지로서도 실패한다. 심지어 새 쫓는 아이로서도 실패해, 그의 인생 전체가 처음부터 마지막까지 실패와 실망의 연속으로 이루어져 있다. 그래서 소설은 슬프고 어둡고 암울하기만 하다. 주드가 죽어가는 순간에 그가 외는 구절은 「욥기」 3장이다. "내가 태어난 날을 멸하게 하라.", "그날이 어둠이 되게 하라. 빛이 그날을 비추지 말게 하라. 그 밤이 적막하게 하라.", "이찌하여 나는 태에서 죽지 아니했는가?"

이러한 어둠과 비관적 철학에도 불구하고 하디는 비관주의라는 말을 거부한다.(하디는 비관주의 대신 개량주의라는 용어를 제시했다.) 어둡고 슬픈 현실은 있는 그대로 받아들이되, 그것으로 끝나지 않고 비극과 슬픔을 넘어 처참하고 암담한 현실이 개량되는 것을 하디는 믿고 희망했다. 그래서 주드는 크라이스트민스터로 돌아가 사람들 앞에서 비록 자신은 "볼품없는 희생자에 불과"하지만 자신의 실패는 세속적 의미의 실패일 뿐 큰 의미에서는 실패가 아니라고 역설한다. 따라서 그가 겪은 실패의 역사는 "하나의 교훈적 이야기를 남길 수 있을" 것이라고 굳게 믿는다.

교훈적이라는 뜻은 많은 것을 의미한다. 『이름 없는 주드』는 그냥 무명의 주드로 끝나는 것이 아니라 처절한 그의 짧은 일생을 통하여 사회적 제도의 모순에 경종을 울리고, 잘못된 관행이 반복되지 않기를 바라는 메시지를 담고 있다. 하디는 비참하게 쓰러져 간 주드의 행적을 통하여 사회 구조 속에 도사리고 있는 불합리한 체제(계층, 교육, 결혼 제도 및 종

교)의 잘못을 날카롭게 고발한다. 주드는 이러한 하디의 고
발을 이렇게 외친다. "내 생각에는 우리의 사회적 구도가 어
딘가 잘못된 것 같습니다." 그러나 그는 그 잘못이 무엇인지
를 모른다고 겸손하게 말한다. "그것이 무엇인지는 나보다 더
큰 통찰력을 가진 사람들에 의해서 발견되겠지요." 물론 이
러한 주드의 말은 수사학적 용어에 불과하며, "더 큰 통찰력
을 가진 사람들에 의해서 발견"될 구조적 모순은 보다 근본
적이며 광범위한 것임을 시사한다. 『이름 없는 주드』에 쏟아
진 엄청난 비난과 공격은 바로 주드를 통해 하디가 지적한
모순의 당사자들에게서 나온 것인바 그만큼 모순의 범위와
깊이가 컸기 때문이었다.(하디는 옥스퍼드 출신의 관료, 목회자,
학자, 교수로부터 심한 공격을 받았는데, 크라이스트민스터가 바로
옥스퍼드이기 때문이었다.)

이러한 뜻에서 『이름 없는 주드』는 주드가 살아간 시대의
이름 없는 사람들의 항의이며 고발장이다. 하디는 그의 소설
을 사회와 체제와 인습의 잘못을 고발하는 도구로 사용했는
데, 특히 『더버빌가의 테스』와 『이름 없는 주드』에서 고발과
도전을 과감하게 실천한다. 주드는 이 도전에서 세속적 성공
을 거두는 데 실패한 사람이다. 그는 크라이스트민스터의 군
중 앞에서 이렇게 외친다. "내가 한 세대 안에 이루려고 했던
것은 대개 두 세대 내지는 세 세대가 걸리게 마련입니다." 그
는 또 그의 도전이 "사회적 이점이 없는 사나이에게"는 "너무
나 강한 힘을 지니고" 있었으며, 그 싸움을 위하여 그가 겪은
심적 고통이 너무나 컸음을 고백한다. 그러나 겉으로는 패배

로 보일 수 있는 이 싸움이 결코 패배와 항복이 아니었다고 역설한다.

"나의 실패는 내 관점이 잘못되었거나, 나의 성공이 그 견해를 바른 것이었음을 입증하는 것이라고는 인정하지 않습니다. 물론 우리는 요즘 그러한 시도를 이런 각도에서 받아들이고 있습니다만, 내 뜻은 그런 시도를 근본적 건전성에서 판단하는 것이 아니고 우연저 결과에 의하여 판단한다는 것입니다. 만약 내가 지금 막 여기에 들어가는 것을 본, 빨갛고 까만 색깔의 가운을 입은 저들 신사 중 한 사람처럼 되었다면, 모든 사람들은 이렇게 말하겠지요. '저 젊은 사람이 얼마나 영리한지를 보세요! 그는 자신이 타고난 적성을 좇은 사람이지요!' 그러나 나처럼, 처음 시작한 것보다 더 나을 것이 없는 처지에 섰다면, 사람들은 이렇게 말하겠지요. '환상의 변덕을 좇아간 저 바보 같은 친구를 보라!'고."

그래서 그는 "패배한 것은 나의 의지가 아니고 나의 가난"이었다고 부연한다. 실패와 성공에 대한 판단 기준 자체가 잘못된 인습에 근거를 두고 있는 사회와 시대에서는 주드에 대한 정당한 평가와 이해가 불가능한 것이다. 주드를 전체적인 테두리에서 파악하는 것이 아니고 결과라는 우연에 의하여 바라보는 한 그는 '환상의 변덕을 좇아간 바보 같은 친구'가 될 뿐이다.

잘못된 제도와 관행에 대한 주드의 과감한 도전적 '시도'는 많은 점에서 '교훈적'이다. 그것은 당장의 성공이 보이지 않는 승리며, 그의 '고통'과 '패배'는 긴 싸움을 짧은 시간 안에 수행한 아픔이며 실패다. 그러나 그것은 그의 뒤에서 서서히 다가오고 있는 승리를 전제로 한 싸움이었다. 하디는 『이름 없는 주드』를 집필함으로써 비록 소설 쓰기를 포기해야 할 만큼 심한 공격을 받았지만, 영국 사회에 만연해 있던 잘못에 대한 주의를 크게 환기시켰으며 그 잘못을 시정하는 길을 열었다. 이제는 가난하고 이름 없는 젊은이들이 옥스퍼드 대학으로 진학할 수 있으며, 결혼이라는 법적 절차를 밟지 않고도 사랑하는 사람과 동거하는 것을 부끄러워할 필요가 없다. 대학에 대한 기회를 놓친 노동조합 간부들이 주로 진학하는 러스킨 대학이 옥스퍼드 시내에 설립되었을 때 그 대학을 '이름 없는 주드 대학'으로 명명해야 한다는 의견이 심각하게 나올 만큼 하디의 '교훈적 이야기'는 즉각적 성공을 수반하지 않는 승리를 거두었다.

이런 점에서 『이름 없는 주드』는 예언적 소설이다. 훌륭한 문학과 예술은 당대의 진리보다는 다가오는 진리를 예언하여 독자와 청중에게 미래의 진실을 알리는 기능을 지닌다. 『이름 없는 주드』가 훌륭한 소설인 점은 주드와 수의 강렬한 사랑 이야기가 시적인 구도 속에 전개되면서 내일의 진실을 예언하기 때문이며, 실패의 연속에서 독자에게 승리를 느끼게 하기 때문이다.

작가 연보

1837년   빅토리아 여왕 등극하다.

1840년   6월 2일에 도싯 주 하이어 복햄턴 마을에서 석공 토머
　　　　스 하디와 제미마 사이에 장남으로 태어났다. 하디의
　　　　아버지와 할아버지는 가업으로 건설업에 종사했으며,
　　　　그가 나중 건축에 종사하게 된 것도 가업을 전승하는
　　　　계획의 일부였다. 아버지에게서 음악에 대한 사랑을 배
　　　　웠으며 어머니에게서 독서와 학문에 대한 사랑을 전수
　　　　받았다. 하디는 아버지에게서 바이올린 연주법을 배워
　　　　어렸을 때부터 고향 마을 인근에서 벌어진 결혼식과
　　　　파티에서 소년 악사로 음악을 연주했으며, 이것은 『미
　　　　친 군중으로부터 멀리』, 『귀향』 같은 그의 소설에 자주
　　　　등장한다. 가난한 집안에서 태어난 어머니는 자신의

학문에 대한 꿈을 아들에게 심어, 그리스어, 라틴어, 프
랑스어를 공부해 고전 문학을 탐독하도록 했다.

1846년   백만 명 이상이 기아로 사망한 아일랜드 감자 기근 발
생하다.

1847년   노동자의 공장 근무 시간을 열 시간으로 제한하는 법
이 의회에서 제정되다.
샬럿 브론테의 『제인 에어』와 에밀리 브론테의 『폭풍의
언덕』이 출간되었다.

1848년   지방 유지 줄리아 오거스타 마틴이 세운 초등학교에
입학했다.
마르크스와 엥겔스의 『공산주의 선언』을 발표했다.

1849년   도싯의 수도 도체스터 소재 학교로 옮겼다.

1856년   고등학교 과정을 마치고 도체스터의 건축가 존 힉스의
사무실에 수습 사원으로 입사했다.

1857년   플로베르의 『보바리 부인』이 출간됐다.

1858년   하디의 종교관에 심각한 영향을 준 다윈의 『종의 기
원』이 출간됐다.

1862년   런던의 건축가 아서 블룸필드의 사무실로 옮겼다.
영문학 및 고전 문학에 대한 독학이 계속됨. 런던의 극
장가와 음악회를 즐겼다.

1867년   도체스터로 귀향했다. 힉스 건축 사무소에서 교회 보
수 업무 전담했다.

1868년   첫 번째 장편 소설 『가난한 남자와 귀부인』이 완성되었
으나 출판사에 의하여 거절당했다.

1869년 웨이머스 소재 크릭메이 건축 사무소에서 교회 보수 담당으로 자리를 옮겼다.

수에즈 운하 개통되다.

1870년 북부 콘월의 세인트 줄리엇 마을에 교회 보수 일로 갔다가 미래의 부인 에마 라비니아 기퍼드를 만났다.

1871년 장편 소설 『절망적 처방』을 출간했다.

1872년 장편 소설 『녹음에서』를 출간했다.

1873년 장편 소설 『푸른 두 눈동자』를 출간했다.

1874년 장편 소설 『미친 군중으로부터 멀리』를 출간했다. 이 소설의 문학적, 상업적 성공은 건축업을 포기하고 문인으로 전업하는 결심을 심어주었다.

에마 기퍼드와의 결혼에도 성공했다. 결혼과 동시에 런던 근교의 서비턴에 정착했다.

1876년 장편 소설 『에델버타의 손』을 출간했다.

1878년 장편 소설 『귀향』을 발표했다. 런던 시내로 이주. 『귀향』과 『미친 군중으로부터 멀리』의 성공은 소설가로서 하디의 입지를 확고부동하게 했으며, 많은 문인들과 활발한 교류를 하게 되었다.

1879년 입센의 『인형의 집』이 출간됐다.

1880년 장편 소설 『트럼펫 주자』을 출간했다.

1881년 장편 소설 『정치에 관심 없는 사람』을 출간했다.

오토 안전 자전거 특허. 에마와 함께 자전거 타기에 몰두했다.

1882년 장편 소설 『탑 위의 두 사람』을 출간했다.

1883년	도체스터로 이주했다.
1885년	직접 설계한 도체스터 교외의 '맥스 게이트'에 정착했다.
1886년	장편 소설 『캐스터브리지의 시장』을 출간했다.
1887년	장편 소설 『삼림지대 사람들』을 출간했다.
1888년	단편집 『웨섹스 이야기들』을 출간했다.
1891년	장편 소설 『더버빌가의 테스』를 출간했다. 『테스』의 출간은 하디의 소설가로서 위치를 상승시켰으나, 작품 속에 나타난 성에 대한 그의 관점이 혹독한 사회적 비판의 대상이 되었다.
	단편집 『한 그룹의 귀부인들』을 출간했다.
1892년	아버지가 별세했다.
	장편 소설 『사랑받는 사람들』을 출간했다.
1894년	단편집 『생의 작은 아이러니』를 출간했다.
	키플링의 『정글북』이 출간되었다.
1895년	장편 소설 『이름 없는 주드』를 출간했다. 교육 제도와 결혼 제도에 대한 하디의 공격은 격심한 사회적 물의를 야기해 그는 1928년 사거하기까지 소설을 절필했다. 이후 삼십삼 년의 여생 동안 시작에만 전념했다.
1898년	『웨섹스 시편』을 출간했다.
	부인 에마와의 사이에 생긴 긴장이 두 사람의 관계를 별거 상태로 발전시켰다.
1901년	빅토리아 여왕 서거. 에드워드 7세 즉위하다.
	『과거와 현재의 시』를 출간했다.
1904년	어머니 제미마 사망했다.

장편 서사시 『패왕』 1부를 출간했다.

1905년   스물여섯 살의 플로렌스 더그데일을 만났다. 플로렌스
는 하디의 비서로 일을 하게 됐다.

1906년   『패왕』 2부를 출간했다.

1908년   『패왕』 3부를 출간했다.

1910년   황실 훈장을 받았다.

1912년   에마가 사망했다. 두 사람 사이에 오래 도사리고 있던
긴장 관계에도 불구하고 에마의 죽음은 하디에게 깊은
정신적 충격을 안겨 주었다. 하니는 두 사람이 처음 만
났던 세인트 줄리엇과 에마가 탄생한 플리머스를 방문
해 그의 대표작에 속하는 추모 시를 썼다.

1913년   케임브리지 대학에서 명예 문학 박사 학위를 받았다.
단편집 『변화된 사람과 그 밖의 이야기』를 출간했다.
로렌스의 『아들과 연인』이 출간됐다.

1914년   제1차 세계 대전 발발하다.
『시 선집』을 출간했다.
제임스 조이스의 『더블린 사람들』이 출간됐다.
비서 플로렌스 더그데일과 재혼했다.

1918년   제1차 세계 대전이 종전하다.

1920년   옥스퍼드 대학에서 명예 문학 박사 학위를 받았다.
로렌스의 『사랑하는 여인들』이 출간됐다.

1925년   브리스톨 대학에서 명예 법학 박사 학위를 받았다.

1928년   1월 16일 맥스 게이트 자택에서 별세했다. 웨스트민스
터 사원의 '시인의 코너'에 묻혔으나 유언에 따라 심장

은 고향의 스틴스퍼드 교회에 매장되었다.

시집 『겨울 언어』를 출간했다.

하디는 죽기 몇 년 전 비밀리에 자선전 집필에 착수해 탈고했으며, 사후에 부인 플로렌스의 이름으로 자서전 『토머스 하디의 생애』가 출간됐다. 아울러 사적인 편지와 서류를 모조리 태워 없앴다.

세계문학전집 146

이름 없는 주드 2

1판 1쇄 펴냄 2007년 5월 4일
1판 19쇄 펴냄 2022년 6월 21일

지은이 토머스 하디
옮긴이 정종화
발행인 박근섭, 박상준
펴낸곳 (주)민음사

출판등록 1966. 5. 19. (제 16-490호)
서울특별시 강남구 도산대로1길 62(신사동) 강남출판문화센터 5층 (우편번호 06027)
대표전화 02-515-2000 팩시밀리 02-515-2007
www.minumsa.com

ISBN 978-89-374-6146-0 04800
ISBN 978-89-374-6000-5 (세트)

* 잘못 만들어진 책은 구입처에서 교환해 드립니다.

세계문학전집 목록

세계문학전집은 계속 간행됩니다.